Drachenrebell

Aloha Shifters: Perlen des Verlangens

von Anna Lowe

Inhaltsverzeichnis

Weitere Titel in dieser Serie

Aloha Shifters - Perlen des Verlangens

Drachenrebell (Buch 1)

Bärenrebell (Buch 2)

Löwenrebell (Buch 3)

Wolfsrebell (Buch 4)

Herzensrebell (Buch 5)

Alpharebell (Buch 6)

www.annalowe.de

Kapitel 1

Jennas Finger zitterten so stark, dass sie drei Versuche brauchte, um ihren Sicherheitsgurt anzulegen. Dann starrte sie aus dem Flugzeugfenster und beobachtete, wie die letzten Streifen des Sonnenuntergangs den Himmel blutrot färbten. Am nächsten Gate blitzte ein rotes Licht auf und lenkte ihren Blick nach rechts. Dahinter tanzten Schatten über unbeleuchtete Bereiche des Terminals und sie sah jeden einzelnen von ihnen blinzelnd an.

Instinktiv griff sie nach unten, als wollte sie sich den Knöchel kratzen. Dann hielt sie inne. Scheiße. Das Messer war nicht da. Natürlich war es nicht da. Sie hatte es für den Flug in ihr Gepäck stecken müssen.

Sie sah sich im Flugzeug um und zählte die Reihen bis zum nächsten Ausgang. Dann beobachtete sie, wie die Gepäckabfertiger die letzten Koffer auf das Förderband warfen. Das war doch in Ordnung, oder nicht? Die Wahrscheinlichkeit, dass sie das Messer in den nächsten sechs Stunden brauchen würde, war fast null – das hoffte sie zumindest.

Du wirst es wahrscheinlich niemals brauchen, hatte ihre Schwester Jody gesagt, als sie ihr die erschreckend scharfe Klinge überreicht hatte. *Es ist nur für alle Fälle. Du weißt ja, wie es ist.*

Jenna drehte nervös den Armreif an ihrem Handgelenk. Bis vor ein paar Wochen hätte sie der *Du weißt ja, wie es ist*-Teil stutzig gemacht. Wie die meisten Menschen war auch sie in dem Glauben aufgewachsen, dass Vampire und andere übernatürliche Kreaturen nur Legenden waren. Ihre Schwester Jody auch. Aber nach Jodys schicksalhafter Reise nach Maui hatte sich alles verändert.

Du musst vorsichtig sein. Die Monster, die mich angegriffen haben, könnten auch hinter dir her sein, hatte Jody bei ihrem letzten Besuch in Kalifornien gesagt. Sie war mit Jenna in eine ruhige Ecke des Old Town Parks gegangen und hatte es ihr erklärt.

Werwölfe… Tiger… Vampire…

Offenbar handelte es sich dabei nicht nur um harmlose Legenden. Es gab sie alle – und jeder Einzelne von ihnen könnte hinter Jenna her sein, um eine Kostprobe ihres Blutes zu bekommen.

Jenna zitterte und schlang ihre Arme um sich.

Ja, es gibt Vampire wirklich, hatte ihre Schwester mit gedämpfter und heiserer Stimme gesagt. *Und andere böse Kreaturen. Du musst auf der Hut sein, in Ordnung? Es ist nicht so, dass ich mir einer konkreten Bedrohung bewusst wäre. Wahrscheinlich ist alles unbegründet.*

Zu Beginn hatte Jenna es für einen ausgeklügelten Scherz gehalten, aber die Angst in den Augen ihrer Schwester war echt gewesen und sie war auf sie übergesprungen. Besonders als das Problem mit dem Stalker begann.

Alles fing mit einer Kurznachricht an – und dann noch eine und noch eine weitere.

Liebe Jenna. Ich weiß, dass wir füreinander bestimmt sind. Ich bin dein Schicksal und du bist meins.

Der mysteriöse Verfasser der Nachricht hatte sie um ein Treffen gebeten und sie anschließend wissen lassen, wie verletzt er war, dass sie nicht aufgetaucht war. Zuerst hatte sie die Nachrichten ignoriert, aber der Ton war von relativ harmlos zu dunkel und bedrohlich geworden.

Meine liebste Jenna. Wir sind füreinander bestimmt. Verstehst du das nicht, mein Schatz?

Sie hob ihre Hände zu ihrem Kopf und wünschte sich verzweifelt, sie könnte in ihr altes Leben zurückkehren. Ihrem Vater zu Hause und in seinem Geschäft helfen, surfen oder in ihrer Freizeit Strandspaziergänge machen. Und generell die ernsten Dinge des Lebens auf die lange Bank schieben. Und warum zum Teufel auch nicht? Sie hatte sich schon seit langer Zeit ein Jahrzehnt älter gefühlt als sie es war. Also hatte sie sich die

Erlaubnis gegeben, für eine Zeit lang ein einfaches, sorgenfreies Leben zu führen.

Aber nun war sie hier, zuckte vor jedem Schatten zurück und vertraute niemandem.

Auf die Kurznachrichten folgten kleine Geschenke und Schmuckstücke. Blumen, die mit anonymen Karten geliefert wurden. Muscheln, in die kleine Herzen eingekratzt worden waren, die auf ihrem Spind in der Nähe des Strandes zurückgelassen wurden. Eine antike Spieluhr – all das bedeutete, dass der Stalker wusste, wo sie wohnte, wo sie arbeitete und wo sie surfte.

Hat dir mein Geschenk gefallen? Das dachte ich mir.

Nein, das hatte es nicht. Ganz und gar nicht.

Sie lehnte sich zurück und zwang sich, tief durchzuatmen. Es gab keinen Grund, paranoid zu sein. Alles lief nach Plan. Sie hatte einen Umweg zum Flughafen gemacht und nur ihre engsten Familienangehörigen wussten, wohin sie unterwegs war. Nun, da sie sich auf dem Weg nach Maui befand, konnte sie sich endlich entspannen.

Oder es zumindest versuchen.

Sie blieb völlig regungslos und lauschte einen Moment auf ihr Bauchgefühl. Es gab nicht das Geringste Anzeichen dafür, dass sie beobachtet wurde – nicht so wie sie es in den letzten Wochen oft gespürt hatte. Das war also vielversprechend. Sie hatte ihren Stalker nie gesehen – nun, zumindest nicht, dass sie davon wüsste – und ehrlich gesagt hatte sie dies auch nie gewollt. Sie wollte nur, dass er verschwand. Für immer. Sie wollte ihre Freiheit und ihre Unschuld zurück. Die Fähigkeit, aufzuwachen und einen Tag zu genießen, ohne dass ihr dieses Gefühl von drohendem Untergang im Nacken saß.

Aber sie konnte es nicht. Nicht wenn sich dieses widerliche Schreckgespenst von hinten an sie heranschlich und...

Sie unterbrach ihre Gedanken und spielte erneut mit ihrem Armreif – ein Geschenk ihrer Mutter, die vor langer Zeit gestorben war. Vor so langer Zeit, dass Jenna mehr Erinnerungen an Erinnerungen als direkte Erinnerungen an ihre Mutter hatte. Aber tief in ihrem Herzen hielt sie an den Lektionen fest, die ihre Mutter sie gelehrt und die ihr Vater verstärkt hatte.

Das Leben war zum Leben da. Dafür, es zu genießen und das meiste aus jedem einzelnen Tag zu machen.

Also nein, verdammt. Sie wollte nicht zulassen, dass ihre Fantasie mit ihr durchging. Ganz besonders nicht, wenn sie zum Inselparadies Maui unterwegs war, wo sie mit ihrer Schwester sprechen und Dinge klären konnte. Und nicht nur das, sie würde auch die unglaubliche Gelegenheit bekommen, ein paar Wochen lang bei einem Meister des Surfbrett-Shapings in die Lehre zu gehen.

Ein Telefon piepte – nicht ihr eigenes, aber eines mit dem gleichen Klingelton – und sie riss die Augen weit auf.

„Willkommen an Bord", sagte die Flugbegleiterin zu jedem neuen Passagier, der einstieg. „Willkommen an Bord."

Jenna nahm jeden einzelnen von ihnen unter die Lupe. Selbst wenn sie normal wirkten, wusste man es nie. Ihre Augen huschten zwischen den Gängen umher und musterten prüfend jeden Mann. Mental stellte sie sie schattenhaften Gesichtern gegenüber, die ihrer Vorstellungskraft entsprungen waren. Dort drüben war ein großer, blasser Kerl, der verdammt nach einem Vampir aussah – bis zu dem Moment, in dem ihm die Frau hinter ihm ein Baby reichte und in einer Wickeltasche herumwühlte. In Ordnung, er war vielleicht kein Vampir, sondern nur ein wirklich überarbeiteter Vater. Aber was war mit der Frau Mitte Fünfzig mit den langen, ungekämmten Haaren, die finster aussah, als sie den Gang entlangschlurfte? War sie vielleicht eine Hexe? Jody zufolge lebten alle möglichen Arten von übernatürlichen Wesen heimlich unter den Menschen.

Jenna schloss die Augen. Wenn sie so weitermachte, würde sie sich selbst verrückt machen. Jeden Augenblick würde sich ein ganz normaler Mensch neben sie setzen und das Schlimmste, was passieren könnte, wäre ein sich zu lange hinziehendes Gespräch.

Trotzdem schlug ihr Herz höher, als die hexenhafte Frau sich näherte. Aber sie ging vorbei, ohne auch nur in Jennas Richtung zu blinzeln. Als Nächstes ging eine ältere Frau in einem blumigen hawaiianischen Kleid vorbei. Sie schien mehr zu schweben, als zu gehen, fast wie die gute Fee, die Jenna sich stets gewünscht hatte. Dann kam ein gruselig aussehender, glatzköpfiger Typ in einem zerknitterten Anzug mit einer zu breiten Krawatte vorbei. Jenna grub ihre Fingernägel in die Armlehne. War das ein Vampir?

Sie atmete ein und rümpfte bei seinem Körpergeruch sofort die Nase. Das bedeutete, dass sie ihn von der Liste der Verdächtigen streichen konnte. Laut ihrer Schwester hatten Vampire keinen Eigengeruch. Solange der Krawattentyp also nicht neben ihr saß, war alles in Ordnung.

„Sechsundzwanzig D, gleich dort drüben", sagte die Flugbegleiterin und Jenna schluckte. Der Moment der Wahrheit, denn dies war der Platz neben ihr. Aber sie konnte an einem Pärchen im Gang nicht vorbeisehen – ein glückliches Paar, das aussah, als käme es direkt aus einer Hochzeitskapelle. Erst als sich der Bräutigam umdrehte, um die kichernde Braut zu küssen, hatte sie freie Sicht. Jennas Mund klappte beim Anblick des nächsten Mannes in der Reihe auf.

Überhaupt nicht der Mann ihrer Albträume. Eher der Mann ihrer Träume.

Er hatte dunkle, durchdringende Augen – intensiv grün mit einem Hauch von Braun. Darunter befanden sich breite muskelbepackte Schultern und eine riesige Brust, wie die eines Bauarbeiters. Sein graues T-Shirt spannte sich über seine dicken Oberarme und seine Jeans war gerade eng genug, um seine schmale Taille zu betonen.

Jenna riss die Augen weit auf. Selbst eine Frau auf der Flucht vor übernatürlichen Wesen dürfte doch innehalten, um einen gut aussehenden Mann zu bewundern, nicht wahr?

Sein kurzes, braunes Haar war stachlig und ein wenig zerzaust, aber das schien ihm nichts auszumachen. Ein anderer Passagier stand auf, um sich ein letztes Mal zu strecken – ein großer Einheimischer der Inseln – und wich dann hastig aus, als dieser Mann ihm einen einzigen ausdruckslosen Blick zuwarf. Dann kam er direkt zu ihrer Reihe und prüfte seine Bordkarte. Selbst diese kleine Bewegung stellte die Muskeln seiner Unterarme zur Schau.

„Hallo", murmelte er von oben herab.

„Hallo", sagte sie und versuchte, cool zu bleiben.

Er schob seine kakifarbene Reisetasche in das Gepäckfach und schloss es mit einem kräftigen Schlag. Als er sich neben sie setzte, klirrten die Erkennungsmarken, die er um den Hals trug. Jenna atmete seinen Duft ein. Er war rein, luftig und frisch, so als wäre er die letzte Stunde in einem offenen Doppeldecker geflogen und erst jetzt auf einen regulären Linienflug umgestiegen.

Er war auf gar keinen Fall ein Vampir. Aber verdammt. Soweit sie es wusste, war die Flugbegleiterin eine Hexe und der Pilot ein Hexenmeister. Jetzt, da ihr diese erschreckende neue Welt offenbart worden war, wusste sie nicht mehr, wem sie vertrauen oder was sie glauben sollte.

Aber jede Schwingung in ihrem Körper sagte ihr, dass dieser Mann durch und durch ehrenhaft war.

Ich heiße Jenna, wollte sie sagen. *Es freut mich, Sie kennenzulernen.*

Ihr Puls beschleunigte sich. Vielleicht war er einer dieser Luftmarshalls, die nach dem Zufallsprinzip in Flüge gesetzt wurden. Das würde seine Größe, seine schwarzer Gürtel-Aura und seine wachsamen Augen erklären. Und es bedeutete auch, dass sie sich entspannen konnte, nicht wahr? Oder zumindest konnte sie es versuchen. Denn in der Sekunde, als er sich neben sie setzte, überschlug sich ihr Puls.

Definitiv kein Stalker-Typ. Wenn dieser Mann eine Frau wollte, käme er sofort zur Sache und würde sie fragen, ob sie mit ihm ausgehen will.

Sie war also seltsam enttäuscht, als er zehn Minuten später noch immer kein einziges Wort gesagt hatte. Bis zu diesem Moment hatte sie gehofft, dass sie neben keinem allzu gesprächigen Menschen sitzen würde, aber sie fing an, sich das Gegenteil zu wünschen. Wer war er? Arbeitete er auf Maui oder machte er Urlaub? Wie lange würde er bleiben?

Frage ihn nach seiner Nummer, sagte eine kichernde innere Stimme zu ihr. *Du weißt schon, nur für alle Fälle.*

Ja, nur für den Fall, dass ihr Vampir-Stalker auftauchte? Jenna hielt den Mund und inspizierte ihn aus dem Augenwinkel heraus. Kein Buch, kein Musikplayer. Nicht mal ein Telefon. Nichts, um ihn auf dem sechsstündigen Flug zu beschäftigen.

Seine Lippen waren zu einer festen, geraden Linie zusammengepresst und seine Hände ruhten ruhig auf seinen Oberschenkeln. Er bewegte sich kaum, aber sie hatte das deutliche Gefühl, dass in ihm ein Riese schlummerte.

Und die gute Nachricht? Jeder, der zu ihr gelangen wollte, müsste zuerst an G. I. Prachtkerl vorbei.

Ha. Sie würde gerne sehen, wie ihr feiger Nachrichten-Stalker dies probierte.

Aber das war genau das Problem. Ihr Stalker war nicht Manns genug, um sich ihr in der Öffentlichkeit zu nähern. Er würde sich an sie heranschleichen, wenn sie es am wenigsten erwartete, und...

Ein Schauder durchfuhr sie und sie packte die Armlehne so fest, dass ihre Fingerknöchel weiß wurden.

„Alles in Ordnung?", brummte ihr Nachbar mit tiefer, klangvoller Stimme.

Sie blickte nach links und schaute in seine haselnussbraunen Augen. Das gesprenkelte Grünbraun wirkte wie zwei Seen, die mit einer Seele von unergründlichen Tiefen in Verbindung zu stehen schienen. Eine undurchdringliche Seele, die viel mehr gesehen hatte, als ein Mann Anfang Dreißig hätte sehen sollen.

Sie setzte ein munteres Lächeln auf. „Es geht mir gut, danke."

„Alles wird gut, wissen Sie." Er deutete mit einem Nicken auf ihre Hände, die ihren Gurt verdrehten. „Ich bin mir sicher, dass wir einen ruhigen Flug haben werden."

Sie lachte. Er dachte, sie hätte Flugangst? Wie niedlich.

Wenn sie doch nur hätte sagen können, *Ich habe schreckliche Angst vor dem Stalker, der mein Leben in den letzten Wochen zu einem Albtraum gemacht hat. Ein Stalker, der ein Vampir sein könnte. Könnten Sie mir dabei irgendwie helfen?*

„Da bin ich mir sicher." Sie lockerte den Todesgriff um ihre Armlehne.

Er schaute hinunter und nahm es zur Kenntnis. Sie fragte sich, was ihm sonst noch auffiel. Die angeknabberten Fingernägel? Die Ringe unter ihren Augen? Oder sah er eher die Dinge an der Oberfläche, wie die meisten Jungs es taten – ihr blondes Haar, die blauen Augen, die tiefe Bräune.

Das Telefon eines anderen Fluggastes piepte und als sie den Kopf hochriss, schaute der Augenschmaus ebenfalls auf. Er ließ seine Augen über die gesamte Breite des Flugzeugs schweifen – so intensiv wie es die Jungs vom Geheimdienst im Fernsehen taten – und dann fiel sein Blick wieder auf Jenna. Sie konnte das Gewicht seines Blickes auf sich spüren und ahnte die unausgesprochene Frage.

Nein, ich habe im Moment keine Angst, würde sie unschuldig antworten. *Warum fragen Sie?*

Gott, er würde sie für einen totalen Schwächling halten – nicht für ein Mädchen, das in die krassesten Wellen hinauspaddelte und ihren Platz neben den erfahrensten Surfern beanspruchte. Auch nicht für das Mädchen, das dem Star-Quarterback das Veilchen seines Lebens verpasst hatte, als er in ihrem Junior-Jahr an der Highschool versucht hatte, ihren Arsch zu begrapschen. Sie war eine Frau, die sich gegen jeden Mann behaupten konnte, verdammt.

Nun, zumindest gegen jeden Mann, der mutig genug war, ihr gegenüberzutreten. Gegen einen feigen Stalker hingegen...

„Boarding complete. Doors to automatic and cross-check", verkündete der Kapitän.

Sie schluckte das *Gott sei Dank,* das ihr auf der Zunge lag, hinunter. „Entschuldigung. Es geht mir gut. Wirklich. Mich beunruhigt nur etwas zu Hause. Ein guter Zeitpunkt für eine Reise, nicht wahr?" Sie versuchte, es mit einem Scherz zu überspielen.

„Ein guter Zeitpunkt für eine Reise", sagte er und studierte ihr Gesicht.

Jeder normale Mensch hätte gelächelt, ein Buch aufgeschlagen oder das Wetter kommentiert. Aber Jenna war sowohl sprach- als auch regungslos und starrte in diese bodenlosen Augen. Sie fragte sich, warum es sich wie ein bedeutsames Ereignis anfühlte und nicht nur wie eine flüchtige Begegnung. Jede Sekunde, die sie weiterstarrte, strahlten die Augen des Mannes heller, so als wäre er über etwas gestolpert, das er noch nie zuvor gesehen hatte.

Dann zuckte er leicht und bewegte seinen Kiefer hin und her, als würde er ein privates Gespräch mit sich selbst führen.

Als er sich einen Augenblick später wieder zu ihr drehte, erwartete sie fast, dass er eine bohrende, aufschlussreiche Frage stellen würde oder irgendeine tief greifende Wahrheit aussprach. Sein Mund öffnete sich und schloss sich ein paarmal, bevor er schließlich etwas sagte.

„Ihr erstes Mal auf Maui?"

Sie blinzelte und schüttelte leicht den Kopf. So viel zu tief greifenden Wahrheiten.

„Das zweite Mal. Meine Schwester lebt dort."

Ihre Schwester, die nach Maui geflogen war, hatte den Mann ihrer Träume kennengelernt und sich dort niedergelassen. Sie sprach nur noch über Liebe und Schicksal und für immer. Jennas Brust hob und senkte sich mit einem Seufzen.

Natürlich hätte ihr neuer Nachbar daran kein großes Interesse. Typen wie er wussten alles über Schweiß und harte Arbeit – und möglicherweise über das Töten von Menschen mit bloßen Händen – aber nichts über so schmalzige Dinge wie Liebe.

„Und Sie? Ihr erstes Mal auf Maui?", fragte sie.

„Ja. Das erste Mal."

Sie musterte ihn und suchte nach irgendeinem Hinweis. Er schien nicht der Typ zu sein, der am Strand herumlag oder Wellen ritt. Besuchte er einen Verwandten? Oder machte er sich zu einer streng geheimen Unterwasserrettungsaktion auf?

„Arbeit oder Vergnügen", fragte sie. Und verdammt, ihre Stimme hob sich beim Wort *Vergnügen* und deutete alle möglichen intimen Dinge an.

Die rechte Seite seines Kinns zuckte – ein Kinn mit der Art von leichten Stoppeln, die sich über die Wange eines Mädchens gerieben gut anfühlten – und seine Augen strahlten mit einem unterdrückten Lächeln. „Arbeit."

Was gut war. Denn zu hören, wie diese tiefe, heisere Stimme ein Wort wie *Vergnügen* aussprach, würde wahrscheinlich jede Frau in einem Radius von zehn Reihen zum Orgasmus bringen.

„Neuer Job", fügte er hinzu.

Gerade genug, dass ihr altes ungezügeltes Selbst wieder auftauchte und es wagte, zu raten. „Feuerwehrmann? Rettungsschwimmer? Bauarbeiter?"

Er lächelte und sie musterte seine Zähne, während er über seine Antwort nachsann. Keine spitzen Reißzähne, was ein Pluspunkt war. Ihr Blick wanderte zu einer verwirbelten Tätowierung, deren Rand knapp unter seinem Ärmel hervorschaute.

Nette Tätowierung, wollte sie unbedingt sagen. *Ist das ein Drache?*

Sie stellte sich vor, wie er sein riesiges, perfektes Lächeln aufblitzen ließ und den Ärmel hochzog, um es ihr zu zeigen. Dann würde sie sich umdrehen, um ihm den springenden Delfin zu zeigen, der auf ihren Rücken tätowiert war, und schon bald würden sie wie alte Freunde plaudern. Und vielleicht würden sie sogar Telefonnummern austauschen und sich zu einem Treffen verabreden.

Aber dann erinnerte sie sich wieder an ihren Stalker und versteifte sich. Sie würde niemandem ihre Nummer geben. Noch nicht einmal diesem Mann.

Das Flugzeug ruckelte, als es sich vom Gate fortbewegte und bereitmachte, die Startbahn hinunterzurollen. Der Blick des Mannes zuckte zum Fenster und ein unheilvolles Wogen durchrollte ihn, als hätte auch er sich gerade daran erinnert, wie wichtig es war, ein tiefes, dunkles Geheimnis zu schützen, das er niemals preisgeben durfte.

„Sicherheitsdienst", sagte er in einem knappen, sachlichen Ton, der deutlich machte, dass er nicht viel mehr sagen würde.

„Sicherheitsdienst, was?"

Er nickte knapp und rollte dann seinen Kopf, als würde er sich für einen Kampf bereit machen.

„Nett", murmelte sie.

Und verdammt – es *war* nett, ihn einfach neben sich sitzen zu haben. Er reduzierte ihre Welt auf einen kleinen, geschützten, überschaubaren Bereich.

Innerhalb von Minuten dröhnten die Motoren, das Flugzeug ratterte und die Schwerkraft drückte Jenna in ihren Sitz. Das Flugzeug hob ab, stieg steil auf und neigte sich in einer großen Kurve über den Pazifik. Ein ganz normaler Start, aber irgendwie schien ihr Sitznachbar nicht beeindruckt zu sein.

„Verstehen Sie viel vom Fliegen?", fragte sie.

Seine Nasenlöcher bebten, als wäre er derjenige, der nach einem Vampir Ausschau hielt. Aber dann grinste er sie amüsiert an und sagte: „Ja. Tatsächlich tue ich das."

Sein Tonfall klang irgendwie endgültig und er wandte sich ab. In Ordnung, er wollte also nicht reden. Sie gab das Gespräch auf und schaute stattdessen hinunter auf die Lichter von LA. Irgendwo dort unten war ihr Stalker. Und ha – sie entkam ihm! Aber dem Hochgefühl folgte eine Welle der Erschöpfung und sie blinzelte, als sich der Stress der vergangenen Wochen langsam über ihren Augenlidern breitmachte. Sie lehnte ihren Kopf gegen die Flugzeugwand. Vielleicht würde ihr Nachbar in den nächsten sechs Stunden nicht für angeregte Unterhaltung sorgen. Aber solange er dort saß und sie wie ein Turm den König auf einem Schachbrett beschützte, konnte sie genauso gut etwas schlafen.

Aber gerade als sie ihren Pullover zu einem behelfsmäßigen Kissen zusammengerollt hatte, tauchte eine Hand neben ihrem Kopf auf. Sie erschrak sich zu Tode.

„Entschuldigung", murmelte die Person auf dem Platz hinter ihr und ließ ihren Sitz los, nachdem er sein Oberlicht angeschaltet hatte.

Jenna versuchte, ihren Puls zu beruhigen, indem sie ein paar tiefe Atemzüge nahm und die Augen schloss. Als sie sie wieder öffnete, musterte der Augenschmaus sie.

„Haben Sie gesagt, dass *etwas* Sie beunruhigt – oder jemand?" Seine Stimme war ein leises Grummeln, seine Augen wild.

Sie erstarrte und wusste nicht, was sie sagen sollte. Konnte sie es überhaupt herausbringen? *Ja. Ich befürchte, ich habe einen Stalker und er könnte ein Vampir sein.*

„Vielleicht kann ich helfen", sagte er ganz leise.

Er legte seine linke Hand auf den Sitz vor ihm und blockierte alle Gefahren, die im Gang oder darüber hinaus lauern könnten. Das enthüllte eine weitere Tätowierung auf der Innenseite seines Unterarms – ein von Blitzen durchkreuztes Schwert.

Spezialeinheit. Eine Freundin von Jenna war einmal in einen Soldaten verknallt gewesen und hatte gar nicht mehr aufgehört, über jedes Detail dieses Mannes und dieser Elite-Kampftruppen zu sprechen.

Ihr Herz klopfte mit neuer Hoffnung und ihr lag ein *Ja bitte* auf der Zunge. Aber sie biss sich auf die Lippe, bevor die Worte herausrutschten, denn die Antwort musste Nein lauten. Sie hatte bereits Hilfe – oder besser gesagt, würde sie sie bekommen, sobald sie auf Maui ankam.

„Danke." Sie schüttelte den Kopf. „Ich habe es unter Kontrolle."

Er zog die Augenbrauen leicht hoch und ertappte sie bei ihrer Lüge.

„Nun, lassen Sie es mich wissen, sollten Sie Ihre Meinung ändern." Nach einer langen Minute, in der er sie weiter studierte, nickte er langsam und streckte ihr die Hand entgegen. „Ich bin Connor."

In dem Augenblick, als sich ihre Hände berührten, kribbelte ihr ganzer Körper. Bis hinunter in die Zehenspitzen.

„Jenna", sagte sie leicht atemlos.

Gut, dass ihre Schwester nicht hier war, um sie damit aufzuziehen, wie verträumt sie diesen Mann ansah. Jenna konnte sich selbst nicht verstehen. Niemand hatte jemals diese Art Wirkung auf sie gehabt.

Ihr Puls überschlug sich mit erneuter Angst. Was wäre, wenn es nie wieder passieren würde?

„Jenna", flüsterte er und testete ihren Namen auf seiner Zunge wie die ersten Töne einer Melodie.

Ihr fiel gar nicht auf, dass sie sich noch immer bei den Händen hielten, bis das Flugzeug durch eine kleine Turbulenz erschüttert wurde und sie ihre Armlehne packte. In der Sekunde, in der sie es tat, weinte etwas in ihr. Warum hatte sie nicht weiter seine Hand halten können?

„Also. Jenna", sagte der Augenschmaus mit einer leisen, verschwiegenen Stimme, die versprach, ihre Ängste niemals zu verraten. „Es ist ein langer Flug. Schade, dass ich nicht müde bin. Aber Sie könnten die Augen ein wenig schließen."

Jenna lächelte. Connor war definitiv ein netter Kerl. Er versprach auf subtile Weise, dass er auf sie aufpassen würde.

Nicht anmaßend oder fordernd, nur als Vorschlag. Sie biss sich auf die Lippe. Wie oft traf man so einen Typen?

„Das wäre schön. Danke", flüsterte sie und hoffte, dass ihr Tonfall mehr aussagte als diese überstrapazierten Worte.

„Gerne."

Er schaute auf die Weise nach unten, wie Männer es taten, denen Lob unangenehm war. Ihr Herz klopfte ein wenig heftiger.

Seine Worte – und seine Körpersprache – ließen nicht viel Raum für eine Antwort, also schloss sie die Augen und lehnte sich gegen das Fenster. Selbst wenn sie nicht richtig schlafen könnte, konnte sie sich doch wenigstens ausruhen. Schlaf war in letzter Zeit schwer zu finden gewesen und wenn er kam, brachte er dunkle, verworrene Albträume mit sich.

Doch als sie tief einatmete und Connors Duft wahrnahm, leerten sich ihre Gedanken. Ihre Schultern entspannten sich langsam und anstatt Albträume zu erwarten, stellte sie sich Schutzengel vor, die zu ihr hinuntergeflogen kamen. Engel mit flauschigen, weißen Flügeln, die ihr von ihrer Mutter geschickt worden waren, um ihr einen guten Schlaf zu bescheren.

Alles wird gut, sangen die Engel und wiegten sie in den Schlaf. *Alles wird gut.*

Die Flugzeugmotoren summten und die Kabine war still. Anstelle von Vampiren füllte sich ihr Geist mit friedlichen Bildern von Tieren im Meer. Schildkröten, die auf Seegras kauten. Fische, die in silbernen Schwärmen umherschwammen. Korallen voller Farben und Leben. Ihre liebste Traumlandschaft – und eine, die sie seit ihrer Kindheit kannte.

Und langsam und allmählich driftete sie in einen seligen, friedlichen Schlaf.

Kapitel 2

Connor verbrachte den gesamten Flug damit, mit seiner scharf-
sinnigen Drachennase die abgestandene Luft der Flugzeugkabi-
ne zu prüfen und mit kaltem, wachsamem Blick die Passagiere
zu studieren. Davon abgesehen, saß er vollkommen still, um die
schlafende Schönheit an seiner Seite nicht zu stören.

Jemand hatte sie bedroht. Sie genug verängstigt, dass sie
L.A. entfloh. Er konnte es in ihren rastlosen, gequälten Augen
sehen. Unglaublich blaue Augen – so blau wie der klarste Teil
des Himmels. Der Teil ganz weit oben, auf den er an sonnigen
Herbsttagen so gerne zuflog. Um aufzusteigen, bis die Luft zu
dünn wurde, um seine Flügel zu tragen.

Aber jemand hatte sie in eine Wolke der Angst gehüllt und
er suchte angestrengt nach einem Hinweis darauf, wer oder was
das sein konnte.

Er hatte keine Ahnung, wie er so lange derart still sitzen
konnte, denn sein Drache tobte in ihm.

*Finde ihn. Töte ihn. Wer auch immer es ist, der ihr Angst
gemacht hat.*

Er stemmte seine geballten Fäuste gegen seine Oberschenkel. Was zum Teufel hatte es mit dieser Frau auf sich, dass sie
eine solche Wirkung auf ihn hatte?

Ihr Name ist Jenna, brummte sein Drache.

Die Bestie sprach ihren Namen, als wäre er reine Poesie. So
als hätte er sie seit Jahren vermisst, obwohl sie sich noch nie
begegnet waren.

Das spielt keine Rolle, beharrte sein Drache. *Nicht, wenn
sie meine Gefährtin ist.*

Connor ließ sich das Wort eine Weile durch den Kopf gehen. Ehrlich gesagt, war sein Verständnis in Bezug auf vorbe-

stimmte Schicksalsgefährten ein wenig unklar. Sein Vater war ein notorischer Frauenheld gewesen, der sich nie die Mühe gemacht hatte, für eines der Kinder da zu sein, die er überall auf der Welt gezeugt hatte. Connor hatte seine Mutter immer nur über die Tatsache fluchen hören, dass sie sich auf diesen nichtsnutzigen Mistkerl eingelassen hatte. Und als sie schließlich mit einem anderen Mann zusammenkam, war es eine glanzlose Beziehung gewesen, in der ihr Glück eher daher stammte, nicht allein zu sein, anstatt mit genau dieser Person zusammen zu sein.

Also – eine Schicksalsgefährtin? Wie sollte er das beurteilen können?

Vertrau' mir. Ich weiß es, beharrte sein Drache.

Das ließ ihn laut schnauben. Sein Drache hatte ihn schon öfter in Schwierigkeiten gebracht, als er es aufzählen konnte. Ein harmloser Streich hier, eine hitzköpfige Reaktion dort...

Sein Drache grinste. *Das Feuerwerk, das wir veranstaltet haben, war es wert, Mann.*

Connor seufzte. Granaten mit Klebeband an Fußbällen zu befestigen und sie dann in die Luft zu schleudern, war vielleicht nicht die übliche Art, den Unabhängigkeitstag zu feiern, aber verdammt, sie hatten im Irak benutzen müssen, was ihnen zur Verfügung stand. Sie hatten darauf geachtet, es weit weg von Zivilisten zu tun, und eine ganze Kompanie abgekämpfter Soldaten hatte sich amüsiert. Und was war schon dabei, ein wenig Drachenfeuer auf die Fußbälle zu richten, um der Show etwas Glanz zu verleihen – na und? Niemand hatte ihn dabei gesehen, also war nichts passiert, nicht wahr?

Natürlich hatte ihm diese kleine Aktion fast eine Disziplinarmaßnahme und einen permanenten Eintrag in seiner Akte eingebracht.

Als er sich daran erinnerte, runzelte er die Stirn. Es war nur ein kleiner Scherz gewesen. Als er schließlich seine Entlassung beantragt hatte – ehrenhaft hoffentlich – hatte sein befehlshabender Offizier geseufzt und zunächst eine dicke Akte mit Berichten über Zwischenfälle durchblättert.

Befehlsverweigerung...

Darüber rollte er nur mit den Augen. Als würde er einen Befehl befolgen, wenn das bedeutete, einen Kameraden zurückzulassen. Er hatte an diesem Tag drei Männer gerettet – Männer, die alle anderen bereits aufgegeben hatten.

Verhalten, das der Aufrechterhaltung guter Ordnung und Disziplin abträglich ist...

Noch so eine beschissene Regel. Der Leutnant, der diese Beschwerde eingereicht hatte, hatte keinen blassen Schimmer. Er hatte bereits bei der Aufgabenteilung versagt, also hatte Connor die Dienste stillschweigend neu verteilt. Alle waren zufrieden gewesen – außer dem Leutnant, als er es herausfand.

Verzögerungen bei der Rückkehr von Feldeinsätzen...

Connor runzelte die Stirn. Er musste also gelegentlich verschwinden und seinen Drachen rauslassen. Das war kein Verbrechen und er hatte stets verdammt darauf geachtet, nie die Grenze zu ‚Unerlaubter Abwesenheit' zu überschreiten. Natürlich konnte er nicht erklären, wo er gewesen war. Keiner seiner befehlshabenden Offiziere wusste über Gestaltwandler Bescheid – außer den wenigen, die selbst Gestaltwandler waren. Und es war ein ungeschriebenes Gesetz in der Gestaltwandlerwelt, niemals zuzulassen, dass Menschen ihre Existenz aufdeckten.

Connor schnaufte leise. Geschriebene Regeln waren manchmal schon schwer genug zu beachten. Ungeschriebene Gesetze waren fast unmöglich zu befolgen – aber das bezüglich der Geheimhaltung von Gestaltwandlern kannte er.

Der Offizier hatte mit einer Liste von Beschreibungen geschlossen, die in seiner Akte über ihn vermerkt worden waren. *Unberechenbar ... launisch ... impulsiv. Und das kommt von den Männern, die sie empfohlen haben, mein Sohn.*

Schließlich hatte der Offizier ihm die Entlassungspapiere ausgehändigt – ehrenhafte Entlassung wohlgemerkt – zusammen mit einem strengen Blick in den Augen.

Machen Sie etwas aus sich, Hoving. Und helfen Sie Ihren Brüdern, das Gleiche zu tun. Sie schauen zu Ihnen auf, wissen Sie.

Connor atmete tief ein. Seine Mutter hatte fast genau dieselben Worte benutzt, als er von Zuhause weggegangen war.

Aber hey – er tat sein Bestes. Und mit diesem neuen Job würde er sein langfristiges Ziel vielleicht tatsächlich erreichen: sich in der Gestaltwandlerwelt zu beweisen. Zu einer Position aufzusteigen, die er verdiente.

Aber was ist mit Jenna? murmelte sein Drache.

Er ballte seine Hände zu Fäusten. Ganz egal, wie sehr ihn diese Frau in ihren Bann zog, er musste widerstehen.

Ich darf es nicht versauen. Darf es nicht versauen.

Ihm war sein Traumjob angeboten worden – einer, der ihm nicht nur dringend benötigtes Geld einbringen, sondern ihm auch dabei helfen würde, in der Drachenwelt ein oder zwei Rangstufen aufzusteigen.

Gottverdammte Snobs, allesamt, schnaufte sein Drache.

Er hielt den Atem an, damit ihm nicht ein Hauch schwefelhaltiger Asche entwich.

Manchmal wünschte er sich, er wäre ein normaler Mensch. Ohne seine zweite Seele verstecken oder versuchen zu müssen, ungeschriebene Gesetze zu befolgen. In der menschlichen Welt war er ein kampferprobter Soldat, der von mehreren Einsätzen in den gefährlichsten Kampfgebieten der Welt zurückkehrte. Ein Mann, der sich auf den Übergang in ein neues Leben vorbereitete. Aber in der Drachenwelt war er ein Frischling. Ein niemand ohne den Vorteil einer edlen Blutlinie.

Nun, er hatte jetzt die Chance, dies wettzumachen, und er durfte nicht zulassen, dass irgendetwas diese neue Mission vereitelte.

Noch nicht einmal sie? Sein innerer Drache peitschte so wütend mit dem Schwanz, dass Connor gegen den Sitz vor sich trat.

Definitiv nicht sie, schoss er zurück, denn ein sonnenverwöhntes, kalifornisches Mädchen würde ihn nur auf Abwege leiten. Sicher, sie hatte irgendein Problem. Und ja, er würde es wirklich gern für sie lösen. Aber jetzt war nicht die Zeit, sich auf jemanden einzulassen. Er musste sich auf seine Mission konzentrieren. Es war nicht nur seine Chance, sondern auch eine Chance für seine Brüder.

Also saß er auf dieser Strecke über dem Ozean, die selbst der großartigste Drache, nicht allein überqueren könnte, still wie eine Statue. Er machte der geheimnisvollen Frau das einzige Geschenk, das er ihr geben konnte – sechs Stunden ungestörte Ruhe. Niemand würde sie stören, noch nicht einmal die Flugbegleiterin. Dornröschen sah so aus, als bräuchte sie jede Sekunde dringend, in der sie ihrer Welt selig entfliehen konnte. Ein paar Stunden waren vielleicht nicht genug, aber es wäre ein Anfang. Vielleicht würde es Jenna helfen, ihre Gedanken zu ordnen und die Sorgen abzuschütteln, die sie in dieses Flugzeug gejagt hatten.

Hin und wieder schaute er zu ihr hinüber und beobachtete sie im Schlaf. Ihre Gesichtsmuskeln hatten sich endlich entspannt und ein schwaches Lächeln umspielte ihre Lippen. Waren es Träume? Wünsche? Sehnsüchte? Ihr Brustkorb hob und senkte sich friedlich und sie hatte die Hände unter ihr Kinn gelegt.

Dann riss er seinen Blick von ihr los, bevor sein Drache auf dumme Gedanken kommen konnte. Wie sich vorzustellen, dass es in ihren Armen vielleicht Platz für ihn gäbe. Seine Gelenke wurden steif und sein Rücken schmerzte, da er viel zu wenig Platz auf seinem Sitz in der Economyklasse hatte, bis die Kabinenbeleuchtung schließlich wieder eingeschaltet wurde.

„Meine Damen und Herren, wir bereiten uns auf den Landeanflug auf Kahului vor. Bitte stellen Sie sicher, dass Sie Ihre Sitze wieder in eine aufrechte Position bringen... "

Mit dieser Durchsage begann der Countdown für das Ende seiner Zeit mit Dornröschen. Aber die bezaubernde Art, wie Jenna aufwachte, war es fast wert. Ihre Nase zuckte ganz leicht und sie blinzelte wie ein verschlafenes Kätzchen – ein weiteres Bild, das er abspeicherte. Dann lächelte sie, streckte sich und...

Er konnte die genaue Sekunde erkennen, in der ihre Sorgen sie wieder einholten. Sie verzog das Gesicht und die Falten auf ihrer Stirn kehrten zurück.

„Alles in Ordnung?", murmelte er in der Hoffnung, dass es helfen könnte.

Sie lächelte – ein Lächeln, das von Sorgen gezeichnet war, aber dennoch echt. „Alles in Ordnung", flüsterte sie und schaute aus dem Fenster in die dunkle Nacht hinaus. „Wow. Sind wir schon da?“

Bei dem Wort *wir* ging ihm das Herz auf, auch wenn er traurig über den Gedanken an *Abschied* war.

Sie sagte nicht viel, während das Flugzeug landete und zum Flughafen rollte, aber als sie endlich aussteigen durften, wandten sie sich beide einander zu.

„Connor“, begann sie.

„Jenna“, sagte er im gleichen Moment.

Dann strahlten sie beide mit einem Grinsen, das so viel mehr sagte als *Schön, dich kennengelernt zu haben*, oder *Hab noch eine gute Reise*. Aber Jenna brachte doch noch ein Wort hervor, als er sich schließlich in den Gang erhob und dort stehen blieb, um ihr Platz zu machen, damit sie zuerst aussteigen konnte.

„Danke.“

Ein kleines Wort, ein breites Lächeln und ein Hauch von Bedauern. Ja, er wusste genau, wie sie sich fühlte.

„Passen Sie auf sich auf“, schaffte er es, zu sagen. Als sie an ihm vorbeiging, atmete er zum Abschied noch einmal ihren Salzwasser-und-Sonnenschein-Duft ein.

Danach schwieg er und richtete seinen Blick geradeaus. Es hatte keinen Sinn, seinen Drachen in Versuchung zu führen.

Zu spät, brummte das Tier in ihm.

Lass es gut sein, befahl er dem Biest.

In dem Augenblick, in dem sie hinaustraten, schlug ihm der feuchte Duft des Regenwaldes entgegen. Aber das schien Jennas anhaltenden Wohlgeruch nur zu ergänzen. Maui duftete nach süßen tropischen Blumen und üppigen Bergtälern. Nach Brandung, Ingwer und ein wenig nach Salzlake. So als hätte jemand all die verführerischen Dinge von Jenna genommen und sie hundertfach verstärkt.

Auf dem Weg zur Gepäckausgabe blieb er zwei Schritte hinter ihr und wartete gespannt wie ein Flitzebogen. Er beobachtete jeden und bemerkte, wie sich Jennas Gesicht verdunkelte, als sie ihr Handy auf neue Nachrichten prüfte – und wie sie einen Moment später wieder strahlte, bevor sie es ausschaltete. Offenbar waren keine Nachrichten gute Nachrichten.

Ein anderer Kerl versuchte, ihr dabei zu helfen, ihre Reisetasche vom Gepäckband zu ziehen – er war eindeutig darauf aus, ein hübsches Mädchen zu beeindrucken, jetzt, da Connor ein paar Schritte zurückgetreten war. Aber Jenna griff entschlossen nach ihrer Tasche und entzog sie dem Griff des Mannes.

„Kein Problem. Ich hab sie schon. Aber danke." Sie rollte sie von dem Mann weg.

Connor grinste – über die Frau und die Tasche. Es war eine große Sporttasche auf Rollen mit rosa Blumenmuster, so richtig niedlich und lebhaft. Ganz wie Jenna selbst, besonders jetzt, da das, worum sie sich Sorgen gemacht hatte, nachzulassen schien.

Dann drehte sie sich um und schenkte ihm ein letztes, hoffnungsvolles Lächeln. „Vielleicht sehen wir uns ja mal."

Gott, er hoffte es, aber es war wahrscheinlich besser, wenn sie es nicht taten. Irgendetwas an ihr brachte seinen Verstand dazu, sich abschalten und an einen verträumten Ort schweben zu wollen. Und das konnte er sich im Moment wirklich nicht leisten.

Trotzdem konnte er sich ein Grinsen nicht verkneifen. „Vielleicht werden wir das."

Sie stand da und schaute ihn noch ein paar Sekunden lang an, als würde sie noch etwas hinzufügen wollen, bevor sie schließlich ein wenig blinzelte und zurücktrat. „Tschüss."

„Tschüss", flüsterte er und schaute ihr hinterher.

Eine Frau zu treffen, hatte sich noch nie so sehr wie eine Offenbarung angefühlt –und sich zu verabschieden, noch nie zuvor so falsch.

Bleib bei ihr. Folge ihr. Beschütze sie, schrie seine innere Bestie.

Er war versucht, es zu tun, das war er wirklich. Aber dieses Mal konnte er den Bitten seines Drachen nicht nachgeben.

Ich will sie, brauche sie, zeterte die Bestie.

Sicher. Klar. Manchmal war das Tier in ihm sein eigener schlimmster Feind.

Glücklicherweise kam seine Tasche als Nächstes heraus, wodurch er sie den ganzen Weg bis zum Bürgersteig im Blick behalten konnte. Jenna winkte und eilte auf eine Frau zu – der

Art nach zu urteilen, wie sie quietschten und sich umarmten, war dies ihre Schwester. Sein Blick blieb auf Jennas Beinen haften – lange, wohlgeformte Beine, als würde sie einen Großteil des Tages ihre Beinmuskulatur trainieren –, bevor es ihm schließlich gelang, seinen Blick von ihr loszureißen.

Er schüttelte sich ein wenig. Mission erfüllt. Dornröschen war sicher und gesund angekommen. Jetzt war es an der Zeit, sein neues Leben zu beginnen.

Seltsam jedoch, dass es sich wie ein bitteres Ende anfühlte, als Jenna in die Nacht davonfuhr.

Kapitel 3

Hey, Connor, ertönte ein leises Brummen in Connors Kopf.

Er wirbelte herum und schaffte es, trotz seiner grimmigen Stimmung zu grinsen, als er einen neuen Kurs zum anderen Ende des Gehwegs einschlug.

„Hey, Timber", grummelte er und gab seinem Bruder eine einarmige Männerumarmung.

Sie klopften sich ein paarmal gegenseitig auf den Rücken und standen dann wie ein paar grinsende Idioten da. Man verbrachte nicht die meiste Zeit seines Lebens mit einem großen, stämmigen Bärengestaltwandler, ohne ihn lieben zu lernen, auch wenn Tim als jüngerer Bruder manchmal eine Nervensäge gewesen war.

Aber Mann, sie hatten seitdem einen langen Weg hinter sich. Sie waren schnell erwachsen geworden und hatten eine Menge gelernt – meistens auf die harte Tour. Und ja, sie hatten auch genügend Fehler gemacht. Aber das Wichtigste war, dass sie sich beide geschworen hatten, neue Wege einzuschlagen und dieser Weg begann hier. Und jetzt.

Er beginnt mit ihr, rief sein Drache und riss seine Gedanken zurück zu Jenna. *Schicksal.*

Er schnaubte. Schicksal? War daran überhaupt irgendetwas wahr?

„Dort drüben", murmelte Tim und zeigte auf einen staubigen, weißen Pick-up Truck am Straßenrand.

Dort drüben, wiederholte sein Drache und starrte in die Richtung, in die Jenna davongefahren war. Aber er hatte lediglich einen kurzen Blick auf den Land Rover werfen können, in den sie gestiegen war, und dann war auch der verschwunden.

Connor warf seine Tasche auf den Rücksitz und stieg auf die Beifahrerseite des Pick-ups ein. Dann legte er den Kopf in den Nacken und schaute zu den Sternen hinauf, als er sich fragte, zu welchen Abenteuern – oder Missgeschicken – sie ihn als Nächstes führen würden.

„Was für eine Karre", murmelte er und beäugte die zerrissenen Polster.

„Hey, Mann, es ist ein Anfang."

Connor schaute sich um. Alles hier war ein Anfang – ein neuer Start in ein neues Leben. Seine letzte Chance.

„Oh, und übrigens gehört ein Viertel davon dir", verkündete Tim. „Wir haben uns darauf geeinigt, die Kosten zu gleichen Teilen zu übernehmen."

Connor seufzte. Genauso war er schon ein paar Mal in Schwierigkeiten gelandet – einer der Jungs hat eine tolle Idee gehabt und die anderen mit hineingezogen. Er musste jedoch fairerweise zugeben, dass auch er einige der fehlgeleiteten Missionen initiiert hatte.

Er strich mit dem Finger über einen Riss im Armaturenbrett. Vielleicht war es an der Zeit, diese Angewohnheit endgültig abzulegen.

„Wie spät ist es hier?"

„Zweiundzwanzig Uhr dreißig", sagte Tim, als er auf die Straße abbog. Connor blinzelte ein paarmal und versuchte, wachsam zu bleiben. Seine Reise hatte mehrere Zeitzonen entfernt begonnen, was bedeutete, dass dieser zu einem der ausgedehnten Tage wurde, die sich über mehr Stunden erstreckten, als er zählen wollte.

„Ich hab' alles im Griff, Mann", murmelte Tim und las seine Gedanken.

Connor gestattete sich, die Augen kurz zu schließen. Nicht so sehr um zu schlafen, als vielmehr um Visionen von Jenna heraufzubeschwören. Aber der Schlaf überkam ihn und er driftete schon bald in Träume ab. Träume von ihm und Dornröschen im Flugzeug. Er stellte es sich auf eine Weise vor, die ihm besser gefiel. In dieser Version legte sie ihren Kopf auf seine Schulter, bevor sie einschlief.

Ist das für Sie in Ordnung? fragte sie mit ihrer süßen Sirenenstimme. Zumindest tat sie das in seinem Traum.

Es war für ihn völlig in Ordnung und anscheinend auch okay, seinen Arm um sie zu schlingen, denn am Ende kuschelten sie sich aneinander wie zwei Hälften einer glücklichen Muschel. In seinem Kopf gab es keinerlei Warnungen oder Alarmzustand mehr.

Es war ein großartiger Traum, bis sich die Stimmung langsam zu etwas Unheimlicherem wandelte. Er träumte, dass das Flugzeug in Turbulenzen geriet. Die Passagiere fingen an zu schreien, wodurch er und Dornröschen aus dem Schlaf gerissen wurden. Der Flieger taumelte außer Kontrolle und er konnte sich nur noch an Jenna klammern, während das Flugzeug auf den Boden zuraste. Tiefer und tiefer stürzte es, wie ein schweres Stück Metall, das durch den Himmel pfiff und von Anfang an dem Untergang geweiht gewesen war.

Hilfe, schrie Jenna und klammerte sich an seine Hand. *Hilfe.*

Der Traum übersprang ein Stück und im nächsten Augenblick rasten er und Jenna allein durch die Luft – es gab kein Flugzeug und auch keine anderen Passagiere, nur noch Winde in Orkanstärke, die sie herumschleuderten und versuchten, sie aus seinem entschlossenen Griff zu entreißen.

Halte dich fest, schrie er, bereit sich zu verwandeln.

Trotz des Schreckens des Traumes fühlte es sich immer noch gut an, ihr nervöses Nicken und ihr Vertrauen zu spüren.

Der Wind zerzauste ihm das Haar und schrie in seinen Ohren, als er sich in Drachenform verwandelte. Aber irgendetwas stimmte nicht. Er konnte seine Flügel nicht öffnen und eine tiefe Stimme lachte ihn von einem unbekannten Ort auf der anderen Seite seines Traumes aus.

Sie gehört mir, höhnte die Stimme, während der Wind versuchte, sie aus seinen Armen zu reißen.

Sie gehört mir, brüllte er zurück und wollte sie verzweifelt beschützen.

„Ähm ... Connor?“

Erschrocken und verschwitzt riss er seinen Kopf herum. Er fragte sich, warum sein Bruder ihn so anstarrte. Dann fuhr er sich mit der Hand durchs Haar. Himmel, was für ein Traum.

Tim reichte ihm eine Flasche lauwarmes Wasser und er trank einen großen Schluck.

„Wie weit ist es noch?"

„Nicht mehr weit. Zehn Minuten vielleicht."

Connor nickte und versuchte, sich an die Uhrzeit und den neuen Ort zu gewöhnen. Maui. Kurz vor elf Uhr abends. Neuer Job.

„Wie ist es hier so?"

Tim grinste und zeigte auf den Ozean zu ihrer Linken. „Die Jungs von Silas' Einheit haben wirklich Glück gehabt."

Connor hatte davon gehört. Silas Llewellyn, der Drachenalpha einer anderen Gestaltwandlereinheit, hatte ein Anwesen am Meer geerbt und sich dort mit seiner gesamten Einheit niedergelassen. Sie waren alle dort – Kai, Hunter, Boone und Cruz – und sie hatten auch alle eine Gefährtin gefunden.

„Ich freue mich darauf, sie alle wiederzusehen", murmelte Connor. Sie hatten bei mehreren Missionen eng mit Silas' Einheit zusammengearbeitet und er hatte sich in dieser Zeit mit seinen Gestaltwandlerkollegen angefreundet. Natürlich waren die Dinge jetzt, da diese Männer sich alle verpaart hatten, vielleicht anders.

Tim lachte und las seine Gedanken. „Im Grunde sind sie immer noch dieselben. Man kann immer noch wirklich gut mit ihnen reden." Er senkte seine Stimme. „Sie verstehen es, weißt du?"

Ja, Connor wusste ganz genau, was er meinte. Es war schon schwer genug, eine Beziehung zu jemandem aufzubauen, der nicht beim Militär gewesen war, und sogar noch schwerer, jemanden zu finden, der auch Gestaltwandlerproblematik verstand.

Er schnaufte bei dem Wort. Problematik? Ja, vielleicht hatte er ein paar Probleme. Aber verdammt, wer hatte die nicht?

„Ihre Gefährtinnen sind auch toll", fügte Tim hinzu. „Und das Anwesen, das wir bewachen – Koa Point – ist nicht von dieser Welt. Sie haben dort alles, was man sich vorstellen kann. Helikopter, luxuriöse Wagen, Privatstrand." Dann lachte er. „Aber mach dir nur keine allzu großen Hoffnungen. Wir wohnen auf der heruntergekommenen Plantage nebenan. Aber wir haben schon Schlimmeres überlebt und es gibt genug Platz für alle, sodass sich jeder ein wenig ausbreiten kann, wenn wir uns erst einmal eingelebt haben."

Connor schaute sich um und fragte sich, ob er es schaffen könnte, sich irgendwo einzuleben. Vielleicht eines Tages...

Sein Drache seufzte und füllte seine Gedanken mit Visionen von einem netten kleinen Häuschen am Meer, hoch oben auf einer Klippe. Ein Ort, an dem er seine Tage mit regelmäßiger Arbeit und ungebrochener Aussicht verbringen konnte. Dunkle Nächte, in denen er seine Flügel ausbreiten konnte. Vielleicht sogar jemanden, mit dem er das alles teilen könnte...

So wie Jenna, sagte sein Drache, und fantasierte darüber, wie das Licht auf ihrem Haar geglitzert hatte. *Stell dir mal vor, wie sehr es bei Tageslicht glänzen würde.*

Das Wort *schillernd* kam ihm in den Sinn, aber Connor runzelte die Stirn, als er sich an seinen Traum erinnerte. Er knackte seinen Hals von einer Seite zur anderen. Gott, war er steif.

„Sind alle anderen schon da?", fragte er.

Tim nickte. „Ja. Du, ich, Chase..."

Chase – ihr jüngerer Halbbruder, ein Wolfsgestaltwandler. Ein Kerl, der Zurückhaltung und Ruhe eine ganz neue Bedeutung gab, völlig anders als jeder andere Wolfsgestaltwandler, den Connor je getroffen hatte.

„Wie geht es ihm?"

Tim neigte den Kopf nach links und rechts. „Angesichts der Umstände nicht schlecht."

Connor verzog das Gesicht. Wölfe wie Chase kamen mit Veränderungen nicht gut zurecht und ihm waren in seinem Leben schon so oft Veränderungen aufgezwungen worden. Was Connor nur daran erinnerte, wie wichtig es war, diesen neuen Auftrag nicht zu vermasseln.

„Dell ist auch heute angekommen", fuhr Tim fort.

Connor entspannte sich ein wenig mehr. Dell war ein Löwengestaltwandler, mit dem sie zusammen gedient hatten. Ein guter Kerl, den man gern in der Nähe hatte – und fast wie ein Bruder für sie alle. Gesellig und witzig, war Dell ein Experte in allen möglichen Fertigkeiten, die ziemlich fragwürdig erschienen, bis sie einem Mann den Arsch retteten.

Wie zum Teufel könnt ihr drei Brüder sein? hatte Dell gelacht, als er sie alle das erste Mal getroffen hatte. *Ein Drache, ein Bär und ein Wolf?*

Connor verzog das Gesicht, als er an seinen missratenen Vater dachte – ein seltener Myriadengestaltwandler, der sich in eine Vielzahl von Formen verwandeln konnte. Jeder Nachkomme seines Vaters hatte nur eine einzelne Tierform angenommen – zumindest die Kinder, die Connor getroffen hatte. Wer wusste schon, wie viele andere Hoving-Halbgeschwister es dort draußen auf der Welt sonst noch gab und welche Gestaltwandlerformen sie angenommen hatten? Ihm selbst genügten Timber und Chase jedoch.

„Und dann ist da noch diese Witwe, mit der wir uns das Haus teilen müssen“, schloss Tim.

Er sagte *diese Witwe* mit einer betont gleichmäßigen Stimme, die Connor nicht deuten konnte.

„Also was ist der Plan?“, fragte Connor und versuchte, sich auf das große Ganze zu konzentrieren.

„Wir treffen uns alle heute Abend, sobald wir angekommen sind.“

Gut. Ein Treffen würde ihm helfen, sich von Jenna abzulenken. Er schaute auf die Uhr und riss den Daumen hoch. „Warum fahren wir nicht ein wenig schneller?“

Tim schüttelte entschieden den Kopf und Connor starrte ihn an. „Seit wann hältst du dich an die Geschwindigkeitsbegrenzung?“

„Seit dem hier“, brummte Tim und griff hinüber, um das Handschuhfach zu öffnen.

Der Pick-up Truck raste unter einer Straßenlaterne hindurch und Connor entdeckte einen Stapel Papiere. „Strafzettel?“

Tim seufzte. „Die Polizei hier ist immer im Dienst und hat keinerlei Nachsicht. Noch nicht einmal mit einem Bärenkollegen.“

Connor starrte auf die Strafzettel. „Ein Bärengestaltwandler-Polizist? Wer ist er?“

„Wer ist sie, meinst du wohl. Eine Polizistin, die man besser nicht verärgert, das kann ich dir sagen. Officer Meli. Hunters neue Gefährtin. Glaube mir, du willst dich wirklich nicht mit ihr anlegen. Weder mit ihr noch mit den anderen Frauen hier."

Connor schaute seinen Bruder mit geneigtem Kopf an. Was sollte das denn bedeuten?

Tim winkte mit der Hand. „Als wir den Job angenommen haben, wussten wir, dass wir uns den Ort mit jemandem teilen müssen, nicht wahr? Mit jemandem, dem die Besitzer das Kommando übertragen haben."

Connor runzelte die Stirn. Jeder Instinkt in ihm schrie, dass er das Kommando haben sollte. Aber so funktionierte das nicht. Nicht bevor er sich einen Namen gemacht hatte. Er musste sich glücklich schätzen, dass Silas Llewellyn ihn und seine Kumpels als Sicherheitsleute für das weitläufige Anwesen eingestellt hatte. Sie verdienten ein gutes Gehalt und kamen außerdem kostenlos auf dem Nachbargrundstück unter. Alles in allem ein ziemlich guter Deal, der allerdings mit zwei Bedingungen verbunden war.

Erstens mussten die Hoving-Brüder ihr Verhalten in den Griff bekommen – in Silas' Worten: keine ungenehmigten Missionen, kein Blödsinn und keine Streiche.

Was ziemlich ungerecht war, da Connor und seine Brüder nie wirklich planten, Ärger zu machen. Es war nur einfach so, dass sie Ärger irgendwie anzogen.

Zweitens mussten sie die Autorität desjenigen akzeptieren, der Silas – oder Kai, seinem Cousin und Stellvertreter – angebracht erschien, das Kommando zu übernehmen.

Diese Klausel hatte Connor zunächst irritiert, aber er hatte trotzdem unterschrieben, weil er dachte, dass sie mit der Zeit ihre eigene Hierarchie ausarbeiten würden. Silas konnte jeden als Boss bezeichnen, den er wollte, aber derjenige, der tatsächlich das Sagen haben würde, wäre der, der sich das Recht dazu verdiente.

Stirnrunzelnd musterte er die Zuckerrohrstangen, die sich entlang der Straße in die Höhe reckten. „Der Typ, dem Silas das Kommando überträgt, wird uns im Blick behalten, weißt du."

Tim lachte schelmisch. „Im Ernst, würdest du uns nicht im Blick behalten? Wie dem auch sei, es ist kein Typ. Es ist ein Mädchen. Eine Frau, meine ich."

Connor runzelte die Stirn. Silas hatte einer Frau das Kommando übertragen? Nicht dass er ein Problem mit Frauen in Führungspositionen hatte – es passte nur nicht zu der kurzen Beschreibung, die Silas ihm über die Frau gegeben hatte, mit der sie sich die Plantage teilen würden.

Es werden du, deine Brüder, Dell und eine Frau dort sein, die ich kenne. Eine Drachengestaltwandlerwitwe, die eine schwere Zeit durchgemacht hat. Ich erwarte, dass ihr sie gut behandelt.

Connor kratzte sich den Kopf. Silas hatte nichts davon gesagt, dass die Witwe das Sagen hatte. „Hat er nicht auch gesagt, dass sie verwundbar ist?"

Tim schnaubte. „Entweder meinte er damit jemand anderen, oder er hatte sie noch nicht kennengelernt, als er das gesagt hat. Ich schwöre, diese Frau ist härter als die Hälfte der Jungs, die wir kennen. Mit ihr wirst du es schwer haben, Bruder."

Connor unterdrückte ein Seufzen und starrte in den mondbeschienenen Himmel. Er hatte es vom Tag seiner Geburt an schwer gehabt. So war es nun einmal. Wenigstens konnte er an einem schönen Ort wie diesem wohnen. Ein Ort mit einer frischen Brise, die ihm das Haar zerzauste und mit dem Duft des Ozeans, der seine Nase kitzelte. Die riesige Silhouette einer weiteren Insel schlummerte am Horizont und erinnerte ihn zusätzlich daran, wo er sich befand. Maui. Niemand dort draußen nahm ihn ins Fadenkreuz und es gab auch keine intriganten Feinde auf der Pirsch.

Nur eine Gefährtin, die es aufzuspüren gilt, murmelte sein Drache.

Er drängte den Gedanken beiseite und widmete sich den Dingen, die ihm bevorstanden. Es würde nicht lange dauern, bis er und seine Brüder eine neue Hierarchie aufstellen würden – auf die Gestaltwandlerart.

Vermassle es nur nicht, flüsterte eine vertraute, warnende Stimme in seinem Hinterkopf.

„Wie dem auch sei, du wirst sie noch früh genug kennenlernen", sagte Tim.

Connor verzog das Gesicht und versuchte, sich zu konzentrieren, anstatt *sie* zu Jenna zu machen.

Tim fuhr weiter, bis eine lange Reihe von Hotels und Ferienwohnungen einem ruhigeren Küstenabschnitt mit weniger Häusern wich. Er bog nach links auf eine nicht beschilderte Straße ab und fuhr im langsamen Schritttempo weiter.

„Dort drüben ist Koa Point." Tim deutete auf ein geschnitztes Holztor, das den unaufdringlichen Reichtum dieses Ortes andeutete. Dann schwenkte er den Finger nach vorn und senkte ihn leicht. „Das dort sind wir. Koakea Plantage."

„Koakea?"

Tim zuckte mit den Schultern. „Es bedeutet weißer Baum. Oder jedenfalls so etwas in der Art."

Sie ratterten an einem schlichten Metalltor vorbei, das zur Seite geschoben und offengelassen worden war und schief in rostigen Scharnieren hängen.

„Das war früher mal eine Kaffeeplantage", murmelte Tim. „Aber sie ging pleite und es hat schon seit Jahren niemand mehr hier gelebt."

Connor schnupperte und nahm einen trockenen, blumigen Geruch wahr, der nichts mit Kaffee zu tun hatte – zumindest nicht mit der gebrühten Variante. Ein Geflecht von niedrigen, buschigen Sträuchern säumte beide Seiten der Auffahrt und sie fuhren an mehreren Schuppen und Scheunen vorbei.

„Das ist der beste Teil." Tim grinste, als sie um eine Ecke bogen.

Die Büsche dort waren gestutzt worden und offenbarten eine unglaubliche Aussicht. Das Grundstück erstreckte sich über einen langen Abhang, der zum Pazifik hinunter abfiel. Der ganze Ozean glitzerte im Mondlicht, so weit das Auge reichte. Es war fast so, als hätte er sich in seine Drachenform verwandelt, die steifen Flügel ausgebreitet und sich in die Lüfte erhoben, um die Aussicht zu genießen.

„Das ist das Haupthaus." Tim deutete auf ein lang gestrecktes, niedriges Gebäude, das in einem leichten Winkel zum Hang errichtet worden war.

Die einzigen Lichter kamen von dort und es wirkte gespenstisch, da im Haus nur zwei oder drei Räume beleuchtet waren. Von der Veranda aus musste man eine unglaubliche Aussicht haben, obwohl Connor bezweifelte, dass er viel Zeit haben würde, sie zu genießen.

Ein undeutliches Netz von Pfaden durchzog das riesige Grundstück und ein kleiner Bach teilte den Hang in der Mitte. Die ganze weitläufige Landschaft endete abrupt an einer Klippe am südlichen Ende des Grundstücks, während die Nordseite allmählich abfiel und anscheinend mit einem kleinen Strand endete.

„Nicht schlecht", sagte Connor. Vor ein paar Jahrzehnten wäre das richtige Wort wahrscheinlich *spektakulär* gewesen, aber er konnte nicht über das wuchernde Unkraut oder die Schieflage der meisten Gebäude hinwegsehen. Ein Teil des Westhanges war vor nicht allzu langer Zeit abgebrannt und mehrere Traktoren standen rostend an einer Seite.

Aber, okay. Die Hauptsache war, dass es auf dem Grundstück Platz gab. Viel davon. Der perfekte Ort für eine Gruppe von Gestaltwandlern, um ihre Privatsphäre vor der Welt der Menschen zu schützen.

„Es bedarf einiger Reparaturen", sagte Tim trocken, als sie über einen holprigen Feldweg fuhren und schließlich vor dem Haupthaus anhielten. Selbst im Mondlicht konnte Connor die durchhängende Veranda und die abblätternde Farbe des einst großartigen Hauses erkennen.

„Dann werden wir es reparieren", sagte er. Gedanklich bereitete er sich auf eine Herausforderung vor, als er aus dem Pick-up stieg. Das war es doch, was das Leben war – eine Reihe von Herausforderungen. Prüfungen. Das Leben war ein endloses Bewährungsfeld und dies war seine große Chance.

„Wie dem auch sei, auf geht's", sagte Tim grinsend. „Bist du bereit, die Gang wiederzusehen?"

Kapitel 4

Connor drückte die Schultern durch und stieg die Verandatreppe hinauf. Die erste Stufe knarrte unter seinem rechten Fuß. Die zweite gab ein scharfes Stöhnen von sich und die dritte übersprang er vorsichtshalber ganz.

„Connor!", rief eine fröhliche Stimme aus den Reihen der Gestalten, die darauf warteten, ihn zu begrüßen. „Der Meister ist zurück!"

Connor grinste. Auf Dell, den Löwengestaltwandler, war Verlass, ihm einen großen Empfang zu bereiten.

„Hey." Er schüttelte Dell herzlich die Hand. In den wenigen Wochen, die sie getrennt gewesen waren, war Dell eine dicke Mähne um den Bart gewachsen – goldblond, genau wie sein Haar.

Chase begrüßte ihn als Nächstes und schenkte ihm seine Version eines Lächelns. Der Kerl war mit einer Wolfsmutter aufgewachsen – einer echten Wolfsmutter, keiner Gestaltwandlerin. Ihr gemeinsamer Vater hatte sie kennengelernt, als er für eine Weile seine Wolfsform ausprobiert hatte – mit anderen Worten, gerade lange genug, um die Wölfin zu schwängern und wieder zu verschwinden. Chase war erst in seinen späten Teenagerjahren aus der Wildnis gekommen. Selbst nach einem Jahrzehnt der Übung war Chase immer noch ziemlich unbeholfen, wenn es zu menschlichem Verhalten kam. Aber verdammt. Familie war Familie und Chase war ein großartiges Mitglied im Team.

Er zog seine Hand aus der Hosentasche, um seine zu schütteln, aber Connor umarmte ihn stattdessen kurz. „Schön dich zu sehen, Mann."

Chase nickte als Antwort. Dann trat eine hochgewachsene, gertenschlanke Gestalt aus den Schatten des Hauses hervor und Connor richtete sich hastig auf. Das musste sie sein. Die Witwe. Oder nicht?

Die anderen Jungs beobachteten genau, wie Connor und die Frau sich einander näherten. Er schnüffelte verstohlen und sie tat es ebenso. Sie trat einen halben Schritt nach links und er tat das Gleiche zur rechten Seite, so dass sie sich wie zwei wilde Tiere umkreisten. Schließlich trat die geheimnisvolle Frau in den Lichtkreis der offenen Glühbirne auf der Veranda und nickte ihm knapp zu.

Es war das Nicken einer Königin gegenüber einem Bürgerlichen und die majestätische Haltung der Frau verstärkte den Eindruck von Privilegien und Reichtum.

Sie war groß und athletisch mit langem, schwarzem Haar, das in lockeren Wellen um ihre Schultern fiel und einen starken Kontrast zum strahlenden Weiß ihrer Perlenkette bildete. Bei alledem rasten seine Gedanken zurück zu den Worten *Witwe* und *verwundbar*. Er grübelte ein wenig unbeholfen darüber nach. Sollten Witwen nicht alt, grau und gebrechlich sein? Diese Frau hatte die Ausstrahlung einer Kriegerprinzessin.

„Connor Hoving." Er streckte die Hand aus und sagte sich selbst, dass er nicht so fest zupacken sollte, wie es ihm seine Alphainstinkte befahlen.

Ihr Griff war wie Stahl, das Nicken knapp. „Cynthia."

Sie nannte ihm keinen Nachnamen und er fragte sich, warum. Drachen legten lächerlich großen Wert auf den Stammbaum einer Familie und er war sich sicher, dass sie mit *Llewellyn* oder *Baird* oder einem der anderen berühmten Clans herausplatzen würde, die das andere Ende der Gestaltwandlerskala zu den niederen Hovings bildeten. Aber nein – nichts. Nur ein Vorname.

„Kai wird bald hier sein", sagte Cynthia. Kein *Es freut mich, Sie kennenzulernen* oder *Wie war Ihr Flug?*

„Ich kann es kaum erwarten." Dell ließ sich auf einen der Sessel auf der Veranda fallen und legte seine Füße auf das Fass, das als Tisch diente. Er lehnte sich zurück wie ein Mann, der bereit war, sich ein Footballspiel anzuschauen, nur dass sein Grinsen direkt auf Connor und Cynthia gerichtet war, als wären sie die Gegenspieler.

Cynthia eilte an Connor vorbei und schnippte mit den Fingern. „Füße. Runter. Ich habe hier gerade sauber gemacht."

Der lässige Löwengestaltwandler ließ ein breites Grinsen aufblitzen und zog die Füße ein. „Ja, Sir. Ich meine, ja, Ma'am."

Cynthia trat um ihn herum, rückte die Sessel zurecht und fummelte an den Gläsern mit Kerzen. Dann schnappte sie sich die alten Zeitschriften und leeren Gläser vom Tisch und macht eine Kehrtwende ins Haus.

Connor starrte ihr hinterher. Diese Frau war nicht verwundbar. Sie war ein gottverdammter Wirbelsturm.

Dell grinste und sprach in seinen Gedanken, wie es alle eng miteinander verbundenen Gestaltwandler konnten. *Brillantes Köpfchen. Toller Körper. Sie und ich wären ein himmlisches Paar, wenn sie nicht so verbissen wäre.*

Tim schnaubte. *Als ob sie an dir interessiert wäre.*

Dells Lächeln wurde noch breiter. *Alle Frauen sind an mir interessiert. Sie ist nur gut darin, es zu verbergen.*

Cynthia stürmte aus dem Haus und warf Dell einen Schwamm zu. „Wischen Sie die Tische ab. Bitte."

„Ja, Ma'am", sagte Dell in seinem lockeren Ton.

Wenn sie irgendwelche Anziehungskraft verspürt, sagte Connor, *versteckt sie sie wahrscheinlich im Mittelpunkt der Erde. Du hast keine Chance, Mann.*

Tim räusperte sich und sprach leise, so wie es die meisten Bärengestaltwandler taten. *Ich schlage vor, dass ihr sie nicht wütend macht. Sie hat das Kommando, schon vergessen? Außerdem ist sie Witwe.*

Schwarze Witwe, lachte Dell.

„Können Sie die Fackeln anzünden?" Cynthia warf Chase eine Schachtel mit Streichhölzern zu. „Bitte."

Bitte schien bei ihr immer ein nachträglicher Einfall zu sein. Aber verdammt. Connor nahm an, dass sie es versuchte.

Sie versucht, mir meinen Job wegzunehmen, brummte sein Drache, als Chase zwei Reihen von Tiki-Fackeln anzündete, die im Hof aufgestellt waren und zur Veranda hinaufführten. Cynthia bereitete Kai Llewellyn die Art von Empfang, die einem hochrangigen Gestaltwandler gebührte, womit Connor keine Probleme hatte. Die Tatsache, dass ihm die gleiche Höflichkeit nicht auch zuteilgeworden war, störte ihn ebenso wenig. Er war es gewohnt, sich seinen Weg von unten hochzuarbeiten.

Tim sah ihn überrascht an, als würde er darauf warten, dass er protestierte oder sich wehrte. Cynthia stand mit fest verschränkten Armen im Eingang des Hauses und wartete auf die gleiche Reaktion. Aber Connor behielt seinen neutralen Gesichtsausdruck bei und schwieg. Er hatte in letzter Zeit einiges über Geduld gelernt. Er konnte mit dieser Situation umgehen.

Tim verbarg ein winziges Lächeln und schoss einen Gedanken zu Dell hinüber, der gerade laut genug war, dass auch Connor ihn hören konnte.

Oh ja. Das wird allerdings interessant werden.

Dell blinzelte. *Ich setze auf die Witwe.*

Ich setze auf Connor. Tim lachte. *Glaube ich zumindest.*

Schritte knirschten über den Kies und signalisierten die Ankunft ihres Bosses.

„Connor, schön, dich zu sehen", rief Kai Llewellyn mit einem echten Lächeln.

Und damit war das Eis gebrochen, denn Connors und Kais Einheiten hatten bei einigen Missionen zusammengearbeitet, und es gab sofort das Gefühl einer Verbundenheit und gegenseitiger Achtung. Natürlich war Kai jetzt einer seiner Vorgesetzten. Der große *Kahuna* von Koa Point war Kais Cousin Silas. Aber der war im Ausland und kümmerte sich um geschäftliche Belange, was Kai das Kommando übertrug.

„Danke, dass du uns hergeholt hast", sagte Connor, als Kai die Veranda betrat.

Der Drachengestaltwandler war in etwa genauso groß wie er, aber wow. Sein ganzes Auftreten war ruhiger und entspannter, als Connor es in Erinnerung hatte. Kais Lächeln war tief und gleichbleibend, so als würde das Leben ihn gut behandeln. War das ein positiver Nebeneffekt des Lebens auf Maui oder die Tatsache, dass Kai vor nicht allzu langer Zeit seine Gefährtin gefunden hatte?

Perspektive, war Connor einst gesagt worden. Offenbar sah das Leben für verpaarte Gestaltwandler anders aus, obwohl er sich nicht vorstellen konnte, wie.

Er und Kai schüttelten sich herzlich die Hände und Connor spürte, dass er sich entspannte, als Kai die Runde machte und jedem Mann einen leichten Schlag auf die Schulter gab. Mit anderen Worten, ganz wie in alten Zeiten. Cynthia gab er auf diese europäisch anmutende, altmodische Art die Drachenfamilien gern benutzten, ein Küsschen auf die linke und rechte Wange.

Dell warf Connor einen spitzen Blick zu. *Wenn du stilvoll wärst, würdest du das auch machen.*

Connor rollte mit den Augen. Er war nicht stilvoll. Er war es nie gewesen und würde es auch nie sein.

„Nun, dann lasst uns zum Geschäft kommen." Kai signalisierte ihnen, Platz zu nehmen.

Alle setzten sich, außer Chase. Der blieb im Schatten an der Seite stehen – eine nervöse Wolfsangewohnheit, die er sich nie hatte abgewöhnen können.

„Ich nehme an, ihr habt euch alle schon kennengelernt?", fragte Kai.

„Nun, nur für alle Fälle – Connor, Timber und Chase Hoving." Er zeigte auf jeden der Brüder und dann auf Dell. „Wendell O'Roarke."

„Dell", korrigierte der Löwenwandler ihn mit einem gequälten Blick.

Connor grinste. Es schien mehr und mehr wie in alten Zeiten – die gutmütigen Sticheleien gegeneinander, die subtile Wiederherstellung der Rudelhierarchie.

Dann neigte Kai den Kopf. „Und wie ich sehe, habt ihr Cynthia Brown bereits kennengelernt."

Zwischen *Cynthia* und *Brown* machte er gerade lange genug Pause, um Connor davon zu überzeugen, dass dies nicht ihr richtiger Name war. Kein Drache, der etwas auf sich hielt, trug einen Namen wie Brown. Die meisten der führenden Familien hatten uralte walisische Namen und Gott wusste, dass sie sie gern zur Schau stellten. Cynthia war auf jeden Fall eine von ihnen. Er konnte es an ihrer majestätischen Haltung sehen und dem leicht nach oben geneigten Kinn. Wieso würde sie einen Namen wie Brown tragen?

Er schaute Tim an und schoss einen Gedanken zu seinen Brüdern, wobei er darauf achtete, ihn vor Cynthia und Kai zu verhüllen.

Offensichtlich hat die Schwarze Witwe etwas zu verbergen.

Oder sie versteckt sich vor etwas, überlegte Dell, der sich über den goldenen Bart strich.

Kai räusperte sich und fuhr fort. „Wie ihr wisst, haben Silas und ich euch als Verstärkung hinzugezogen. Wir brauchen zusätzliche Sicherheitskräfte, um Koa Point zu bewachen. Unser Clan ist mit Gefährtinnen und Babys in letzter Zeit sehr gewachsen und daher..."

Kai versuchte an dieser Stelle, wie ein grimmiger Militärkommandant zu klingen, aber sein Blick wurde ganz warm und weich.

Glaubt ihr, Kai und die anderen verweichlichen langsam? fragte Dell in einer privaten Nebenbemerkung.

Connor verbarg ein Grinsen. Vielleicht war das diese Sache mit der *Perspektive*. Auf jeden Fall würde er Kai oder einen der anderen niemals als *verweichlicht* bezeichnen, noch nicht einmal, wenn der Liebesbazillus Kais Elite-Militärteam infiltriert hatte. Nach allem, was Connor gehört hatte, waren sie alle verpaart und vermehrten sich wie die Karnickel. Boone und Nina, das Wolfsgestaltwandlerpaar, hatten Zwillinge bekommen und es hieß, dass Kai und seine Partnerin Tessa ebenfalls an ein paar eigenen Babydrachen arbeiteten. Also ja, es machte Sinn, Hilfe von außen hinzuzuziehen – Topmilitärs, die von solchen Dingen nicht abgelenkt wären.

Außer dass Connor bereits abdriftete, verdammt noch mal.

Ich frage mich, was Jenna gerade macht, seufzte sein Drache und flutete seine Gedanken mit allen möglichen Fantasien, denen er sich nicht hingeben durfte. Wie zum Beispiel, einen angenehmen Abend unter Sternen mit ihr zu verbringen oder einen Spaziergang am mondbeschienenen Strand zu machen. Sie vielleicht sogar zu küssen und...

„... was bedeutet, dass wir uns darauf verlassen werden, dass ihr stets die Augen offenhaltet." Kai fixierte jeden von ihnen mit einem festen Blick.

Connor blinzelte und konzentrierte sich, einen Sekundenbruchteil bevor der Drachengestaltwandler ihm in die Augen sah, auf Kai.

Hör auf damit, bellte er seine innere Bestie an.

Womit soll ich aufhören? murmelte der Drache verträumt und stellte sich noch unmöglichere Dinge vor. Wie mit Jenna durch den Ozean zu waten und vielleicht sogar ein Mitternachtsbad zu nehmen.

Was verrückt war. Er hasste offenes Wasser. Es vom Ufer aus zu betrachten, war nett und darüber zu fliegen, war toll. Aber im Wasser zu planschen? Auf gar keinen Fall.

Connor rollte seinen Kopf von einer Schulter zur anderen und versuchte, sich wieder zu konzentrieren.

„Wir waren in den letzten Monaten einer Reihe von Angriffen ausgesetzt, deshalb hat die Sicherheit für uns oberste Priorität", sagte Kai mit Nachdruck. „Teil unseres Planes ist es, euch als zusätzliche Augen und Ohren einzusetzen – nicht nur bei den Sicherheitsrunden, sondern auch nebenbei. Connor wird gelegentlich Hubschrauberrundflüge für uns fliegen und wir werden dem Rest von euch dabei helfen, Teilzeitarbeit in der Gemeinde zu finden – Jobs, die euch dabei behilflich sein werden, eure Fühler nach Problemen auszustrecken, die wir sonst vielleicht übersehen würden."

Connor nickte. Er war diesbezüglich vorgewarnt worden und es machte Sinn.

„Natürlich", sagte Kai, „kann das warten, bis ihr euch eingelebt und das Haus ein wenig renoviert habt. Abgesehen von der Sicherheit ist alles andere zweitrangig, aber wir erwarten trotzdem stetige Fortschritte. Jede zusätzliche Zeit, die ihr habt, könnt ihr dazu nutzen, eure eigenen Wohnräume herzurichten. Wie ihr die Details ausarbeitet, ist euch überlassen, aber wir haben uns für den Moment für zwei Kommandolinien entschieden."

Dell zwinkerte Connor zu. *Für den Moment* hieß, dass Kai dachte, was Connor dachte. Sobald er, die Jungs und Cynthia ihre eigene Hierarchie aufgestellt hatten, würde ein echter Alpha ernannt werden, nicht nur ein vorübergehender.

„Also", fuhr Kai fort, „Cynthia hat das Sagen auf der Plantage." Sie setzte sich etwas aufrechter hin, als Kai verschiedene Punkte an seinen Fingern aufzählte. „Renovierungen, Budget, Dienstpläne – das ist alles ihr Bereich. Connor, du leitest das Sicherheitskommando und die anderen Jungs unterstehen dir."

Nun war Connor an der Reihe, etwas aufrechter zu sitzen und Cynthias kühlen Blick zu erwidern.

„Das ist also die Kommandokette. Ihr untersteht Connor, der sich mit Cynthia abstimmt, die wiederum mir untersteht. Verstanden?", schloss Kai. Er stieß ein aggressives Alphaknurren aus.

Cynthia nickte entschieden und Connor antwortete mit einem knappen „Roger".

Der Sicherheitsjob war perfekt. Dass Cynthia, wer auch immer sie war, wie die Mutter eines Minderjährigen ein Auge auf ihn behielt, war es nicht. Trotzdem setzte er sein bestes Pokerface auf, als er ihr einen Blick zuwarf – einen Blick, den sie völlig cool und gelassen erwiderte.

Also, ja, er würde es schwer mit dieser Eiskönigin haben. Aber es wäre nur eine Frage der Zeit, bis er sich hier als Platzhirsch – ähm, Drache – bewies.

Ich wünschte, wir könnten sie gegen Jenna austauschen, brummte sein Drache abwesend.

Connor hätte fast laut gelacht. Das wäre schön, aber nicht gerade ein Erfolgsrezept für diesen Job.

Kai nickte und fuhr fort: „Wie ich schon sagte, liegen die Details bei euch... "

Das war der Code für *Möge der beste Drache gewinnen.* Connor grinste Cynthia an, die ihn anfunkelte.

„Das Wichtigste ist, dass ihr die Dinge im Auge behaltet und bereit seid einzugreifen, wenn es nötig wird." Dann wurde Kais Blick weicher und er lächelte freundlich. „Aber heute Abend habt ihr frei. Hunter und Dawn übernehmen heute Nacht die Patrouille. Morgen werden wir euch alles zeigen und richtig loslegen."

Connor nickte und der Rest der Jungs schaute ihn an, um als Anführer ihrer kleinen Bande zu antworten. Aber bevor er sich auch nur Räuspern konnte, sprang Cynthia bereits auf.

„Vielen Dank, Kai", sagte sie, wie es eine Hauptrednerin nach einer glanzvollen Einführung tun würde. „Da es so viel zu tun gibt, habe ich mir die Freiheit genommen, einen Dienstplan aufzustellen, damit wir einen guten Start hinlegen können. Irgendwelche Einwände?"

Connor öffnete den Mund. Dell hob die Hand. Chase hörte sogar damit auf, auf und ab zu pirschen und Tims dichte Augenbrauen schossen in die Höhe. Aber Cynthia ließ ihn gar nicht erst zu Wort kommen.

„Perfekt. Wie Sie hier sehen können, habe ich den Zeitplan nach Personen und Aufgaben farblich sortiert."

Sie alle blinzelten, als sie wie aus dem Nichts ein Whiteboard hervorzauberte, es auf einen freien Stuhl stellte und mit dem Finger über die ordentlichen Spalten und Reihen tippte. „Connor kann hier die Rotation für den Sicherheitsdienst ausfüllen. Ich habe Rotationen für das Kochen, Putzen und die Arbeit auf dem Gelände erstellt. Aber unsere Priorität – abgesehen von der Sicherheit natürlich – muss es zunächst sein, eine Art Gemeinschaftsbereich herzurichten."

Connor fühlte sich verpflichtet, ihr zu widersprechen, außer dass er selbst auch schon zu diesem Schluss gekommen war. Verdammt.

Tim starrte ihn an. *Geht das klar für dich, Mann?*

Natürlich störte es Connor, dass Cynthia versuchte, die Macht an sich zu reißen, aber das war nicht weiter schlimm. Sie konnte so organisiert sein, wie sie wollte. Am Ende war ein Alpha ein Alpha und das würde er sein.

Nun zu Jenna, murmelte sein Drache und driftete wieder ab.

Cynthia fuhr fort, ohne einen Moment innezuhalten. „Und in dieser Spalte hier sehen Sie... "

„Pink", knurrte Tim und unterbrach sie einfach.

„Wie bitte?"

„Warum bekomme ich Pink?" Tim zeigte auf das Whiteboard.

Dell lachte und klopfte Tim auf den Rücken. „Und du hast auch als Erster Putzdienst. Viel Spaß."

Cynthia runzelte die Stirn. „Spielt die Farbe eine Rolle?"

„Wenn es Pink ist schon", brummte Tim.

Normalerweise gehörten Bären zu den liebenswürdigsten Gestaltwandlern, aber wenn sie erst einmal etwas störte...

„Echte Männer haben nichts gegen Pink. Ich nehme es." Dell grinste und griff nach dem Whiteboard.

Cynthia sah entgeistert zu, wie Dell sich über den Daumen leckte, Tims Namen wegwischte und seinen eigenen eintrug. Dann tauschte er die anderen Aufgaben aus. Seine krakelige Schrift hob sich von Cynthias sauberen Buchstaben ab.

„Problem gelöst."

Cynthia starrte auf die Verwüstung ihres ordentlichen Plans.

Wieso kann sie nicht mehr wie Jenna sein? seufzte Connors Drache. Jenna machte Spaß. Sie strahlte selbst dann, wenn sie sich über etwas Sorgen machte.

Er betrachtete den Dienstplan und schüttelte dann den Kopf. „Nein. Großes Problem."

„Welches Problem?", fragte Cynthia.

Kai stand mit einem Seufzer auf und wandte sich zum Gehen. „Ah, die Hovings von ihrer besten Seite. Das überlasse ich Ihnen, Cynthia. Gute Nacht allerseits."

Connor hätte schwören können, dass Kai grinste, als er in die Nacht verschwand.

„Großes Problem", stimmte Dell zu und deutete auf das Whiteboard.

„Riesiges Problem." Tim nickte ernst.

Sie alle beugten sich vor und meckerten einvernehmlich.

Cynthia stemmte die Hände in die Hüfte. „Welches Problem?"

Connor zeigte darauf. „Chase hat diese Woche Küchendienst. Das ist keine gute Idee."

Dell schüttelte den Kopf. „Das geht *niemals* gut, Cynth."

„Cynthia", beharrte sie.

Dell fuhr fort, als hätte er sie nicht gehört. „Das Einzige, was Chase kochen kann, sind Spaghetti."

Chase schaute Cynthia mit einem Schulterzucken an. „Tut mir leid."

„Im Ernst, zu unserem eigenen Wohl sollten wir Dell in der Küche haben", stimmte Tim zu.

Dell schenkte Cynthia sein frechstes Grinsen. „Nun, ich gebe wirklich nicht gern an, aber ich bin ein guter Koch. Steaks, Burger, was auch immer du willst." Er küsste seine Fingerspitzen und schnippte sie dann nach vorn wie ein Sternekoch.

„Burger?" Cynthia runzelte die Stirn.

Wie aus dem Nichts schrie eine kleine Stimme auf und hektische Schritte trippelten den Flur hinunter.

„Mommy! Mommy!"

Connor drehte sich um, als ein kleiner Junge in einem Dinosaurierschlafanzug aus dem Haus gerannt kam und sich in Cynthias Arme warf. „Die Hexe ist wieder da!"

Connor drehte sich schnell im Kreis. Er war in höchster Alarmbereitschaft. Welche Hexe? Wo?

Cynthia zog den Jungen in eine feste Umarmung und in diesem Augenblick wurde die Kriegerprinzessin zu einer fürsorglichen Mutter. Alle Jungs lehnten sich zurück und tauschten überraschte Blicke aus.

„Die Hexe und die Monster!", weinte der kleine Rotschopf.

„Nein, mein Schatz", gurrte Cynthia mit einer völlig anderen Stimme. Eine warme, beruhigende Stimme, die eine Welt von Recht und Ordnung versprach. Eine Welt, in der alles irgendwie wieder gut werden würde. „Hier gibt es keine Hexen. Wir sind an einen schönen Ort gekommen."

„Aber ich habe sie gesehen", weinte das kleine Kerlchen. „Und Daddy… "

Connors Brust zog sich zusammen, als er sich an Silas' Worte erinnerte. *Witwe … schwere Zeit … verwundbar…*

Connor schaute zu, wie Cynthia den Jungen wiegte, genau wie seine eigene Mutter ihn nach einem schlechten Traum zu umarmen pflegte. Dann räusperte er sich und wandte sich ab. Die Bindung zwischen einer Mutter und ihrem Kind war heilig und er hatte nicht vor, sie zu stören. Er und Cynthia könnten sich ein anderes Mal subtil um die Führung ihres kleinen Rudels streiten. Heute Abend würde er ihr eine Pause gönnen.

„Hier gibt es keine Monster, Joey", murmelte Cynthia mit einer Stimme, die ein klein wenig brach. „Daddy hat tapfer gekämpft, damit sie nie wiederkommen werden. Sie können uns hierher nicht folgen.“

Großer Gott. Jetzt ergibt der Teil mit der Witwe einen Sinn, sagte Tim in gedämpftem Ton.

In Ordnung, vielleicht sollten wir etwas Nachsicht mit ihr haben, sagte Dell.

Ich schätze, ich könnte mit Pink leben, murmelte Tim.

Cynthia streichelte das zerzauste Haar des Kindes. „Keine Monster mehr. Wir werden sie nie wiedersehen.“

Sie klang ziemlich überzeugend, aber das Zittern ihrer Hand verriet, dass sie sich nicht ganz so sicher war.

Connor holte tief Luft, als er sich umdrehte und über das sanft abfallende Gelände auf das Mondlicht blickte, das auf dem Ozean tanzte. Jenna hatte ebenfalls Angst gehabt. Sie war vor etwas auf der Flucht gewesen – vor jemandem. Warum war die Welt voll von Scheißkerlen, die unschuldige Leute nicht in Ruhe lassen wollten?

Vielleicht können wir heute Nacht fliegen und Jenna finden, sagte sein Drache. *Nur um nach ihr zu sehen, meine ich.*

Er nahm einen tiefen Atemzug. Er hoffte inständig, dass Jenna nicht die Art von Problemen hatte, die Cynthia plagten. Als Mensch war das jedoch unwahrscheinlich, also musste er sich auf die Dinge hier konzentrieren. Ein guter Anführer beschützte sein Rudel – und das schloss Cynthia und ihren Sohn mit ein.

„Hallo kleiner Mann.“ Dell benutzte seine beste Großer-Bruder-Stimme und hockte sich hin, als der Junge aus den Armen seiner Mutter hervor lugte. Dell riss die Augen weit auf und tat so, als wäre er völlig beeindruckt. „Wow. Bist du ein echter Drache?“

Der Junge nickte stumm.

„Das ist so cool. Deine Mutter ist auch einer?“

Joey nickte ernst.

„Das ist ja unglaublich. Weißt du, was ich bin?“

Joey schüttelte den Kopf.

„Ich meine, abgesehen davon, dass ich dein neuer Freund bin.“ Dell zwinkerte und zeigte mit dem Daumen auf seine eigene Brust. „Löwengestaltwandler hier. Und der Typ da drüben ist ein Grizzlybär" er zeigte auf Tim. „Und Connor ist ein knallharter Drache."

Connor straffte den Rücken. *Knallhart* war vielleicht etwas übertrieben, besonders, weil er eigentlich eine neue Richtung einschlagen wollte. Aber ja. Niemand legte sich mit ihm an.

„Und Chase dort drüben ist ein Wolf. Weißt du, wie er zu seinem Namen kam?"

Joey schüttelte erneut den Kopf und schaute Dell unsicher an.

Cynthia tat es ebenfalls, aber Connor wusste, worauf Dell hinaus wollte. Dieser Typ hatte die Fähigkeit, von Granaten schockierte Kinder in den schlimmsten Kriegsgebieten der Welt zum Lächeln zu bringen.

„Er hat immer seinem Schwanz nachgejagt." Dell drehte seinen Finger im Kreis, um die Bewegung nachzuahmen, und Joey fing an zu lächeln.

Chase grinste und drehte sich langsam um, wobei er Überraschung vortäuschte, als er hinter sich blickte. „Hey, was ist damit passiert?"

Der kleine Junge kicherte. „Du hast doch gar keinen."

„Nein, in seiner Menschengestalt hat er keinen", sagte Dell. „Aber wenn er sich in einen Wolf verwandelt, ist er wieder da. Und weißt du was? Er ist ein wirklich böser Wolf. Wir alle werden so, wenn wir uns verwandeln und wir besiegen die Bösewichte jedes Mal."

„Jedes Mal?" Die Augen des kleinen Jungen wurden riesengroß.

Dell nickte ernst. „Jedes Mal. Und da du deine Mutter hier hast – und sie wirklich furchterregend ist… "

Cynthia warf Dell einen Blick zu, der zu gleichen Teilen aus *Achtung, Kumpel* und dankbarer Mutter bestand.

„… kann ich dir versprechen, dass hier keine Monster auftauchen werden. Nicht, wenn wir alle hier sind, um dich zu beschützen. Von jetzt an ist deine größte Gefahr Chase' Kochkunst."

Der kleine Junge lachte und schaute zu seiner Mutter auf.

Cynthia umarmte ihn und nickte. „Er hat recht. Wie wäre es, wenn wir ins Bett gehen? Es ist schon spät."

„Ist deine Besprechung vorbei?", piepste der kleine Junge und rieb seine Hände nervös aneinander.

Connors Herz schmolz erneut dahin. Der arme kleine Kerl hatte wahrscheinlich eine strenge Warnung bekommen, seine Mutter nicht bei der Arbeit zu stören, sonst...

Erinnert dich das an jemanden? murmelte Tim in Connors Gedanken.

Er schloss seine Augen. *Ja.*

Er und Tim wussten ein paar Dinge über alleinstehende Mütter und abwesende Väter. Ihre Mutter hatte ihr Bestes getan und sogar zwei Jobs gearbeitet, um sie über Wasser zu halten. Es war ein Wunder, dass er und Tim nicht in mehr Schwierigkeiten geraten waren, wenn man bedachte, wie oft sie auf sich selbst gestellt waren, während ihre Mutter bei der Arbeit war.

„Ich muss nur noch den Dienstplan fertig schreiben." Cynthia griff nach ihrem Whiteboard.

Dell hakte seinen Fuß um den Stuhl, auf dem es stand und zog ihn aus ihrer Reichweite. Dann täuschte er ein großes, langsames Gähnen vor und ließ gerade genug von seinen Löwenzähnen aufblitzen, um das Kind zu beeindrucken. „Nein, es ist definitiv Schlafenszeit. Und weißt du was, Boss?"

Cynthia zog eine dünne Augenbraue hoch.

„Ich bin mir sicher, dass wir den Rest so nehmen können, wie er kommt."

Sie starrte Dell an, als spräche er eine fremde Sprache. Cynthia schaute sie einen nach dem anderen an, bis ihr Blick schließlich auf Connor verweilte. Abgesehen vom Zirpen der Grillen und dem plötzlichen Rauschen einer Fledermaus über ihnen war es völlig still. Die Luft war geladen.

Connor starrte zurück und widerstand dem stillen Drang, das Kommando zu übernehmen. Ja, sie mussten die Hierarchie hier klären. Und ja, er wollte derjenige sein, der als Sieger hervorging. Aber er würde Cynthias Moment der Verwundbarkeit nicht ausnutzen, um seine Macht zu demonstrieren.

„Schlafenszeit", stimmte er leise zu. „Chase und Dell können heute Abend die erste Wache übernehmen. Tim und ich lösen sie dann ab. Einverstanden?"

Cynthia warf ihm einen langen, strengen Blick zu, als wollte er sie austricksen, anstatt ihr ein Friedensangebot machen. Aus welcher Art von Welt kam sie wohl? Es musste eine ziemlich beschissene sein.

Und wie aus dem Nichts dachte er an Jennas sonniges Lächeln und die Art, wie sie in die Arme ihrer Schwester gesprungen war. Vielleicht hatte seine Mutter mit dem, was sie stets sagte, recht gehabt – dass es die gewöhnlichen Gestaltwandler besser hatten als die Oberschicht mit all ihrer Hinterhältigkeit und den archaischen Gesetzen.

„Kai hat gesagt, wir hätten heute Nacht frei", protestierte Dell.

Connor schüttelte den Kopf. Es gab keine freie Nacht. Nicht in seiner Welt.

Cynthia nickte schließlich. „Von mir aus." Sie griff nach Joeys Hand und ging hinein, bevor sie im Türrahmen innehielt.

„Oh Moment. Ich muss Ihnen allen Ihre Zimmer zeigen..."

Tim warf Connor einen Blick zu. *Gott, sie hat uns schon Quartiere zugeteilt. Handle schnell.*

„Ich bin mir sicher, dass wir das selbst schaffen", sagte Connor so sanft wie möglich. „Gute Nacht." Er wackelte Joey mit den Fingern zu und Joey winkte zurück.

Cynthia spielte an ihrer weißen Perlenhalskette und ging, nachdem sie noch zwei leise Worte gesagt hatte, hinein.

„Vielen Dank."

Ihre Worte hingen in der Luft wie ein flatterndes Taubenpaar und wurden schließlich von der Meeresbrise weggeweht.

Danach sagte niemand mehr etwas, zumindest nicht für eine lange Zeit. Jeder der Männer war in seinen eigenen Gedanken versunken, während die Sterne langsam über ihnen aufstiegen. Irgendwann machten sich Chase und Dell auf den Weg, um ihre Patrouille zu beginnen, und Tim ging auf einen Flügel des großen Plantagenhauses zu. Connor hatte einen zweiten Aufschwung und war nun noch nicht bereit, schlafen zu gehen. Stattdessen stand er auf der Veranda und blickte aufs Meer hinaus. Er fragte sich, ob er jemals die innere Ruhe finden würde, um den Ausblick zu genießen, der sich über die ganze Plantage bis zum Meer hin erstreckte. Im Moment konnte er nur über all die Dinge nachdenken, die er an diesem Tag gesehen und gehört hatte.

Angefangen mit Jenna. Wo war sie? Was hatte sie nach Maui geführt? Aber seine Gedanken wanderten auch zu Cynthia. Oberflächlich betrachtet hatten die beiden Frauen nichts gemeinsam und doch schienen sie beide auf der Flucht zu sein.

Er bohrte seine Fingernägel in das Geländer der Veranda. Verdammt noch mal. Beide Frauen waren ihm unter die Haut gegangen, wenn auch auf völlig unterschiedliche Weise. Cynthia war wie eine lang vermisste Schwester, die aus dem Nichts auftauchte, so wie Chase es vor einem Jahrzehnt getan hatte, als er nirgendwo sonst hinkonnte. Jenna hingegen hatte Vertrauen und Unterstützung. Was sie brauchte, war Schutz, und darüber hinaus – nun, was brauchte sie?

Einen Gefährten. Einen mächtigen, liebenden Gefährten, knurrte seine innere Bestie.

Stimmte das? Oder projizierte sein Drache seine eigenen Bedürfnisse auf Jenna? Und wenn das so war, dann, scheiße. Was sagte das über ihn aus?

Wir brauchen sie auf jeden Fall, beharrte sein Drache. *Und sie braucht uns.*

Eine Stimme lachte leise in seinem Hinterkopf – diese nichtsnutzige, geschwätzige Stimme des Schicksals.

Beide Frauen haben mit deinem Schicksal zu tun, Drache. Sie werden dir beide dabei helfen, dich zu beweisen.

Connor runzelte die Stirn. Er wollte und brauchte keine Hilfe, um voranzukommen.

Die Stimme wurde stürmisch und fiel dann wieder ab, wie ein Boxer, der seine besten Zeiten bereits hinter sich hatte. *Du kannst dir den Weg zu deinem Schicksal nicht aussuchen. Nur die Entscheidungen, die du triffst, sobald die Reise beginnt.*

Er schnaubte. Alles klar. Wege aussuchen. Entscheidungen treffen. Manche Gestaltwandler hatten einen unerschütterlichen Glauben an das Schicksal. Er nicht. Das Schicksal hatte ihn seit dem Tag seiner Geburt beschissen und es verarschte ihn auch jetzt. Es versuchte, ihn von seinem wahren Kurs abzulenken.

Was auch immer der sein mag, seufzte sein Drache.

Er starrte stirnrunzelnd auf den tiefsten, dunkelsten Teil des Himmels. *Was auch immer er sein mochte.*

Tim kam aus dem Nebenraum geschlendert und kratzte sich die Brust. „Worüber denkst du nach, Mann?"

Dornröschen. Schicksalsgefährten. Über ein friedliches Dasein in einer ruhigen Ecke der Welt.

„Arbeit", log Connor und stand dann langsam auf. „Gute Nacht."

Kapitel 5

Jenna wachte auf, streckte sich und gähnte ausgiebig. Sie hatte geschlafen wie ein Baby...

Sie kicherte. Vielleicht war *Baby* kein gutes Wort für eine Frau, die die ganze Nacht über Sex fantasiert hatte. Sie drehte sich in dem großen Bett um und wünschte sich, ihre Fantasie könnte das Objekt ihrer Begierde wie von Zauberhand erscheinen lassen.

Namentlich Connor.

Irgendwie hatte ihr Verstand jede seiner sittsamen Gesten und vorsichtigen Worte zu einer wilden Reihe heißester Mädchenträume verwandelt. Es hatte damit angefangen, dass sie sich auf ihren Flugzeugsitzen geküsst hatten. Und je tiefer die Küsse wurden, desto mehr hatte sich ihre Libido geregt. Schon bald brauchte sie mehr – unbedingt – und sie träumte davon, sich mit Connor zur Flugzeugtoilette zu schleichen und es dort auf der Waschbeckenkante zu tun. Dann hatte sich die hintere Hälfte des Flugzeugs in ihren Gedanken zu einem Privatjet mit einem riesigen, herzförmigen Bett mit Seidenbettwäsche verwandelt, in dem Connor sie wie ein Festmahl vor sich ausgebreitet hatte.

Mitglied einer Spezialeinheit. Wunderschöne Augen. Ein Hauch von Mysterium. Welches Mädchen würde nicht von einer Nacht mit ihm träumen?

Sie rollte sich auf den Bauch, stützte den Kopf auf ihren Händen ab und blickte zur Tür hinaus über den Strand. Ja, über den Strand, der keine zehn Schritte entfernt war. Ihre Schwester hatte sie im Gästehaus des Anwesens untergebracht – einem entzückenden kleinen Hobbit-Häuschen, das direkt am Rand des Strandes errichtet worden war.

Also – wow. Ihre Schwester hatte nicht übertrieben, als sie sagte, sie genieße das Leben.

Jenna beobachtete, wie sich die Wellen an einem vorgelagerten Riff brachen. Bei einem solchen Anblick hätte sie gedacht, dass sie an nichts anderes denken würde als daran, die Wellen zu reiten oder die Tiefen des Meeres beim Freitauchen zu erkunden. Aber sie konnte nur an den Mann aus dem Flugzeug denken. Vorzugsweise nackt und von Wasser tropfnass.

Sie schaute sich um. Was würde sie nicht dafür geben, wenn er jetzt einfach vorbeischlendern würde. Oder besser noch, wenn er an ihre Tür klopfte und mit einem Tablett ihrer Lieblingspfannkuchen hereinkäme. Zur Hölle, sie wünschte sich jetzt wirklich, dass sie seine Nummer hätte, um ihn anrufen zu können.

Hi, Connor. Ich bin es – Jenna, aus dem Flugzeug. Ich habe gedacht, dass wir uns vielleicht treffen können.

Sie strampelte die Decke ab und wünschte, sie hätte nach seiner Nummer gefragt. Sie würde ihn wahrscheinlich nie wiedersehen.

Sie klopfte auf die Matratze und stand auf, fest entschlossen, positiv zu bleiben. Der Flug – und Connor – hatten ihr geholfen, sich zu entspannen, und auch Maui selbst trug seinen Teil dazu bei. Kalifornien und der Gedanke an Vampire schienen von diesem gut geschützten Privatanwesen weit entfernt zu sein. Sie trat hinaus und atmete tief durch, während sie sich das Haar mit den Fingern kämmte. Vielleicht gab es auf Maui ja wirklich Magie. Sie konnte sie im süßen Duft der Rosen spüren, die entlang der Veranda des winzigen Häuschens angepflanzt waren, und im nicht enden wollenden Pulsieren des Meeres.

Sie hatte verabredet, sich zur Frühstückszeit mit Jody zu treffen, also ging sie wieder hinein und zog sich ihre liebste, abgeschnittene Jeansshorts und ein blaues Trägeroberteil an und...

„Oh.“

Sie starrte auf das Messer, das sie auf dem Nachttisch liegengelassen hatte – eine Erinnerung an alles, was sie hierher getrieben hatte.

„Gut", murmelte sie und schnallte es sich an die Wade, bevor sie auf Entdeckungstour ging. Es sah einem Tauchermesser sehr ähnlich, sodass sie niemandem, dem es auffiel, zu verrückt vorkommen würde. Jedenfalls hatte sie sich geschworen, an ihrem ersten Tag im Paradies nicht an schlechte Dinge zu denken. Sie hatte genau einen Tag frei, bevor sie mit der Arbeit beginnen würde, und wollte ihn nutzen, um das unbeschwerte Leben zu genießen, das ihr in den letzten Wochen so gefehlt hatte.

Also grub sie ihre Zehen mit Genuss in den Sand und blickte hinaus auf das endlose, blaue Meer. Sie lauschte den Palmen, die in der Brise tanzten, und atmete die wunderbar reine Luft tief ein. Dann watete sie durch das flache Wasser und hielt hier und da inne, um eine Muschel oder einen interessanten Stein aufzuheben. Ihrem Vater zufolge war sie, seitdem sie laufen gelernt hatte, schon immer eine Strandsammlerin gewesen.

Genau wie ich, sagte er oft mit einem stolzen Grinsen.

Sie lächelte und steckte eine Muschel ein. Sie würde ihm später ein Foto davon schicken. Aber zuerst musste sie unbedingt zum Frühstücken gehen. Also spazierte sie zum Ende des Strandes, wo ein Pärchen eine Decke im Schatten ausbreitete. Jody hatte Jenna ihre neuen Freunde vorgestellt, als sie angekommen war, und dies waren Nina und Boone, wenn sie sich richtig erinnerte.

Sie mussten es sein, denn jeder von ihnen hielt ein Baby im Arm, als sie die Decke ausbreiteten und sich darauf niederließen. Nina winkte ihr mit einem herzlichen „Aloha!" zu.

„Hallo", rief Jenna.

„Sag Aloha, meine Süße", murmelte Boone dem Baby in seinen Armen zu. Er hob einen winzigen Arm und ließ das Baby winken, bevor er das Kind mit einem riesigen Knutscher belohnte. „So ist es brav."

„Du musst Boone entschuldigen", sagte Nina. „Er ist immer noch stolzer Papa auf Wolke sieben."

„Es ist ja nicht meine Schuld, dass ich die zwei besten Kinder der Welt habe." Er zuckte mit den Schultern und kitzelte den Fuß des anderen Babys. Es gluckste und strampelte vergnügt.

Jenna grinste. „Die Art kenne ich gut. Mein Vater ist mit meiner Nichte genauso."

Ihr Magen knurrte und Nina lachte. „Lass mich raten. Zeit für ein Frühstück." Sie deutete in die Richtung eines Pfades, der zwischen Palmen hindurchführte. „Folge einfach dem Hauptweg, dann findest du das Gemeinschaftshaus."

„Und was ist mit euch?", fragte Jenna.

Boone lachte. „Die Babys bestimmen neuerdings unseren Zeitplan. Ich bin mir ziemlich sicher, dass wir gegen fünf Uhr morgens gefrühstückt haben, aber es ist alles verschwommen. Ich bin praktisch bereit für Mittagessen." Dann kuschelte er das Baby ganz nah an sein Gesicht und fing an, in Babysprache zu sprechen. „Was ist mit dir, Luna? Bist du schön satt?"

Nina rollte mit den Augen, als ob der Anblick eines großen, muskulösen Mannes, der ein winziges Baby wiegte, nicht das Niedlichste aller Zeiten wäre. Jenna entschuldigte sich mit einem Lächeln. Leichten Schrittes wanderte sie den Pfad hinauf. Wenn diese beiden mit ihren Babys am Strand herumhängen konnten, konnte auch sie sich sicher fühlen.

Der Pfad schlängelte sich in diese und jene Richtung. Obwohl es einfach geklungen hatte, als Nina es sagte, konnte Jenna nicht immer genau erkennen, welchem Abzweig des Weges sie folgen sollte. Aber das Anwesen war doch sicher nicht so groß, dass sie sich darauf verlaufen konnte.

„Wow", murmelte sie fünf Minuten später. Vielleicht war es doch groß genug. Sie war unter genügend Palmen hindurchgewandert, um damit die gesamte Strandpromenade zu Hause säumen zu können, und hatte mehr Krabben aufgeschreckt, als sie zählen konnte – und sie hatte das Gemeinschaftshaus des Anwesens immer noch nicht gefunden. Ihr Magen knurrte und langsam fing sie an, sich zu wünschen, sie hätte doch ihre Flipflops angezogen.

„Erste-Welt-Probleme", murmelte sie vor sich hin und beschleunigte ihren Schritt, als sie um die nächste Ecke bog. Es war eine wirklich enge Kurve und das Laub war hier besonders dicht, sodass es keine Vorwarnung gab, als sie in der nächsten Sekunde gegen einen massiven Felsen stieß.

„Entschuldigung“, sagte der Felsen und sie stolperte rückwärts. Zwei starke Arme stützten sie ab und eine tiefe Stimme erklang in ihren Ohren.

„Jenna?“

Sie blinzelte. „Connor?“ Denn, wow. Das war gar kein Felsen gewesen. Er war es. Ein Lächeln huschte über sein Gesicht – ein Lächeln, das tief von Herzen kam und sie wissen ließ, dass er sich genauso freute, sie zu sehen, wie auch sie es tat. Er war noch immer von diesem frischen, natürlichen Duft umgeben, aber er sah müde aus, so als hätte er zu wenig geschlafen.

Sie errötete. War es möglich, dass er von denselben heißen Fantasien wachgehalten worden war, die auch sie heimgesucht hatten, oder machte sie sich etwas vor? Immerhin hatte sie während des Fluges geschlafen und er nicht.

Seine Augen funkelten und eine Ader pulsierte an seinem Hals. Vielleicht war es ja doch Ersteres.

„Hallo“, schaffte sie zu sagen.

Er grinste. „Hallo.“

Sie suchte eilig nach irgendetwas, das sie tun oder sagen konnte, um nicht wie ein verliebter Teenager zu wirken. Aber es kam nichts heraus. Nach ein paar weiteren Sekunden, in denen sie sich gegenseitig angestarrt hatten, sprachen sie beide im selben Moment.

„Was machen Sie denn hier?“

Sie lachte und er lachte ebenfalls.

„Ich versuche, meinen Weg zum Frühstück zu finden“, sagte sie.

Seine haselnussbraunen Augen sahen im morgendlichen Licht eher grün als braun aus und er musterte ihren Körper von oben bis unten – nicht um sie zu begaffen, wie es manche andere Männer taten, sondern ihr wurde ganz warm dabei. Der rosa Röte nach zu urteilen, die sich auf seinen Wangen ausbreitete, wurde auch ihm etwas heiß.

Jenna biss sich auf die Lippe. Ihre Haut kribbelte am ganzen Körper und sie lehnte sich etwas vor. Diese Anziehungskraft, die sie zu ihm spürte, war völlig verrückt. Als wären sie beide gleichzeitig von einem Fieber befallen worden. Natürlich gab es Leute, mit denen sie sich auf Anhieb gut verstanden hatte. Aber das hier war anders. Es war der Nervenkitzel einer zufälligen Begegnung kombiniert mit der warmen Herzlichkeit eines Wiedersehens mit einem alten Freund.

Sie blinzelte und versuchte, das Gefühl abzuschütteln. Vielleicht war Maui wirklich irgendwie magisch. Oder vielleicht war es auch nur die Kombination der Romantik einer tropischen Insel und des Gefühls von Freiheit, mit dem sie den Tag begonnen hatte.

„Nein, ich meine, was machen Sie wirklich hier?", fragte Connor.

„Ich besuche meine Schwester, wie ich gesagt habe."

Er riss die Augen weit auf – wirklich weit, so wie ein Kerl, der gerade herausgefunden hatte, dass der Vater eines Mädchens eine sehr große Schrotflinte besaß. „Ihre Schwester wohnt hier? An Koa Point?"

Sie wandte sich lange genug von Connor ab, um auf den Pfad zu zeigen, den sie gekommen war, und wollte es ihm erklären. Als sie sich wieder umdrehte, war er einen Schritt näher getreten, um ihr über die Schulter zu schauen. Sie stießen erneut zusammen. Er packte ihre Arme und hielt sie ein wenig näher. Ein wenig fester, wie einen kostbaren Besitz, den er nicht loszulassen wagte.

Ihr Atem stockte, als sie zu ihm aufblickte und in seine Augen sah. Im Flugzeug waren sie auf Augenhöhe zueinander gewesen. Jetzt zeigte sich seine Größe und sie musste zu ihm aufschauen. Und sie blickte nicht nur nach oben, sondern auch *tief* in seine Augen. Die machten nämlich wieder diesen Trick. Sie wirbelten herum. Sie glühten fast. Oder bildete sie sich das nur ein.

Sie ließ ihren Blick zu seinen Lippen sinken und beobachtete, wie sie lautlose Silben formten. Vielleicht war sie nicht die Einzige, die von einem geheimnisvollen Liebeselixier berauscht war.

Ein Vogel sauste über ihnen vorbei und unterbrach den Zauber gerade lange genug, dass sie sich ein paar Zentimeter zurückziehen konnte. „Moment. Was machen *Sie* eigentlich hier?"

Er antwortete nicht sofort, sondern schaute sie immer noch fassungslos an. Als er schließlich sprach, sagte er ein einziges, leises Wort. „Schicksal."

Sie fragte sich, ob sie ihn richtig verstanden hatte. „Wie bitte?"

Er schüttelte sich ein wenig und räusperte sich dann. „Ich meine ... ähm, die Pflicht. Ich arbeite hier. Nun, ich habe gerade angefangen."

„Ich dachte, Sie hätten gesagt, Sie arbeiten im Sicherheitsbereich."

„Das tue ich auch." Er schwenkte seinen Arm herum. „Für das Anwesen von Koa Point. Ich wohne im Plantagenhaus nebenan."

Ihre Kinnlade klappte auf. Es war einer dieser *Heilige Scheiße* Momente. „Sie sind also ... Sie sind... "

„Ihr neuer Nachbar", brummte Connor in diesem tiefen, knurrenden Ton, den sie bereits liebte. Und verdammt, der Mann leckte sich auch noch über die Lippen.

Ihre Wangen wurden rot. Connor, der Augenschmaus, war ihr Nachbar und er war zu Fuß hier, was bedeutete, dass sie nur ein kurzer Spaziergang trennte. Sie könnte sich also jederzeit zu ihm schleichen oder er sich zu ihr. Was bedeutete...

Sie schluckte. Ihr Gastspiel auf Maui war gerade sehr viel interessanter geworden.

„Nachbar, hm?"

Er grinste. „Vielleicht bekomme ich Sie ja jetzt doch öfter zu sehen."

Vielleicht könnten wir mehr tun, als uns nur zu sehen, schien das Kribbeln in ihrem Intimbereich zu sagen.

„Das wäre schön." Sie tat ihr Bestes, um eine ernsthafte Miene zu bewahren, während ihre Fantasie mit Visionen von barfüßigen Spaziergängen an einem mondbeschienenen Strand mit ihr durchging.

Sein Lächeln war fesselnd, seine Augen strahlten mit tiefer Hoffnung und sie ertappte sich dabei, wie sie sich näher zu ihm beugte. Die Meeresbrise säuselte zwischen den Bäumen, spielte mit ihrem Haar und die Wärme der aufgehenden Sonne küsste ihre Haut. Die Luft fing an, mit Energie zu knistern, die um ihre Finger wirbelte und sie dazu verleitete, die Hand nach Connor auszustrecken.

Connors Mund klappte auf und er stand einfach nur da und starrte.

„Spüren Sie das auch?", flüsterte sie.

Hätte er erwidert, *Was spüren?* hätte sie sich schwergetan, es zu erklären. Es war, als würde die Welt verschwinden und sich alles nur auf sie und ihn reduzieren. Es war eine Sache, wenn dies in einem Flugzeug passierte, wo die Lichter gedämmt waren und die Sitzreihen eine Barriere zur Außenwelt bildeten. Aber hier draußen inmitten von Mauis Pracht? Die Brandung krachte. Zerklüftete Berggipfel ragten in den Himmel empor. Blumen sprossen aus jedem Busch und schirmgroße Blätter öffneten sich unter ihnen, bereit, funkelnde Tautropfen aufzufangen. Aber sie konnte sich nur auf Connor konzentrieren.

Seine Lippen bewegten sich und er flüsterte so leise, dass sie kaum verstehen konnte, was er sagte.

„Schicksal..."

Sie atmete tief ein. Konnte das wirklich sein?

Natürlich gibt es Liebe auf den ersten Blick, pflegte ihr Vater stets zu sagen. *Zumindest für die größten Glückspilze auf der Welt.*

Ohne darüber nachzudenken, schob sie ihre Hände an Connors Armen hinauf, zu seinen Schultern hoch und wieder hinunter. Sie wartete darauf, dass diese Fata Morgana schimmern und verschwinden würde, aber Connor war immer noch da und strich mit seinen Daumen über ihre Haut.

„Ja." Sein Flüstern war heiser. „Ich spüre es."

Ihre Lippen bebten und sie neigte den Kopf im Winkel zu seinem. Er senkte sein Kinn, kam näher und sie streckte sich, um ihm entgegenzukommen. Sie beide wurden von derselben neckischen Kraft gelenkt.

Küss' ihn, flüsterte eine Stimme in ihrem Hinterkopf.

Wie sollte sie ihn denn küssen? Sie kannte ihn kaum.

Er ist kein Fremder. Ein Freund, versicherte ihr die Stimme.

Sie fragte sich, was diese Stimme war und wo sie herkam. Aber sie war zu sehr davon abgelenkt, die Entfernung zu seinen

Lippen zu berechnen, was in diesem Moment viel wichtiger erschien. Sie waren nicht sehr weit weg, aber selbst das war noch zu weit. Sie streckte sich auf die Zehenspitzen und sehnte sich plötzlich verzweifelt danach, seine Lippen zu schmecken. Sie wusste bereits, wie perfekt es sein würde.

Aber auf dem Weg hinter ihr raschelte etwas. Etwas, das offensichtlich entschlossen war, ihnen den Kuss zu entreißen, bevor es zu spät war.

Zu spät, wofür? fragte ihr verwirrter Verstand.

Schnell wie der Blitz schob Connor sie hinter sich. Er trat nach vorn, streckte seine Brust heraus und wurde so zu einem menschlichen Schutzschild wie auch schon im Flugzeug. Dann erstarrte er und schnüffelte wachsam wie ein Hund in der Luft.

Jenna starrte ihn an. Moment mal. Er schnüffelte tatsächlich im Wind.

„Jenna?", rief eine vertraute Stimme.

Sie trat vor und berührte Connors Arm. „Das ist meine Schwester." Mit lauterer Stimme rief sie Jody zu: „Ich komme schon."

Ihre Stimme war leicht, aber ihr Herz wurde schwer. Sie wollte nirgendwo hingehen und sie wollte auch nicht, dass jemand sie störte.

Das hielt Jody jedoch nicht davon ab, auf sie zuzukommen. Sie hatte ihren Freund im Schlepptau, der die Augen zusammenkniff, sobald er Connor entdeckte. In Jodys Nähe war Cruz ein Schatz – nun, ein etwas schroffer Schatz – aber in der Tat süß. In der Gegenwart anderer Männer jedoch...

Jenna wich zurück, um ihnen Platz zu machen, stieß dabei allerdings erneut mit Connor zusammen, der Cruz ebenfalls anfunkelte. Sein Blick wurde streng und sie hätte schwören können, dass sich seine Bartstoppeln verdichteten, als er Cruz mit scharfem Blick warnte. Auch Cruz' Augen funkelten mit allen möglichen tödlichen Warnungen und keiner der beiden Männer machte auch nur die geringsten Anstalten, sich zurückzuziehen.

Hilf Connor. Berühre ihn, sagte die kleine Stimme. *Beruhige ihn.*

Sie kämpfte gegen den Drang an, eine Hand auf seine Brust zu legen, aber sie summte leise, um ihn wissen zu lassen, dass alles in Ordnung war.

„Hey Jenna. Hast du gut geschlafen?", fragte ihre Schwester, als wäre sie daran gewöhnt, dass Männer sich gegenseitig anknurrten wie ein paar wütende Rottweiler.

In dem Augenblick, in dem Jenna eine Hand auf Connors Unterarm legte, schoss Hitze durch ihre Adern. Außerhalb der Sichtweite der anderen strich er mit seiner Hand über ihr Kreuz. War das nur ein unschuldiges Aneinanderstoßen oder genoss er den Körperkontakt ebenfalls?

„Großartig. Wirklich toll. Ich habe wirklich gut geschlafen", stammelte sie und versuchte, nicht zu erröten.

„Hi", zwitscherte Jody Connor zu und streckte ihm ihre Hand entgegen. „Sie müssen einer der Neuankömmlinge sein. Ich bin Jody und das ist Cruz."

Cruz sträubte sich, als Jody und Connor sich die Hände schüttelten, sagte jedoch kein Wort.

Connor zwang sich zu einem höflichen Lächeln. „Connor Hoving. Es freut mich, Sie kennenzulernen."

Hoving. Connor Hoving. Jenna speicherte dieses kleine Informationshäppchen in ihrem Gedächtnis ab.

„Schön, dass Sie hier sind." Jody lächelte und winkte Jenna dann in die Richtung, aus der sie gekommen waren. „Zum Frühstück geht es dort entlang, Schwesterherz. Danach müssen wir wirklich reden. Weißt du noch?"

Natürlich erinnerte Jenna sich. Jody hatte am Abend zuvor ein großes Geheimnis angedeutet und sie fragte sich, was es sein könnte. War Jody schwanger? Hatte sie vor, Cruz zu heiraten? Es klang nach etwas Riesigem, so viel war sicher.

„Wollen Sie mit uns frühstücken, Connor?", fragte Jodie.

Cruz' böser Blick schien zu fragen: *Wer sagt, dass wir ihn einladen?*

Connor schüttelte den Kopf. „Ich muss mich mit Kai treffen, aber danke." Er richtete seinen Blick auf Jenna und schaute ihr in die Augen. „Bis später?"

Ging es nur ihr so oder sagten diese zwei Worte so viel mehr?

Bevor sie auch nur begeistert lächeln konnte, öffnete Cruz den Mund ganz leicht und Jenna konnte schwören, dass sie ein gedämpftes Knurren hörte.

„Bis später, Connor." Jody führte Jenna schnell weg.

„Bis später", rief Jenna und schaute zurück.

Aber Cruz hatte sich bereits zwischen sie und Connor gestellt und bildete mit seinem Körper nun eine Barriere, so wie Connor es im Flugzeug getan hatte.

Jenna schüttelte den Kopf und sprach im Flüsterton zu ihrer Schwester, als sie sich entfernten: „Donnerwetter. Was ist denn bloß mit diesen überterritorialen Typen los?"

Jody warf einen Blick zurück, der uncharakteristisch ernst wirkte. Als sie zurückflüsterte, klang ihre Stimme seltsam kratzig. „Ich werde es dir gleich erklären."

Kapitel 6

Jenna zog ein Kissen an ihren Bauch und saß sehr, sehr still. Es war erst eine halbe Stunde her, aber das sehnsüchtige Gefühl unendlicher Möglichkeiten, das sie in Connors Gegenwart verspürt hatte, wurde nun durch eiskalte Angst ersetzt.

Sie saß auf der Couch ihrer Schwester, Angesicht zu Angesicht mit einem bengalischen Tiger. Ein riesiger Tiger mit langen Schnurrhaaren und einem lächerlich langen Schwanz, der von links nach rechts peitschte, als wollte die Bestie sie auffressen.

Jennas Herz raste und sie wünschte sich, Connor wäre da. Er sah so aus, als wäre er in der Lage, mit bloßen Händen gegen einen Tiger zu kämpfen, oder nicht?

„Jody?", flüsterte sie und hoffte, dass dies wirklich ihre Schwester war.

Die Schnurrhaare der Riesenkatze zuckten und das Biest entblößte seine Reißzähne.

Jenna zog die Füße hoch und rutschte so weit wie möglich auf der Couch zurück. „Heilige Scheiße, Jody. Bist das wirklich du?"

Der Tiger nickte und stieß mit dem Kopf gegen Jennas Knie, bis sie keine andere Wahl hatte, als ihn zu streicheln.

Ja richtig, sicher. In Ordnung. Als sie sich das letzte Mal gesehen hatten, hatte Jody ihr von Gestaltwandlern erzählt. Aber sie hatte vergessen zu erwähnen, dass sie selbst einer war. Ihre Schwester, die sie ihr ganzes Leben lang gekannt hatte, konnte sich in ein wildes Tier verwandeln?

Jenna starrte sie an und der Beweis starrte zurück – der Beweis in Form einer orange schwarz gestreiften Katze, die vom

Kopf bis zur Schwanzspitze mindestens zweieinhalb Meter maß, ganz zu schweigen von ihrem Satz erschreckend langer Zähne.

„Ein Tigerschwanz, Jody? Im Ernst?" Nicht dass der Schwanz die größte Überraschung gewesen wäre, aber auf irgendetwas musste sie sich konzentrieren.

Der Tiger blinzelte, während er, gefolgt von einem Kaliko-Kätzchen, das jede seiner Bewegungen nachahmte, auf und ab pirschte. Dann wich der Tiger zurück und streckte sich. Das Licht, das durch die Bäume gefiltert wurde, schimmerte leicht und eine Sekunde später war das Tier wieder zu ihrer Schwester geworden. Sie saß zusammengerollt in einer Art anmutigen Yoga-Position, bevor sie mit einem schiefen Grinsen aufstand.

„Siehst du?", sagte Jody ganz sachlich.

Jenna griff nach dem Kissen vor ihrem Bauch und schleuderte es ihrer Schwester entgegen. „Ja, ich habe es gesehen. Musstest du so nah herankommen?"

Jody lachte nur und warf das Kissen zurück. „Ich musste sicherstellen, dass du weißt, dass ich es bin."

Das Kätzchen stürzte sich auf das Kissen und schien nicht im Geringsten überrascht über das, was gerade geschehen war.

„Ja, alles klar, ich habe es gesehen. Aber – wow, Jody. Wie? Nein, warte. Zieh dir erst etwas an. Bitte. Es ist, als würde man sich deine Modelfotos ansehen, nur noch schlimmer."

Jody verzog das Gesicht und zog sich ein T-Shirt über den Kopf. „Erinnere mich bloß nicht daran. Gott sei Dank, ist mein erster und letzter Modelauftrag vorbei."

„Ich verstehe immer noch nicht, wie dich das Modeln zu einem Tiger gemacht hat."

Jody lachte. „Doch nicht das Modeln. Das war Cruz." Sie zeigte nach oben.

Jenna blickte in die Richtung, in die Jodys Finger zeigte. Sie deutete nach oben in den schattigen Bereich des luxuriösen Baumhauses, in dem ihre Schwester mit Cruz lebte. In die Äste eines uralten Regenbaums waren Plattformen gebaut worden. Einige von ihnen waren überdacht, andere nach oben zum Himmel offen. Eine Reihe von Seilbrücken schlängelte sich dazwischen entlang und verband die Plattformen miteinander. Im Schatten bewegte sich etwas und ein noch größerer Tiger spähte gelangweilt auf sie herab. War das Cruz? Jenna hatte die neue Flamme ihrer Schwester bei ihrem letzten Besuch auf Maui kennengelernt und ja, *Tiger* passte zu ihm wie die Faust aufs Auge. Aber trotzdem – ein echter Tiger? Heiliger Strohsack.

„Ach richtig. Ein Paarungsbiss." Jenna starrte in ihre Tasse. Vielleicht war etwas in ihr Getränk gemischt worden.

„Ja. Siehst du hier?" Jody neigte den Kopf zur Seite und deutete auf die zwei kleinen Narben an ihrem Hals. „Es heißt Paarungsbiss. Man macht es mitten beim Sex und..."

Jenna schlug sich die Hände über die Ohren. „So viel will ich gar nicht wissen."

Normalerweise machte es ihr nichts aus, sich über die Einzelheiten einer heißen Begegnung auszutauschen. Aber im Moment wollte sie sich die Details ersparen, die den zufriedenen Gesichtsausdruck ihrer Schwester ausgelöst hatten. Jody hatte sich inmitten von wildem, rasendem Sex von Cruz beißen lassen? Und das hatte sie zu einem Tigergestaltwandler gemacht?

Es war nicht so, dass Jenna kein Fan von wildem, rasendem Sex wäre. Es war nur im Moment etwas zu viel, um alles zu verarbeiten.

„Und du sagst, dass hier alle Gestaltwandler sind? Jeder?", forderte Jenna. Sie starrte das Kätzchen an. „Moment – in was verwandelt er sich?"

„Sie", sagte Jody. „In nichts – Keiki ist nur ein Kätzchen. Ein wirklich süßes", beeilte sich Jody, hinzuzufügen und streichelte es. „Aber ja – alle hier auf dem Anwesen und nebenan auf Koakea sind Gestaltwandler. Cruz und ich sind die einzigen Tiger. Die anderen sind Wölfe, Bären und ... nun, andere Dinge."

Andere Dinge? Jenna war sich nicht sicher, ob sie die Details wissen wollte.

Dann traf es sie wie der Schlag. „Oha. Was ist mit Connor?" Großer Gott, konnte er sich auch in ein Tier verwandeln?

„Wer? Oh, der neue Typ?" Jody musterte sie genau. Zu genau.

Jenna winkte mit den Händen ab, um das Thema zu wechseln. „Moment. Seid ihr am Ende alle nackt, nachdem ihr eure

Körper gewechselt habt?“ Sie warf Cruz einen misstrauischen Blick zu. „Ich glaube es jetzt übrigens. Du brauchst es mir nicht auch noch zu demonstrieren.“

Cruz grinste und schnippte mit dem Schwanz.

„Wir wechseln unsere Körper nicht“, sagte Jody. „Wir verwandeln uns in unsere andere Form. Die tierische Seite ist immer da, im Inneren.“

Eine Stimme hallte durch Jennas Gedanken und sie dachte an die geflüsterten Worte, die sie gedrängt hatten, Connor zu küssen. Aber das war etwas anderes, oder?

„Also... Tiger. Wölfe. Bären. Und du bist einer von ihnen. Weiß Dad Bescheid?“

Jody schüttelte den Kopf. „Ich habe es ihm noch nicht erzählt. Aber die Sache ist die...“ Sie zog an Jennas Hand, bis sie sich von Angesicht zu Angesicht gegenübersaßen. „Es sind nicht nur Gestaltwandler, von denen die meisten Leute nicht wissen. Es gibt auch noch andere Wesen.“

Jennas Kinnlade klappte auf und ein ferner Rabe krächzte in der bedrohlichen Stille, die folgte. Cruz, so sah sie, starrte finster in die Schatten und auch Keiki sah düster aus.

„Andere? Welche anderen Wesen?“, fragte sie, obwohl sie es bereits wusste.

Ihre Schwester holte tief Luft und umklammerte ihre Hände noch fester. „Wie ich dir bereits erzählt habe, hat mich ein Vampir hierher nach Maui verfolgt.“

Jenna nickte langsam und versuchte, alles zu verdauen. Ja, Jody hatte sie bereits davor gewarnt. Aber trotzdem – die Verwandlung ihrer Schwester zu sehen, ließ die Vorstellung von anderen übernatürlichen Kreaturen nur noch realer erscheinen.

Sie zitterte. „Du hast gesagt, dass er dein Blut wollte.“

Jody sah zu Boden und wich ihrem Blick aus. „Er wollte *dein* Blut.“

„Was?“

Jody blickte auf, als dunkle Erinnerungen erneut in ihr aufstiegen. „Der Vampir wollte mich, weil er dachte, Dad sei mein biologischer Vater. Aber du bist die Einzige von uns mit Dads Genen.“

Jenna zuckte mit den Schultern. Technisch gesehen war Jody ihre Halbschwester. Dieselbe Mutter, verschiedene Väter. Also war Jenna die Einzige mit Monroe-Genen.

„Wann hat das jemals eine Rolle gespielt?", protestierte sie.

„Für uns spielt es keine Rolle. Schwestern sind Schwestern und Dad ist der beste Vater aller Zeiten für uns alle. Aber der Vampir war hinter dem her, was in Dads Blut fließt, und du bist die einzige Person, an die das weitergegeben wurde."

Jenna blinzelte. „Die einzige Person, an die *was* weitergegeben wurde?"

„Meerjungfrauenblut, Jenna. Unter Dads Vorfahren befanden sich Meerjungfrauen. Was bedeutet, dass du diese Gene auch hast."

Jenna blinzelte und wollte am liebsten protestieren. Tiger, Vampire und jetzt auch noch Meerjungfrauen?

Aber bevor sie den Mund öffnen konnte, sah sie eine Reihe wässriger Bilder vor ihrem inneren Auge aufsteigen. Visionen von Licht, das durch den Ozean gefiltert wurde, aus der Tiefe nach oben betrachtet. Die stromlinienförmigen Kiele der Boote, die über ihr vorbeizogen und das friedliche Wogen des Seetangs unter ihr. Jenna hielt den Atem an. Als ihre Schwester sprach, schien ihre Stimme weit weg zu sein.

„Jenna? Was ist los? Was siehst du?"

Dasselbe, was sie bereits in ihren Kindheitsträumen gesehen hatte – und in stillen Nächten, wenn das Rauschen der Brandung zu Hause bis in ihr Schlafzimmer zu hören war. Schwärme von winzigen Fischen, die wie Tausende von Diamanten glitzerten und sich in verblüffender Harmonie bewegten. Herumtollende Delfine, die vor Freude quietschten, umgeben vom schönen, grünen Schaum einer Welle, wie man ihn von unten sieht.

Meerjungfrau, flüsterte eine Stimme in ihrem Kopf. Sie war ganz leise und murmelnd, als würde sie aus einem tiefen Schlaf erwachen.

Manchmal, wenn sie von einer großen Welle von ihrem Surfbrett gestoßen wurde, blieb sie noch ein oder zwei Minuten länger unter Wasser, nur um das Rollen und Schäumen der Wellen von unten zu betrachten. Als Kind hatte sie ihren Eltern Angst gemacht, wenn sie länger unter Wasser geblieben war, als es einem Kind möglich sein sollte.

Jody packte sie bei den Schultern. „Ich habe kein Meerjungfrauenblut, Jenna, aber du schon."

„Meerjungfrau?", fragte sie und war immer noch bemüht, alles zu verarbeiten.

„Anscheinend sind die letzten vollblütigen Meerjungfrauen vor Generationen ausgestorben, aber in Dads Familie gibt es immer noch Überreste."

Jenna blickte in Richtung Ozean. Sie konnte ihn nicht sehen, denn er befand sich hinter den Bäumen, aber sie konnte die Brandung rauschen hören. Sie konnte sie praktisch spüren. Als Kind hatte sie davon geträumt, unter dem Meer zu leben – *Yellow Submarine* und all das – aber sie hatte es nie damit in Verbindung gebracht, Meerjungfrauengene zu haben.

Sie schüttelte den Kopf, als wäre sie von einem Zauber erwacht. „Warum hat Dad nie etwas gesagt, wo es doch Vampire gibt?"

„Ich glaube nicht, dass er es weiß. Und als ich Tante Tilda fragte, wusste sie nicht, welche Teile der alten Familiengeschichten Mythen waren und welche vielleicht wahr sein könnten."

„Warte mal." Jenna packte den Arm ihrer Schwester. „Bedeutet das, ein Vampir könnte hinter Dad her sein?"

Jody schüttelte den Kopf. „Anscheinend ist es das Blut von Meerjungfrauen, das einen besonderen Geschmack hat, nicht das von Wassermännern."

Keiki, das Kätzchen, drängte sich zwischen sie und verlangte danach, gestreichelt zu werden. Jenna streckte abwesend die Hand aus, aber selbst das weiche Gefühl des Katzenfells half nicht, als Jody weitersprach.

„Du bist es, um die ich mir Sorgen mache. Und als du einen Stalker erwähnt hast... Das ging los, nachdem dein Foto in der Zeitung war, nicht wahr?"

Jenna schluckte und die Ruhe, in die die wässrigen Bilder sie versetzt hatten, verschwand schlagartig. Ein paar Wochen zuvor hatte ein freischaffender Fotograf ein Bild von ihr geschossen, wie sie an Seal Beach aus dem Wasser kam, während ein paar jüngere Mädchen sie staunend bewunderten. Eines der Kinder hatte einen Eimer mit der *Kleinen Meerjungfrau* in der Hand und das Foto hatte es mit einer riesigen Bildunterschrift in die Wochenendausgabe der L.A. Times geschafft. *Meerjungfrau der Neuzeit?* Jennas blondes Haar war glatt nach hinten gestrichen gewesen und Wasser rieselte über das aquamarinblaue Sonnenschutzshirt, das sie an diesem Tag getragen hatte. Abgesehen von der dämlichen Bildunterschrift hatte sie sich darüber amüsiert, es in die Zeitung geschafft zu haben. Ihr Vater hatte ein Exemplar im Schaufenster seines Ladens aufgehängt und mit seiner eigenen Bildunterschrift versehen.

Keine Meerjungfrauen. Nur die besten Surfbretter der Stadt. Kommen Sie herein.

Aber Scheiße. Jody hatte recht – der Stalker hatte nicht lange danach angefangen, ihr Nachrichten zu schicken.

„Erhältst du immer noch diese unheimlichen SMS?", fragte Jody und sah nun noch besorgter aus als zuvor.

Jennas Mund wurde trocken und nahm einen bitteren Beigeschmack an.

Liebe Jenna, ich weiß, dass wir füreinander bestimmt sind. Können wir uns um eins auf dem Pier treffen?

Das war die erste SMS gewesen und sie hatte, ohne zu überlegen, auf *Löschen* gedrückt – bis die nächste Kurznachricht kam.

Liebe Jenna, es tut mir so leid, dass du es nicht geschafft hast. Aber ich weiß, dass du zu unserem nächsten Treffen kommen wirst. Treffen wir uns am...

Der Absender hatte es noch mindestens dreimal damit versucht und einmal war sie so dumm gewesen, zurückzuschreiben.

Wer zum Teufel bist du?

Ich bin dein und du bist mein, mein Liebling.

Liebling? Sie war niemandes Liebling. Wer war dieser Widerling?

Sie hatte *Lass mich in Ruhe* getippt und die Nummer blockiert. Aber kurz darauf kamen weitere Nachrichten von einer neuen Nummer und hörten selbst dann nicht auf, nachdem sie ihre Nummer geändert hatte.

Du kannst mich nicht ewig meiden. Ich bin dein Schicksal und du bist meins.

„Schicksal", flüsterte sie. „Wer zum Teufel redet denn so?"

Angst blitzte in Jodys Augen auf und der Tiger über ihnen fing an, unruhig auf und abzulaufen.

„Gestaltwandler", sagte Jody. „Gestaltwandler und andere Monster, die du niemals sehen willst."

Jenna beobachtete, wie Cruz hin und her pirschte. Gott, es wäre praktisch, einen Typ wie ihn in der Nähe zu haben. Dann stieg plötzlich Connors Bild vor ihrem geistigen Auge auf. Er würde sich auch gut eignen. Aber – oha. War er auch ein Gestaltwandler? Und wenn ja, welche Art?

Ihre Gedanken überschlugen sich mit tausend verrückten Ideen. Er war so groß wie ein Bär, aber auch schnell. Vielleicht ein Berglöwe?

Dann fing sie sich wieder. Was genau dachte sie denn, was Connor – oder irgendjemand – gegen einen Vampir tun könnte?

Hab keine Angst. Ich werde dich mit unermesslichen Reichtümern überhäufen und du sollst meine Königin sein.

Die veraltete Sprache, die Anmaßung des Besitztums, die verschleierten Drohungen . . . waren dies die Kennzeichen eines Vampires oder nur die Worte eines verrückten Menschen?

Dann hatte sie auch angefangen, kleine Schmuckstücke zu finden – Dinge, denen sie nicht viel Beachtung geschenkt hätte, wäre ihnen nicht noch eine SMS gefolgt.

Hast du mein Geschenk erhalten, mein süßes Ding?

Einmal war es ein vertrockneter Seestern gewesen. Ein anderes Mal ein Sanddollar. Dann ein Muschelhorn. Sie alle waren gebleicht und knochentrocken gewesen, ohne Anzeichen jeglichen Lebens.

Die sind nichts im Vergleich zu den Schätzen, die ich für dich sammeln werde, meine Königin.

Es war verdammt gruselig. Glaubte dieser Kerl tatsächlich an diese ganze Meerjungfrauensache?

Und dann kam die Nachricht, die sie endgültig aus der Bahn geworfen hatte.

Liebe Jenna, ich habe lange auf dich gewartet. Ein Leben lang könnte man sagen. Aber meine Geduld geht dem Ende zu.

Enttäusche mich nicht, mein Liebling. Ich möchte die Sache wirklich nicht selbst in die Hand nehmen müssen.

Diese Nachricht hatte sie völlig verängstigt und sie war kurz davor gewesen, ihren Vater zu fragen, was sie tun sollte. Aber gerade als sie zu ihm gelaufen war, hatte er ihr von Jodys Neuigkeiten erzählt.

„Hör dir das an, Jenna. Jody hat ein tolles Angebot für dich." Die Augen ihres Vaters hatten vor Aufregung gefunkelt.

Teddy Akoa, der den Surfladen betrieb, in dem Jody eine Lehre machte, war eine lebende Legende. Und er hatte Jenna angeboten, in einem besonders geschäftigen Monat auszuhelfen.

„Es ist eine großartige Gelegenheit", hatte ihr Vater gesagt. Er war so aufgeregt gewesen, als hätte er das Jobangebot selbst bekommen.

„Aber was ist mit dir?", hatte sie zunächst protestiert. „Was ist mit dem Laden?"

Ihr Vater lächelte sein bittersüßes *Meine Mädchen sind alle erwachsen*-Lächeln. „Ach, mach dir keine Sorgen um mich, Süße. Dein Onkel Barry kommt nächste Woche, also werde ich schon zurechtkommen."

Fast hätte sie vor Erleichterung aufgeatmet. Ihr Vater und sein Bruder hatten bereits seit Jahren darüber gesprochen, zusammenzuarbeiten. Aber jetzt, da es tatsächlich endlich passierte – nun, jetzt konnte sie mit wirklich gutem Gewissen gehen.

„Und mal ernsthaft, Schatz", hatte ihr Vater hinzugefügt, „es ist Zeit, dass du deine Flügel ausstreckst."

Das hatte es für sie entschieden. Sie hatte sich schon eine Weile danach gesehnt, es aber nie übers Herz gebracht, ihren Vater allein zu lassen. Aber jetzt, da er eine kleine Enkelin zum Verhätscheln und seinen Bruder zur Gesellschaft hatte, würde es ihrem Vater gut gehen.

Teddy Akoas Surf-„Fabrik" auf Maui war ein Schuppen direkt am Meer, der von einer der Legenden des Sportes betrieben wurde. Auch wenn sie nur bei kleinen Aufgaben aushelfen würde, war das Angebot zu gut, um es auszuschlagen – vor allem, da sie einen Stalker am Hals hatte. Also hatte sie ihrem

Vater nichts anderes als *Großartig!* geantwortet und auf der Stelle ihr Ticket gebucht.

„Jenna", sagte ihre Schwester und riss ihre Aufmerksamkeit in die Gegenwart zurück. „Sag es mir. Hast du noch einmal von diesem Stalker gehört?"

Jenna schaute Jody an und dann zu dem Tiger auf, der über ihnen auf und ab pirschte. Ihre ältere Schwester hatte sie schon immer beschützen wollen – manchmal zu sehr. Und so nett Cruz auch erschien, er ließ Jody nicht aus den Augen. Wenn Jenna ihnen von den letzten Nachrichten erzählte, würden die beiden sie auf diesem überwachten Grundstück einsperren. Schlimmer noch, Jody würde es wahrscheinlich ihrem Vater und ihrer Schwester Eileen erzählen, die kürzlich ein kleines Mädchen zur Welt gebracht hatte. Sie alle waren wegen dieses kleinen Wunders ganz aus dem Häuschen. Warum ihre Freude wegen ein paar Kurznachrichten, die vielleicht gar nichts bedeuteten, ruinieren? Und sie hatte keine einzige SMS erhalten, seit sie Kalifornien verlassen hatte. Das war doch gut, oder?

Andererseits hatte sie ihre Schwester noch nie belogen und wollte auch jetzt nicht damit anfangen.

„Es gab noch ein paar mehr." Sie versuchte, es trivial klingen zu lassen.

„Was hat er geschrieben?"

Jenna zuckte mit den Schultern, aber ihre Füße wippten nervös auf und ab und ihr Mund wurde trocken.

Aber meine Geduld geht dem Ende zu...

„Ich habe sie gelöscht. Es war nur derselbe alte Scheiß."

Okay, das war ein wenig geflunkert, denn *meine Geduld geht dem Ende zu* und *Ich möchte die Sache wirklich nicht selbst in die Hand nehmen müssen*, hatten ihre Angst in bis dahin unbekannte Höhen getrieben.

„Seitdem habe ich nichts mehr gehört", beeilte sie sich, hinzuzufügen.

Jody warf Cruz einen scharfen Blick zu, der mit einem knappen, geheimnisvollen Nicken antwortete und davontrottete.

„Was?", verlangte Jenna zu wissen und schaute zwischen den beiden hin und her.

Dieses Mal war Jody an der Reihe mit den Schultern zu zucken, um etwas zu verbergen. „Cruz hat ein paar Freunde in Kalifornien. Sie werden ein wenig nachforschen."

Nachforschen konnte alles Mögliche bedeuten, aber in Anbetracht von Cruz' Hintergrund in der Spezialeinheit musste Jenna schlucken. Traute sie sich nachzufragen?

Jody fuhr fort: „Also, nur für alle Fälle – und es ist nicht so, dass ich glaube, dass du es jemals wirklich brauchen wirst – aber bezüglich des Messers. Trägst du es immer bei dir, so wie ich dich gebeten habe?"

Trägst du es immer bei dir passte nicht unbedingt zu *Es ist nicht so, dass ich glaube, dass du es jemals wirklich brauchen wirst* und Jenna zitterte, als sie die Waffe aus der Scheide an ihrer Wade zog. Sie hob es langsam hoch und beobachtete, wie das Sonnenlicht auf der Klinge glitzerte.

Jody nickte zufrieden. „Gut. Wie ich schon sagte, ist das kein normales Messer. Es ist mit reinem Silber beschichtet und mit einem Zauber gegen Vampire belegt."

Dieser Teil war neu und Jenna sträubte sich. „Mit einem Zauber belegt – von einer Hexe?"

Die Klinge glitzerte heimtückisch und sandte einen Lichtstrahl über ihr Gesicht. Jenna zuckte zusammen. Könnte sie sich wirklich dazu durchringen, jemanden zu erstechen?

Dann dachte sie an die gruseligen Nachrichten und entschied, ja, vielleicht könnte sie es.

„Trage es einfach bei dir", sagte Jody. „Ich fühle mich dabei besser."

Jenna biss sich auf die Zunge. Sie fühlte sich dabei sicher nicht besser. Aber in dem Augenblick, in dem sie die Klinge zurück in die Scheide schob, breitete sich ein Schwall von Wärme in ihrem Bein aus. Tröstlich, beschützend, ein bisschen wie Connor.

„Du bist hier in Sicherheit", versicherte Jody ihr. „Aber im Ernst – keine Nachrichten mehr von diesem Widerling?"

Jennas Gedanken überschlugen sich, als sie an die Blumen und Geschenke dachte, aber sie wollte sie wirklich nicht erwähnen. Sie war nach Hawaii gekommen, um dem Kerl aus dem Weg zu gehen, und bis jetzt schien es zu funktionieren. Sie konnte Jody immer noch um Hilfe bitten, wenn sie eine neue SMS empfing. Es gab keinen Grund, alle zu beunruhigen ... jedenfalls noch nicht.

Sie zog ihr Handy aus der Tasche, um ihren Standpunkt zu unterstreichen. „Keine neuen Nachrichten. Aber ich habe dieses wirklich tolle Foto von der kleinen Wendy und Dad. Ist das nicht das Süßeste überhaupt?"

Jody lächelte von neuem und eine Minute später himmelten sie beide die Bilder ihrer bezaubernden Nichte an.

Nun, Jody himmelte sie an. Cruz, wachsam wie eh und je, kam erneut in Sichtweite geschlichen und weigerte sich, seine Vorsicht zu vergessen. Jennas Gedanken wanderten derweil wieder zu den Vampiren. Theoretisch war die kleine Wendy sicher, da sie kein Meerjungfrauenblut in sich trug. Jennas Vater hatte ihre beiden älteren Schwestern adoptiert, als sie noch klein waren; Jenna war sein einziges biologisches Kind und damit die Einzige, die in Gefahr schwebte.

„Oh mein Gott, ich liebe diese Fotos." Jody lächelte, als sie sich die Bilder ansah.

Jenna hörte sie kaum. Ihr Blick huschte umher, um die Schatten zu erkunden und jedes Flackern von Licht zu studieren. Das Anwesen hatte Sicherheitsvorkehrungen wie Fort Knox und wenn es hier wirklich von Gestaltwandlern wimmelte, dann war sie hier gut aufgehoben.

So sicher, wie sie sich neben Connor gefühlt hatte? Oder war das, zusammen mit dem Gefühl einer tiefen Verbundenheit zu ihm, alles nur Wunschdenken?

Jenna schüttelte leicht den Kopf und versuchte, sich auf nur eine Sache zu konzentrieren. Gestaltwandler. Meerjungfrauen. Vampire.

Sie atmete ein paar Mal tief durch, so wie ihr Vater es ihr beigebracht hatte. Es war das Beste, bei ihrem ursprünglichen Plan zu bleiben – sich bedeckt zu halten, im Surfladen auszuhelfen und das Beste aus ihrem Monat auf Maui zu machen. Vier Wochen waren eine lange Zeit. Genügend um einen Stalker abzuschütteln. Und wenn er danach wieder auftauchte?

Jenna unterdrückte einen Schauder und sagte sich selbst, dass dies nicht der Fall sein würde – dass es nicht der Fall sein durfte.

Kapitel 7

Connor verlagerte sein Gewicht von einem Fuß auf den anderen und schnupperte in der Brise. Sein Blick huschte immer wieder zu einer Ecke des Anwesens hinüber, aber er riss ihn jedes Mal zurück. Dorthin war Jenna mit ihrer Schwester verschwunden, um zu besprechen, was auch immer sie zu besprechen hatten.

Er wünschte, er und sie könnten sich auch unterhalten. Nur sie beide. Sie würden sich zusammensetzen und ein paar Dinge klären. Wie zum Beispiel, warum er in ihrer Gegenwart kaum geradeaus schauen, geschweige denn klar denken konnte. Zum Beispiel, warum sie dieses Anwesen besuchte. Wusste sie über Gestaltwandler Bescheid? War ihm die Tatsache irgendwie entgangen, dass sie selbst einer sein könnte?

Der Wind wirbelte durch die Palmen, die den Hubschrauberlandeplatz des Anwesens säumten, und Connor wippte ungeduldig auf den Ballen seiner Füße. So viele Fragen. Mehr Fragen als Antworten.

„Hör auf zu zappeln", zischte Tim.

„Ich zapple nicht."

Tim warf ihm einen Blick zu.

Okay, okay. Vielleicht zappelte er ja doch. Das lag an seinem Drachen, der darauf bestand, dass er Jenna folgte und sie wie eine Art Trophäe davonschleppte.

Guter Plan, fügte das Tier hinzu.

Connor schnaubte. Kein guter Plan. Besonders nicht, wenn so viel auf dem Spiel stand.

„Jetzt konzentriere dich endlich", murmelte Tim, als Kai vom Rand der Lichtung auf sie zukam.

Connor schaute finster. Er konzentrierte sich. Nun, zumindest hatte er das vor einer Weile getan, als er den Hubschrauber für den bevorstehenden Flug überprüft hatte. Dies war sozusagen sein erster Einsatz in seinem neuen Job an Koa Point. Aber es hatte ewig gedauert, bis Kai aufgetaucht war, und das Warten brachte ihn um. Zu viel Zeit zum Nachdenken, ohne Möglichkeit zu handeln.

Mit anderen Worten genau das, was er üben musste. Er konnte praktisch spüren, wie seine Mutter und jeder befehlshabende Offizier, unter dem er jemals gedient hatte, ihn kritisch beobachteten. Gut, dass Kai endlich auftauchte und der Spaß beginnen konnte.

„Bereit zum Abflug?", fragte Kai, als seine Gefährtin Tessa zu ihnen stieß.

Connor und Tim antworteten mit zwei Daumen hoch und stiegen in den Hubschrauber – Connor setzte sich hinter das Steuer, Tim nahm neben ihm Platz. Kai und Tessa, die ordentlich zurechtgemacht waren, kletterten auf den Rücksitz. Sobald alle angeschnallt waren, nickte Kai ihm zu, dass er starten sollte. „Ich erkläre euch alles unterwegs."

Es war in der Tat eine Seltenheit, dass Connor nach den Regeln flog. Er war ein Drache und Fliegen war für ihn eine Selbstverständlichkeit, ob mit eigener Kraft oder in einer Maschine. Aber mit Kai im Helikopter – der sowohl Drache als auch ein erfahrener Pilot war – führte Connor einen strengen Preflight-Check durch. Zweimal. Er konnte Kais Blick auf sich spüren, der fast darauf zu warten schien, dass er einen Fehler machte.

„Keine unnötigen Tricks, Sportsfreund. Einfach nur fliegen", murmelte Kai.

Connor nickte knapp und schwor sich, in einer geraden, langweiligen Linie zu fliegen.

Tim grinste. *Ich schätze, er hat von dem einen Mal gehört, als du...*

Connor brachte ihn mit einem bösen Blick zum Schweigen. In Ordnung, er hatte sich also einen Ruf für gelegentlich waghalsige Flugmanöver verdient, wie kopfüber unter Brücken hindurchzufliegen – rückwärts. Überschläge machten auch Spaß, aber vielleicht war es nicht die beste Idee gewesen, dies mit einem befehlshabenden Offizier an Bord zu tun. Aber mal ehrlich – welchen Spaß machte das Fliegen denn schon, wenn man nicht ab und zu etwas Neues probierte?

Damals war die schlimmste Konsequenz, die er zu befürchten hatte, jedoch gewesen, dass er für eine Weile Hausarrest bekam. In diesem Fall konnte er sich in Drachengestalt davonschleichen und im Schutze der Dunkelheit fliegen, wie es ihm verdammt noch mal gefiel. Aber jetzt stand seine Chance, in der Welt der Gestaltwandler etwas aus sich zu machen, auf dem Spiel. Also startete er den Hubschrauber langsam, bekam ein Gefühl für die Gewichtsverteilung und stieg dann höher hinauf, während sie das Anwesen unter ihnen schrumpfen sahen.

Jenna muss irgendwo dort drüben sein. Sein Drache schaute in die Richtung einer dichten Baumgruppe an der Nordseite des Grundstücks.

„Ach, komm schon, Kai. Lass ihn doch ein wenig Spaß haben." Tessa grinste.

Connor verbarg ein leichtes Nicken. Er mochte die Drachenfrau jetzt schon.

Kai schüttelte mit einem strengen *Nein* den Kopf und zeigte nach Süden. „Folge zunächst einfach nur der Küstenlinie."

Connor seufzte und zwang sich, nach vorn zu schauen und nicht zurück. Grüne, blaue und indigofarbene Streifen teilten den Ozean in immer tiefere Abschnitte, je weiter er von der Küste wegschaute. Über Maui zu fliegen, war tausendmal besser als strukturlose Wüsten und lebensfeindliche Berge zu überqueren, so viel stand fest.

„Also gut, so sieht es aus." Kai sprach durch das Headset. „Ich vertrete Silas. Wir werden einem angesehenen Gast einen Besuch abstatten und ihr beide seid meine Verstärkung. Tessa ist ebenfalls zur Verstärkung hier, aber sie hilft außerdem dabei, es wie einen freundschaftlichen Besuch aussehen zu lassen und nicht wie eine Aufklärungsmission. Verstanden?"

Connor warf einen Blick zurück. Verstärkung? Aufklärungsmission? Was hatten diese Dinge mit dem Treffen eines Gastes zu tun?

„Nicht irgendein Gast", erklärte Kai, der seinen Gesichtsausdruck bemerkte. „Randolph Draig – ein hochrangiger Drachengestaltwandler von auswärts. Ein Geschäftspartner meines verstorbenen Onkels."

Er sagte den Namen *Draig* auf eine Weise, die nahelegte, dass Connor ihn kennen sollte. Aber er rollte nur mit den Augen. Drachen und ihre Stammbäume. Wie sollte man da den Überblick behalten?

„Er hat um Erlaubnis gebeten, die Insel zu besuchen", fuhr Kai fort. „Normalerweise dulden wir keine Gestaltwandler von außerhalb, aber da er ein Freund der Familie ist..."

Connor nickte, so wie er es immer tat, wenn Drachen über Schätze, Besitztümer oder Nachlässe sprachen, und tat so, als wüsste er alles über diese Dinge, obwohl er tatsächlich keine Ahnung hatte. Er war im Grunde genommen nur zufällig Drache geworden. Mit einem Myriadengestaltwandler als Vater hätte alles aus ihm werden können.

Sieh es doch mal positiv, hatte Tim immer gewitzelt, wenn sie über ihren nichtsnutzigen Vater hergezogen waren. *Wir hätten uns als Rentiere entpuppen können. Oder noch schlimmer, Stinktiergestaltwandler.*

Also sollte Connor damit zufrieden sein, dass er ein Drache war, auch wenn er nicht in die Drachenwelt passte.

„Das bedeutet, wir müssen Respekt zeigen, aber gleichzeitig auch deutlich machen, wer der Boss ist. Versteht ihr?", fragte Kai.

Connor nickte knapp, während er weiter in Richtung Süden flog und dabei einen guten Abstand zu den Ferienwohnungen und Stränden der Küstenlinie hielt.

„Ihr zwei haltet die Augen nach verdächtigen Hinweisen offen. Nicht dass ich unbedingt Ärger erwarte." Kai zeigte nach vorn. „Das dort ist Lahaina und am hinteren Ende des Anlegers..."

Connor starrte zum Horizont und folgte Kais Finger mit seinem Blick. Der Drachenbesucher befand sich auf einem Boot?

Eine Minute später pfiff Tim.

„Ja. Nettes Wasserspielzeug, nicht wahr?", sagte Tessa.

Connor musterte die dreistöckige Motorjacht. Das Schiff musste mindestens sechzig Meter lang sein, komplett mit Hub-

schrauberlandeplatz, einem Swimmingpool und einem Whirl-
pool auf dem Achterdeck.

„Umkreise die Jacht einmal", befahl Kai. „Nicht zu nah,
nicht zu weit weg. Er soll wissen, dass wir ihn überprüfen,
ohne dabei aufdringlich zu sein."

Während Connor den Hubschrauber in einem langsamen
Kreis lenkte, erschien ein Mann auf dem Landeplatz und machte Handzeichen, um ihn vor Seitenwinden zu warnen. Connor
schnaubte. Er war schon an weitaus schwierigeren Orten gelandet – und unter feindlichem Beschuss – also war dies hier ein
Kinderspiel. Eine Minute später setzten sie auf und die Rotoren
wurden allmählich langsamer.

„Wie ich schon sagte", murmelte Kai, bevor er seine Tür
öffnete. „Tut nichts. Sagt nichts. Folgt mir einfach."

„Ja, Sir." Tim nickte.

„Ja, Sir." Connor neigte den Kopf und achtete darauf, keinen Groll in seinem Blick zu zeigen. Kai war ein guter Mann,
der ihm eine zweite Chance gab. Es lag an Connor, zu beweisen, dass er nicht das wandelnde Pulverfass war, für das sie ihn
hielten.

Zwei Männer in strahlend weißen Poloshirts und blauen
Shorts sicherten zügig den Hubschrauber, während eine Hostess in einem eng anliegenden Kleid, das jede Kurve ihrer
Figur zur Geltung brachte, sie über eine Außentreppe hinunterführte. Connor schnupperte den ganzen Weg lang. Bis
jetzt waren alle Besatzungsmitglieder Menschen, ebenso wie
die nächsten Mitarbeiter, denen sie übergeben wurden. Keiner
von ihnen trug den typischen Gestaltwandlergeruch, aber eine
Sache wurde schnell klar.

*Wem auch immer diese Jacht gehört, er steht auf Rothaa-
rige, was?* murmelte Tim in Connors Gedanken.

Er nickte knapp. Ja, das war offensichtlich. Jedes weibliche
Mitglied der Crew hatte rotes Haar – alles von Erdbeerblond
bis hin zu sattem Rotbraun. Sie kamen auch in allen Formen
und Größen, von der zierlichen Empfangsdame, die sie auf der
zweiten Ebene begrüßte, bis zur vollbusigen Hostess, die sie
einen langen, prachtvoll dekorierten Flur hinunterführte. Aber
jede Einzelne war rothaarig.

Genau wie Tessa, kam Connor nicht umhin zu bemerken. Irgendwie war er froh, dass Jenna eine Blondine war.

Bislang noch keine Gestaltwandler, murmelte Tim. Erst als sie in eine riesige Kabine auf der zweiten Ebene geführt wurden, nahm seine Nase den Geruch eines anderen Gestaltwandlers wahr.

Tim stellte sich einen halben Schritt rechts von Kai und Tessa auf. Connor übernahm die Linke und stand zwei stämmigen Sicherheitsleuten gegenüber – ein Wolf und ein Bärengestaltwandler, wenn seine Nase richtig lag. Hinter den Männern befand sich ein mindestens fünf Meter langes, in die Wand eingelassenes Aquarium, in welchem ein Kugelfisch träge hin und her schaukelte. In der darauffolgenden langen und stillen Minute war das einzige Geräusch im Raum das Blubbern des Aquariums und das leise Summen der Klimaanlage.

Connor schaute finster. Keine der Wachen wich einen Schritt zurück, aber er sah, dass sie blinzelten. Er verbarg ein Lächeln. Er und Tim konnten ziemlich grimmige Minen aufsetzen, wenn sie es wollten, und es funktionierte jedes Mal. Und diese beiden Wachen würden ihm so schnell nicht auf die Füße treten.

Und das war es für eine lange Zeit. Nichts passierte. Niemand tauchte auf. Connor ertappte sich dabei, wie er das Aquarium studierte, nur um etwas zu tun zu haben. Fische aller Farben huschten umher, manche behäbig, andere hektisch, so als wollten sie einen Ausgang finden. Einer tauchte in ein winziges Modell – das Wrack einer Galeone – und ein anderer verschwand in einer Miniatur-Schatztruhe.

Schätze. Drachen. Fast hätte er laut geschnaubt. Nun, es passte.

Sind die Dinger echt? fragte Tim und neigte den Kopf unauffällig in Richtung Aquarium.

Connor versuchte herauszufinden, was Tim meinte. *Welche Dinger?*

Diese Perlen.

Connor sah genauer hin. Wow. Die Perlen, die in der kleinen Schatztruhe lagen, sahen tatsächlich wie echte Perlen aus.

Großer Gott, wie reich ist dieser Typ denn? murmelte Tim.

Connor schaute sich um. Der Jacht nach zu urteilen, verdammt reich.

Dann öffnete sich eine Tür an der rechten Seite und Connor riss den Kopf herum. Die Tür fügte sich so nahtlos in die Holzverkleidung ein, dass er sie vorher nicht wahrgenommen hatte. Ein grauhaariger Mann trat hindurch. Auf seinem Gesicht lag ein verschmitztes Grinsen, das verriet, dass es eine seiner Spezialitäten war, sich anzuschleichen.

„Kai Llewellyn. Meine Güte." Der ältere Mann ging direkt auf Kai zu. „Jack und Cornelias kleiner Junge."

Connor verkniff sich ein Schnauben. Drachen liebten das Spiel, wer wem den Rang ablief. Aber er musste dem Kerl zugestehen, dass er einen ziemlich imposanten Eindruck machte. Er erschien trotz seines Alters nicht im Geringsten gebeugt. Langes, gewelltes Haar. Ein dicker, brustlanger Bart. Hätte dieser Typ anstelle einer Zigarre einen Dreizack in der Hand, wäre er der perfekte Neptun gewesen.

„Mr. Draig", sagte Kai mit vollkommen gleichmäßiger Stimme.

„Bitte, nennen Sie mich Randolf. Und Sie müssen Tessa sein." Draig lächelte und hielt ihre Hand ein wenig zu lange fest.

„Es ist mir eine Freude." Tessa zog sich nach einer unbehaglichen Pause zurück, die nur Draig selbst zu entgehen schien.

„Meine Güte, ist sie reizend", sagte Draig zu Kai, als wäre Tessa ein Gemälde oder eine Vase.

Connor beugte sich vor und sah, dass die Augen des alten Mannes funkelten. *Was für ein Arschloch,* murmelte er Tim zu.

Arschloch der Extraklasse, stimmte Tim zu.

Kai sträubte sich, tat aber nichts anderes, als subtil nach vorn zu treten, während Tessa zurückwich.

„Das ist mein Neffe, Anton." Draig deutete auf den jungen Mann, der ihm gefolgt war. Ein Mittzwanziger mit sorgfältig gestyltem Haar und nach oben geneigter Nase, der ein Polohemd trug, das mit irgendeinem Segleremblem bestickt war. Der Kerl strahlte *Privatschulen-Snob* und *haufenweise Geld* aus.

Ich hasse ihn jetzt schon, konnte Connor sich nicht verkneifen, seinem Bruder in die Gedanken zu murmeln.

„Kommen Sie, setzen Sie sich." Draig wies auf die Ledercouch, während er nach einer Karaffe griff. „Kann ich Ihnen etwas zu trinken anbieten?"

Ein gestreifter Kaiserfisch trieb an der Glaswand hinter Draig vorbei und sah genauso selbstgefällig aus wie sein Besitzer.

„Nein, vielen Dank." Kai setzte sich so hin, dass Tessa vor Draig geschützt war.

Draig würdigte Tim keines Blickes – ein niederer Bärengestaltwandler und all das – aber als er Connors Drachengeruch wahrnahm, schaute er unauffällig zweimal hin. Eine Sekunde später stieß er eine dünne Rauchfahne in Connors Richtung aus – Zigarrenrauch gemischt mit einem geringschätzigen Hauch von Drachenatem. Dann richtete er seine volle Aufmerksamkeit auf Kai. Und das war auch gut so, denn Connor konnte sich schon ausmalen, wie diese Vorstellung ablaufen würde.

Sie sind Mister wer? Hoving? Komisch, dieser Clan ist mir nicht bekannt.

Connor hatte die meiste Zeit seines Lebens die gleiche abweisende Reaktion von Drachen erhalten. Kai und Silas gehörten zu den wenigen Drachengestaltwandlern, die einen Mann nach seinen Verdiensten und nicht nach seiner Abstammung beurteilten. Aber die meisten Drachen neigten dazu, zu schnuppern und die Nase zu rümpfen – so wie Draig und sein noch weniger subtiler Neffe Anton, der sogar gähnte, es taten.

Connor ignorierte sie – zumindest nach außen hin. Als Draigs Sicherheitsleute sich in die gegenüberliegenden Ecken des Raumes verteilten, taten Connor und Tim dasselbe. Sie blieben in höchster Alarmbereitschaft. Draig war vielleicht ein Freund von Kais erweiterter Familie, aber für Connor stank er wie ein Feind.

„Wie nett, dass Sie mir meinen Wunsch erfüllt haben, diese wunderschöne Insel noch einmal besuchen zu dürfen", sagte Draig und schmeichelte sich bei Kai ein. „Kann ich Ihnen eine Zigarre anbieten?" Kai lehnte mit einem höflichen Kopfschütteln ab und Draig fuhr fort. „Ihr Onkel war zu seiner Zeit ein großartiger Gastgeber. Es hat mich sehr betrübt, von seinem Tod zu erfahren."

Dieser Teil klang aufrichtig genug, aber Connor behielt den Kerl genau im Auge, um jedes Anzeichen von Täuschung zu erkennen. Kais Onkel war von einem Drachenrivalen vergiftet worden – nur ein weiterer Beweis dafür, wie verkorkst die Drachenwelt war. Manchmal war sie regelrecht mittelalterlich – abgesehen von den glänzenden Megajachten.

Überhaupt nicht wie Jenna, seufzte sein Drache.

So viel war sicher. Sie war aufrichtig und bodenständig. Die Antithese zu all diesem Schwachsinn, den er nicht ausstehen konnte. Er konnte sie sich genau vorstellen, wie sie in abgeschnittenen Jeansshorts Kaugummi kaute und sich weigerte, nach den Regeln zu spielen. Ein bisschen wie er.

Anton ließ drei Eiswürfel in ein Glas fallen und schenkte sich selbst ein Getränk ein, wobei sein Gesicht die gesamte Zeit von einem *Wünscht ihr euch nicht, ihr wärt ich*-Ausdruck geziert wurde.

Klar. Als hätte Connor jemals so wie er sein wollen. Verhätschelt. Privilegiert.

„Darf ich fragen, wie lange Sie planen zu bleiben?", fragte Kai und blieb beim Geschäft.

Draig schüttelte die Eiswürfel in seinem Glas ein wenig. Sein Blick wanderte zu Tessa hinüber – oder besser gesagt zum Saum ihres Rockes – und dann riss er ihn zurück zu Kais Gesicht. Connor konnte sehen, wie Kai darum kämpfte, ruhig zu bleiben. Kein Gestaltwandler, der etwas auf sich hielt, duldete es, wenn ein anderer Mann seine Frau beäugte. Aber dies war eine dieser heiklen Situationen, die sogar Connor bewusst war. Der alte Kauz beäugte Tessa, aber – nun, sie *war* wirklich wunderschön. Solange Draig nichts anderes tat – und seinen altmodischen Manieren nach zu urteilen, war das unwahrscheinlich –, hatte Kai keinen Grund zu reagieren.

„Unsere Abreise ist wetterabhängig, fürchte ich. Und leider hat mich mein Kapitän informiert, dass er Probleme hat, ein bestimmtes Ersatzteil für den Motor zu finden." Draig runzelte die Stirn und winkte mit einer Hand ab, als wollte er sagen, *Es ist so lästig, sich mit dem Personal herumschlagen zu müssen. Meinst du nicht auch?*

Nicht nur ein Arschloch. Ein versnobtes Arschloch, murmelte Tim in Connors Gedanken.

Ein versnobtes, frauenverachtendes Arschloch, stimmte Connor zu und beobachtete Draig, der die Hostess beäugte, die sich schweigend durch den Raum bewegte und Macadamianüsse und Kräcker auf den Tisch stellte. Anton starrte sie sogar noch unverhohlener an, wovon sich Connors Magen umdrehte.

„Ich hoffe, dass wir nicht länger als ein oder zwei Wochen bleiben müssen." Draig sah bereits gelangweilt aus. „Ich wollte die Insel wirklich gern besuchen, aber nicht für so lange."

„Ich bin mir sicher, wir können einen Privatjet organisieren", erwiderte Kai in einer kaum verhüllten Andeutung. *Ich kann Sie jederzeit von dieser Insel entfernen.*

Draig pustete drei perfekte Rauchringe aus. „Das wüsste ich sehr zu schätzen, mein Junge, wenn es so weit kommt."

Junge? Connor hätte ihm dafür eine Ohrfeige verpasst. Weshalb er annahm, dass Kai das Reden übernahm. Vielleicht konnte Connor ein oder zwei Dinge von ihm lernen.

„Und wie genau planen Sie, Ihre Zeit auf Maui zu verbringen?", fragte Kai und machte damit deutlich, dass er vorhatte, jedem, der sein Revier besuchte, strikte Grenzen zu setzen.

Draig grinste und stützte sich den Rücken mit der Hand. „Ich bin heutzutage nicht mehr so ausgelassen wie früher. Nur ein wenig Golf. Ein paar Weinverkostungen. Aktivitäten für alte Leute. Irgendwann werden Sie es verstehen."

Der Mann war ein Meister darin, sein Publikum auf subtile Weise daran zu erinnern, dass er der ältere und bessere Drache war. Kai saß gerade und drückte die Schultern durch, um Draig – und Anton – daran zu erinnern, wer an diesem Ort das Sagen hatte. Schließlich nickte er langsam. „Wir kommen Ihrer Bitte gerne nach. Unter einer Bedingung – eine, auf die wir bei allen der wenigen Drachen bestehen, denen wir Zutritt zu unserem Territorium gewähren. Kein Verwandeln und Erkunden in Drachengestalt. Sie werden die ganze Zeit über in menschlicher Gestalt bleiben."

Anton öffnete den Mund, um zu protestieren, aber Draig lachte zuerst. „Oh, das wird kein Problem sein, mein Junge. Ich schwimme gern ab und zu, wenn das Wasser warm genug ist, aber leider sind diese alten Knochen nicht mehr in der Lage zu fliegen.“

Kai funkelte Anton warnend an und schaute dann zu Tessa hinüber, die ihm kurz zustimmend zunickte. Connor war derselben Meinung. Der alte Drache mochte vielleicht ein Arschloch sein, aber was konnte er schon anrichten, wenn er sich lediglich auf Golfplätzen und auf Weingütern herumtrieb? Was Anton betraf, war er sich nicht so sicher, aber es war Draigs Aufgabe, ihn im Auge zu behalten.

Kai stand zügig auf und schüttelte Draig die Hand. „Gut. Wir haben eine Abmachung.“ *Und ich erwarte, dass Sie sich daran halten,* sagte sein strenger Blick.

Anton streckte die Hand aus, aber Kai ignorierte ihn, ebenso wie Draig.

„Genießen Sie Ihre Zeit auf der Insel“, sagte Kai. „Wir werden von Zeit zu Zeit nach Ihnen sehen.“

Mit anderen Worten *Wir werden euch im Auge behalten.*

Connor gefiel dieser Teil, denn es bedeutete, dass sein neuer Job nicht nur aus Routinepatrouillen rund um das Anwesen bestehen würde.

„Und vergessen Sie nicht“, fügte Kai hinzu. „Wir können jederzeit einen Jet für Sie organisieren.“

Das war höflicher Drachencode für *Wir können euch jederzeit von der Insel werfen.* So viel wusste sogar ein unerfahrener Drache wie Connor.

Er verbarg ein Grinsen. Kai war geschickt, wenn es darauf ankam, und er wandelte auf einem schmalen Grat zwischen Etikette und Drohung.

„Wir werden dafür sorgen, Ihnen nicht zur Last zu fallen. Könnte ich Sie jetzt nicht vielleicht dazu überreden, zu einer Runde Bridge zu bleiben?“, fragte Draig. Sein Blick schweifte zu Tessa hinüber.

Sie rümpfte unmerklich die Nase, aber die Botschaft war klar. *Auf gar keinen Fall.*

Kai übersetzte dies geschickt mit: „Es tut mir sehr leid, aber wir haben dringende Geschäfte zu erledigen. Vielen Dank für Ihre Zeit." Dann griff er nach Tessas Hand und wandte sich zum Gehen. Connor und Tim schlossen sich ihnen an und sie alle folgten der Hostess, die sie zum Hubschrauber zurückbegleitete.

Auf Wiedersehen, Arschlöcher, murmelte Tim und schaute noch einmal zum Unterdeck, wo Draig und Anton zurückgeblieben waren.

Connor nickte knapp. Arschlöcher, die er, nur für alle Fälle, genau im Auge behalten würde.

Kapitel 8

„Ich finde es perfekt für dich."

Connor schaute sich um und versuchte, sich auf das zu konzentrieren, was sein Bruder sagte. Die Klippenlage mit dem Felsvorsprung zum Starten und Landen und dem kleinen Haus mit herrlicher Aussicht über den Pazifik war optimal für einen Drachen.

Es war perfekt, aber etwas an dieser Nacht war es nicht. Er spähte in die Dunkelheit hinaus und fragte sich, was ihm solch Unbehagen bereitete.

„Hier oben gibt es nur die beiden Zimmer, aber warte mal, bis du siehst, was dort unten ist." Tim zeigte in die Richtung eines natürlichen Tunnels im angrenzenden Felsen. „... oder vielleicht auch nicht", murmelte er einen Moment später.

Connor schüttelte sich und wandte sich seinem Bruder zu. „Entschuldigung. Es ist perfekt." Er klopfte Tim auf die Schulter, um seinen Bruder wissen zu lassen, dass er es ernst meinte. Der Bärengestaltwandler hatte sich die Zeit genommen, jeden Winkel der Plantage nach Orten abzusuchen, die die anderen irgendwann ihr Eigen nennen konnten. Er hatte eine große, klapprige Scheune gefunden, die Chase in eine Wolfshöhle umbauen konnte, und ein nettes Plätzchen am Fluss für Dell, der bereits große Pläne dafür hatte. Tim hatte außerdem auch diesen Klippenabschnitt für Connor erkundet und einen zweistöckigen Schuppen gefunden, in dem einst Kaffee gelagert wurde. Connor könnte ihn für sich selbst herrichten. Irgendwann einmal.

Connor verbarg ein Seufzen. Es wäre schön, zu *irgendwann einmal* vorzuspulen, aber so funktionierte das Leben nicht.

Sie alle würden sich ihre Zukunft verdienen müssen ... einen mühsamen Tag nach dem anderen.

„Es wird Spaß machen, alles herzurichten, wenn das Plantagenhaus fertig ist", fügte er hinzu. „Danke, Mann."

Bären waren nicht sonderlich gut darin, Gefühle zu zeigen, aber Tim zog die Mundwinkel ganz leicht nach oben und das war alles, was Connor wissen musste.

„Ja", fügte Tim hinzu. „Es wird toll werden. Irgendwann einmal."

Sie beide starrten auf den Pazifik hinaus, auf dem sich der Mond silbrig spiegelte.

Dann nickte Tim kurz und wandte sich zum Gehen um. „Ich habe Patrouille. Bis später, Mann."

„Bis später", murmelte Connor. „Und danke noch mal."

Das Gelände, das zu dieser Klippe hinaufführte, war trocken und buschig, aber Tim entfernte sich und machte dabei kaum ein Geräusch. Connor hätte gern noch ein wenig länger über all die Dinge gesprochen, die er an seinem ersten vollen Tag auf Maui erlebt hatte. Aber dieses unbehagliche Gefühl von *etwas*, das irgendwie seinen Hinterkopf plagte, ließ sich nicht abschütteln und er konnte sich nicht beruhigen. War dies nur der schlechte Nachgeschmack, den die Begegnung mit Draig hinterlassen hatte? Oder gab es dort draußen wirklich etwas, dem er nachgehen sollte?

Es gibt nur einen Weg, um das herauszufinden, brummte sein Drache.

Das stimmte. Und verdammt, dieser neue Job erforderte im Gegensatz zu seinem alten tatsächlich, dass er sich von Zeit zu Zeit in seine Drachenform verwandelte.

Er zog sich schnell aus und ließ seine Kleidungsstücke im Windschatten eines Felsens liegen. Dann trat er ganz nah an den Rand der Klippe heran und schloss die Augen.

Du bist dran, Kumpel, sagte er zu seinem Drachen. *Komm heraus.*

Die Verwandlung passierte so schnell, dass er zusammenzuckte, als sich sein Körper verlängerte und neu formte. Aber eine Sekunde später breitete er seine Flügel aus und grinste ein breites Drachengrinsen.

Das fühlt sich gut an, brummte sein Drache.

Es war wirklich ein gutes Gefühl, sich jederzeit verwandeln zu können. Sicher, er musste natürlich immer noch dafür sorgen, nicht von einem Menschen entdeckt zu werden. Aber die Plantage bot viel Privatsphäre und sobald er über das Meer hinausgeflogen wäre, hätte er sogar noch mehr Platz, um herumzustreifen. Kai hatte recht gehabt, als er Maui beschrieben hatte. Es war der perfekte Ort für einen Drachen, um sich niederzulassen.

Perfekt, stimmte sein Drache zu. *Meine Gefährtin für mich gewinnen. Uns niederlassen.*

Connor runzelte die Stirn. Wer hatte etwas von einer Gefährtin gesagt?

Ganz eilig und bevor sein Drache von diesem gefährlichen Gedanken abgelenkt wurde, tastete er sich vorwärts, bis seine Krallen über den Rand der Klippe kratzten. Der Wind rauschte an der steilen Felswand hinauf und kühlte die Unterseite seiner ausgestreckten Flügel.

Ja. Sein Drache spähte in die Nacht hinaus. Das Wort entsprang ihm als kehliges Grummeln und eine Sekunde später stürzte er los.

Abzuheben war immer ein Nervenkitzel, ganz egal wie oft er es tat. Aber der Start aus großer Höhe hatte seinen ganz eigenen Reiz und er genoss das Gefühl. Der kurze freie Fall. Das Krachen der Wellen unter ihm. Das Rauschen der Luft über seinen Flügeln.

Er neigte die rechte Flügelspitze und flog eine lange, geschwungene Kurve über Koakea, um das Gelände zu überblicken. Das Plantagenhaus befand sich auf einer Anhöhe etwa drei Viertel des Weges über dem Meeresspiegel. Darin brannte nur eine Handvoll von Lichtern. Die Scheune befand sich daneben und etwas weiter südlich gab es mehrere verfallene Schuppen, die früher für die Kaffeeverarbeitung genutzt worden waren. Der Bach floss in der Mitte des Grundstücks entlang und dichte Baumbestände schützten die Privatsphäre von allen Seiten.

Connor blinzelte in die Nacht. Es fühlte sich noch nicht wie Zuhause an, aber das könnte es werden.

Sein Drache schwenkte den Kopf in die Richtung des gepflegten Geländes von Koa Point hinüber und knurrte. *Jenna...*

Ja, es würde ihm sehr gefallen, wenn Jenna ein Teil dieser Gleichung wäre. Aber das war heute Abend nicht seine Mission.

Also neigte er sich nach links und leitete eine lange Kurve über das Meer hinaus ein. Es war am schönsten, in der Nacht zu fliegen, weil die Welt dann ruhiger war. Die Farben waren gedämpft und die Dunkelheit verlieh allem einen geheimnisvollen Hauch.

Er schlug ein paarmal mit den Flügeln und ließ sich von der leichten Brise tragen. Genau wie Pferde verschiedene Geschwindigkeiten hatten, war es bei Drachen ebenso. Sie unterschieden sich in ihrem Verhältnis von Flügelschlägen zu Gleitphasen. Dies war sein entspanntestes Tempo ganz am Ende des Spektrums. Am anderen Ende der Geschwindigkeitsskala lag ein extremer, zähneknirschender, nervenaufreibender Sprint, bei dem er für jeden Herzschlag zweimal mit den Flügeln schlug – die Art von Warp-Geschwindigkeit, die er in seinem Leben bisher nur ein paar Mal hatte aufnehmen müssen. Aber das hier war seine angenehme Reisegeschwindigkeit wie ein entspannter Spaziergang im Park.

Das könnte ich stundenlang machen. Sein Drache zog jede Gleitphase in die Länge, bevor er erneut mit den Flügeln schlug. Während er flog, musterte er die Gruppe von Lichtpunkten im Süden mit zusammengekniffenen Augen – der Ankerplatz, an dem Draigs Jacht festgemacht hatte. War das die Quelle seiner Unruhe?

Gerade als er hinüberfliegen wollte, um nachzusehen, fiel ihm etwas ins Auge. Mit einem schnellen Schnippen seines Drachenschwanzes wirbelte er in Richtung Westen. Was war das?

Seine Nasenlöcher bebten und winzige Flammen, die jedoch kaum größer als eine Kerze waren, schlugen heraus. Bei den ersten Malen, als er sich als Jugendlicher in seine Drachenform verwandelt hatte, hätte er fast halb Nord-Utah abgefackelt. Seitdem hatte er jedoch gelernt seinen Instinkt, Feuer zu speien, zu zügeln, um unbemerkt zu bleiben und die Landschaft unversehrt zu lassen.

Feind, knurrte sein Drache.

Er streckte den Hals nach vorn aus, um Geschwindigkeit aufzunehmen, und schnupperte in der Luft. Seine Augen huschten in einer *Ich sehe dich-ich sehe dich nicht*-Bewegung suchend über eine der Nachbarinseln – Molokai. Dort war etwas, das wie ein Vogel in einem unbeständigen Wind auf und ab tauchte. Aber aus dieser Entfernung hätte er keinen Vogel sehen können, was bedeutete, dass es groß sein musste.

So groß wie ein Drache.

Ein weiterer kleiner Feuerstoß entsprang seinen Lippen und seine Brust brannte, wie sie es immer tat, wenn seine Wut in ihm aufstieg. Welcher Drache wagte es, seinem neuen Territorium so nahe zu kommen?

Er raste weiter, ganz dicht über dem Wasser und pirschte sich an den mysteriösen Drachen heran. Hatte Draig sein Wort bereits gebrochen und war zu einem Flug gestartet? Connor bezweifelte, dass es einer der Drachen von Koa Point sein konnte. Silas und Cassandra waren geschäftlich unterwegs und Connor hatte Kai und Tessa früher am Abend in die Richtung der felsigen Berge von West Maui fliegen sehen. Also wer zum Teufel war das?

Der Wind pfiff in seinen Ohren, als er hastig weiterraste. Sein Herz schlug immer schneller. Der Drache flog nicht direkt vor Molokai herum, wie er dann feststellte. Er umkreiste eine kleine, felsige Insel vor der Ostküste Molokais. Eine dieser steilen, zerklüfteten, winzigen Inseln, auf denen Vögel gern rasteten und an denen Boote ihr tragisches Ende fanden. Auf dieser Felseninsel gab es kein Licht und es lag auch kein Boot in der Nähe vor Anker, was gut war. Falls es zu einem Kampf kommen sollte, war es unwahrscheinlich, dass sie von Menschen entdeckt werden würden.

Zumindest hoffte er das.

Auf jeden Fall war dies definitiv ein Drache. Und verdammt, wenn es Draig war, dann war der alte Drache verdammt rüstig. Das Biest schwebte über einer Stelle im Meer und kletterte dann abrupt in die Höhe – nicht mit der Nase voran, was die einfache Art wäre, sondern mit riesigen, schaufelartigen Bewegungen seiner Flügel, während sein Kopf fest in Richtung

Meer ausgerichtet blieb. Der Drache ließ diese Bewegung so leicht aussehen, aber Connor wusste, wie kräftezehrendend dieses Manöver sein konnte. Einen Augenblick später drehte sich der Drache um und tauchte ab.

Er starrte. Drachen segelten, glitten oder schwebten. Aber schwimmen?

Ich schwimme gern ab und zu, wenn das Wasser warm genug ist, hatte Draig gesagt.

Connor wandte sich nach Osten und flog in einem großen Bogen um das Gebiet, bis er den Drachen lokalisiert hatte. Bisher hatte der Fremde ihn noch nicht entdeckt und das sollte auch besser so bleiben.

Dort! Er wirbelte herum, als Wasserschwaden in die Höhe spritzten und der Drache genauso anmutig nach oben schoss, wie er abgetaucht war.

Connor, der zunächst abgewartet hatte, raste mit voller Kraft voraus, als er den Augenblick erkannte, in dem er den Feind überraschen konnte. Er stürzte geradewegs auf den ahnungslosen Drachen zu, bis er nah genug gekommen war, um das Wasser von seinen gelbbraunen Flügeln tropfen zu sehen. Dann öffnete er sein Maul und brüllte mit seiner tiefsten Drachenstimme.

„Wer zum Teufel bist du?"

Für das menschliche Ohr wären seine Worte nichts als ein verzerrtes ohrenbetäubendes Gebrüll gewesen. Aber jeder andere Drache konnte ihn perfekt verstehen.

Der fremde Drache wirbelte herum, als Connor vorbeizischte. Erst in der letztmöglichen Sekunde wich er aus, um einen knochenbrechenden Aufprall zu vermeiden. Für den Bruchteil einer Sekunde sah er das Weiße in den Augen des unbekannten Drachen. Er riss sie vor Schreck und Überraschung weit auf. Connor gluckste und gratulierte sich selbst dazu, das Überraschungsmoment perfekt ausgenutzt zu haben.

„Wer zum Teufel bist du?", spie der andere Drache einen Moment später.

Connor umkreiste ihn in der Luft und ließ seine Zähne im Mondlicht aufblitzen. „Ich bin derjenige, der hier die Fragen stellt."

Sein nächster Satz hätte also *Wer zum Teufel bist du?* sein sollen, aber der andere Drache wandte sich ab und die Antwort kam ihm in den Sinn.

„Anton", knurrte er. Draigs Neffe, der verwöhnte, kleine Scheißer.

Menschen streckten ihre Handflächen nach oben aus, um Unschuld anzuzeigen; Drachen zeigten die Unterseite ihrer Flügel.

„Ähm..." Anton stammelte und wich zurück.

„Welchen Teil von *kein Verwandeln oder Erkunden in Drachengestalt* hast du nicht verstanden?", knurrte Connor.

„Ich dachte, ihr habt meinen Onkel gemeint", versuchte sich Anton herauszureden.

Connor konnte nicht sagen, ob der junge Drache dumm genug war, um das wirklich zu glaube oder ob er annahm, dass Connor dumm genug wäre, ihm diesen Scheiß abzukaufen. Er brüllte und ließ eine zwei Meter lange Flamme in die Nacht aufsteigen. „Versuche es noch mal, Arschloch."

„Ich wusste es ehrlich nicht", beharrte Anton und huschte davon.

„Was hast du dann hier draußen zu suchen?", verlangte Connor zu wissen.

Anton grinste. Er grinste tatsächlich. „Perlentauchen."

Was zur Hölle? Connor versuchte gerade, zu begreifen, was er da gesagt hatte, als Anton sich auf ihn stürzte. Dolchartige Zähne verfehlten seine Flügel nur knapp und die Augen des anderen Drachen glühten feurig gelb.

„Ich mache, was immer ich verdammt noch mal will", höhnte der Scheißer.

Connor wirbelte herum und brüllte dann. Der Junge wollte einen Kampf? Er würde einen bekommen. „In meinem Revier tust du das nicht."

Anton lachte, als er nach links auswich und Connors nächstem Feuerstoß auswich. Ein kurzer, dünner Feuerstrahl, denn selbst so weit draußen auf einer unbewohnten Insel musste ein Drache vorsichtig sein, um nicht entdeckt zu werden.

„Ha. Es ist nicht einmal dein Revier", spottete Anton. „Es gehört den Llewellyns. Für den Moment."

Connor konnte nicht sagen, was ihn wütender machte – die persönliche Beleidigung oder die verschleierte Drohung. „Du legst dich mit dem falschen Drachen an", warnte er und näherte sich.

Anton verengte die Augen zu Schlitzen. „Nein, du tust es. Weißt du überhaupt, wer mein Onkel ist? Weißt du, wer mein Vater ist?"

Connor runzelte die Stirn. Das Einzige, was er noch mehr hasste als reiche, verwöhnte und selbstverliebte Drachen, waren ihre Nachkommen.

„Eines Tages werde ich alles erben, was sie haben. Ich bin der einzige Erbe."

„Du Glückspilz", murmelte Connor.

Anton lachte. „Du kannst mir nichts anhaben, Arschloch."

Connor war so versucht, eine Antwort zurückzuschießen. Aber dies war einer dieser *Taten sprechen lauter als Worte*-Momente und er wusste es. Also täuschte er an, nach links fliegen zu wollen, um Anton in den Drachenschwanz zu beißen, drehte sich dann jedoch nach rechts und kratzte mit den Klauen über Antons Brust.

Der Junge war schnell – das musste Connor ihm lassen, denn er wich seinem Angriff um ein Haar aus. Im Bruchteil einer Sekunde ging der Mistkerl bereits zum Gegenangriff über und zielte tiefer, um das weiche Fleisch an Connors Bauch zu treffen. Connor rollte sich in einer schnellen Drehung und wirbelte dann zurück, während er Feuer spie. Der Junge bewegte sich gekonnter, als er es erwartet hätte – gut genug, um diese Sache hier länger hinauszuzögern, als es Connor lieb gewesen wäre. Anton war außerdem verdammt wütend, wie es alle diese versnobten Typen wurden, wenn sie der Tatsache ins Auge sehen mussten, dass sie vielleicht doch nicht Gottes Geschenk an die Welt waren. Aber das war gefährlich, denn Anton würde wahrscheinlich alle Register ziehen – Brüllen, Feuerspeien und Derartiges – ohne die Konsequenzen zu bedenken. All das erhöhte die Wahrscheinlichkeit, entdeckt zu werden, und das durfte Connor nicht riskieren.

Er zielte auf Antons Schwanz, aber der gerissene Schweinehund sah es kommen und schlug ihn weg. Dann erhob Connor sich im Versuch, Anton auf eine niedrigere Höhe zu zwingen, wo es weniger wahrscheinlich wäre, dass sie gesehen werden könnten.

„Versuch' es nur", zischte Anton, als er sich drehte und floh. Er stieg höher und höher auf und spie Feuer, genau wie Connor es befürchtet hatte.

„Hör auf damit", brüllte er, raste los und schnappte nach Antons Drachenschwanz. Seine Zähne sanken tief hinein und Anton schrie vor Schmerz auf.

Aber verdammt, der Junge war unglaublich schnell. Er drehte sich auf der Stelle um und schoss einen breiten Feuerstrahl auf Connor, der dadurch gezwungen wurde, nach links auszuweichen. Eine Sekunde zu spät, wie sich herausstellte, denn das Feuer erwischte ihn am Flügel und der beißende Geruch von verbranntem Leder stieg in die Luft.

Anton brüllte triumphierend und Connor sah rot.

Es wird Zeit, dem kleinen Scheißer eine Lektion zu erteilen, knurrte sein Drache.

Connor ignorierte den Schmerz in seinem Flügel, schoss sich drehend zurück und biss sich in Antons Flügel fest. Der Schrei des jungen Drachen hallte von der Steilklippe der Insel wider und hunderte Vögel flogen in Panik davon.

Mit einer kurzen Schwanzbewegung schlug Connor Anton auf den Rücken und verpasste ihm dann einen Kopfstoß. Einen Kopfstoß mit voller Wucht – ein richtiger Drachen-Kopfstoß – und keine dieser *Jetzt wird uns beiden schwindelig* menschlichen Aktionen. Anton schwankte und wich nur knapp den Schlägen aus, mit denen Connor nachsetzte. Dann ließ Connor von ihm ab und brachte sich tief atmend wieder unter Kontrolle.

Noch vor ein paar Monaten hätte er den Angriff einfach fortgesetzt, ohne über die Konsequenzen nachzudenken. Aber er wollte ein neues Kapitel beginnen, also zwang er sich, langsamer zu werden und seine Optionen zu überdenken.

Wie den kleinen Scheißer auszuschalten? grummelte sein Drache.

Ja, das würde er liebend gern tun. Aber er wusste, wie die Dinge in der Drachenwelt liefen. Wenn ein Arschloch wie

Anton einen Niemand wie Connor wegen Landfriedensbruch töten würde, würde niemand auch nur nachfragen. Aber wenn das Gegenteil der Fall wäre, würde Connor beschuldigt werden, überreagiert zu haben, und es wäre der Teufel los. Draig würde sich mit Kai anlegen, weil er hitzköpfige Halbblüter angestellt hat und Connor wäre erledigt.

Und wie es schien, wusste Anton das. Der junge Drache wirbelte herum und schleuderte Connor seinen eigenen Feuerstrahl entgegen. Er hielt sich dabei nicht im Geringsten zurück.

„Herrgott noch mal, hör damit auf", zischte Connor, als er sich mit einer Drehung rettete. Diese Menge an Feuer könnte man bis nach Maui sehen. Dachte Anton etwa, dass die altehrwürdige Regel, niemals die Aufmerksamkeit von Menschen auf sich zu ziehen, nicht für ihn galt?

Offensichtlich nicht, denn Anton spie eine weitere lange Flamme. Der dumme Junge wusste nicht, wann er aufhören musste.

Connor stürzte sich ihm erneut entgegen und zielte mit einem dünnen Feuerstrahl direkt auf Antons Kehle. Der junge Drache schrie und taumelte rückwärts, aber Connor ließ nicht locker. Mit reißenden Klauen, schlagenden Flügeln und Bissen trieb er Anton tiefer und tiefer, bis er auf die Felsen zuraste.

„Halt! Warte!", schrie Anton und gab schließlich auf.

Connor schaute finster. *Er* gab niemals auf, noch nicht einmal im Angesicht einer Niederlage.

„Ich werde lange genug aufhören, um deinen Arsch zurück nach Maui zu treiben." Er fing an, Anton durch den Kanal zu scheuchen. Die Insel war meilenweit entfernt, aber verdammt, er würde den Jungen dorthin schleppen, wenn es sein musste. Dann würde er den jämmerlichen Arsch des kleinen Scheißers über Kais Schwelle treten und es seinem Boss überlassen, den Rest auf diplomatischere Weise zu regeln, als er es je könnte.

„Das kannst du nicht machen", heulte Anton und versuchte, eine Länge Vorsprung zu behalten.

„Und wie ich das kann", knurrte Connor und zwickte Anton in den rechten Flügel.

Anton schrie erneut, aber Connor schnaubte nur. Es gab nur einen Grund, warum er diesen Flügel nicht zerfetzte. Er wollte es sich ersparen, Anton selbst den ganzen Weg zurück nach Maui schleppen zu müssen.

„Mein Onkel wird dich dafür büßen lassen", murmelte Anton, der sich einmal mehr umdrehte, um erneuten Widerstand zu leisten. Er schlug, trat und krallte. Dann erwischte er Connor mit einer spiralförmigen Bewegung des Drachenschwanzes am selben Flügel, der verbrannt worden war.

Connor zischte und atmete scharf ein. Er war so wütend. So kurz davor, sich einen Dreck darum zu scheren, ob er Anton tot oder lebendig zurückbrachte. Wütend genug, um...

„Stopp. Sofort", dröhnte eine tiefe Stimme durch die Nacht. Connor riss seinen Kopf hoch. Scheiße. War das Kai?

Schlimmer noch, es waren Kai und Tessa, und Kai runzelte die Stirn – stark.

„Was genau ist hier los?"

Anton öffnete das Maul, als wollte er sich verteidigen, und Connor konnte sich genau vorstellen, wie das ablaufen würde. *Hilfe! Ich war völlig nichts ahnend, als dieses gewalttätige Halbblut wie aus dem Nichts daherkam und mich angegriffen hat.*

Hoffentlich würde Kai nicht darauf hereinfallen, aber Connor entschied, seinen neuen Boss nicht auf die Probe zu stellen. Stattdessen riss er seinen Kopf zu Anton herum und knurrte.

„Junior hier hat entschieden, dass das Flugverbot nicht für ihn gilt."

Kais Augen glühten feuerrot. „Ach hat er das, ja?"

Anton stotterte und stammelte, bevor er es mit seiner besten Verteidigung probierte. „Mein Onkel..."

Kai schnitt ihm mit einem tiefen, gefährlichen Knurren das Wort ab. „Dein Onkel wird genauso wütend sein, wie ich es bin, du kleiner Scheißer."

Connor blinzelte durch sein schnell anschwellendes Auge. Kai klang wütend, aber nur auf den Jungen. Vielleicht würde ihm dieser letzte Streich doch nicht teuer zu stehen kommen.

Ein Drache konnte zumindest noch hoffen.

Kapitel 9

Jenna lag auf dem Bauch und hörte den Wellen zu, die ein paar Schritte entfernt über den Strand rollten. Es war spät – eigentlich zu spät, um noch wach zu sein. Die Sonne war am Ende ihres ersten vollen Tages auf Maui längst untergegangen. Und welch ein Tag es gewesen war. Aufwühlend genug, dass sie nun nicht einschlafen konnte. Die Aufregung, Connor wiederzusehen, war dem Schock über Jodys Neuigkeiten schnell gewichen. Dann hatte sie den größten Teil des Nachmittags in einer Art Benommenheit verbracht. Jody hatte darauf bestanden, an einer Stelle ein Stück küstenaufwärts für ein paar Stunden surfen zu gehen. Es war besser gewesen, als herumzusitzen und sich Sorgen zu machen. Im Wasser zu sein hatte ihr immer ein Gefühl von Frieden gegeben. Aber jetzt überschlugen sich ihre Gedanken.

Jenna Monroe, Surferin, oder Jenna Monroe, anteilig Meerjungfrau?

Sie hatte die meiste Zeit im Wasser damit verbracht, jedes Gefühl und jede Erinnerung zu überanalysieren. Liebte sie es, nur zum Spaß unter die entgegenkommenden Wellen zu tauchen, oder war das ein Merkmal ihrer Meerjungfrauenabstammung? Fand sie das Donnern einer entgegenkommenden Welle so aufregend, weil ihr Vater seine Liebe zum Surfen an sie weitergegeben hatte, oder lag es an seinen Genen? Die meisten Surfer strampelten sofort an die Oberfläche, sobald sie von einer wilden Welle untergetaucht wurden. Aber Jenna war schon immer so lange wie möglich unter Wasser geblieben und hatte beobachtet, wie das schaumig grüne Wasser brodelte und sich drehte. Es war magisch, wie sich die Farbe des Wassers veränderte, wenn es vom Seegang des dunklen Ozeans zu den sich aufbauenden, blauen Wellen wurde, die sich dann Türkis färbten und schließlich zu weißem Schaum wurden. Aber man musste keine Meerjungfrau sein, um diese Schönheit schätzen zu wissen, oder?

Aber Schönheit war nur ein Teil davon. Es gab auch Grauen. War ihr Stalker ein normaler Mensch oder ein Vampir?

Sie wandte sich erneut dem Buch zu, das aufgeschlagen vor ihr auf dem Bett lag, und murmelte: „*Vampire: Band Eins?*"

Sie war sich nicht sicher, ob sie überhaupt wissen wollte, was in Band Zwei geschrieben stand... Band Eins war schon beängstigend genug. Es war ein altes, staubiges Buch mit einem riesigen Ledereinband und handverzierten Seiten. Eine Illustration zeigte eine Art Michelangelo-Skizze eines Mannes mit ausgestreckten Armen und Beinen – aber dieser „Mann" war ein Vampir mit monströsen Reißzähnen. Eine andere Skizze zeigte die Detailansicht eines furchterregenden Gesichtes mit weit gefletschten Zähnen. Kleine Linien wiesen auf verschiedene Merkmale hin, die an der Seite beschriftet waren. Die feuerroten Augen. Die Reißzähne, die mit Kanälen verbunden waren, die...

Sie kniff die Augen zusammen, um die winzige Schrift zu erkennen. „Blutkanäle?"

Sie klappte das Buch zu, schob es beiseite und starrte durch die offene Tür des Gästebungalows hinaus. Eine Meeresbrise ließ die Palmen wogen und Grillen zirpten rundherum in einem gleichmäßigen Chor. Sie hatte bei Kerzenlicht gelesen, um die Sicht auf die Sterne nicht zu trüben und dies verstärkte das Mysterium in ihren Gedanken noch mehr.

Vampire. Tigergestaltwandler. Meerjungfrauen. Konnte es wirklich wahr sein?

Sie griff nach einem weiteren Buch, das Jody ihr geliehen hatte – *Werwesen, Wölfe & Launen der Natur* – und blätterte durch die Seiten.

Ist das dein Ernst? Hatte Jenna protestiert, als Jody die Bücher ins Gästehaus gebracht hatte.

Es ist mein Ernst. Silas hat eine ganze Bibliothek mit diesem Zeug, hatte Jody geantwortet. Wer weiß, was du herausfinden könntest?

Ehrlich gesagt, war sie sich nicht sicher, ob sie für mehr bereit war. Sie stand immer noch unter Schock von diesem Morgen.

Alle hier sind Gestaltwandler. Cruz und ich sind die einzigen Tiger. Die anderen sind Wölfe, Bären...

Jenna blätterte ein paar Seiten weiter und blieb an einem Abschnitt über Seebären und Werbären hängen. Und was war mit Connor – was war er? Er war groß, aber nicht so massig wie ein Bär. Ein Wolf vielleicht? Sie blätterte zum vorderen Teil des Buches zurück und las den Abschnitt über *Wolfsgestaltwandler und verwandte Hundearten.* Connor hatte den für Hunde typischen Beschützerinstinkt und war ständig auf der Hut. Sie las ein paar Zeilen und hielt dann kurz inne.

Wolfsgestaltwandler, wie alle anderen Gestaltwandler auch, spüren eine intensive Anziehungskraft zu ihren vorbestimmten Schicksalsgefährten...

Kleine Alarmglocken gingen in ihrem Hinterkopf los. Schicksalsgefährten?

... sobald sie sich verpaart haben, besteht ihre Verbindung ein Leben lang.

Verpaart? Sie runzelte die Stirn und blätterte zurück zur Einleitung des Buches, die einen ganzen Unterabschnitt zu diesem Thema enthielt.

Die Platzierung und Tiefe des Paarungsbisses können sich unterscheiden, aber jede Art und Unterart vollzieht einen Paarungsritus auf dem Höhepunkt der Kopulation...

Sie riss die Augenbrauen hoch. Es klang alles so primitiv. So grob. Und doch stieg bei diesem Gedanken Hitze in ihrem Körper auf und sie konnte sich nicht verkneifen, sich wilden, instinktiven Sex mit Connor vorzustellen.

Die meisten Schicksalsgefährten erkennen einander auf den ersten Blick, hieß es in dem Buch weiter.

Jenna holte tief Luft, als sie an ihr erstes Treffen mit Connor zurückdachte. Sie hatte für ein oder zwei Minuten aufgehört zu atmen.

Deine Mutter und ich, wir wussten es einfach, hatte ihr Vater so oft mit verträumter Stimme gesagt.

Sie überflog den Text weiter. *Gefährten sind sich ein Leben lang treu und lassen sich niemals auf Abwege leiten.*

Das passte auch. Ihr Vater war nach dem Tod ihrer Mutter vor fünfzehn Jahren noch nicht einmal mit einer anderen Frau ausgegangen.

Ich brauche keine andere. Außerdem ist sie immer noch hier, sagte er und klopfte sich mit verträumtem Blick auf das Herz in seiner Brust.

Jenna starrte in die Ferne. Manche Leute glaubten an Seelenverwandte. Vielleicht waren Gefährten genauso. Dann runzelte sie die Stirn. Was war mit Meerjungfrauen? Bissen die sich auch?

Sie durchsuchte das Inhaltsverzeichnis und blätterte zum Abschnitt über Meerjungfrauen, der sich ganz hinten im Buch befand. Zusammen mit Einhörnern und Pegasoi, die alle mit dem Vermerk *Vermeintlich ausgestorben* versehen waren.

Über Meerjungfrauen ist nur wenig bekannt. Der letzte bestätigte Bericht stammt aus dem Jahr 1736...

Sie blinzelte ein paar Mal. 1736?

... aber Gerüchte über kleine Gemeinschaften halten sich bis zum heutigen Tag hartnäckig.

Irgendwie munterte sie das wieder auf.

Meerjungfrauen unterschieden sich von anderen Gestaltwandlern dahingegen deutlich, wie viel Zeit sie in ihrer menschlichen und in ihrer verwandelten Form zubrachten. Einige verbrachten ihr ganzes Leben unter Wasser, während andere überwiegend unter Menschen lebten und sich gelegentlich einem tiefen Tauchgang hingaben...

Ein Ansturm von Wasserbildern durchflutete ihren Geist kombiniert mit gedämpften Unterwassergeräuschen. Das Rauschen der fernen Brandung, das Quietschen eines Delfins. Sonnenstrahlen, die ins Wasser drangen, wie die Lichtstrahlen in einer Kathedrale. Aufgewirbelte Luftblasen, paddelnde Schildkröten. Manche dieser Bilder waren Erinnerungen an Anblicke, die sie tatsächlich gesehen hatte. Aber andere wirkten unwirklich, wie Visionen aus einem kollektiven Gedächtnis, das von irgendwo außerhalb kam.

Jenna schob das Buch zur Seite, rollte sich auf den Rücken und starrte an die Decke. Gefährten. Gestaltwandler. Meerjungfrauen.

Langsam schob sie das Messer unter ihr Kopfkissen und blies die Kerze aus. Eine dünne Rauchfahne tanzte in der Brise, bis sie in der Nacht verschwamm. Sie klopfte sich mit den Fingern auf den Bauch. *Schlaf. Schlaf, Jenna. Schlaf.*

Bilder von Gestaltwandlern tanzten durch ihre Gedanken und hielten sie hellwach. Ein schwerfälliger Bär. Ein knurrender Tiger. Ein heulender Wolf, gefolgt von Connor, der vollkommen menschlich aussah. Was war er?

Es half nicht, sich selbst zu befehlen, einzuschlafen, genauso wenig wie der Gedanke an ihr Bett zu Hause.

Gestaltwandler ... Paarungsriten ... für immer...

Als Buchstaben auf einer gedruckten Seite waren diese Worte ziemlich schwer verdaulich. Aber wenn sie in Verbindung mit Connor daran dachte...

Anstatt ihre Arme um sich zu schlingen, ließ sie ihre Hände nun über ihren Körper gleiten. Zunächst langsam, dann immer sinnlicher und schließlich gab sie dem Drang nach. Sie schob ihre Hand etwas tiefer hinunter und stellte sich vor, Connor würde sie berühren. Seine Hände wären groß, aber sanft und anstatt sie zu necken, würden sie sie wärmen. Er würde sie küssen, lang und tief, und gleichzeitig ihre Brüste streicheln. Ihr Atem wurde schneller, als sie sich vorstellte, wie Connor ihre Brustwarze zwischen seinen Fingern rollte, bis sie hart und spitz wurde, bereit für seinen Kuss.

Langsam öffnete sie die Knie und schob eine Hand nach unten. Sie schloss die Augen und stellte sich vor, dass es Connors Hand war. Sie ließ sich tiefer und schneller von ihm streicheln, bis sie schließlich laut aufstöhnte.

„Ja...", murmelte sie und spürte die Lust in sich aufsteigen.

Die Berührung wurde zu einer hektischen Bewegung und sie fing an, zu keuchen, als Connor – selbst der vorgetäuschte Connor – sie in immer größere Höhen trieb.

„Oh... " Sie warf den Kopf zurück und zuckte mit der Hüfte, so echt fühlte es sich an. So befriedigend. Ihre Muskeln spannten sich an. Ihr Hecheln wurde zu einem Keuchen und schließlich...

Sie stöhnte und genoss das Hochgefühl, das durch ihre Adern strömte.

Jenna, murmelte Connor in ihrer Vorstellung, als er sich über ihr versteifte.

Eine Minute später rollte sie sich auf die Seite und stellte sich vor, Connor würde dasselbe tun. Er würde sie von hinten umarmen und eine Hand um ihre Taille schlingen. Dann würde er sie sanft am Hals küssen und sie vor der Außenwelt beschützen.

Schlaf jetzt, Jenna, würde er sagen.

Komisch, wie viel leichter sie diese Worte befolgen konnte, wenn Connor sie sagte.

Sie schloss die Augen und wiederholte sie noch ein paarmal. *Schlaf, Jenna. Schlaf.

∞∞∞

*

Und sie schlief – wirklich gut. Zumindest für den ersten Teil der Nacht. Mit ruhigen, angenehmen Träumen, wie es sich für einen Ort wie Maui gehörte. Aber irgendwann, als das Mondlicht am hellsten war, wachte sie auf und konnte nicht wieder einschlafen. Sie lag dort und starrte an die Decke, während sie den Wellen, die über den Sand rollten, lauschte. Riefen sie nach ihr?

Sie stand auf, ging zur Tür und schaute hinaus. Die Aussicht war atemberaubend mit glitzerndem Wasser und funkelnden Sternen. Fast so als wäre sie ein Seemann irgendwo mitten auf dem Meer.

Komm her und schau, schien das silbrige Mondlicht zu sagen. *Komm her und spiele.*

Es war nicht das erste Mal, dass sie dieses Flüstern hörte, aber jetzt fragte sie sich, woher es stammte. Entsprang es einer gesunden Fantasie oder war es das Meer, das nach der Meerjungfrau in ihrem Blut rief?

Sie strich sich mit den Händen über die Arme und dachte lange darüber nach. Dann zog sie sich an, schnallte sich ihr Messer ans Bein und schritt mitten auf den Strand hinaus. Warum nicht das Beste aus einer wunderschönen Nacht machen?

Eine Eule schrie und eine Welle kitzelte ihre Zehen.

Sie lächelte, lief den Strand hinunter und plätscherte durchs Flachwasser. Der Sand war weich unter ihren nackten Füßen und Biolumineszenz wirbelte um ihre Knöchel herum. Wie Glühwürmchen für Meerjungfrauen, sagte sie sich und lachte dann.

Sie hielt inne, um eine Muschel aufzuheben, und warf ein Stück Treibholz in die Wellen. Alle auf dem Anwesen schliefen noch und sie hatte das Gefühl, die ganze Welt für sich allein zu haben. Eine große, wunderschöne Welt aus Wind, Wellen, Erde und Himmel.

Als sie am Ende des Strandes ankam, verspürte sie noch nicht das Verlangen, wieder zurückzugehen. Wie oft hatte ein Mädchen die Chance, eine Nacht wie diese zu genießen. Sie ging also weiter und bahnte sich ihren Weg um eine felsige Biegung. Jody hatte ihr versichert, dass Koa Point und ebenso das gut bewachte Grundstück nebenan vollkommen sicher waren. Connor war dort und er und *gut bewacht* gingen Hand in Hand. Also ging sie einfach weiter und genoss das Gefühl der Freiheit. Zu Hause ging sie nur selten nachts allein spazieren. Aber hier, auf einem privaten Anwesen...

Sie seufzte ein wenig. Vielleicht könnte sie es Jody gleichtun, sich einen Job auf Maui suchen und bleiben. Noch besser wäre es, sich einen Job *und* einen Mann zu suchen.

„Ja, das wäre nett", lachte sie und ging weiter.

Aber verdammt. Einfach nur zu spazieren war schon nett. Die salzige Luft rieb über ihre Haut und die Brise zerzauste ihr das Haar. Mit den nachtblühenden Blumen, die das Potpourri ergänzten, schien Mauis reichhaltiger, natürlicher Duft doppelt so süß zu sein. An dieser Seite war der Ozean ruhiger und eine Felswand bildete an dem Küstenabschnitt, den sie nun erreicht hatte, ein stilles Becken. Vielleicht waren dies die Überreste eines alten hawaiianischen Fischteichs? Etwas plätscherte sanft und sie blieb stehen, um auf das Wasser zu starren.

„So wunderschön", flüsterte sie.

Das Mondlicht schimmerte über die Oberfläche des Meeres und bildete eine lange, blasse Linie aus funkelndem Licht, die mit jeder kleinen Welle schwankte. Sie sprang auf einen kleinen Felsen, um eine bessere Aussicht zu haben.

Sie hatte Kalifornien immer geliebt, aber ... wow. Maui war unglaublich. Ganz besonders diese extraruhige, extraprivate Version von Maui, wenn alle schlummerten und alles ganz still war.

Ihr Blick fiel auf etwas Glitzerndes im Wasser – wirklich im Wasser und keine Reflexion von oben. Wäre dies nicht eine so unberührte Gegend gewesen, hätte sie es vielleicht für eine weggeworfene Flasche gehalten und nicht weiter darüber nachgedacht. Aber sie bezweifelte, dass es in diesen Gewässern Müll gab, also was war es dann? Ein Angelköder? Eine besonders glänzende Muschel? Irgendetwas mit einem goldenen Farbton – in einem Augenblick war es da und dann sofort wieder verschwunden.

Sie watete bis zu den Knien hinein und war fast versucht, einzutauchen, um zu sehen, was es war. Und warum auch nicht. Wasser war ihr Element und dieser Bereich des Strandes war absolut sicher. Also tauchte sie einmal kurz unter – komplett mit ihrer Kleidung und allem und schwamm ein paar Züge. Ihr Haar breitete sich hinter ihr aus und wurde durch das Wasser gezogen, genau wie der Stoff ihrer Kleidung. Als sie auftauchte, um Luft zu holen, lächelte sie breit. Es fühlte sich herrlich unanständig an, allein dort draußen zu sein, also tat sie es noch einmal.

Dort drüben, lockte sie das glänzende Ding und sie tauchte, um es zu suchen. Aber das Mondlicht neckte sie und mischte sich mit dem Unterwasserglanz. Ihre tastenden Finger trafen auf nichts anderes als Felsen oder Muscheln. Etwas plätscherte in der Dunkelheit, sie schaute auf und fühlte sich zum ersten Mal verletzlich.

„In Ordnung, genug Meerjungfrau gespielt", sagte sie sich und zog sich ans Ufer zurück.

Sie stand ein paar Minuten lang da, tropfte von Salzwasser und beobachtete die Sterne. Sie fühlte sich albern. Was wäre, wenn sie diese Meerjungfrauensache zu weit trieb?

Sie schüttelte das Wasser aus ihren Ohren und rümpfte ihre Nase, während sie darüber nachgrübelte. Nun, wenn es dort draußen wirklich etwas zu finden gab, könnte sie es bei Tageslicht versuchen. Für den Moment würde sie zurück zum Bungalow gehen und ein wenig schlafen.

Sie machte sich auf den Weg und folgte einem Pfad, den sie zuvor übersehen hatte. Er führte zunächst durch offenes Grasland, aber schon bald schlossen sich raue Büsche und Bäume von beiden Seiten. Ein Blatt kitzelte über ihre Wade und eine Ranke kratzte ihr Schienbein. Die Grillen sangen lauter und ein Vogel – oder eine Fledermaus? – flatterte über ihren Kopf hinweg. Sie zuckte zusammen.

Sie erstarrte und schaute auf. Fledermäuse. Vampire. Hingen sie wirklich zusammen oder war das nur ein weiterer Hollywood-Mythos?

So oder so hatte ihre friedliche Nacht plötzlich eine Wendung in Richtung *unheimlich* genommen und sie drehte sich um. Vielleicht war es besser, in der Nähe des Wassers zu bleiben. Nur für alle Fälle. Sie beschleunigte ihr Tempo und schaute sich nervös um. Ein Zweig knackte hinter ihr. Nicht weit, aber auch nicht fern. Ein Zweig, der dem Geräusch nach zu urteilen, groß genug war, um von einem ziemlich großen *Etwas* abgebrochen worden zu sein.

Und plötzlich schien ihr alleiniger Spaziergang um Mitternacht, *wirklich* eine schlechte Idee zu sein.

Sie eilte den Weg zurück, den sie gekommen war, und redete sich ein, dass sie sich das Gefühl, beobachtet zu werden, nur einbildete. Es war wahrscheinlich nur ein Vogel, der sein Nest bewachte, nicht wahr?

So schnell sie konnte, eilte sie weiter und versuchte, abzuschätzen, wie weit sie gekommen war. Als sie das nächste Mal über ihre Schulter blickte, schwankten die Büsche hinter ihr. War dies von ihrer eigenen Bewegung verursacht worden oder lag es an etwas anderem? Und scheiße. Hatte sie gerade etwas Rotes aufblitzen sehen – zwei kleine rote Punkte, wie ein bedrohliches Augenpaar – oder war das nur ein Trick des Lichts?

Sie griff nach unten und zog das Messer aus der Scheide, die an ihre Wade geschnallt war. Die Klinge glitzerte, als sie anfing zu laufen und zurück zum Strand eilte. Einen Moment später hielt sie erneut inne. Etwas bewegte sich vor ihr – es sei denn, das war die Bewegung der Dünung. Gott, in welche Richtung sollte sie gehen – nach vorn oder zurück? Was war dort draußen?

Sie stand völlig regungslos und wurde mit jeder viel zu stillen Sekunde, die verstrich, immer unruhiger. Dann bewegte sich tatsächlich etwas hinter ihr – dieses Mal war es kein Hirngespinst – und sie drehte sich um.

Zu spät, denn zwei Hände griffen bereits nach ihr und ihre Füße weigerten sich, loszulaufen.

„Nein!", schrie sie und schlug mit dem Messer um sich.

„Oh." Ihr Angreifer packte ihre Handgelenke, bevor die Klinge ihr Ziel treffen konnte. Er drückte zu und sie ließ das Messer fallen.

Hektisch kramte sie in Gedanken nach einem Trick aus ihrem letzten Selbstverteidigungskurs. Was war es noch mal gewesen? Eine vage Erinnerung blitzte auf, sie zuckte zurück und zerrte an ihren Handgelenken. Einen Augenblick später waren ihre Hände frei und – zack! – sie traf ihren Angreifer auf beiden Seiten des Gesichtes.

„Hey", murmelte der und packte sie, bevor sie fliehen konnte.

„Lass mich in Ruhe!", schrie sie und versuchte, sich loszureißen.

Aber dieses Mal waren seine Hände wie Ringe aus Stahl und umklammerten ihre, so dass sie lediglich mit den Fingerspitzen wackeln konnte.

Sie riss ihr Knie nach oben, denn selbst Vampire mussten Eier haben, in die man treten konnte, nicht wahr? Aber die dunkle Gestalt wich nur aus und fluchte. Sie öffnete den Mund, um zu schreien – so richtig zu schreien, damit Hilfe sie vielleicht noch rechtzeitig erreichen konnte.

Rechtzeitig wofür? fragte sich etwas in einer dunklen Ecke ihres Verstandes.

Rechtzeitig, um ihren Körper nicht nur blutleer und ausgesaugt vorzufinden, hoffte sie.

„Moment mal", murmelte ihr Angreifer und lockerte seinen Griff ein kleinwenig.

Ihr Herz hämmerte in ihrer Brust, als sie ihn anstarrte. Sie hatten eine halbe Drehung gemacht und im Mondlicht, das von der Seite schien...

Grüne Augen. Braunes Haar. Breite Schultern. Drachentätowierung.

„Connor?"

„Jenna?" Er ließ ihre Hände los und sie sprang zurück.

„Verdammt noch mal! Du hast mich zu Tode erschreckt!"

Er rieb sich die Wange und musterte sie, als würde er sie in einem ganz neuen Licht sehen. Als er sich nach dem Messer bückte, schlug ihr das Herz in einer erneuten Welle der Panik wieder bis zum Hals. Aber Connor drehte es nur sanft und streckte ihr den Griff entgegen.

„Also", brummte er. „Machst du einen Mitternachtsspaziergang?"

Die Wut und Überraschung, die Jenna durchströmt hatten, sickerten plötzlich dahin. Sie stieß ein leicht hysterisches Kichern aus. „Ja. Das mache ich jeden Tag."

Kapitel 10

Connor tat sein Bestes, um nicht zu starren. Als er Jenna das erste Mal gesehen hatte, hatte er sofort gespürt, dass sie etwas Besonderes war. Aber, wow. Wann war er das letzte Mal von jemandem so überrascht worden, dass die Person ihn dermaßen hart schlagen konnte? Und was hatte es mit dem Messer auf sich? In dem Augenblick, in dem er den Griff berührt hatte, hatte seine Hand von einem winzigen Energieschub gekribbelt, der auf eine Art Zauber hindeuten musste.

„Ernsthaft, geht es Ihnen gut?", fragte er.

Sie holte tief Luft. „Jetzt, da ich meinen Herzinfarkt überlebt habe."

Es drehte ihm den Magen um, daran zu denken, wie sehr er sie erschreckt hatte. Ihr Puls raste, sie hatte die Augen weit aufgerissen und ihr Duft war von Angst geprägt – und jetzt von Erleichterung.

„Entschuldigung. Ich wusste nicht, dass Sie es sind."

Es war bereits eine Stunde her, seit er Anton mit Kai zurück zu Draigs Jacht begleitet hatte, und er hatte sich gerade entspannen wollen. Aber dann war ihm eine Bewegung in der Dunkelheit aufgefallen und er musste der Sache nachgehen. Mit Rückenwind konnte er die Fährte nicht aufnehmen. Zuerst hatte er befürchtet, Joey könnte schlafwandeln. Tim hatte das früher immer getan und ihre Mutter dabei in den Wahnsinn getrieben, weil sie Angst hatte, er würde in den rauschenden Bach hinter dem Haus fallen.

Aber es war nicht Joey gewesen. Es war Jenna und verdammt, hatte sie den Spieß umgedreht. Sie spitzte die Lippen und zeigte auf seine Wangen. „Das geht mir genauso. Entschuldigung."

Er lachte und sie tat es ebenfalls, wodurch das Eis gebrochen wurde. „Das war ein ziemlich guter Zug."

Sie grinste. „Ich hab' Sie erwischt, was? Nun ja, fast." Dann verblasste ihr Lächeln und ihre Augen huschten nervös hin und her. „Scheiße. *Fast* ist nicht gut genug, oder?"

Er wollte sie berühren. Sie umarmen. Ihr sagen, dass sie es gut gemacht hatte.

„Hey, das war ein toller Anfang. Aber…" Sein Blick wanderte zu der fünfzehn Zentimeter langen Klinge. „Wissen Sie, wie man das benutzt?"

Sie ließ die Schultern sinken. „Nicht wirklich." Sie winkte schwach ab. „Das ist alles ein bisschen neu für mich."

Bring' sie ins offene Gelände, wo sie sich besser fühlen wird, zischte sein Drache. *Und wage es ja nicht, sie noch einmal zu erschrecken.*

Also griff er nach ihrem Ellbogen – ganz langsam – und führte sie zurück zum Strand. Ihr Haar klebte glatt nach hinten gestrichen an ihrem Kopf und ihre Kleidung war nass. War sie schwimmen gegangen oder so etwas?

Er nahm sich zurück und versuchte, beim Thema zu bleiben. „Was ist alles neu für Sie?"

Sie stand da und starrte zum Mond hinauf, bevor sie antwortete. Sie schlang ihre Arme um sich selbst und ihr Gesicht wurde von den Schatten der Nacht verdeckt.

„Das hier." Sie winkte um sich herum. „Ich meine Gestaltwandler. Vampire. Der ganze gruselige Scheiß."

Er kniff die Augen zusammen, als sein Drache in höchste Alarmbereitschaft sprang. *Wer hat etwas von Vampiren gesagt?*

Gestaltwandler und Vampire begegneten sich nur selten, da sie sich gegenseitig verachteten, aber einen gesunden Respekt vor den Kräften des jeweils anderen hatten. Die meisten Vampire hielten sich in Städten auf, während Gestaltwandler das offene Gelände bevorzugten, wo sie sich in ihre Tierform verwandeln und umherstreifen konnten. So ziemlich das Einzige, was sie gemeinsam hatten, war ihr Interesse daran, die Menschen über ihre Existenz im Unklaren zu lassen. Connor hatte in seinem Leben nur zwei Vampire getroffen und beide auf den ersten Blick gehasst. Aber es gab keine Vampire auf Maui, oder doch?

Er schnupperte in der Brise. Nicht so sehr, um nach einem Geruch zu suchen, sondern um das Fehlen eines solchen festzustellen – das Markenzeichen eines Vampirs. Aber ihm stieg nichts als ein schwacher Hauch von exotischen Blumen in die Nase.

„Es tut mir leid“, murmelte Jenna. „Ich hoffe, ich habe Sie nicht geweckt. Oder waren Sie schon wach?“

Connor seufzte und murmelte leise vor sich hin, als er zum Himmel hinaufblickte, durch den er vor nicht allzu langer Zeit noch geflogen war. „Ja, ich war tatsächlich schon wach.“

Jenna neigte den Kopf und versuchte, es zu verstehen. Wusste sie überhaupt etwas über Drachen?

„Was ist mit Ihnen?“ Er zeigte auf ihre nasse, an ihrem Körper klebende Kleidung.

„Ich, ähm … ich war kurz baden“, sagte sie ein wenig verlegen. Dann kniff sie die Augen zusammen. „Oh!“ Sie berührte seinen Ellbogen und drehte sein Kinn ins Mondlicht. „Was ist passiert?“

Er folgte ihrem Blick zu seinem Arm. Ups. Die Verbrennung war immer noch zu sehen und sein blaues Auge wahrscheinlich auch. Bis zum Morgen würden beide Verletzungen verheilt sein, aber im Moment...

Mit der Absicht, sie wegzuschieben, legte er seine Hand über ihre. Aber sobald sie sich berührten, vergaß er es und starrte stattdessen in ihre Augen.

Schicksal, murmelte sein Drache.

Eine Sekunde später schüttelte er sich leicht und schaute sich um. Ups. Er sollte Jenna besser zurück zum Anwesen bringen, bevor sie jemandem begegneten, der auf falsche Gedanken kommen könnte.

Er atmete tief ein. Es wäre eine ziemliche Katastrophe, wenn Cruz ihn nachts allein mit Jenna erwischte und ihm unterstellen würde, dass er nicht nur seinen Job vernachlässigte, sondern darüber hinaus mit Jodys kleiner Schwester herummachte.

„Wie wäre es, wenn ich Sie nach Hause bringe?" Er bemühte sich, es wie ein Angebot und nicht wie einen Befehl klingen zu lassen.

Sie starrte auf das Messer in ihren Händen und steckte es dann zurück in die Scheide. Sie nickte und trat dicht an seine Seite – ganz nah, so dass der Drache in ihm sich aufplusterte.

Ich schwöre, ich werde dich beschützen, murmelte das Biest vor sich hin. *Für immer.*

Er versuchte, das *Für immer* aus seinen Gedanken zu verbannen, weil ihm nicht einmal eine einzige Nacht mit dieser Frau erlaubt war. Aber verdammt. Ihr blaues Oberteil brachte die Farbe ihrer Augen zur Geltung, selbst im Mondlicht. Ihre kakifarbene kurze Hose schaffte es, sie süß und robust zugleich wirken zu lassen.

„Jody ist Ihre Schwester, nicht wahr?", fragte er und hoffte, dass er diesen Teil irgendwie falsch verstanden hatte.

Sie nickte.

Er schnüffelte. „Sie riechen aber nicht nach Tiger."

Sie lachte prustend. „Das nehme ich mal als Kompliment."

„Ich meine, nicht wie ein Tigergestaltwandler."

„Wonach riecht denn ein Tigergestaltwandler genau?"

Er überlegte eine Weile. „Nach Dschungel. Wie frisch gefallener Regen. Wie Seerosen, die auf einem Teich schwimmen."

Sie starrte ihn an. „Tatsächlich?"

Er zuckte mit den Schultern. Wie viel wusste sie über Gestaltwandler? Warum hatte ihre Schwester es nicht erklärt?

„Wie dem auch sei, ich würde es nicht wissen." Sie trat beim Gehen etwas Sand nach vorn. „Ich schätze, Cruz ist ein Tiger und jetzt ist meine Schwester auch einer."

Connor atmete zischend ein. Cruz war ein knallharter Soldat – mit dem man sich definitiv nicht anlegen sollte, auch wenn er in letzter Zeit angeblich etwas ruhiger geworden war. Tiger waren unglaublich beschützend, wenn es zu ihren Gefährtinnen kam – und das würde sicher auch für jüngere Schwestern gelten.

Er schaute sich um. Das Problem war nicht, dass er sich von Cruz eingeschüchtert fühlte. Es war nur so, dass er es sich nicht leisten konnte, diesen Job zu vermasseln. Wohin auch immer er ging, seine Brüder und Dell folgten ihm, und sie brauchten diese Chance dringend.

„Sie wussten also bis jetzt nichts von Gestaltwandlern", murmelte er, als sie um die Landzunge bogen, die die Grenze zwischen dem Koa Point Anwesen und dem Plantagengelände markierte.

Herauszufinden, dass Gestaltwandler existierten, musste ein Schock gewesen sein. Aber das war nicht das, was ihr in dieser Nacht Angst gemacht hatte oder was sie im Flugzeug so nervös sein ließ. Es erklärte auch nicht das verzauberte Messer.

Sie schüttelte nachdrücklich den Kopf. „Ich hatte keine Ahnung, bis ich herausfand, dass sie überall um mich herum sind." Ihre Stimme schwankte und sie wich leicht zurück. „Sie sind auch einer?"

Das schmerzte sogar noch mehr, als es die ganze geballte Ablehnung des Drachen-Etablissements je getan hatte, und Connor versteifte sich. Er hatte gelernt, sich nicht darum zu scheren, was andere Drachen von ihm hielten. Aber dass Jenna ihn ablehnte...

Sanft griff er nach ihrem Ellbogen, obwohl sein Kiefer fest zusammengebissen war. „Hören Sie, ich... "

Sie drehte sich zu ihm um und das strahlende Blau ihrer Augen ließ ihn vergessen, was er sagen wollte.

Gefährtin, flüsterte sein Drache. *Ich schwöre, sie gehört mir.*

Er hatte bereits die ganze Zeit diese Anziehungskraft zwischen ihnen gespürt, sich jedoch dagegen gewehrt. Aber jetzt hier im Mondlicht war alles so unmissverständlich klar – für seine menschliche Seite ebenso wie für seinen Drachen.

Sie ist deine Gefährtin, flüsterte eine dunkle, entfernte Stimme in den Tiefen seiner Seele.

Gott, sie war es wirklich. Er hatte sich in seinem Leben schon nach vielen Dingen gesehnt – nach Möglichkeiten, nach Akzeptanz – aber er hatte noch nie ein so starkes oder so sicheres Bedürfnis verspürt.

„Sie was?", wollte sie wissen und ballte die Fäuste.

Sein inneres Biest gurrte. *Sie würde einen tollen Drachen abgeben.*

Ja, das würde sie allerdings. Aber eine *kluge* und *angriffslustige* Frau war die schwerste Art, um sie von solchen Dingen zu überzeugen.

„Ich würde Ihnen nie wehtun", sagte er und es kam ganz rau heraus. „Wir sind gar nicht so anders als die Menschen, wissen Sie."

Sie verzog das Gesicht. „Menschen können scheiße sein, falls Sie keine Zeitung lesen."

Seine Wangen wurden heiß und seine Stimme hart. „Oh, das habe ich allerdings auch schon bemerkt."

Ihr Blick fiel auf die Marke, die an seinem Hals hing, und sie schlug sich die Hand auf den Mund. „Entschuldigung. Dumme Bemerkung."

Sie griff nach seiner Hand und so schnell er beleidigt gewesen war, beruhigte er sich auch wieder. Er wurde wirklich ruhig, so als hätte der Tornado, der immer in ihm herumzuwirbeln schien, beschlossen, zur Abwechslung einmal jemand anderen zu belästigen. Ohne nachzudenken, griff er nach ihrer anderen Hand und rieb mit dem Daumen über ihre Haut.

„Es gibt auch gute Menschen, wissen Sie. Und gute Gestaltwandler. Diejenigen, die Recht von Unrecht unterscheiden können. Diejenigen, die einen nie und nimmer im Stich lassen würden." Seine Stimme war emotionsgeladen, als er an Tim, Chase und an andere wie Kai und sogar den störrischen Cruz dachte.

Ich werde dich niemals, wirklich niemals im Stich lassen, flüsterte sein Drache, obwohl sie es nicht hören konnte.

Sein Puls beschleunigte sich, denn verdammt. Was, wenn er sie eines Tages doch im Stich ließ? Er hatte oft genug Mist gebaut und die Hälfte der Zeit hatte er es nicht einmal kommen sehen. Wie sich in die Drachenwelt mit all ihren ungeschriebenen Gesetzen einzufügen. Liebe musste noch hundertmal komplizierter sein und es gab für beides kein Regelbuch.

Sie schaute zu Boden und biss sich auf die Lippe. Dann hob sie das Gesicht und täuschte einen leichteren Tonfall vor. „Und was sind sie? Bärengestaltwandler? Tiger? Gürteltier?"

Gürtel-was? Sein Drache protestierte.

„Gürteltier?"

Sie lächelte ein wenig und die harten Schatten des Mondes deuteten ein leichtes Grübchen an.

„Entschuldigung", murmelte sie. „Dieses Gestaltwandlerzeug ist wirklich alles ganz neu für mich."

Und mich zu verlieben ist neu für mich, hätte er genauso gut antworten können.

„Also, was ist es?", beharrte sie.

Ich glaube, du bist wirklich meine Gefährtin, flüsterte sein Drache.

Aber sie hatte gerade erst von Gestaltwandlern erfahren. Er konnte sie damit jetzt nicht einfach so überrumpeln, oder? Stattdessen bluffte er und platzte mit dem ersten heraus, was ihm in den Sinn kam.

„Gürteltier."

Sie brach in Gelächter aus und eine Sekunde später tat er es auch.

Seit wann bist du der Klassenclown? verlangte seine innere Bestie. *Das ist Dells Aufgabe.*

Er hatte keine Ahnung. Er wusste nur, dass diese Frau ihn umwerfen konnte, indem sie ihn einfach nur ansah.

„Aha." Jenna grinste. „Sie rollen sich also zu einem Ball zusammen, wenn die Gefahr ruft?"

Er verzog das Gesicht. „Ich rolle mich zu keinem Ball."

„Dann sind Sie kein Gürteltier."

Er schüttelte den Kopf und fragte sich, wie es so viel Spaß machen konnte, etwas so Einfaches zu tun, wie neben einer Frau her zu schlendern und sich zu unterhalten.

„Ein Wassermann?", versuchte sie es als Nächstes.

Er lachte unverhohlen. Das war ein einfaches Nein. Er hasste das offene Meer, obwohl er sich kaum noch daran erinnern konnte, wie er bei seinem ersten – und letzten – Strandausflug, zu dem seine arme Mutter ihn und Tim mitgenommen hatte, von einem Unterwassersog mitgerissen worden war.

„Das Meeresvolk ist leider ausgestorben."

Sie trat mit den Füßen durch das Flachwasser und murmelte so etwas wie: „Ist es das?"

„Ja. Irgendwie schade, was?"

Der Umriss des Gästebungalows kam in Sicht und sein Magen zog sich zusammen. Bald würde es an der Zeit sein, sich zu verabschieden.

„Was ist mit Vampiren?", fragte Jenna mit viel festerer Stimme.

Es schien ihm klüger, nicht darauf zu antworten, genauso wie er den heimlichen Verdacht hegte, dass dies vielleicht auch nicht der beste Moment war, ihr mitzuteilen, dass er ein Drachengestaltwandler war. Aber es schien, als wüsste sie bereits über Vampire Bescheid, also nickte er in Richtung Veranda, die nur wenige Schritte entfernt war. „Die gibt es leider. Aber nicht hier in der Gegend."

Sie schnaufte und ging weiter. Ihre schlanken Schultern waren durchgedrückt und zeigten der Welt, wie zäh sie war. Er studierte ihre perfekte Silhouette, und runzelte dann die Stirn über die Beule an ihrem Bein – das Messer.

„Warten Sie", rief er ihr nach.

Sie blieb auf der zweiten Stufe der Veranda stehen und stemmte die Hände in die Hüfte.

„Was? Hey!", protestierte sie einen Augenblick später, als er sich vor ihre Füße kniete. „Was machen Sie denn da?"

Er löste den Riemen des Messers, um es an der anderen Seite anzulegen. „Falsches Bein. Sie sind Rechtshänderin."

Er konnte ihren Blick auf seinem Rücken spüren. Ja, es war ihm aufgefallen. Als sie ihn geschlagen hatte, hatte diese Handfläche ihn schnell und hart getroffen.

„Es muss auch ein paar Zentimeter höher sitzen." Er achtete darauf, dass seine Hände nichts außer dem Messer berührten. So gern er die glatte Haut ihrer Wade auch spüren wollte, war dies doch tabu.

Für den Moment, murmelte sein Drache.

„Wissen Sie eigentlich, wie man das benutzt?", fragte er und schaute auf.

Ihr Blick traf seinen und sein Atem stockte, als sein ganzer Körper erneut in Wallung geriet.

Gefährtin, murmelte sein Drache verträumt. *Meine.*

„Es könnte sein, dass ich etwas Nachhilfe brauche", flüsterte sie.

Sein Herz klopfte voller Hoffnung, während seine Stimmung gleichzeitig in Verzweiflung versank.

Das ist unsere Chance, hatte Tim gesagt, als ihnen der Job auf Koakea angeboten worden war. *Aber verdammt, wir müssen uns dieses Mal anstrengen. Wir dürfen es nicht in den Sand setzen.*

Connor runzelte die Stirn. Wenn es einen direkten Weg dazu gab, etwas in den Sand zu setzen, dann wäre es der, sich auf Jenna einzulassen.

„Vielleicht können Sie mir helfen", murmelte Jenna und beugte sich näher zu ihm. Ihr blumiger Duft umschmeichelte seine Nasenlöcher und kitzelte seine Haut.

Sie weiß es auch, rief sein Drache. *Tief in ihrem Inneren weiß sie, dass sie uns gehört.*

„Ich bin mir nicht sicher, ob das eine gute Idee wäre", schaffte er es, zu sagen.

Ihre Augen blitzten auf. „Warum nicht?"

Eine ganze Reihe von zwingenden Gründen schoss ihm durch den Kopf. *Schlechtes Timing. Große Probleme. Für dich und für mich.*

Er zwang sich, sich zurückzunehmen. Seinem Herzen zu folgen, hatte ihn immer in Schwierigkeiten gebracht. Vielleicht sollte er einen neuen Weg einschlagen und die Dinge zur Abwechslung einmal durchdenken.

„Sie wollen mich nicht unterrichten?" Verletzung blitzte in ihren Augen auf.

Er stieß ein bitteres Lachen aus. „Ich will es zu sehr."

Ihr Mund klappte auf.

„Sie wollen...", sagte sie, aber etwas unterbrach sie. Nämlich Connor, der sie gegen den Dachpfosten drängte und ihren Mund wie aus dem Nichts heraus mit seinem bedeckte. Ein Kuss, den er noch nicht einmal selbst hatte kommen sehen.

So viel zum Thema eine neue Richtung einzuschlagen.

Sein Drache brummte und bestand darauf, dass es in Ordnung wäre. *Sie will es. Wir brauchen es. Nur ein Kuss. Ich gehe nicht ohne einen Kuss.*

Im ersten Augenblick verspannte sich Jenna, aber dann schmolz sie dahin. Sie streichelte über seinen Rücken und öffnete ihren Mund zu seinem, um ihn sie schmecken zu lassen.

Ihre Zungen berührten sich. Sie schlang ihr Bein um ihn und presste ihren Körper an den richtigen Stellen gegen seinen. Sein Verstand explodierte mit Wärme und Licht, so als wäre dort eine Liebesbombe gezündet worden und nicht etwa eine Granate.

Sie schmeckt so gut, stöhnte sein Drache.

Ihre Haut war salzig, aber das war nur eine Komponente in ihrem köstlichen Jenna-Aroma. Insgesamt schmeckte sie wie die Seine und verdammt. Es war möglich, dass er ihre Schultern zu fest umklammerte. Aber sein Drache hatte die Kontrolle übernommen...

Das bin ich nicht, protestierte das Biest.

Wenn das stimmte, dann war er eine gottverdammte Marionette des Schicksals. Zur Hölle, er konnte das gackernde Lachen jetzt praktisch hören.

Aber er drängte den Gedanken beiseite. Tatsächlich schleuderte er ihn regelrecht fort und hielt sich an diesem Kuss fest, nur für den Fall, dass es sein letzter war. Er verlor sich völlig in ihm.

Das Bett ist gleich da, flüsterten die Palmen über dem Strohdach.

Zwei Schritte und wir könnten darin liegen, schien Jennas Körper seinem geradezu zuzuschreien.

Es war so verlockend. So einfach, sich vorzustellen, wie sie unter ihm lag, ihre Beine um ihn schlang und ihn willkommen hieß.

Vor einem Jahr – sogar vor einem Monat noch – hätte er nicht die Willenskraft gehabt, sich von ihr zu lösen. Verdammt, er konnte sich auch jetzt kaum zusammenreißen. Aber nach einem letzten *Präge-es-dir-genau-ein-solange-du-kannst*-Zupfen an ihren Lippen zwang er sich zurück. Nicht zu weit zurück, denn wenn Jenna beschließen sollte, ihn zu ohrfeigen, weil er sie aus heiterem Himmel geküsst hatte, hätte er es verdient.

Er atmete tief ein und beobachtete, wie sich der Schleier über ihren Augen löste. Als Jenna nach ihm griff, war ihr Gesicht gerötet und ihre Brust hob und senkte sich mit jedem schweren Atemzug.

„Nein", murmelte sie.

Er blinzelte. „Nein, was?"

Sie leckte sich über die Lippen und schüttelte langsam den Kopf. „*Du* bist definitiv kein Gürteltier. Ich bezweifle, dass die so gut küssen können."

Er riskierte ein freches Grinsen und genoss die Vertrautheit des *Du.*

„Ich wusste nicht, dass Menschen so gut küssen können", murmelte er.

„Vielleicht bin ich nicht vollkommen Mensch", schnurrte sie.

Und verdammt – das Bett sah jetzt noch näher und verlockender aus als zuvor. Aber es war definitiv an der Zeit zu gehen und über die Dinge nachzudenken – sobald er sich genug zusammengerissen hatte, um wieder klar sehen zu können.

„Ich muss los." Er ging die Stufen hinunter und schaute ihr dabei noch immer tief in die Augen. „Wirst du zurechtkommen?"

Sie bewegte sich ganz leicht und verlockte ihn mit ihren langen Beinen und schlanken Kurven. „Für heute Nacht vielleicht."

Eine Eule schrie, woraufhin sich ihre Miene erneut verfinsterte.

Vielleicht sollten wir bleiben, zauderte sein Drache, als ihr Blick zum Mond hinaufwanderte.

Aber Jenna räusperte sich und nickte entschlossen. „Ich komme schon zurecht. Danke."

Er wusste, dass es so wäre, denn er würde dort draußen sein und sie beschützen.

„Sehen wir uns bald?", konnte er sich nicht verkneifen zu fragen.

Ihre Miene hellte auf, was ihm genug Willenskraft gab, sich endgültig zu entfernen. „Wir sehen uns bald."

Kapitel 11

Tage vergingen und es kostete Connor seine gesamte Willenskraft, nicht jede wache Minute damit zu verbringen, an Jenna zu denken. Damit, nach ihr zu suchen oder zu probieren, einen Weg zu finden, sie unter besseren Umständen als beim letzten Mal wiederzutreffen.

Es ist ja nicht so, dass das schlecht ausgegangen ist, raunte sein Drache selbstgefällig.

Nein, das war es nicht und er hatte den Kuss seitdem jede Nacht von Neuem durchlebt. So sehr, dass er kaum noch einen klaren Kopf behalten konnte, wenn es um andere Dinge ging. Aber er war nach Maui gekommen, um sich als würdiger Drache zu beweisen, nicht als Narr.

Anstatt also Jenna nachzujagen, verbrachte er lange, ermüdende Vormittage damit, Draig in verschiedene Ecken von Maui zu folgen und sicherzustellen, dass der alte Drache sich benahm. Anton war weg. Er war unter Schmach nach Miami zurückgeschickt worden und so blieb nur noch der alte Mann, den er im Auge behalten musste. Kai zufolge hatte Draig sich selbst um die Disziplinierung von Anton gekümmert, sodass sich alles wieder beruhigt hatte.

Bislang hielt Draig sich an die Regeln, was bedeutete, dass Connor stundenlang beim Golf zuschauen musste – oder schlimmer noch bei Weinverkostungen hoch oben an den Hängen des Haleakala, wo Draig demonstrierte, was für ein wohlhabender Snob er doch war.

„Trocken, aber fruchtig, findest du nicht?", sagte Draig zu einer der Rothaarigen, die halb so alt waren wie er und stets an seiner Seite blieben.

Connor runzelte die Stirn. Konnte es sich wirklich lohnen, einen Sugar Daddy wie Draig zu haben?

Der alte Drache schwenkte den Wein in seinem Glas herum und schnupperte. „Ein blumiges Bouquet... "

Connor unterdrückte ein Schnauben. Was zum Teufel sollte das denn bedeuten?

Wenigstens stellte der alte Drache keine Gefahr dar und nun, da sein hitzköpfiger Neffe sicher von Maui entfernt worden war, fand Connor, dass seine Gedanken ständig zu Jenna abschweiften. Wo war sie? Was machte sie gerade?

Schleifen. Nein, Moment. Sie fegt den Laden, sagte sein Drache.

Was ihn völlig umwarf. Woher wusste die Bestie das?

Er schloss die Augen, stellte sich ihr Gesicht vor und – peng, da war es. Genau dieses Bild von ihr bei der Arbeit. Je mehr Zeit verging, desto besser wurde er darin, zu spüren, wo sie gerade war. Er stellte sich vor, wie sie sich über ein Surfbrett beugte und eine lose Haarsträhne hinter ihr Ohr schob. Ein anderes Mal spürte er, wie sie auf dem Weg zur Arbeit die Straße entlangfuhr und der Wind durch ihre Haare wehte. Und dann gab es Momente, in denen er sich vorstellte, wie sie sich nachts in ihrem Bett selbst berührte...

Diese Bilder hatten ihn so mitgerissen, dass er Draig beinahe aus den Augen verloren hätte – ein Fehler, der ihn seinen Job hätte kosten können, wäre er nicht gerade rechtzeitig zur Besinnung gekommen.

„Reichst du mir mal den Hammer?", rief Tim.

Connor blinzelte ein paar Mal. Verdammt, er hatte sich gerade wieder seinen Tagträumen hingegeben, dieses Mal auf dem Dach des Plantagenhauses. Dies war der andere Teil seines Jobs – das Haus wiederherzurichten. Kai hatte ihnen keine Frist gesetzt, aber das Plantagenhaus musste zuerst renoviert werden, bevor jeder an seinem eigenen Heim arbeiten konnte. Bisher wohnten Cynthia und Joey im Obergeschoss, während sich die Jungs zwei Schlafzimmer in den Seitenflügeln des Hauses teilten. Nach Jahren beim Militär waren sie an das Kasernenleben gewöhnt, aber die Aussicht darauf, sich eine eigene Bleibe einzurichten – ganz zu schweigen vom Anreiz, nicht mehr unter

Cynthias wachsamem Auge leben zu müssen – motivierte sie alle, härter zu schuften.

Das Urteil darüber, ob Cynthia in die Kategorie *unerträgliches Miststück* oder *relativ okay* gehörte, war noch nicht gefallen. Aber zwei Dinge waren sicher. Cynthia wusste erstens genau, wie man Überstunden schob, und war zweitens verdammt gut darin, Arbeitsabläufe zu organisieren. Sogar Tim hatte gepfiffen, als eine weitere perfekt getimte Lieferung eintraf.

„Sie ist besser als der beste Versorgungssergeant, den ich je gesehen habe."

Und er machte keine Witze. Beim Militär gab es immer irgendwann einen Zeitpunkt, an dem etwas zur Neige ging. Dichtungsmasse. Gelenkköpfe. Kabel mit einem bestimmten Durchmesser. Früher oder später kamen die Arbeiten immer zum Stillstand.

Nicht wenn Cynthia das Sagen hatte. Weniger als eine Minute, nachdem Connor und die anderen von einem vollen Tag Reparaturarbeiten am Dach heruntergeklettert waren, war ein Lastwagen mit stapelweise Wandverkleidung hereingerollt.

Cynthia hatte genickt, darauf gezeigt und befohlen: „Gut. Jetzt können Sie mit den Wänden anfangen."

Die Sache war, dass sich niemand beschweren konnte. Nicht, wenn sie die Erste war, die morgens aufstand und die Letzte, die abends Feierabend machte. Sogar Joey half mit und es war verblüffend zu beobachten, wie Cynthia von der Alpha-Chefin zur warmherzigen, kuscheligen Mutter wurde.

„Wow! Das machst du wirklich gut mein Schatz!", gurrte sie, als Joey hervorstehende Nägel aus den Bodendielen der Veranda zog.

Connor hingegen fragte sie streng: „Sind Sie fertig? Sehr gut. Das heißt, Sie können mit der Küche weitermachen."

Die Frau war ein Kraftpaket, das musste er ihr lassen. Abgesehen davon, dass sie herrisch war, war sie eine gute Mutter. Beschützend. Fürsorglich. Sogar zärtlich, was Dells Eisköniginnentheorie über den Haufen warf.

„Oh, Schätzchen. Hast du dir den Finger verletzt? Hier, lass es mich besser küssen."

Das war so ziemlich das Einzige, wofür Cynthia eine Pause machte – um den kleinen Joey zu knuddeln und ihn von Zeit zu Zeit in den Arm zu nehmen.

Was es schwer machte, sie zu hassen und offen gesagt auch schwer, sich gegen sie zu behaupten. Denn wer könnte die Dinge besser leiten als eine Frau, die bereit war, sich für ein anderes Mitglied ihres noch jungen Clans zu opfern?

Dell las Connors Gedanken und schüttelte den Kopf. *Man kann es nie wissen. Wenn es wirklich einmal hart auf hart kommt, könnte sie zu emotional und abgelenkt sein, um eine starke Anführerin abzugeben. Nicht dass ich auf Frauen herumhacken will,* fügte er schnell noch hinzu. *Ich wäre genauso, wenn es mein Kind wäre.*

Connor dachte darüber nach. Vielleicht war dies eine der Sachen, bei denen es um *Perspektive* ging.

Dein Vorteil, Bruder, fügte Dell hinzu.

Connor verbarg sein inneres Schnauben. Als würde er selbst nicht emotional werden oder sich ablenken lassen, wenn er ständig an Jenna dachte. Er konnte nur noch daran denken, sie zu beschützen. Sie kennenzulernen. Sie glücklich zu machen.

Er konnte daher im Moment nicht gerade behaupten, dass er als Anführer der Koakea-Gestaltwandler besser geeignet wäre. Nicht solange er sich nicht wieder konzentrierte.

„Chase und ich sind euch Faulpelzen kilometerweit voraus", stichelte Dell von der Veranda aus. „Stimmt doch, Chase, oder?"

Chase erwiderte nichts – was nichts Neues war – aber er grinste, bevor er mit einer Kabelrolle im Haus verschwand. Und dieses Grinsen erinnerte Connor daran, was hier noch auf dem Spiel stand. Nämlich die anderen Jungs. Wenn er das hier in den Sand setzte, wären sie alle arbeitslos. Es würde sich herumsprechen und was würden sie dann tun? Die meisten ihrer Fähigkeiten hatten einen militärischen Bezug, was bedeutete, dass ihre einzige andere Alternative darin bestünde, sich als Söldner zu verdingen.

Für eine Sache zu kämpfen war in Ordnung. Aber für Geld zu kämpfen? Sie alle hassten die Vorstellung.

Andernfalls hätte ihre einzige echte Option in einem normalen Sicherheitsjob bestanden. Aber das würde ihnen nicht den Fokus und die Herausforderung bieten, die sie brauchten. Schon bald würden sie sich langweilen – und erneut in Schwierigkeiten geraten. Im schlimmsten Fall würden sie sich trennen und separate Wege gehen müssen. Gestaltwandler brauchten nicht viel Gesellschaft, aber sie brauchten einander. Einen Clan, ein Rudel, eine Herde – es spielte keine Rolle, wie man es nannte. Sie brauchten einander, um in einer beschissenen, von Menschen dominierten Welt nicht den Verstand zu verlieren.

Connor fuhr sich mit der Hand durch das verschwitzte Haar. Alles hing von diesem Job ab. Was bedeutete, dass sich alle auf ihn verließen.

Jenna verlässt sich auch auf uns, beharrte sein Drache.

Was zum Teufel sollte er also tun?

Eine Stunde später stieß er einen langen Atemzug aus. Die Arbeit neigte sich dem Ende entgegen und die Sonne ging unter. Die Nachmittagsbrise wurde schwächer und der Himmel färbte sich golden. Das Einzige, was er brauchte, um diesen Abend perfekt zu machen...

Du meinst, abgesehen von Jenna? warf sein Drache ein.

... war der Duft von Steak, das über einem Feuer brutzelte. Aber Chase hatte an diesem Abend Küchendienst, was bedeutete...

„Spaghetti! Juhu!", schrie Joey und raste vorbei.

Connor ging zur Solardusche hinüber, die an der Rückseite der Scheune aufgebaut war. Sie hatten Cynthias Badezimmer im oberen Stockwerk des Plantagenhauses inzwischen fertiggestellt, aber die Jungs duschten immer noch im Freien.

Jenna, flüsterte sein Drache wieder und immer wieder und machte ihn damit wahnsinnig.

Wenigstens war das Abendessen nicht mehr weit entfernt, wie er feststellte, als er zum Haus zurückkam. Joey befand sich auf der Veranda und deckte den Tisch, während Cynthia Kerzen um den großen Tisch herum anzündete, an dem sie in der letzten Woche ganz wie eine Familie gemeinsam gegessen hatten.

„Mache ich das gut, Mommy?", fragte Joey so ernsthaft, dass Connor das Herz schmerzte.

„Das machst du sehr gut, mein Schatz." Sie küsste ihn auf den Kopf.

„Aber es gibt keine Tischdecke." Joey runzelte die Stirn und hielt eine Papierserviette hoch. „Und die falschen Servietten."

Connor dachte darüber nach, während er um den Tisch herum ging, um Gläser zu verteilen. Tischdecken. Servietten? Aufgrund dieser Bemerkungen und der glänzenden Perlenkette, die Cynthia immer trug, war Connor sich sicher, dass sie aus einer hochherrschaftlichen Drachenfamilie stammte. Die Frage war jedoch, was passiert war, um ihr Schicksal so zu verändern? Seine Vermutung war eine Art Drachenkampf – ein Kampf, der ihren Gefährten das Leben gekostet hatte.

„Solange wir uns gegenseitig haben, mein Schatz, haben wir alles, was wir brauchen", sagte sie zu Joey.

Verdammt noch mal. Es wurde von Tag zu Tag schwieriger, die Frau zu hassen.

Dann brach die Hölle aus, als Dell von der Verandatreppe brüllte. „Aufgepasst. Löwe im Anmarsch!"

Joey quietschte vor Freude und rannte los. Er schaffte kaum mehr als drei Schritte, bevor Dell ihn mit einer sorgfältig getimten Rolle angriff, die dafür sorgte, dass Joey den Nervenkitzel eines gespielten Kampfes bekam, ohne blaue Flecken davonzutragen.

„Hab ich dich!", erklärte Dell und lockerte die Schlinge seines Armes gerade genug, um Joey entkommen zu lassen. „Warte mal einen Moment... "

„Ich bin entkommen, ich bin entkommen!", lachte Joey. Er rannte voraus, um sich das Pappschwert zu schnappen, das Tim für ihn gebastelt hatte. „Du kriegst mich nicht."

Dell stürzte so langsam los, dass Joey ihn mit dem Schwert treffen konnte. Daraufhin brach Dell in einer übertriebenen Todesszene zusammen.

„Oh, er hat mich erwischt! Er hat mich erwischt... "

Joey sprang hinunter, um seinen Sieg zu verkünden, aber Dell rollte sich herum und schnappte ihn sich, wobei er ihn über seine Schulter warf. „Schlingel! Jetzt habe ich dich wirklich."

Joey quietschte. „Sieh mal, Mommy! Ich stehe auf dem Kopf!"

Cynthias Mund war zu einer dünnen Linie zusammengepresst. „Ja, das sehe ich."

Tim stapfte mit einem kurzen Winken die Treppe hinauf. „Wie ich sehe, hat Dell endlich jemanden gefunden, der seinem Reifegrad entspricht."

„Allerdings", stimmte Connor zu. „Er wäre ein toller Vater, wenn wir die richtige Frau für ihn finden würden."

„Auf gar keinen Fall, Mann." Dell schwenkte Joey herum. „Ich bin nur Onkelmaterial. Man muss verantwortungsbewusst sein, um Kinder zu haben."

„Was Sie nicht sagen", murmelte Cynthia. „Joey, Schätzchen, Zeit wieder herunterzukommen."

Aber Dell kitzelte Joey, der sie nicht hörte.

„Müssen sie immer so grob spielen?", schniefte sie und fingerte an der mittleren Perle ihrer Halskette herum.

Tim zuckte mit den Schultern. „Connor und ich waren als Kinder auch so grob und man sieht ja, was aus uns geworden ist."

„Genau mein Punkt", sagte Cynthia trocken.

Connor verbarg ein Grinsen und ging zurück in die Küche, um nach Chase zu sehen. „Bist du bald fertig?"

Der Wolfsgestaltwandler stand über einen dampfenden Topf gebeugt und hatte das Gesicht zu einem konzentrierten Stirnrunzeln verzogen, als würde er ein Fünf-Gänge-Menü zubereiten und keine Spaghetti Bolognese.

„Fast", knurrte Chase.

Fast bedeutete *Ich muss mich konzentrieren*, also ging Connor wieder hinaus – gerade noch rechtzeitig, um seinen Kopf zu einem Schatten herumzureißen, der an der Seite der Veranda vorbeihuschte.

„Hallo zusammen", rief eine Frau aus dem dunklen Hof.

Connor blieb wie angewurzelt stehen.

„Hey", rief Tim zurück, als wäre das nur irgendjemand. Aber es war nicht irgendjemand. Es war Jenna.

Sie schritt genau wie in seinen Fantasien auf ihn zu. Ihr Haar fiel locker um ihre Schultern und ihre langen, gebräunten

Beine ragten weit aus ihrer abgeschnittenen Jeans. Ihre weiße Bluse war wie der Rest an ihr – frisch, rein und strahlend. Sie streckte ihnen ein Tablett entgegen und lächelte sie alle mit ihrem perfekten Lächeln an. Sein Herz raste.

„Sonderlieferung von nebenan. Ich bin übrigens Jenna." Sie winkte allen auf der Veranda zu.

Wir sind uns schon begegnet, knurrte sein Drache innerlich. *Junge, und wie wir uns begegnet sind.*

In seinen Gedanken wiederholte er ihren Kuss in quälender Zeitlupe. Er schluckte und hoffte, dass sie die Gefühle in seinen Augen lesen konnte.

Ich will noch eintausend weitere Küsse wie diesen, aber ich darf nicht. Wir dürfen es nicht. Würde sie verstehen, warum?

Sie schaute ihm direkt in die Augen und lächelte auf eine Art und Weise, die sagte: Ja, ich will auch noch mehr Küsse, aber nein, ich werde nicht zulassen, dass mir ein *Ich darf nicht* in die Quere kommt.

„Tessa hat mich gebeten, euch das hier zu bringen", sagte Jenna zu Cynthia. „Sie hat gehört, dass Spaghetti auf dem Speiseplan stehen, also hat sie Knoblauchbrot dazu gebacken."

Sie tänzelte mit einem Zwinkern in seine Richtung hinüber, das ihn wissen ließ, dass sie die ganze Sache mit der Lieferung selbst eingefädelt hatte. Kluges Mädchen. Vielleicht sollte er etwas finden, das er einmal zum Anwesen hinüberbringen konnte.

„Perfekt. Dann haben wir wenigstens etwas zu essen, falls Chase die Spaghetti versaut hat." Dell grinste und setzte Joey wieder auf dem Boden ab.

„Ich halte die Speisekarte vom Lieferservice parat", fügte Tim hinzu.

Sie scherzten nur, erblassten jedoch beide einen Augenblick später, als Connor sie mit einem Mörderblick fixierte. Niemand verspottete seinen jüngeren Bruder. Es spielte keine Rolle, dass die Jungs vom Militär es gewohnt waren, sich gegenseitig zu verarschen. Aber Connor stellte verdammt sicher, dass es niemand mit Chase machte. Der Wolfsgestaltwandler hatte eine zu lange Zeit in der Wildnis verbracht, um Sarkasmus oder gut gemeinte Witze zu verstehen. Wie zur Hölle sollte Connor seinen Bruder auf der menschlichen Seite der Gestaltwandler halten, wenn die anderen Typen ihn fertigmachten?

„Essen ist fertig", rief Chase aus der Küche.

Tim eilte hinein, um zu helfen, während Dell Joey auf seine Schultern hob.

„Siehst du? Jetzt bist du so hoch wie ein Drache."

Joey fuchtelte mit seinem Schwert herum. „Ich bin ein Drache."

Alle lachten außer Jenna, die blass wurde und zurückwich.

Connor zuckte zusammen, als er sich an das Gespräch erinnerte, das er in jener Nacht am Strand mit ihr geführt hatte. Hatte ihr seitdem niemand von Drachen erzählt?

Entschuldigung, dieses Gestaltwandlerzeug ist wirklich alles ganz neu für mich.

Ihr Blick schweifte über die auf der Veranda anwesenden Personen und landete dann direkt auf ihm. Ihre Augen wurden groß. Verdammt. Er war noch nicht wirklich dazu gekommen, ihr zu erzählen, welche Art von Gestaltwandler er selbst war, nicht wahr?

Ich bin ein guter Drache, wollte er sagen. *Du kannst mir vertrauen.*

„Vielleicht werde ich eines Tages ein mächtiger Drache sein", fuhr Joey fort.

Dell grinste. „Wenn du so wirst wie deine Mutter, werden sich alle vor dir fürchten."

Cynthia zuckte nicht einmal mit der Wimper. „Ich fasse das als Kompliment auf."

„Das wusste ich doch", seufzte Dell.

„Sie sind Jodys Schwester, nicht wahr?", fragte Cynthia Jenna. „Wie gefällt es Ihnen bislang auf Maui?"

Jennas Blick fiel wieder auf Connor und wurde wärmer. Gemischte Gefühle schwammen in ihren Augen. *Der Kuss war großartig,* schienen sie zu sagen. *Herauszufinden, dass es Drachen gibt, nicht so sehr.*

Sie riss ihren Blick von ihm los und stammelte eine Antwort: „Ja … ähm … definitiv gut."

Abgesehen davon, dass ich herausgefunden habe, dass es Gestaltwandler gibt und ich mich mit einem Stalker auseinan-

dersetzen musste, würde sie gedanklich hinzufügen, so stellte sich Connor vor.

„Ich habe eine wundervolle Zeit", schloss Jenna, die noch steifer aussah als zuvor.

„Willst du zum Essen bleiben?", fragte Dell.

Als sie die Treppe hinaufgekommen war, hatte sie so entspannt und erwartungsvoll ausgesehen. Aber seit der Sekunde, in der Joey Drachen erwähnt hatte, war ihr Blick besorgt und ihr Gesicht gezeichnet. „Das würde ich wirklich gern, aber... "

„Juhu!" Joey sprang auf, bevor sie protestieren konnte. „Ich hole einen extra Teller. Ich hole ihn!"

Jenna schaute dem Jungen nach, als der in die Küche rannte. Ohne nachzudenken, zog Connor einen Stuhl neben sich an den Tisch. „Du kannst dich hierher setzen."

„Ich ... ähm ... sicher", sagte Jenna, als Joey wieder herausgerannt kam.

„Perfekt. Hier, bitte sehr." Tim schaufelte ihr eine riesige Portion Spaghetti auf den Teller.

Connor hielt zwei Flaschen hoch. „Wein oder Bier?"

Jenna starrte nur.

Ja, wir sind mehr Mensch als Tier, wollte er sagen. *Und ja, es ist meiner Mutter gelungen, uns auf dem Weg ein paar Manieren beizubringen.* Vielleicht nicht genug für die höchsten Ränge der Drachengesellschaft, aber nicht zu schäbig, wenn er motiviert genug war.

Und Junge, war er motiviert. Es handelte sich schließlich um Jenna.

„Bier", murmelte sie.

Er nickte zufrieden. Er selbst war auch ein Biertyp.

Cynthia trank Wein – natürlich – und erhielt die zweite Portion Spaghetti, die Tim in einer *Die Damen zuerst*-Art servierte. Nach den Regeln der Gestaltwandlerhierarchie bekam Connor die nächste Portion, gefolgt von allen anderen.

„Und das Beste zum Schluss." Tim zwinkerte und stellte einen Teller vor Joey hin.

„Also Jenna. Ich habe gehört, dass Sie mit Ihrer Schwester zusammenarbeiten", sagte Cynthia.

„Ja. Sie geht bei einem Master-Boardshaper in die Lehre und..."

„Ein Master-was?" Cynthia neigte den Kopf.

„Ein Typ, der Surfbretter herstellt", erklärte Dell und schlang eine riesige Gabel Spaghetti hinunter.

„Oder eine Frau, die Surfbretter herstellt", betonte Jenna.

Connor grinste. Jenna war von der ganzen *Drachen*-Sache vielleicht aus der Bahn geworfen worden, aber nicht für lange.

„Ihr zwei solltet ein Geschäft zusammen eröffnen." Dell kaute auf einem Stück Knoblauchbrot. „Du weißt schon, so etwas wie Surfbretter, die von Frauen für Frauen gemacht werden, oder so etwas in der Art."

„Daran haben wir auch schon gedacht. Wir haben sogar einen Namen dafür. Surf Chique." Jennas Augen strahlten. „Wir könnten mit dem Geschäft meines Vaters zusammenarbeiten – Wild Side Surf Shop." Ohne auch nur Luft zu holen, ratterte sie Dutzende von Ideen hinunter. „Maßgeschneiderte Surfbretter ... peppige Farben ... leichtere Materialien..."

Connor hörte zu, ebenso fasziniert von den Antworten wie von den Unterschieden zwischen den beiden Frauen. Jenna war lebendig und überschwänglich. Cynthia war steif wie ein Brett. Hatte sie eine genauso strenge Erziehung genossen wie der arme Joey? Und Mann, hatte sie Wirtschaft studiert oder so etwas? Cynthia stellte Fragen über all das langweilige, praktische Zeug – hatten sie ihre Zielgruppe identifiziert? Wie viel Kapital würden sie benötigen? – Aber Jenna beantwortete jede, als hätte sie ihre Hausaufgaben gemacht und fügte sogar noch zusätzliche Informationen hinzu.

Connor ertappte sich dabei, wie er an jedem ihrer Worte und jeder ihrer Gesten hing, bis Tim ihm unter dem Tisch einen Tritt verpasste.

Hör auf zu sabbern, Bruder. So gut sind die Spaghetti nicht.

Connor richtete sich schnell auf und versuchte, etwas anderes zu finden, worauf er seine Aufmerksamkeit lenken konnte. Das flackernde Licht der Kerzen? Die Grillen, die draußen zirpten? Die süße, nächtliche Luft von Maui? Aber all das schienen nur Hintergrundfüller zu sein; Jenna war der Mittelpunkt des Geschehens.

Trotzdem zwang er sich, an ihr vorbeizuschauen. Joey stocherte in seinen Spaghetti herum und sah ein wenig enttäuscht aus.

„Hier. Mach etwas Ketchup drauf“, flüsterte Dell und reichte Joey die Flasche gerade in dem Moment, als Chase in die Küche ging.

Cynthia hörte lange genug auf, mit Jenna zu sprechen, um auf ihrem Teller herumzustochern. „Ist hier nicht ein einziges Stück Gemüse drin?“

Gut, dass Connor nicht näher bei Cynthia saß. Sonst hätte sie sein Knurren gehört.

Jenna hörte es jedoch und drehte sich mit großen Augen zu ihm um.

„Spaghetti Bolognese braucht kein Gemüse“, betonte Dell.

„Könnte es aber haben“, sagte Cynthia und verstand die Sache nicht. Connor würde definitiv mit ihr sprechen müssen.

Jenna schaute zwischen ihm, Cynthia und der Küche hin und her, bis es ihr dämmerte.

Dell nickte. „Wenn du mit dem Kochen dran bist, kannst du gern Gemüse reinmachen. Oh warte, ich habe eine andere Idee. Chase und ich könnten tauschen. Er übernimmt meine Aufgaben und ich übernehme seinen Kochdienst.“

„Ich weiß nicht“, sagte Jenna, als Chase aus der Küche kam. „Diese Spaghetti sind köstlich.“

Connor hätte sie in diesem Moment umarmen können. Und tatsächlich waren die Spaghetti nicht schlecht. Sie waren nur nicht großartig.

„Das Knoblauchbrot ist auch gut“, murmelte Connor und benutzte diese billige Ausrede, um in Jennas Augen zu schauen. Sie strahlten wieder und das Zögern in ihrem Blick war verschwunden.

„Es ist lecker“, stimmte Dell zu. Dann zeigte er mit seiner Gabel auf Cynthia. „Aber ich kann auch Spaghetti mit Gemüse kochen. Tatsächlich kann ich noch viel mehr als das. Wie Steak. Hackbraten. *Coq au vin.*“

Cynthias Kinnlade klappte auf. „Sie wissen, was *Coq au vin* ist?“

Dell lächelte. „Natürlich. Französisch für vornehmes Hühnchen." Er küsste seine Fingerspitzen und schnippte damit nach außen. „Altes Familienrezept. Und ich verwende natürlich nur echten Burgunder."

Er gab sich große Mühe mit Cynthia, so viel war offensichtlich.

„Ich kann sogar Hummer zubereiten", fuhr Dell beiläufig fort. „Gegrillten Schwertfisch. Sushi. Pizza…"

„Pizza!" Joey hüpfte auf und ab.

„Oder bist du eher ein Mädchen für kurz gebratene *Foie Gras*?" fragte Dell Cynthia.

Kurz gebratene-was? fragte Tim in einer leisen Randbemerkung.

Halt die Klappe. Es funktioniert, schoss Dell zurück.

Cynthia blieb der Mund offen stehen. „Sie wissen, wie man kurz gebratene *Foie Gras* zubereitet?"

„Verehrteste, ich kann kochen, was du willst." Dell beugte sich vor und ging in vollen Verführungsmodus über.

Connor dachte, Cynthia würde gleich sabbern, aber sie fing sich und trank hastig einen Schluck Wein. Dann drückte sie sich sanft die Serviette an die Lippen und sagte: „Ich schätze, wir könnten eine Dienstplanänderung vornehmen."

Dell schlug mit Joey ein und griff nach dem Whiteboard.

„Ich mache das." Cynthia riss es ihm praktisch aus der Hand.

Gut gemacht, Mann, gluckste Tim.

Cynthia griff unterdessen nach ihrer Serviette, wischte Chase' Namen von der Kochdienstliste und ersetzte ihn in ihrer perfekten Handschrift durch Dells Namen.

„Wo hast du kochen gelernt?", fragte Jenna.

Dell gähnte. „Bei der Armee."

„Was?", kreischte Cynthia.

Dell grinste breit. „Ha. Reingelegt, Cynth."

Cynthia runzelte die Stirn und öffnete den Mund, um zu protestieren, aber Dell gab ihr keine Gelegenheit.

„Ich stamme aus einer Familie von Köchen. Man könnte sagen, ich bin das schwarze Schaf der Familie."

„Gibt es schwarze Löwen?", fragte Joey.

Connor verspannte sich in der gleichen Sekunde, in der Jenna es tat. „Ein Löwe, was?", murmelte sie.

Dell schaute sie an, dann Connor, dann wieder Jenna und sprach vorsichtig weiter, als wüsste er, dass er es versaut hatte.

„Ja, Ma'am. Ein sehr netter Löwengestaltwandler."

Jenna atmete tief aus und zeigte auf Tim. „Und du bist...?"

Connor blinzelte. Wow. Jenna konnte manchmal genauso herrisch sein wie Cynthia. Nur dass es süß anstelle von nervig war, wenn Jenna es tat.

„Ähm ... ein sehr netter Bär?", schaffte Tim zu antworten.

Connor atmete aus. *Bär* klang besser als *Grizzly*, so viel stand fest.

Dann zeigte Jenna mit dem Finger auf Chase.

„Wolf", knurrte er.

Connor verpasste ihm einen Tritt unter dem Tisch.

„Ein sehr netter Wolf", fügte er hinzu.

Jenna rollte mit den Augen und lächelte Joey an. „Du bist offensichtlich ein mächtiger Drache. Was bedeutet, dass deine Mom auch ein Drache ist. Stimmt's?"

Cynthia nickte und alle wurden still, als Jenna sich an Connor wandte. „Und du?"

Seine Kehle war ganz trocken geworden, also trank er einen Schluck Wasser, bevor er ihr antwortete. „Drache natürlich." Er versuchte, es so natürlich wie möglich klingen zu lassen, obwohl jeder Nerv in seinem Körper angespannt war.

„Ein sehr netter Drache", fügte Dell mit einem schelmischen Blick hinzu.

Jenna knirschte den Kiefer hin und her und Connor wich zurück, als er das Schlimmste erwartete. Aber sie musterte nur alle Gesichter am Tisch und murmelte: „Natürlich." Dann trank sie einen großen Schluck von ihrem Bier und starrte in ihr Glas.

Wer wusste schon, was sie als Nächstes gesagt hätte, hätte Dell die Situation nicht gerettet. Er stand auf, so dass sein Stuhl quietschte, und griff nach der Servierschüssel. Auf seinem Gesicht lag ein Blick, der verriet, dass er viel zu viel Spaß hatte.

„Möchte jemand Nachschlag?" Dell grinste.

Kapitel 12

„Heilige Scheiße, Jody." Jenna stieß ihre Schwester an, als sie sich am nächsten Morgen vor der Garage trafen, um zur Arbeit zu fahren. „Wie konntest du mir Drachen verschweigen?"

Es war an der Zeit, zu einem weiteren Arbeitstag in Teddy Akoas Surfladen aufzubrechen, aber sie war immer noch geschockt vom Vorabend. Bis dahin hatte sie sich allmählich an die Vorstellung von Gestaltwandlern gewöhnt – solange es nette, flauschige Gestaltwandler waren, die den Plüschtieren ähnelten, die in ihrer Kindheit ihr Bett geziert hatten. Bären, Wölfe und Tiger konnten doch nett und kuschlig sein, oder?

Aber Drachen hingegen...

Sie wäre gestern Abend vielleicht vom Esstisch geflohen, wäre da nicht der kleine Joey gewesen. Wenn ein so süßes Kind ein Drachengestaltwandler sein konnte, dann konnte sie vielleicht lernen, damit umzugehen. Vielleicht. Aber die Tatsache, dass Connor ein Drache war, hatte sie trotzdem umgehauen. Sie hatte ihn geküsst, um Himmels willen!

Ihr Blut kochte, als sie daran dachte, wie Connor sie nach dem Abendessen nach Hause begleitet hatte. Er hatte Abstand gehalten und sie gleichzeitig in seine Körperwärme eingehüllt. Jedes Mal, wenn er sie angeschaut hatte, hatten seine Augen vor Verlangen geglüht. Und als er sich gegen den Türrahmen des Gästehauses gelehnt hatte, um ihr gute Nacht zu sagen...

Ich weiß, dass du das vielleicht nicht so siehst, aber das war das beste Abendessen, das ich je hatte.

Ach ja? war es ihr gelungen zu erwidern. *Waren die Spaghetti so gut?*

Er hatte sie mit diesem für ihn typischen halben Lächeln angeschaut und dann ihr Gesicht gestreichelt. *Nicht die Spaghetti.*

Die Gesellschaft. Jede Person, die mir etwas bedeutet, war anwesend – okay außer meiner Mutter – und es ging allen gut.

Seine Augen flackerten auf, als er *jede Person, die mir etwas bedeutet* sagte und es verriet ihr, wen genau er meinte.

Sie streichelte mit der Hand über seinen Arm, betrachtete seine Dienstmarken und holte tief Luft. Frieden, Essen und gute Gesellschaft. Eine Erinnerung an die Dinge, die im Leben wirklich wichtig waren.

Dieser tiefe Atemzug erwies sich als eine gute Idee, denn eine Sekunde später küsste sie ihn lang und tief. Tief genug, um die Augen zu schließen und sich Szenarien vorzustellen, die in der Hitze des Augenblicks vielleicht viel weniger verrückt erschienen waren, als sie es jetzt taten. Wie mit Connor zusammenzukommen und noch ein wenig länger auf Maui zu bleiben. Vielleicht sogar viel länger. Wie der kleinen Stimme zu vertrauen, die ihr sagte, dass er der Richtige für sie war.

Es war Connor gewesen, nicht sie, der den Kuss unterbrochen hatte. Und selbst das nur gerade so, denn ihre Lippen hatten ein wenig länger aneinandergeklebt, als ihre Körper. Dann hatten auch diese nachgegeben und sie konnte nichts anderes tun, als in Connors bodenlose Augen zu starren.

Gute Nacht, hatte er geflüstert und mit seinem großen Daumen über ihre Wange gestrichen.

Gute Nacht, hatte sie erwidert und sich am Türrahmen festgeklammert, um sich nicht an ihn klammern zu müssen.

Also, ja. Der vergangene Abend war zu gleichen Teilen *verrückt* und *magisch* gewesen und in ihrem Kopf drehte sich immer noch alles. War der Mann, in den sie sich verliebt hatte, wirklich ein Drache?

Jody öffnete gerade die Tür des Land Rovers und winkte sie hinein. Sie sagte beiläufig: „Drachen sind nicht das, worum du dir Sorgen machen musst. Vampire sind es.“

Jenna kletterte auf den Rücksitz und schnallte sich an – wie immer das Baby der Familie – während Jody und Cruz vorn saßen.

„Ich soll mir keine Sorgen über Drachen machen?“, protestierte Jenna. Sie dachte dabei an *große, gut aussehende Drachen, die ihr Herz stehlen könnten.* Aber das konnte sie wohl kaum sagen, also dachte sie sich stattdessen etwas anderes aus. „Große, Feuer speiende Drachen, die sich mitten in der Nacht an einen heranschleichen?"

Und das reichte, um ihren Körper in Flammen zu setzen, und sie erinnerte sich daran, wie ihre erste nächtliche Begegnung mit einem Kuss geendet hatte.

Jody riss den Kopf herum. „Wer hat sich mitten in der Nacht an dich herangeschlichen?"

Cruz starrte stirnrunzelnd in den Rückspiegel und sah so aus, als wäre er bereit, jemanden zu ermorden. „Ja, wer?"

Jenna winkte mit den Händen ab. Das hatte sie nicht gemeint.

„Drachen jagen keine Meerjungfrauen", versicherte Jody ihr, während sie die Küstenstraße entlang rauschten. „Es sind Vampire, vor denen du dich in Acht nehmen musst."

„Und wie genau soll ich das machen?"

Jody und Cruz tauschten Blicke aus und schließlich nickte Cruz knapp. „Wir haben ein paar Experten hinzugezogen. Vampirjäger. Sie befinden jetzt in L.A. und gehen der Sache nach. Intensiv. In der Zwischenzeit bist du hier in Sicherheit."

Ihr Mund klappte auf. „Ihr habt was...?"

Cruz zuckte nur mit den Schultern, als hätte jeder ein Netzwerk von übernatürlichen Freunden, die er um Hilfe bitten könnte.

„Wie dem auch sei..." Jody winkte ab. „Wir machen uns keine Sorgen, dass Vampire hierherkommen könnten. Sie würden es nicht wagen."

Jenna wollte losprusten. Natürlich nicht. Cruz stand den ganzen Tag über vor Teddy Akoas Surfladen Wache. Jeden Tag, solange Jody dort war.

„Wie dem auch sei, ich bin mir sicher, dass du auf Maui in Sicherheit bist", sagte Jody. „Ich mache mir Sorgen darüber, wenn du wieder nach Hause fliegst."

Jenna lehnte sich zurück und starrte auf den Ozean, während der Wagen die Straße entlangraste. Bedeutete das etwa, dass sie niemals nach Hause zurückkehren konnte? Auf Maui war sie Tag und Nacht von Elitemilitärs und knallharten

Gestaltwandlerfrauen umgeben, aber es war ja nicht so, dass sie sie mitnehmen konnte, wenn sie nach Hause flog.

Und plötzlich sprangen ihre Gedanken zurück zu Connor. So zäh und hart nach außen hin – aber verdammt, waren diese Lippen weich.

Ein Fregattvogel schwebte hoch über der Küste und sie folgte ihm mit dem Blick. Das wäre allerdings nützlich – wie ein Vogel fliegen zu können. Oder besser noch, wie ein Drache. Dann sollte ein Vampir einmal versuchen, sie zu erwischen.

Sie schloss die Augen und stellte sich vor, wie es sich anfühlen würde, ihre Arme auszubreiten, sie in Flügel zu verwandeln und in die Luft abzuheben. Innerhalb weniger Flügelschläge wäre sie hoch oben am Himmel – oder sie könnte sich umdrehen, um ihren Vampirangreifer mit einem langen Feuerstrahl zu bombardieren.

Ha! Nimm das! Sie stellte sich vor, zu brüllen, wenn der Vampir zu einem Haufen Asche zerfiel. Dann würde sie eine Siegerrunde in der Luft drehen und…

Vor ihrem geistigen Auge wurde dieser schwungvolle Bogen zu einem waghalsigen Tauchgang ins Meer. Nach ganz tief unten, wo das Sonnenlicht dünner wurde und der Druck zunahm. Und als sie sich vorstellte, wie sie wieder auftauchte, sah sie sich selbst in menschlicher Gestalt. Die Haare zurückgestrichen, als wäre sie gerade Surfen gewesen.

Sie lächelte vor sich hin. Vielleicht konnte man einer Meerjungfrau das Meer nicht nehmen, noch nicht einmal einer teilweisen Meerjungfrauenversion wie ihr.

Meerjungfrauen – und Drachen – beschäftigten ihre Gedanken für den Rest des Tages. Nun, zumindest in den ruhigeren Abschnitten ihres Arbeitstages. Sie dachte, sie hätte von ihrem Vater bereits alles gelernt, was es über das Formen von Surfbrettern zu wissen gab. Aber Teddy Akoa war ein wirklicher Meister und selbst beim Auffegen des Sägemehls in seiner Werkstatt hatte sie bereits neue Dinge gelernt. Teddy war still, gelassen und bescheiden – das Ebenbild eines Zen Masters, besonders mit seinem verschrobenen Inselbewohneraussehen und dem langen, dünnen Bart. Er behandelte Jody und Jenna wie die Töchter, die er selbst nie gehabt hatte. Er scherzte sogar darüber, ihnen eines Tages den Laden zu vermachen. Was Jenna zum Nachdenken brachte. Vielleicht musste *Surf Chique* kein Wunschtraum bleiben. Vielleicht könnten sie und Jody wirklich ihr eigenes Sortiment von maßgefertigten Surfbrettern produzieren…

… natürlich nur, wenn sie ihr Stalker-Problem irgendwann in den Griff bekam.

Sobald sie an diesem Nachmittag zum Anwesen zurückkehrte, durchforstete sie das Gestaltwandlerbuch, das Jody ihr geliehen hatte, nach Informationen über Drachen.

Drachen gehören zu den prächtigsten aller Gestaltwandlerspezies. Sie sind auch diejenigen, deren Verhalten am schwierigsten zu kategorisieren oder vorherzusagen ist.

Sie schnaubte. Großartig.

Mächtige Drachenlords waren legendär für ihren unerschütterlichen Einsatz für Pflicht, Ehre und Clan.

Nun, das klang doch gar nicht so schlecht.

Eifersucht, Inzucht und Machtgier führten jedoch zu Machtkämpfen und Fehden unter den führenden Drachenclans und bestimmte Individuen verdienten sich einen blutrünstigen Ruf. Sie machten vor nichts Halt, um große Schätze, Macht und Harems anzuhäufen…

„Harems?" Jenna jaulte. Ihr Blick fiel auf die Illustrationen am oberen Rand der Seite. In einer Ecke war etwas abgebildet, das ein guter Drache zu sein schien, der andere Kreaturen unter seinen ausgebreiteten Flügeln beschützte. In der anderen befand sich ein Drache mit einem bösen Grinsen, der ein mittelalterliches Dorf in Schutt und Asche legte.

Also – waren Drachen nun gut oder böse? Welches von beiden?

Es gibt auch gute Gestaltwandler, hatte Connor gesagt. *Diejenigen, die Recht von Unrecht unterscheiden können. Diejenigen, die einen nie und nimmer im Stich lassen würden.*

Sie grübelte darüber nach, als sie die Seite des Buches umblätterte.

Zu den legendärsten Vertretern dieser Spezies gehörten die mächtigen Drachenköniginnen. Obwohl es nur wenige von ihnen gab und sie in der Neuzeit selten waren, wurde die-

*sen Königinnen zugeschrieben, den Lauf der Gestaltwandlerge-
schichte verändert zu haben. Einige von ihnen zum Besseren,
indem sie Zeiten des Friedens und des Wohlstandes einleiteten.
Andere ließen durch ihren Verrat, ihre Täuschung und ihre bei-
spiellose Gier dunkle Epochen über die gesamte Gestaltwandlerwelt hereinbrechen.*

„Moira", murmelte Jenna. Sie wusste nicht viel über Drachen, aber Jody hatte ihr auf der Heimfahrt einen Crashkurs
gegeben. Die Gestaltwandler von Koa Point hatten vor Kurzem einen bösen Drachenlord namens Drax besiegt. Aber seine Geliebte, Moira, war immer noch auf freiem Fuß. Niemand
wusste, ob man ihre nächsten Schritte fürchten oder Moira als
endgültig besiegt abschreiben sollte.

Jenna klappte das Buch zu. Nichts von alledem half ihr,
ihr aktuelles Dilemma zu lösen. Connor hatte sie in der Nacht,
in der sie herumspaziert war, zu Tode erschreckt. Wäre er ein
Vampir gewesen, wäre sie jetzt tot.

Sie zog das Messer aus der Scheide und drehte die Klinge im
Nachmittagslicht. In einem Winkel glänzte der Stahl mit einem
Hauch von Gold, in einem anderen rötlich. Konnte das Messer
einen Vampir wirklich töten? Wollte sie es herausfinden?

Sie griff nach ihrem Handy und war plötzlich fest entschlossen, ihren Vater anzurufen, um nach der Nummer ihrer Tante
zu fragen – derjenigen, die alle immer für verrückt gehalten
hatten, weil sie an übernatürliche Wesen glaubte. Jody hatte
zwar gesagt, dass sie von Tante Tilda keine brauchbaren Informationen erhalten hatte, aber es wäre einen zweiten Versuch
wert, oder nicht?

Aber in dem Moment, als Jenna den Bildschirm berührte,
erstarrte sie. Eine eingehende Nachricht wurde angezeigt. Ihr
Daumen zitterte eine ganze Minute lang darüber, bevor sie
endlich den Mut aufbrachte, sie zu lesen.

*Genießt du deine Sonnenuntergänge, mein Liebling? Das
tue ich auch. Und bald werden wir sie gemeinsam genießen.
Für immer.*

Sie riss ihren Kopf hoch und starrte aus der offenen Tür
des Gästehauses. Verdammt. Ihr Stalker war zurück. Lauerte
er irgendwo dort draußen und beobachtete sie?

Die Haare in ihrem Nacken stellten sich auf, als sie sich zwang, die Nachricht zu studieren und nach versteckten Hinweisen zu suchen. Sonnenuntergänge implizierten Maui, aber die Sonne war noch nicht untergegangen, und die SMS war bereits zwei Stunden alt. Vielleicht spionierte er ihr in diesem Moment also nicht wirklich nach. Aber Scheiße. Allein die Tatsache, dass er ihr Nachrichten schrieb, verursachte ihr eine Gänsehaut. War er ein menschlicher Stalker? Ein Vampir?

Am liebsten wäre sie mit dem Telefon zu Jody gerannt, aber sie hatte ihrer Schwester schon genug ihrer privaten Zeit gestohlen. Außerdem waren Jody und Cruz wie ein glückliches Pärchen in den Flitterwochen und, soweit sie es wusste, faulenzten sie nackt beim Felsenpool in der Nähe ihres Baumhauses herum. Die anderen Gestaltwandler, die auf dem Anwesen lebten, waren genauso. Hunter, der Bär, war so verliebt in Dawn, dass er praktisch gegen Bäume lief. Boone und Nina hörten nie auf, ihre Babys anzuhimmeln – und sich gegenseitig. Wollte sie wirklich das Glück aller stören, nur weil sie eine SMS erhalten hatte, die genauso gut vom anderen Ende der Welt hätte geschickt werden können?

Außerdem hatte sie die älteren Kurznachrichten gemeldet. Welche Anhaltspunkte könnte diese neue SMS denn schon geben? Und nicht nur das. Cruz hatte außerdem ein Team von Vampirjägern darauf angesetzt. Um was sonst hätte sie noch bitten sollen?

Nichts. Aber das bedeutete nicht, dass es nichts gab, was sie tun konnte.

Sie warf das Handy weg, griff nach dem Messer, das sie auf dem Bett liegengelassen hatte, und starrte auf die rasiermesserscharfe Klinge. Gott, könnte sie sich überhaupt dazu durchringen, jemanden mit diesem Ding aufzuschlitzen?

Einen Augenblick später nickte sie entschlossen. Verdammt, ja. Sie könnte es, wenn jemand sie bedrohte.

Aber wie genau benutzte man ein Messer zur Selbstverteidigung? Sie drehte es in diese und jene Richtung. Sollte sie zustechen oder schlitzen? Sollte sie auf die Brust zielen?

Langsam schob sie das Messer zurück in die Scheide, schnallte es an die Stelle an ihrem Bein, die Connor ihr gezeigt hatte, und stellte sich in die breitbeinige Haltung, die sie im Selbstverteidigungskurs gelernt hatte. Dann zog sie die Waffe so schnell wie möglich heraus. Aber verdammt. Sollte sie das Messer vor sich strecken oder, mit dem Gewicht auf ihrem rechten Fuß, nach hinten halten? Und in welche Richtung sollte die Klinge zeigen? Sie probierte es erst in die eine und dann in die andere Richtung. Dann wiederholte sie es am Strand noch einmal, wo sie mehr Platz hatte. Wenn der Stalker dort draußen war und sie beobachtete, gut. Der Widerling sollte gewarnt werden, dass er sich mit dem falschen Mädchen anlegte.

„Eins. Zwei. Drei." Sie zählte leise vor sich hin und versuchte, die Bewegungsabfolge in Schritte zu zerlegen. Eine blitzschnelle Bewegung, um das Messer aus der Scheide zu ziehen. Ein fester Griff und ein schneller Hieb nach einem imaginären Feind.

Ein Dutzend Versuche später trat sie in den Sand. „Verdammt." Ihre *Blitzschnelligkeit* war überhaupt nicht besonders schnell und ihr *Hieb* verlief jedes Mal in einem anderen Winkel. Entweder war es an der Zeit, aufzugeben, oder an der Zeit, sich Hilfe zu suchen.

Sie stand einen Moment lang unschlüssig da. Eine Krabbe tippelte über den Sand. Eine Möwe krächzte. Eine Kokosnuss stürzte mit einem dumpfen Knall von einer Palme. Jedes kleinste kratzende Geräusch im Gebüsch ließ sie zusammenzucken.

„Hilfe suchen", murmelte sie und hob das Kinn, während sie den Pfad entlang auf die Mitte des Anwesens zusteuerte. Aber ein paar Schritte später war sie bereits weniger entschlossen. Wen genau sollte sie um Hilfe bitten? Cruz?

Um Himmels willen, nein. Cruz war großartig, aber er musste der knurrigste, überfürsorglichste Tigergestaltwandler der Welt sein. Nicht dass sie viele von ihnen kannte, aber trotzdem. Sie konnte sich ihn nicht als einen geduldigen, ermutigenden Trainer vorstellen.

Also, wer sonst?

Ihr Körper neigte sich nach rechts, wo der Weg zur angrenzenden Plantage begann und eine kleine Stimme jubelte in ihr. *Connor! Connor!*

Sie hätte sicher nichts gegen ein oder zwei Lektionen von ihm. Aber wäre er dazu bereit?

Sie wollen mich nicht unterrichten?

Ich will es zu sehr.

Könnte es sein, dass sie es auch ein wenig zu sehr wollte? Vielleicht sollte sie einen der anderen Jungs von Koa Point bitten, ihr zu helfen. Kai, Boone oder Cruz vielleicht...

Connor, beharrte die Stimme in ihrem Kopf, als ihre Füße sie wie von selbst den Weg zu seinem Haus entlangführten.

Kapitel 13

„Wie ich schon sagte, keine gute Idee."

Jenna hatte sich bereits gedacht, dass Connor das sagen würde. Sie atmete tief durch und starrte ihn an, denn sie hatte auf dem Weg hierher beschlossen, ein *Nein* nicht als Antwort zu akzeptieren. Also stellte sie sich breitbeinig hin und funkelte ihn finster an. *Wir können das auf die harte oder auf die leichte Tour machen, Mister. Ich brauche einen Lehrer und will, dass du es bist.*

Aber die kleine Schweißperle, die über seine nackte Brust rollte, brachte sie ganz durcheinander, so dass sie kaum einen richtigen Satz herausbringen konnte.

Auf die harte Tour, sagte sein strenger Blick.

Als sie ihn bei der Arbeit am Plantagenhaus entdeckt hatte – ohne Hemd und vor Schweiß glitzernd auf halber Höhe einer Leiter – hatte sie ein kleines Gebet geflüstert. Vielleicht war es doch keine so gute Idee, bei Connor Privatstunden zu nehmen. Sie würde wahrscheinlich mehr über diese unglaublichen Muskelgruppen und faszinierenden Narben herausfinden, aber sie wäre zu abgelenkt, um sich an irgendetwas über Selbstverteidigung zu erinnern.

Er verschränkte die Arme und ließ dabei seine Militärmarken klimpern. Es war eine unnötige Erinnerung an seine Qualifikationen. „Mit so einem Messer sollte man keinen Blödsinn machen."

Ihre Wangen wurden heiß und sie sah rot. Dachte er etwa, sie würde damit herumspielen?

„Willst du damit sagen, dass eine Frau nicht für sich selbst kämpfen kann?" Sie stieß mit einem anklagenden Finger gegen seine Brust.

„Nein, aber..."

„Willst du sagen, dass ich mich zurücklehnen und mich von jemand anderem beschützen lassen soll?"

„Hör zu, Jenna..."

„Willst du damit sagen, dass ich den Stalker einfach kommen lassen soll, wenn ich keine Möglichkeit zur Selbstverteidigung habe?"

Connor versteifte sich und knurrte. „Stalker? Welcher Stalker?"

Ups. Sie hatte nicht vorgehabt, dies zu erwähnen, außer vielleicht als letzte Instanz. Sie drehte sich auf dem Absatz um und marschierte davon. „Vergiss es einfach. Ich werde es selber lernen."

Sie hatte halb erwartet, dass er ihr folgen würde, aber wow. Noch bevor sie ihr Gewicht verlagern konnte, hatte Connor bereits ihre Hand gegriffen und sie herumgewirbelt, so dass sie ihn wieder ansah.

„Welcher Stalker?"

Zu diesem Zeitpunkt war sie nur noch wenige Zentimeter von seiner nackten Brust entfernt. Ihr Herz trommelte heftig. Ihr Gesicht färbte sich rot. Und ihre weiblichen Körperteile waren viel zu aufgeregt für eine Frau, die eigentlich Angst haben sollte.

„Ein Stalker, der vielleicht ein Vampir ist oder auch nicht. Gegen den ich dieses Messer vielleicht oder vielleicht auch nicht benutzen kann." Sie erhob ihre Stimme mit all der Wut und Frustration, die sie vorher nicht hatte herauslassen können. „Ein Stalker, der mir das Gefühl gibt, keine Kontrolle über mein Leben zu haben. Also verdammt noch mal, ich brauche wirklich Hilfe, okay?"

Sie schnaufte nun und starrte ihn an. Connor streckte die Hände hoch und neigte den Kopf, als wollte er sagen: *Sie ist wirklich eine neue Spezies. Ich habe noch nie jemanden wie sie getroffen.*

Schließlich öffnete er den Mund und grunzte ein Wort. So leise, dass sie es wegen des rauschenden Blutes in ihren Ohren kaum hörte.

„Okay."

„Okay, was?"

„Okay, ich bringe es dir bei. Aber bitte beruhige dich."

„Ich bin ruhig", knurrte sie und fuchtelte mit dem Messer herum.

Connor zog die Augenbrauen zusammen und sagte: „Ja, das kann ich sehen." Dann räusperte er sich und musterte sie erneut. Dieses Mal ganz anders. Eher wie ein Mann, der einen Gebrauchtwagen begutachtete, um zu beurteilen, wie funktional er sein könnte – oder auch nicht. Dann wölbte er eine Hand an seinen Mund und rief zum Dach hinauf. „Hey, Tim."

„Ja?", antwortete eine ebenso schroffe Stimme und Tim tauchte auf. „Oh. Hallöchen, Jenna." Beim Anblick des Messers in ihren Händen riss er die Augen weit auf.

„Hi", sagte sie noch immer ein wenig unwirsch von ihrem Ausbruch.

„Es ist Zeit, für heute Schluss zu machen", sagte Connor.

„Aber... "

„Ich sagte, Schluss für heute", bellte Connor.

In diesem Moment dämmerte es Jenna, dass sie ihn ziemlich überrumpelt hatte.

„Alles klar. Kein Problem", murmelte Tim und verschwand aus dem Blickfeld.

„Es tut mir leid", sagte Jenna plötzlich verunsichert. Vielleicht mussten ihre Probleme nicht wirklich zu Problemen anderer Leute werden. Vielleicht hatte Connor selbst schon genügend davon. Beim Abendessen am Vorabend waren alle so freundlich gewesen, aber sie hatten auch erschöpft gewirkt. Überall lagen Werkzeuge herum und ein Dutzend Projekte liefen gleichzeitig. Offensichtlich waren alle auf Koakea damit beschäftigt, ein großes Projekt umzusetzen.

„Entschuldigung." Sie schob das Messer in die Scheide zurück. „Es ist nicht so wichtig. Vielleicht ein anderes Mal."

„Nein." Connor griff nach ihrem Arm. „Gib mir zwei Minuten und dann geht es los."

Und einfach so hatte er das Kommando übernommen. Und zwar *völlig*, so als müsste er einen ganzen Zug von Rekruten kommandieren und im Morgengrauen in eine Schlacht ziehen.

„Wenn es kein guter Zeitpunkt ist... ", murmelte sie.

„Es ist nie ein guter Zeitpunkt, um gegen Vampire zu kämpfen", murmelte er und führte sie in Richtung Scheune. „Oder gegen einen Stalker. Willst du mir davon erzählen?"

Sie runzelte die Stirn. „Nicht wirklich, nein."

Er starrte sie an und sie stemmte die Hände in die Hüfte.

„Schau mal, Cruz ist an der Sache dran. Jody hat mir dieses Messer gegeben und ich bezweifle, dass ich es jemals benutzen muss. Aber ich würde sicher besser schlafen, wenn ich wüsste, wie man es benutzt."

„Ich würde besser schlafen, wenn du mir davon erzählst."

Sie lachte bitter. „Das bezweifle ich. Allein der Gedanke daran macht mich..." Sie verstummte, denn sie war nicht hierhergekommen, um Schwäche oder Zweifel zu zeigen. Sie war gekommen, um sich auf das Schlimmste vorzubereiten, von dem sie hoffte, dass es niemals eintreten würde.

Connor sträubte sich für eine lange Minute, nickte dann aber schließlich. „In Ordnung."

Sie starrte ihn an und ein geflüstertes Wort entwich ihren Lippen. „Endlich."

Er neigte den Kopf. „Endlich?"

Sie schüttelte sich ganz leicht. „Nicht du. Es ist nur schön, dass mich jemand einmal nicht wie ein kleines Kind behandelt."

Er zog seinen rechten Mundwinkel hoch. „Mir fallen viele Dinge im Bezug auf dich ein, Jenna. Aber *kleines Kind* ist sicher keins davon." Er ließ seinen Blick an ihrem Körper auf und ab wandern und schaute ihr schließlich in die Augen. Sein Blick sagte *Frau wäre wohl eher das richtige Wort*. Eine Frau, die er respektierte. Die ihre eigenen Entscheidungen traf und wählen konnte, wie viel sie preisgeben wollte.

Wow. Fast hätte sie ihn gekniffen, um zu prüfen, ob er real war oder ein Traum.

„Also gut." Connors Tonfall veränderte sich von resigniert zu berechnend und er schaute sich um. „Zuerst brauchen wir ein Trainingsmesser..."

Sie strahlte ein wenig, als er *wir* sagte, so als wären sie plötzlich ein Team.

„Eine Wasserflasche..."

Er murmelte vor sich hin, während er sie auf eine Lichtung hinter der Scheune führte. Er verschwand und kam kurz darauf mit ein paar Sachen zurück. Dann kippte er sich eine ganze Flasche Wasser hinunter und wischte sich die glitzernden Lippen ab.

„Das ist für dich." Er warf ihr etwas zu.

Sie quietsche, als sie erkannte, dass es ein Messer war. Es landete mit einem dumpfen Aufprall auf dem Boden. „Oh. Die Trainingswaffe, was?" Sie hob das stumpfe Harzmesser auf und errötete.

„Ja. Damit niemand getötet wird. Zumindest niemand, den wir nicht tot sehen wollen."

Es gelang Connor, dies auf eine Art und Weise zu sagen, die ihr Mut machte, anstatt sie zu erschrecken. Sie zitterte aber trotzdem ein wenig. War sie wirklich bereit, ein Messer zu benutzen?

Genießt du deine Sonnenuntergänge, mein Liebling?

Sie packte den Griff des Messers und nickte kurz. Sie könnte es.

„Also, ich schätze, ich schleiche mich an dich heran, richtig?", fragte Connor ganz geschäftsmäßig.

Sie nickte knapp. Ja, sich anzuschleichen passte zu einem feigen Stalker.

Connor umrundete sie und die Haare in ihrem Nacken kribbelten in Erwartung. Sie wusste, dass er hinter ihr war, aber sie konnte nicht sehen, was er tat. Sie konnte nicht einschätzen, wie nah oder fern er war.

„Wir machen es ganz langsam", murmelte Connor direkt hinter ihrem Ohr. Ein Schauer huschte durch ihren Körper – die gute Art, denn sie hatte sich schon oft vorgestellt, wie er ihr von dort aus Dinge zuflüsterte. Jede ihrer Fantasien von wildem, rasendem Sex endete auf diese Weise – mit warmem Geflüster und Streicheleinheiten, Haut auf Haut und so gut für die Seele.

„Okay", krächzte sie. Alle ihre Sinne kribbelten und sie hoffte, dass er sie bald berühren würde.

Langsam und sanft legte er seine Hand auf ihre Schulter. Er tat es auf eine Art, wie es kein Stalker jemals tun würde.

Auf eine Weise, die ihr das Gefühl gab, sicher und beschützt zu sein, anstatt um ihr Leben zu fürchten. Dann drehte er sie um und schaute ihr in die Augen.

Ihr Mund klappte auf, denn seine Augen glühten wie strahlende Lichter aus Jade. So wie Cruz' Augen manchmal leuchteten, wenn er Jody, seine Gefährtin, ansah.

Connor griff so langsam nach ihrem Hals, dass sie sich der Liebkosung fast entgegengestreckt hätte. Als er seine Hand jedoch um ihren Hals schloss – zärtlich, aber doch bestimmt – erinnerte sie sich wieder daran, worum es in dieser Lektion ging.

„Ich glaube jetzt also, dass ich dich habe. Aber du hast ein Messer…"

Seine tiefe Stimme bahnte sich ihren Weg in ihre Knochen und wanderte dort eine Weile herum. Ganz so wie ein Kater, der sich an allen Möbeln rieb, die er finden konnte, um seinen Besitz zu markieren.

Ihr Herz klopfte wild. Ihr Blut rauschte. Ihre Wangen wurden ganz warm.

Eine weitere stille Sekunde verging und Connor flüsterte schließlich: „Jenna."

Sie entriss sich ihrer Träumerei und beugte sich vor, um an ihre Wade zu greifen. „Ach richtig. Das Messer."

Aber sie kam nicht weit mit dieser riesigen Hand, die wie ein Joch um ihren Hals geschlungen war.

„Nein." Er schüttelte den Kopf. „Du musst dich zuerst befreien."

„Richtig. Also … ähm…" Sie kramte in ihrer Erinnerung nach etwas aus dem Selbstverteidigungskurs und kam auf diese Bewegung, bei der sie ihre Hände herumwirbeln und nach unten reißen sollte, um sich zu befreien. Es klappte nicht und Connor schüttelte den Kopf.

„Noch einmal."

Sie versuchte es erneut und wurde nun wütend auf sich selbst. Dieses Mal grinste er. „Besser. Du kannst das machen oder ihm einen Kopfstoß verpassen. Oder du kannst dem Kerl ein Knie in die Eier rammen." Dann streckte er eine Hand aus und fügte schnell hinzu: „Aber bitte nicht in meine Eier."

Sein Grinsen machte alle möglichen gefährlichen Dinge mit ihrem Körper und sie hätte sich fast die Lippen geleckt. Aber Connor wurde wieder ernst und nickte knapp. „Jetzt versuche es noch einmal und wenn du frei bist, greife nach deinem Messer."

Er versteckte sich hinter ihr und wiederholte den ganzen Prozess von Neuem. Immer und immer wieder, bis *nutzlos* zu *schwerfällig* und *schwerfällig* schließlich zu *passabel* wurde.

„Nicht schlecht. Jetzt dein Griff", befahl er und nahm ihre Hand in seine.

Jenna hätte nicht gedacht, dass Kämpfen so sündhaft erregend sein könnte, aber verdammt. Mit einem Lehrer wie Connor, der über ihre Schulter schaute und sie bei jeder Bewegung anleitete...

„Griff nach außen. Daumen da, Zeigefinger dorthin... "

Mit seinen schwieligen Fingern führte er ihre Hand in die richtige Position und sein Körper umschloss ihren.

„In Ordnung. Zeigefinger nach vorn, umdrehen und greifen", murmelte er und zeigte ihr, wie sie den Griff in ihrer Handfläche positionieren musste. „Zeigefinger, umdrehen, greifen."

Eine Schweißperle bildete sich auf ihrer Stirn, als sie sich auf das Gefühl seines Körpers und den Winkel des Messers konzentrierte. Auf die Position seines Ellbogens, als er die Bewegung demonstrierte und die Art, wie sich die Klinge in ihrer Hand drehte. Irgendwie wurden sinnlich und praktisch zu einer einzigen Sache und es spielte keine Rolle mehr, welches was war.

„Jetzt stoße meinen Arm weg und ziele hierhin... ", murmelte er und zeigte auf eine Vertiefung an seinem Schlüsselbein.

Sie hätte lieber mit ihren Lippen dorthin gezielt, aber okay. Solange sie ihm so nah sein konnte...

Sogar kalte und berechnende Begriffe wie *das Messer in die Schlüsselbeinarterie bohren* oder *auf die weichen Teile des Halses einstechen*, schwebten wie Wolken durch ihren Verstand.

Conner fing an, seine Bewegungen zu verändern. Er überrumpelte sie und machte die Übung realistischer. Dann fixierte er ihre Arme hinter ihrem Rücken. Sie zappelte und stöhnte und versuchte, sich zu befreien.

„Bist du bereit, aufzugeben?", fragte er nur wenige Zentimeter von ihrem Ohr entfernt.

Ihr Blut rauschte. „Auf gar keinen Fall."

Er lachte leise. „Gut."

Er zeigte ihr auch, wie sie sich aus diesem Griff befreien konnte. Das war bisher ihr Lieblingstrick. Sie genoss es, zunächst mit ihrem Rücken zu Connors Brust zu stehen, nur um ihm dann aus wenigen Zentimetern Entfernung ins Gesicht zu sehen.

„Nehmen wir mal an, er stößt dich zu Boden..." Connor hakte seinen Fuß um ihren.

Sie stürzte nicht, weil er sie sanft hinunterführte und ihr dabei nach unten folgte, während er die Hand mit dem Messer über ihrem Kopf festhielt. Er spreizte seine Knie über beide Seiten ihrer Hüfte und seine nackte Brust war parallel zu ihrer.

In Jennas Kopf ging keine einzige Alarmglocke los, denn es war überhaupt nicht einschüchternd. Einfach nur ... gut. Stark. Kuschelig und sicher. Aber ihr Körper sehnte sich schmerzlich nach ihm und ihre Lippen verlangten nach seinen.

„Jetzt musst du deine Optionen abwägen", sagte er mit leicht heiserer Stimme.

Oh ja und wie sie ihre Optionen abwog. Sie könnte zum Beispiel ihre freie Hand benutzen, um seinen Kopf nach unten zu ziehen und diese hungrigen Lippen in Reichweite zu bringen.

Sein Mund öffnete und schloss sich wieder. Eine Schweißperle rann über seine Stirn. Das Zucken in seiner rechten Wange fing wieder an – ganz genau wie in der Nacht, in der sie sich geküsst hatten.

„Mache ich es richtig?", murmelte sie und strich mit der freien Hand über seine Rippen.

Connor schloss die Augen und hielt ganz still. „Zu richtig", warnte er.

Gut. Dann würde sie noch ein wenig weitermachen.

„Ich habe ein Problem gefunden", flüsterte sie und neigte den Kopf, damit ihre Haare ihr Gesicht nicht verdeckten.

„Was für ein Problem?" Sein Blick fiel auf ihre Lippen.

„Was ist, wenn ich mich gar nicht befreien will?"

Seine Nasenlöcher bebten und er senkte seinen Körper hinunter, bis seine Brust auf ihrer ruhte. Das meiste Gewicht stützte er jedoch mit seinen Armen ab, wodurch sich sein Bizeps anspannte.

„Das ist allerdings ein Problem", grummelte er. „Vor allem, weil ich dich nicht loslassen will."

Hundert funkensprühende Feuerwerkskörper entzündeten sich in ihrer Seele und schürten das Feuer in ihr. Sie senkte die Augenlider und ihre Brust hob sich mit einem tiefen Atemzug – die Art, wie sie ihn vor einem besonders tiefen Tauchgang nehmen würde. Und das war auch gut so, denn in dem Augenblick, als sie sich nach oben streckte, um ihn zu küssen, beugte er sich zu ihr hinunter. Und als sich ihre Lippen trafen...

Sie seufzte, denn Connor küsste genauso, wie er sie berührte. Gekonnt. Mit Nachdruck. Kompromisslos und doch sanft, alles zur gleichen Zeit.

Ihr Kuss hingegen war ungeniert. Tief. Gierig wie ein Welpe und doch sinnlich wie eine Frau, die wusste, was sie wollte. Und dass sie es jetzt wollte.

Connor griff nach ihrem Kinn, während er sie küsste, hielt sie fest und ließ sie wissen, dass dieser Kuss ihm gehörte. Sie ließ das Messer fallen und wühlte mit beiden Händen durch sein dichtes Haar. Er konnte die Kontrolle über alle Küsse übernehmen, die er haben wollte, solange sie so gut waren.

„Jenna", flüsterte er und schnappte nach Luft.

Sie neigte ihren Kopf zurück, und bot ihm ihren Hals an. Er stöhnte und beugte sich erneut über sie. Er saugte und knabberte an ihrer Haut und streichelte ihre Seiten. Er hob die Hand zu ihrer Brust und streichelte sie, als er sich murmelnd seinem nächsten Kuss hingab. Es war ein tiefes, kehliges Stöhnen wie das eines Mannes in schrecklicher Not.

Ihr Rücken lag auf weichem Sand und der Nachmittagshimmel strahlte in purem Blau über ihnen. Aber sie nahm durch ihren verschwommenen Blick nur kurze Momente wahr. Sie zog an Connors Schultern und schlang ein Bein um seine. Dann ließ sie ihre Hüften aneinanderstoßen, bis sie spürte, wie sein Körper reagierte.

Oh ja. Er begehrte sie genauso sehr, wie sie ihn wollte. Oder vielleicht war *brauchen* das bessere Wort, denn sie hatte sich noch nie zuvor von schierem, unerschütterlichen Verlangen so besessen gefühlt.

Er roch so gut – frisch und luftig, aber gleichzeitig irgendwie holzig. Und er schmeckte sogar noch besser – von der salzigen Note auf seinen Lippen bis zum malzigen Geschmack tiefer unten, der sie erreichte, wenn sie sich tiefer küssten. Die Energie in der Luft verstärkte sich wie bei einem aufsteigenden Sturm. Connor wollte seine Hand gerade zum Bund ihrer kurzen Hose schieben, als...

„Connor? Connor?", rief jemand.

Sie rissen sich voneinander los, wie zwei vom Scheinwerferlicht erwischte Rehe. Nun, Gott sei Dank nicht ganz erwischt, denn Jenna hatte gerade noch genug Zeit, ihr Oberteil hinunterzuziehen. Connor zog sie in der Sekunde vom Boden hoch, als der kleine Joey um die Ecke gelaufen kam und rief: „Connor. Connor!"

Jenna wollte aufstöhnen, aber Connors Stimme blieb ruhig und warm. „Hallo, Kumpel. Was gibt's?"

Als Joey sie anstarrte, verspürte Jenna beim Gedanken daran, wie sie für ihn aussehen mussten, Unruhe im Magen. Aber seine ganze Aufregung konzentrierte sich auf das Messer.

„Wow. Darf ich das mal anfassen?"

Jenna atmete aus und reichte Connor das Trainingsmesser. Sie wirbelte es gekonnt herum, um es ihm mit dem Griff zuerst zu reichen.

Er grinste und sie lächelte ebenfalls. Vielleicht hatte sie ja doch etwas gelernt.

„Ja, aber nur anfassen."

Jenna fächelte sich ein wenig Luft zu und versuchte, sich abzukühlen. Wie hatten die Dinge zwischen ihnen so schnell so heiß werden können? Vielleicht färbte Koa Point auf sie ab. Der Ort war eine Hochburg sexueller Aktivität. Sie konnte es an den strahlenden Gesichtern und den verstohlenen, liebevollen Blicken sehen, die jedes der Paare austauschte.

Aber das erklärte die intensive Anziehungskraft nicht, die sie zu Connor verspürt hatte, seit sie sich das erste Mal begegnet waren. Connor war gerade genug *guter Kerl,* um das Herz eines Mädchens zum Schmelzen zu bringen, aber auch genug *böser Junge,* um ihren Puls in die Höhe zu treiben.

Vielleicht ist es Schicksal, flüsterte eine kleine Stimme in ihrem Kopf.

Joeys Augen leuchteten, als er das Trainingsmesser berührte, dass Connor ihm entgegenstreckte. „Kannst du mir auch beibringen, wie man kämpft?"

Noch eine Sekunde zuvor hatte sich Jennas Herz so groß angefühlt, dass es fast nicht in ihre Brust gepasst hätte. Aber jetzt zog es sich spürbar zusammen. Sie kannte dieses wehmütige *Ich will auch erwachsen sein*-Gefühl nur zu gut.

„Ich bin mir nicht sicher, ob deine Mutter das gutheißen würde", murmelte Connor. Joey zog ein langes Gesicht, munterte jedoch wieder auf, als Connor hinzufügte: „Aber ich könnte dir ein paar Drachendinge beibringen."

Der Junge sprang vor Aufregung hoch in die Luft. „Wirklich?"

„Das werden Sie nicht tun." Cynthias Stimme drang durch die Luft, als sie um die Ecke stakste und nach der Hand ihres Sohnes griff.

„Aber Mommy", protestierte Joey niedergeschlagen.

Cynthia funkelte Connor an und ein ganzes Gespräch schien zwischen ihnen hin und her zu schwirren, ohne dass einer von ihnen ein Wort sagte.

Ich werde nicht riskieren, dass meinem Sohn etwas passiert, sagten ihre funkelnden Augen.

Ihm ist nichts passiert und er muss auch mal ein Kind sein dürfen. Connors Augen glühten rot.

Ich entscheide, was das Beste für meinen Sohn ist. Angst zeigte sich in den tiefen Linien auf Cynthias Gesicht – Angst und der unerschütterliche Wille, ihren Sohn zu beschützen.

Der Junge hat eine Pause verdient, sagten die harten Züge auf Connors Gesicht.

Er hatte noch nie so erwachsen und abgekämpft ausgesehen wie in diesem Moment. Jenna berührte seinen Arm, um ihm zu helfen, sein inneres Gleichgewicht wiederzufinden. Die meiste Zeit war er so beständig wie jeder andere Mann, den sie kannte.

Aber hin und wieder erwischte sie ihn dabei, wie er wild auf die eine oder andere Seite kippte. Manchmal auf die Seite der Lust, ein anderes Mal auf die der Wut. Und hin und wieder schien es so, als stünde er vor einem Abgrund. Fest entschlossen, sich bezüglich einer Sache oder vor jemandem zu beweisen.

Als Connor in ihre Richtung blickte, hätte Jenna fast gekeucht. Sein Blick war so wütend, dass seine Seele vom Schmerz kaum verheilter Narben loderte. Aber einen Augenblick später wurde das rote Feuer zu einem weicheren, goldgelben Ton und sie lächelte. Ein echtes Lächeln, denn es hatte funktioniert. Ihre Schwester konnte das gleiche mit Cruz tun – die in ihm aufgestaute Spannung lösen, wann immer ihr Gefährte sich aufregte.

Jenna erstarrte. Gefährte?

Sie blinzelte Connor an und war plötzlich wieder nervös.

„Wir werden jetzt gehen." Cynthia führte Joel fort. „Weißt du, was Chase auf dem Dachboden gefunden hat, mein Schatz? Lego Bausteine. Eine ganze Kiste voll."

Und sofort hatte der Junge wieder gute Laune. „Darf ich mit Dell spielen?"

Cynthia stieß einen Seufzer aus, wie es nur eine überarbeitete Mutter tun konnte. „Sicher. Warum nicht."

Jenna schaute ihnen nach, als sie um die Ecke verschwanden. „Immerhin etwas."

Connor nickte, obwohl er immer noch mürrisch aussah. „Vielleicht wird Dell ihm eine Burg bauen und Ritter gegen Drachen spielen. Das würde Cynthia gefallen."

Er beugte sich seufzend nach vorn, um nach einer Wasserflasche zu greifen. Dabei gewährte er ihr den perfekten Blick auf all die wohltrainierten Muskeln, die sich bei seinen Bewegungen anspannten. Als er sich wieder umdrehte, reichte er ihr die Flasche, aus der er getrunken hatte. Eine winzige Geste der Intimität, wie eine Wiedergutmachung für die Art und Weise, wie sie auseinandergerissen worden waren. Sie trank, ohne ihn aus den Augen zu lassen.

Sein Blick fiel auf ihr Messer, bevor er ihn über den Horizont hinausschweifen ließ, wo sich der Himmel für sein allabendliches Farbenspiel rüstete. Sie stellte sich darauf ein, dass er ihr nun einen Vortrag darüber halten würde, was für eine schlechte Idee dies alles gewesen war.

Aber Connor hielt ihr keinen Vortrag. Er musterte sie von Kopf bis Fuß und sprach stattdessen mit einer vollkommen gleichmäßigen Stimme.

„Morgen. Gleiche Zeit. Bring eine Wasserflasche mit. Passt dir das?"

Sie wippte auf den Fußballen und war versucht, die Arme um ihn zu schlingen. Am Ende verkniff sie sich das jedoch und lächelte nur.

„Mir passt es gut, wenn es für dich auch in Ordnung ist."

Sein Lächeln zog einen seiner Mundwinkel nach oben und senkte den anderen, als wüsste er genau, dass die Antwort *nein* lauten sollte. Aber seine Augen funkelten und er nickte. „Für mich geht es klar."

Jenna hätte ihn am liebsten geküsst, um zu unterstreichen, wie sehr es für sie klar ging. Aber sie erkannte die Gelegenheit, einen geschmeidigen Abgang zu machen, solange sie konnte.

„Also gut. Danke", sagte sie so beiläufig wie möglich. „Dann bis morgen."

Kapitel 14

Connor stand am Rande der Klippe und starrte in den Nachthimmel hinauf. Der Mond war abnehmend, kurz nach Vollmond, und der rechte Rand leicht verblasst, aber er strahlte genauso hell wie in den letzten paar Tagen. Tage, die er damit verbracht hatte, an Jenna zu denken, sie zu begehren und sie sich an seine Seite zu wünschen. Verzweifelt.

Sie hatten ihre Trainingseinheiten zu einer regelmäßigen Angelegenheit gemacht, wobei er ein wenig Zeit aus Cynthias strengem Plan herausschlug. Nichts war so wichtig wie Jennas Sicherheit. Das Problem war, dass es ihm schwerfiel, alles rein geschäftlich zu halten und jede Stunde war eine Mischung aus Himmel und Hölle. Himmel, weil er sie berühren, mit ihr sprechen und ihr in die Augen schauen konnte. Hölle, weil es ihn absolut verrückt machte, ihr so lange so nah zu sein. Seit ihrer ersten Trainingseinheit hatten sie sich mehr als einmal in die Tabuzone verirrt und ihre leidenschaftlichen Küsse zu unterbrechen war jedes Mal eine Qual. Es gelang Jenna, die Unschuld einer Jungfrau mit den Händen einer Frau zu kombinieren, die genau wusste, was sie wollte und wie sie es bekam. Die kleinen Geräusche, die sie machte, wenn sie sich küssten, brachten seinen inneren Drachen zum Brüllen. Jeder Instinkt befahl ihm, sie zu der Seinen zu machen. Aber Joey hatte damit angefangen, sich von Zeit zu Zeit anzuschleichen, um heimlich zuzuschauen. Und das war auch gut so. Joey war die Erinnerung an alles, was Connor beschützen musste – seine Brüder, diesen Clan, die Zukunft. Eine Zukunft, die er komplett versauen würde, wenn er Jenna nicht widerstand.

Also hatte er sich angewöhnt, jede Nacht lange und ausgiebig zu fliegen, um in den wenigen kostbaren Stunden, die ihm zwischen Arbeit und Patrouille zur Verfügung standen, seine schmerzliche Sehnsucht zu stillen.

Er versuchte es zumindest. Nicht immer mit Erfolg. Aber was sollte er sonst tun?

Er krallte seine Zehen über die Kante der Klippe, hob die Arme und sprang. Es war ein Hochgefühl, sich in der Luft zu verwandeln. Ein Nervenkitzel bei diesem letzten Anflug von Leichtsinn, den er sich in diesen Tagen noch gönnte. Die Brandung prallte am Fuß der Klippe gegen die steilen Felsen. *Seine* Klippe, denn er und die Jungs hatten endlich genügend Fortschritte am Haupthaus gemacht, um in ihre eigenen Häuser zu ziehen. Seine Bleibe bedurfte zwar noch einer Menge Arbeit, aber dieser Ort gehörte ganz ihm.

Genau wie Jenna, knurrte sein Drache.

Der Wind heulte in seinen Ohren und peitschte durch sein Haar, als er sich in der Luft verwandelte. Seine Finger dehnten sich unglaublich weit und die kleinen Hautfalten dazwischen wurden zu riesigen, ledrigen Flügeln. Er streckte sein Kinn immer weiter nach vorn, bis sein Drachenhals die volle Länge erreicht hatte. Seine Brustmuskeln wurden breiter und hart. Sie verwandelten sich zu seinem Brustpanzer und die Kammlinie seines Rückens trat hervor.

Manchmal war die Verwandlung eine Qual. An anderen Malen, wenn sein Drache unbedingt frei fliegen wollte, fühlte es sich gut an. Ein kurzes Aufblitzen von weiß glühendem Schmerz, der fast an Vergnügen grenzte, und das war es schon.

Heute Abend war es die letztere Art. Es fühlte sich so gut an. Das Einzige, womit er es gleichsetzen konnte, wäre das Gefühl, sich tief in Jenna zu versenken, wenn er jemals die Chance dazu bekäme.

Ich schwöre, wenn wir das tun, wird sie vor Lust aufschreien und jegliche Selbstkontrolle verlieren, knurrte sein Drache.

Mit einem scharfen Schnippen seines Drachenschwanzes schoss er an der Felswand aufwärts und brüllte. Das war noch etwas, wofür seine Klippe gut war – Geräusche zu dämpfen, sodass kein Mensch sie hören und sich fragen würde, was zum Teufel das war.

Eine Sekunde später schoss er über die Klippenkante hinweg und raste auf die Sterne zu. Jeder Muskel spannte sich an, als er sich nach oben katapultierte und eine enge Drehung nach rechts vollführte. Die Erde glitt unter seinen Flügeln dahin und neigte sich mit seinem Flugwinkel.

Dort entlang, drängte er seinen Drachen.

Das Biest grinste und gehorchte, nicht weil es so gut darin war, Anweisungen zu befolgen, sondern weil es zufällig mit ihm einverstanden war. In dieser Richtung befand sich Jenna, gleich um die Ecke und die Küste hinauf. Er richtete sich gerade aus, um über die Baumkronen hinwegzufliegen und ließ sich von den höchsten Bäumen am Bauch kitzeln.

Der Gästebungalow, in dem Jenna wohnte, lag so versteckt zwischen den Palmen, dass er kaum zu erkennen war. Also hielt Connor die Augen weit offen. Und *zack!* Da war es, das Strohdach blitzte unter ihm auf. Natürlich war es nicht das Dach, was sein Blut in Wallungen brachte. Es war das Wissen, dass Jenna dort drinnen schlief und dass er sie beschützte. Er streckte seinen langen Hals, um den Nervenkitzel in die Länge zu ziehen, und sandte dann einen kleinen Feuerstoß in die Nacht.

Pass auf, du Angeber, sagte er zu seinem Drachen. *Sie ist immer noch misstrauisch gegenüber Drachen.*

Seine animalische Seite schnaubte. *Ja richtig. Deshalb hat sie mich auch geküsst.*

Nein, sie hat mich geküsst, beharrte er.

Er erlaubte sich noch einen Schwenker über ihr Dach – *wusch!* – und drehte dann eine Runde über das Anwesen. Er entdeckte zwei schwerfällige Schatten – Hunter und Dawn, die Bärengestaltwandler von Koa Point. Der zielstrebigen Art nach zu urteilen, mit der sie sich bewegten, waren sie auf Patrouille. Ihre Körper berührten sich, als sie Seite an Seite dahinschritten und leise im Wald verschwanden. Kai, der auf dem Balkon seines Hauses an der Klippe saß und die Aussicht genoss, winkte ihm träge zu. Tessa kam heraus und winkte ebenfalls, umarmte Kai dann von hinten und zog ihn mit einem neckischen Lächeln ins Haus. Einen Moment später gingen die Lichter aus und Connor wandte sich ab.

Abgesehen vom Schrei eines Babys, das schnell besänftigt wurde, war alles ruhig auf dem Anwesen. Nicht nur ruhig, sondern zufrieden. Alle diese Gestaltwandler hatten sich glücklich mit ihren Gefährtinnen niedergelassen. Sie lebten ihre Leben weiter und genossen jede Minute eines jeden Tages.

Er schwenkte übers Meer hinaus und fragte sich, ob er und seine Brüder jemals diesen Zustand erreichen würden. Manchmal schien es unmöglich. Manchmal dachte er an Jenna und seine Hoffnung stieg.

Er folgte der zentralen Linie des Mondlichts, die sich mit jeder wogenden Meereswelle hob und senkte. Dann schnippte er die Spitze seines rechten Flügels nach oben, um nach Süden abzubiegen und in einem Kilometer Entfernung parallel zur Küste entlangzufliegen. Eine sichere Entfernung, um nicht von den frisch verheirateten Pärchen gesehen zu werden, die an den Stränden von Kaanapali die Sterne beobachten könnten. Er kniff die Augen zusammen und starrte auf eine Reihe schwankender Punkte vor ihm – die Ankerplätze vor Lahaina. Draigs Megajacht lag immer noch dort vor Anker und es war höchste Zeit, ihm einen Besuch abzustatten. Einen Besuch im Drachenstil.

Sicher. Ein Besuch. Sollen wir mit ihm Tee trinken? knurrte sein Drache.

Er schnaubte. Draig würde nur für namenhafte Gäste wie Kai einen roten Teppich ausrollen, aber es war trotzdem gut, nur für alle Fälle einmal vorbeizuschauen. Der alte Kauz hatte das Zeitlimit fast erreicht, das Kai für seinen Aufenthalt auf Maui gesetzt hatte. Draig hatte nach Herzenslust gegessen, getrunken und gegolft, sodass er nun jeden Tag abreisen sollte.

Das dachte Connor zumindest. Aber dort lag die Megajacht, beleuchtet wie ein Weihnachtsbaum, am äußeren Rand der Liegeplätze und sah nicht so aus, als würde sie so schnell irgendwo hin verschwinden.

Connor schnaubte, als er mit dem Bauch den Wellen nah über das Wasser raste. Was war es nur, das wohlhabende Leute dazu brachte, ihren Reichtum zur Schau stellen zu müssen? Die Luxusjacht war nicht nur vom Bug bis zum Heck hin beleuchtet; Scheinwerfer strahlten außerdem den Hubschrauber aus vier Richtungen an und Unterwasserscheinwerfer leuchteten rund um die Wasserlinie des Schiffes. Selbst in seinen wildesten Träumen hätte sich Connor niemals diese Art von Reichtum gewünscht. Das einfache Leben schien so viel besser zu sein.

Einfachheit und Jenna, warf sein Drache ein.

Er lächelte zurück in die Richtung von Koa Point und runzelte dann die Stirn, als er sich an Draigs Vorliebe für hübsche Mädchen und Antons aufgeblasene Tiraden erinnerte.

Es ist nicht einmal dein Revier, hatte der kleine Scheißer gesagt. *Es gehört den Llewellyns. Für den Moment.*

Connor starrte die Jacht mit gerunzelter Stirn an. Anton war nach Hause geschickt worden, aber seine Worte waren hängengeblieben. Könnte Draig etwas im Schilde führen oder hatte dieser arrogante, junge Drache nur große Töne gespuckt?

Eine Sekunde später verwarf er den Gedanken auf dieselbe Weise, wie Kai es getan hatte, als sie nach dem Zwischenfall mit Anton eine Nachbesprechung geführt hatten. Draig war ein alter Drache, der sich dem Ende einer langen und glanzvollen Karriere näherte. Er war bereits steinreich und würde auf gar keinen Fall seinen Ruf riskieren, indem er auf Maui Unruhe stiftete.

Außerdem, so hatte Kai gesagt, *ist er ein alter Freund der Familie. Er hat meinen Onkel hier immer besucht.*

Connor verzog die Augenbrauen, während er die Motorjacht noch einmal umkreiste. Okay, Draig war also ein arroganter, alter Bastard. Das war nicht gerade ein Verbrechen.

Lass uns ihn erschrecken. Connors Drache grinste. *Direkt über das Oberdeck zischen und die Gin-Flaschen in der Bar zum Klirren bringen.*

Einen Moment lang grinste Connor auch. Aber er fing sich im letzten Moment und umrundete die Jacht stattdessen.

Keine Streiche. Kein Unfug. Kein Ärger, bellte er seine andere Hälfte an.

Kein Spaß, murmelte sein Drache.

Trotzdem neigte er seinen rechten Flügel fast senkrecht zum Meer hinunter und drehte eine volle Runde um die Megajacht.

Nicht nah genug, um Draig Grund zur Beschwerde zu geben, aber dicht genug, um seine Botschaft deutlich zu machen.

Wir behalten dich im Auge, verehrter Gast.

Es gab keinen Grund, ein Geheimnis aus seiner Überwachung zu machen. Je offensichtlicher desto besser. Draig würde erkennen, dass die Gestaltwandler von Koa Point es ernst damit meinten, ihr Revier genau im Auge zu behalten. Noch besser wäre es, wenn Draig andere Gestaltwandler wissen ließ, dass Maui kein Ort war, an dem man unangemeldet vorbeischaute.

Connor vollendete seinen ersten Kreis, flog eine enge Kurve und wiederholte das Manöver auf seiner linken Flügelspitze. Er gab ein wenig an, denn so lange in einem solch engen Winkel zu gleiten, war ein Trick, den nicht viele Drachen beherrschten. Er hielt den Atem an und versuchte, den vollen Kreis ohne einen einzigen Flügelschlag zu vollenden. Dann atmete er aus und gewann an Höhe, wobei er die Fahne, die am Heckmast hing, mit seinem Rückstoß aufwirbelte.

Er wünschte sich fast, Draig würde herausstürmen und eine Faust in die Luft reißen. Oder besser noch, sich in Drachenform verwandeln und kämpfen. Aber kein Licht ging an und niemand rührte sich an Bord. Connor glitt leise dahin und lauschte. Normalerweise konnte er einen anderen Drachengestaltwandler in der Nähe spüren und ein älterer, mächtiger Drache wie Draig würde seine Anwesenheit schon aus kilometerweiter Entfernung bemerkbar machen. Aber es war fast so, als ob niemand in der Nähe war.

Connor spähte durch die Dunkelheit und studierte die Jacht von oben. Die Winde des Nachmittags waren schon längst der schwachen Brise der Nacht gewichen und die Jacht trieb in friedlichen Kreisen um ihre Ankerstelle. Der Hubschrauber war sicher gelandet und das sechs Meter lange Beiboot, das Draigs Crew benutzte, um ihn an Land zu bringen, war für die Nacht sicher festgemacht. Bis jetzt war der ältere Drache jeden Nachmittag pünktlich zu seiner Jacht zurückgekehrt. Keine Ausschweifungen in Kneipen von Lahaina, keine ausgiebigen Partynächte.

Was alles gut war. Aber die Jacht war heute Abend fast *zu* ruhig.

Connor umrundete sie und versuchte, herauszufinden, was vor sich ging. Könnte Draig eingeschlafen sein? Hatte er vielleicht irgendwie drachensichere Wände?

Er faltete seine Flügel zusammen und schraubte sich in langen, langsamen Spiralen nach unten, wobei er das Schiff von allen Seiten musterte. Die Lichter im Salon, in dem Draig Kai empfangen hatte, waren eingeschaltet und ein paar weitere Lichter brannten über den Rumpf verteilt. Aber die Fenster waren alle getönt und er nahm keinerlei Bewegung an Bord war.

Dann blitzte etwas vom Heck her auf. Etwas Großes. Connor drehte sich um, aber es war zu spät, um zu erkennen, was es gewesen war. Er sah jedoch die lange Linie von Phosphoreszenz, die aufgewirbelt worden war.

Delfine? Ein Wal? Er glitt hinunter, um es sich genauer anzusehen. Wie die meisten Drachen wusste er alles über die Luft: Seitenwinde, thermische Aufwinde, Luftwiderstand und Gleitwinkel. Aber Wasser? Das war nicht seine Spezialität.

Könnte Draig ein eigenes U-Boot haben? fragte sein Drache.

Connor hätte fast geschnaubt, aber wer wusste es schon? Ein so reicher Mann wie Draig konnte jede Menge Spielzeuge besitzen.

Das Wasser am Bug des Schiffes schoss aufwärts. Connor wirbelte herum und konnte gerade noch eine lange, schlanke Form ausmachen, bevor sie in der Tiefe verschwand. Funken von Phosphoreszenz strahlten durch einen Wirbel von Luftblasen, als etwas um die Ankerleine kreiste und dann außer Sichtweite verschwand.

Im Sturzflug schoss Connor zur Oberfläche hinunter und kämpfte gegen den Drang an, Feuer zu speien. Aber es gab kein Ziel, keinen Bösewicht. Nicht die geringste Spur der Kreatur, die ihn kurz zuvor erschreckt hatte.

Er kreiste noch ein paarmal umher und beobachtete die Oberfläche des glitzernden Meeres. Das flache Wasser, das Maui umgab, mochte tagsüber glasklar sein, aber nachts war es rabenschwarz und außer ein paar weiteren Blitzen – manche von ihnen so lang wie eine Schlange, andere so klein wie eine Schildkröte – konnte Connor nichts erkennen. Selbst diese Blitze verrieten nicht viel, denn Phosphoreszenz konnte von vielem ausgelöst werden – sogar von einem Schwarm Fische.

Aber was auch immer dieses Aufspritzen verursacht hatte, war wesentlich größer gewesen als ein Fischschwarm. Viel unheimlicher. Er drehte noch eine enge Runde um die Megajacht, stieg dann höher auf und verbrachte eine gute Viertelstunde damit, die Gegend abzusuchen. Was war das gewesen?

Wir sind auf Hawaii, stellte sein Drache fest. *Es hätte alles Mögliche sein können. Ein Hai. Delfin. Vielleicht sogar ein Wal.*

Er dachte darüber nach. Gab es nicht Wale, die vor Maui ihr Paarungsrevier hatten?

Wie dem auch sei. Was soll der alte Kauz denn schon anstellen? Wahrscheinlich schläft er gerade oder sitzt unten in seinem Frachtraum und zählt sein Geld.

Connor verzog das Gesicht. Er würde gern genau wissen, was Draig vorhatte, aber sein Drache hatte wahrscheinlich recht. Der alte Kerl hatte in den letzten zehn Tagen auch keinen Ärger gemacht. Würde er jetzt wirklich damit anfangen?

Langsam segelte Connor über das offene Meer hinaus, bevor er zurückkreiste und die Gegend noch einmal studierte. Dann flog er unruhig davon.

Wie dem auch sei, wir müssen sowieso nach Jenna sehen, sagte sein Drache, streckte seinen Hals ein wenig mehr und beschleunigte das Tempo.

Connor stöhnte. Wann würde es sein Drache endlich verstehen? Er musste nach dem Anwesen sehen und nicht nach Jenna.

Jenna, spie sein Drache zurück. *Nur nach Jenna.*

Wir können Jenna nicht haben, versuchte er einzuwerfen.

Es ist Schicksal, knurrte sein Drache.

Schicksal? Connor starrte finster zum Mond hinauf, während er weiterflog. Wer wusste schon, welche Tricks das Schicksal aus dem Ärmel schütteln würde?

Er krümmte den Hals und warf einen Blick zurück auf Draigs Jacht. Dann flog er weiter in die Richtung des Ortes, der nun sein Zuhause war. In Jennas Richtung.

Und dieses Mal war es der Mond und nicht sein Drache, der murmelte:

Dem Schicksal entgegen.

Kapitel 15

„Nein!" Jenna schlug nach ihrem Angreifer und sprang zurück. Ein Gesicht, wie das aus dem Vampirbuch, bäumte sich in der Nacht auf. Die Reißzähne blitzten weiß in der Dunkelheit. Starke Hände hielten sie fest und zwangen ihren Kopf zurück.

Ah, mein Liebling. Lass mich dich schmecken. Lass mich dein Blut trinken.

Sie zappelte und schrie und stieß den Vampir von sich fort. Aber irgendwie konnte sie sich nicht bewegen. Ihr Körper war wie erstarrt und ihre Stimme versagte.

Nein! Nein!

Ganz egal, wie sehr sie um sich schlug oder schrie, ihr Körper wollte ihr nicht gehorchen. Der Vampir lachte und leckte sich über die Lippen.

Meerjungfrauenblut. Wenn es so gut schmeckt, wie man sagt, werde ich dich am Leben lassen müssen. Dann riss er den Mund auf und enthüllte riesige, weiße Reißzähne.

„Nein!"

Sie blinzelte, plötzlich wach. Verschwitzt. Verängstigt. Sie kroch auf ihrem Bett zurück, warf das Kissen beiseite und griff nach ihrem Messer.

Lass mich in Ruhe, wollte sie schreien, aber es war niemand da. Nur der Schatten ihres Traumes, der leise lachte, und die Umrisse der Muscheln, die sie auf die Kommode gelegt hatte. Sie saß eine ganze Minute lang regungslos da, rang nach Luft und versuchte, sich zu beruhigen.

„Verdammt noch mal." Sie würde vorm Schlafengehen nie wieder Bücher über Vampire lesen.

Dann ging sie zur Tür und schaute hinaus auf den Strand. Auch dort war niemand zu sehen und nichts erschien ungewöhnlich. All die schlimmen Bilder waren nur in ihrem Kopf gewesen. Mit einer Grimasse schaute sie in die Richtung ihres Handys, das immer noch auf dem Nachttisch lag. Ein Teil der Schuld lag darin, dass sie am Abend zuvor eine weitere SMS erhalten hatte.

Meine Geduld geht dem Ende zu, mein Liebling. Wirst du zu mir kommen oder soll ich dich holen?

Sie hatte schon beim Lesen gezittert.

Abendessen, Donnerstagabend, hatte in einer zweiten Kurznachricht gestanden, als hätte sich der Verrückte seine eigene Frage beantwortet. *Als Zeichen meiner Großzügigkeit erlaube ich dir, Zeit und Ort unseres Treffens zu bestimmen. Packe leicht für dein neues Leben, mein Liebling. Ich werde dir alles geben, was dein Herz begehrt, so wie du mir alles geben sollst, was ich begehre.*

Jenna starrte auf ihr Handy, als hätte es diese verrückte Nachricht selbst verfasst und blickte aufs Meer hinaus. Der kleinste Hauch von Rosa kroch über den morgendlichen Himmel und breitete sich langsam aus.

„Verdammt noch mal." Es würde ihr auf gar keinen Fall gelingen, nach diesem Albtraum wieder einzuschlafen. Also zog sie sich einen Bikini und ein Strandkleid an, schnallte sich ihr Messer an die Wade und ging den Strand hinunter. Zuerst wütend, aber je mehr sie sich auf die Anblicke und Gerüche der erwachenden Insel einließ, desto ruhiger wurde sie. Die Brandung zu ihrer Rechten gab einen gleichmäßigen Rhythmus vor, während sich in der Richtung des Sonnenaufgangs zu ihrer Linken Licht und Wärme ausbreiteten. Tautropfen funkelten wie Diamanten auf riesigen Blättern und die Vögel fingen an, ihre Morgenlieder zu zwitschern. Koa Point war ein Garten Eden und sie war die einzige Bewohnerin. Warum also hatte sie das Gefühl, als verstecke sich dort draußen eine Schlange, die bereit war, zuzubeißen?

Sie zwang sich, mit den Armen zu schwingen, anstatt sich selbst damit zu umklammern, während sie weiterging.

Alles ist in Ordnung, schien das Universum zu singen. *Alles wird gut. Siehst du, wie schön der Sonnenaufgang ist?*

Jeder Atemzug der frischen Luft und jeder zusätzliche Sonnenstrahl half ihr, diese Worte zu verinnerlichen. Sie hielt inne und versuchte, vernünftig nachzudenken.

Die Nachrichten des Stalkers wurden immer beängstigender, wenn auch nicht konkreter. Bluffte der Mann oder kam er wirklich näher? Die Vorstellung, Jody und Cruz die SMS zu zeigen, gefiel ihr überhaupt nicht, aber welche Wahl hatte sie denn? Andererseits hatte sie keine kleinen Geschenke erhalten, weder im Gästehaus noch in Teddy Akoas Surfladen. Vielleicht bedeutete das, dass der Stalker nicht wusste, wo sie sich aufhielt.

Trotzdem war die Nachricht ziemlich unheimlich. Sie wandte sich unentschlossen erst in die eine und dann in die andere Richtung. Jody und Cruz würden wahrscheinlich ausflippen, wenn sie ihnen davon erzählen würde. Sie starrte in den dämmrigen Himmel und versuchte, nicht nach Süden zu schauen, wo eine zweite Möglichkeit lag. Connor. Sie könnte Connor fragen. Vielleicht wusste er, wie ernst man anonyme Kurznachrichten nehmen musste.

Andererseits war ihr Stalker nicht Connors Problem und er schien schon genügend eigene Sorgen zu haben. Wollte sie ihn wirklich mit einer weiteren belasten?

Sie schaute zu den letzten schwachen Sternen hinauf und wollte am liebsten schreien: *Was soll ich tun?*

Aber sie hatten keinen Rat, sondern funkelten nur und erinnerten sie daran, dass diese Sterne Millionen von Lichtjahren weit weg waren. Connor hingegen war nur einen kurzen Spaziergang an der Küste entlang entfernt.

Sie dachte noch einen Augenblick darüber nach, bevor sie sich sagte, dass sie sich unterwegs entscheiden würde, was sie tun wollte. Mit langsamen, nachdenklichen Schritten bahnte sie sich ihren Weg über die felsige Landzunge, die die Grenze der beiden Grundstücke markierte. Ein paar Minuten später tauchte sie auf dem winzigen Sandfleck auf, der den Strand von Koakea bildete. Dort hockte sie sich unschlüssig auf einen Felsen. Der Ozean blieb eine glitzernde, blaue Weite ohne Antworten und ihr Wunsch nach einer einfachen Lösung wurde über den scharfen Klippen zerschlagen, die sich am nächsten Küstenabschnitt erhoben.

Eine Möwe schrie und verschwand über den Klippen. Irgendwo dort oben lebte Connor; er war kürzlich aus dem Plantagenhaus in seine eigene Unterkunft gezogen. Ein Ort, an den er sie noch nicht eingeladen hatte, also...

Sie neigte ihr Kinn zu ihrer Brust und starrte auf ihre Füße. Vielleicht hatte sie sich nur eingebildet, dass da mehr zwischen ihnen war, als wirklich existierte. Und die Kurznachrichten – könnte die Gefahr auch ein Produkt ihrer Einbildung sein?

Sie zog sich das Strandkleid aus und ging zum Rand des Wassers, wo sie bei der ersten kühlen Berührung quietschte.

„Weichei", murmelte sie und zwang sich knietief ins Wasser. Das Wasser war nicht kalt. Es war nur ihre Angst, die alles schlimmer erscheinen ließ.

Sie stand ganz still da und spielte mit den Händen über die Wasseroberfläche, während sie nachdachte. Sie fragte sich, was sie tun sollte.

„Oh!", quietschte sie, als ein Fisch ein paar Meter entfernt an die Oberfläche spritzte.

Ein kurzer, silberner Blitz und schon war er verschwunden. Er hinterließ einen Kreis sich kräuselnder Wellen. Wellen, die sich immer weiter ausbreiteten, während ihr Blick in der Mitte verharrte, weil dort ein funkelndes *Etwas* zurückblieb. War es das, was sie zuvor gesehen hatte?

Aus einem Blickwinkel sah sie einen goldenen Schimmer. Aus einem anderen war es ein Schimmer von Alabaster, der kaum aus einem Berg Seetang hervorschaute. Wenn sie ihren Kopf jedoch noch mehr neigte, verschwand es ganz.

Mit einer Reihe zögerlicher Schritte watete sie ein wenig tiefer hinein und versuchte dabei, den glänzenden Punkt im Blick zu halten. Aber er neckte sie und spielte genau wie zuvor unter der schimmernden Wasserlinie Verstecken.

Jenna hob ihre Hände, um ihre Augen abzuschirmen, und hielt ihr Gesicht so tief, dass eine Welle Wasser an ihre Nase spritzte.

„Ich sehe dich", flüsterte sie dem schimmernden Etwas zu.

Aber was war es? War es dasselbe Ding, das ihr ein paar Tage zuvor ins Auge gefallen war oder etwas anderes?

„Das lässt sich leicht herausfinden", murmelte sie. Sie musste nur eintauchen.

Wasser war immer ihre Zuflucht gewesen, ihr privater Ort. Eine ruhigere Unterwelt, in der ihre Gedanken und Fantasie frei schweifen konnten. Und einen Streifen Wasser für sich zu haben, während die Sonne aufging, war ein seltenes Vergnügen. Sie watete einen Schritt tiefer hinein, holte tief Luft und tauchte ab. So froh, ihre Sorgen hinter sich zu lassen. Das geheimnisvolle *Etwas* glitzerte erneut und sie fing an, sich darauf zuzubewegen. Aber unter Wasser zu tauchen veränderte den Winkel des Lichts und sie verlor ihr Ziel aus den Augen. Jedes Mal, wenn sie an die Oberfläche kam, schien das glänzende Objekt nur eine Armlänge entfernt zu sein. Sobald sie untertauchte, versteckte es sich zwischen den Steinen und Kieseln inmitten des uralten Fischteiches.

Nun, gut. Was kümmerte es sie überhaupt? Eine Meeresschildkröte spähte um die eingestürzte Ecke der Felswand, also schwamm sie hinüber und folgte ihr ins offene Meer hinaus. Dort draußen grasten mehrere weitere Schildkröten und sie beobachtete sie. Endlich hatte sie das Gefühl, dass die elende Nacht vorbei war und ein guter Tag begonnen hatte. Die Schildkröten waren langsam und schwerfällig, aber gleichzeitig majestätisch. Sie vergaß fast, von Zeit zu Zeit Luft zu schnappen. Dann strampelte sie im Wasser umher und paddelte in einem langsamen Kreis, um die Schönheit ihrer Umgebung in sich aufzunehmen. Die aufgehende Sonne. Die smaragdgrünen Berge von West Maui. Der kleine goldene Sandstrand. Der reine blaue Himmel.

Sie hielt inne, als ihr Blick auf Connors Klippe fiel. Lag er noch im Bett? War er die ganze Nacht wach gewesen?

Ihr Körper wurde warm, als sie sich an das letzte Mal erinnerte, als sie sich berührt hatten. Aber diese Gedanken schürten nur ihr Verlangen nach ihm, also drehte sie sich noch einmal um und tauchte ab. Sie blendete die Außenwelt aus und versank in die ruhigere Unterwasserwelt. Die nächste Schildkröte war nur ein paar Meter entfernt und paddelte mit trägen

Bewegungen ihrer Füße dahin.

Für ein paar weitere Sekunden blieb die Szene idyllisch und ruhig. Doch dann wirbelte die Schildkröte plötzlich herum, schoss zu einer Seite und schwamm um ihr Leben. Auch die anderen Schildkröten verschwanden blitzschnell aus ihrem Blickfeld und versteckten sich. Ein ganzer Schwarm winziger silberner Fische änderte die Richtung und sauste davon. Ein Papageienfisch rauschte vorbei, dessen hervorstehende Augen ihr sagten, sie sollte sich ebenfalls in Sicherheit bringen.

Jenna paddelte rückwärts und suchte das Wasser nach einem Anzeichen ab, was sie alle verscheucht haben könnte. Dann tauchte sie auf und schaute sich um.

Eine Möwe schwebte träge über dem Wasser in der Nähe, aber eine Sekunde später hastete auch sie davon.

„Was zum...“

Es gab keinen Grund zur Panik, nur einen unerklärlichen Drang zu fliehen. Als die Titelmusik von „Der weiße Hai“ in ihrem Kopf ablief, wandte sie sich wieder dem Ufer zu. Es kostete sie alle Kraft, in langsamen, gleichmäßigen Zügen zu schwimmen. Wenn es sich um einen lauernden Hai handelte, würden schnelle Bewegungen ihn nur anlocken.

Bei ihrem nächsten Schwimmzug spähte sie über ihre Schulter, entdeckte jedoch nichts. Zumindest nicht an der Oberfläche. Das Gefühl des Unbehagens nahm jedoch zu und in ihrem Kopf blinkten rote Alarmsignale auf, die ihr befahlen, schnellstmöglich das Wasser zu verlassen.

Sie kraulte immer schneller, während sie sich vorstellte, wie ein Raubtier der hohen See sie von hinten biss. Ein Hai? Ein Killerwal? Sie wollte sich nicht vorstellen, was es sein könnte. Als sie den Schildkröten gefolgt war, war sie einige Meter hinausgeschwommen und in ihren Gedanken dehnte sich diese Entfernung nun zu einem Kilometer aus.

Ruhige Züge, befahl sie sich selbst. *Immer mit der Ruhe.*

Aber ihre Instinkte brüllten immer lauter. *Verschwinde von hier! Sofort!*

Als sie um die Ecke des felsigen Teiches schwamm, verflüchtigte sich ihre Panik noch immer nicht. Wenn überhaupt, nahm sie noch zu, als sie im Eiltempo in Richtung Ufer kraulte.

„Jenna!“

Noch während ihre Arme mit voller Geschwindigkeit herumwirbelten, entdeckte sie Connor, der den Strand hinunterstürmte. Ihre Fantasie ging mit ihr durch und sie stellte sich die Szene aus seiner Sicht vor. Sah er sie vielleicht direkt vor einer riesigen Flosse schwimmen? Öffnete sich bereits ein kolossaler Kiefer, der bereit war, sie als Mahlzeit unter Wasser zu ziehen?

Als sie das nächste Mal aufschaute, war das Ufer nur noch wenige Meter entfernt. Ihre Panik musste sich gezeigt haben, denn Connor stürmte ins Wasser, dass es nur so spritzte, und rief nach ihr.

„Jenna!“

War das Wasser in ihren Ohren oder war seine Stimme gedämpft. Auch die Umrisse seines Körpers waren verzerrt. War Connor wirklich so lang? So groß? Er hob die Arme und seine Schritte wurden kürzer. Sein Hals streckte und dehnte sich und...

Jenna hielt mitten im Schwimmzug inne, denn das war nicht mehr nur Connor, der auf sie zuraste. Es war ein grünlichbrauner Drache, der sich über das Wasser erhob und mit weit aufgerissenem Maul direkt auf sie zusteuerte.

Sie tauchte, duckte sich vor dem Griff seiner ausgestreckten Klauen und trieb sich selbst in Richtung Strand. Der Luftdruck über ihrem Rücken stieg und ein dumpfes Rauschen ertönte über ihr. Jenna verlor jeglichen Orientierungssinn, bis ihre Handflächen über Kieselsteine rutschten. Als ihre Füße den Boden berührten, kroch sie schnellstmöglich durchs Flachwasser und warf sich am Ufer in den Sand. Selbst dort krabbelte sie rückwärts weiter und starrte ängstlich aufs Wasser hinaus.

„Connor?“, flüsterte sie und sah zu, wie der riesige Drache über das Meer hinaus raste. Er war nur wenige Zentimeter von der Wasseroberfläche entfernt.

War er das wirklich? Was machte er da?

Das Blau auf Blau von Himmel und Meer wurde von einem Brüllen und einem Feuerball unterbrochen.

Jenna fiel auf ihren Hintern zurück und war absolut nicht in der Lage, einen zusammenhängenden Gedanken zu fassen ...

Connor ... Drache ... Feuer...

Sie starrte die Wasseroberfläche mit zusammengekniffenen Augen an, konnte aber nichts erkennen. Der Drache kreiste und schaute nach unten. Wütende Funken sprühten aus dem Maul der Kreatur, als er sich in eine Richtung nach der anderen drehte. Was jagte er? Nur einen Schatten oder einen echten Feind?

Jenna hielt den Atem an und erwartete halb, dass ein riesiger Tintenfisch aus den Tiefen auftauchen, seine Tentakel um den Drachen schlingen und ihn unter Wasser ziehen würde. Aber die Oberfläche war bis auf winzige, vom Wind verursachte Wellen ungebrochen und gab keinen Hinweis auf die Geheimnisse, die darunter verborgen lagen.

Ihre Brust hob sich, als sie versuchte, Luft zu holen. Aber einen Augenblick später schrie sie auf. „Nein!"

Der Drache kann direkt auf sie zu. Sie duckte sich und schützte ihren Kopf. Selbst als er gute vier Meter über ihr hinwegflog, fühlte sich das immer noch zu nah an.

Wie gebannt sah sie zu, als der Drache auf der buschigen Landzunge landete, die zum Strand hinunterführte. Er faltete seine Flügel ordentlich zusammen, schnippte mit dem Drachenschwanz und schüttelte den Kopf, ganz ähnlich wie ein Hund es tun würde. Als er sich umdrehte und sie ansah, wäre sie fast weggelaufen. Aber dann blickte sie in seine Augen – leuchtende, jadefarbene Augen – und ihr Puls raste nun in einem ganz neuen Rhythmus.

Ganz langsam rappelte sie sich auf die Beine und schwankte ein wenig. Dort drin steckte immer noch Connor, nicht wahr? Oder vergaß er, wer er war – und wer seine Freunde waren – wenn er seiner Drachenseite nachgab?

„Connor...?" Sie wollte rufen, aber ihre Stimme kam nur als Flüstern heraus. Stille folgte.

Er sah ihr die ganze Zeit in die Augen, während er sich in seine menschliche Form zurückverwandelte, und sie war so fasziniert davon, dass der Rest verschwamm.

„Jenna." Seine Stimme klang knurrend, als er auf sie zulief. In dem Augenblick, in dem er sie erreichte, packte er sie bei den Schultern und zog sie vom Wasser weg. „Geht es dir gut?"

„Ja." Mit den Händen strich sie über seine Arme, die Schultern und seine Brust, um sich zu vergewissern, dass er es wirklich war. Die gepanzerten Platten der Drachenbrust waren jetzt zu den Wölbungen seines Oberkörpers geworden. Die Muskeln seiner Arme – sehnig an manchen Stellen und kräftig an anderen – hatten alle ihr Gegenstück in seinen Drachenflügeln. Und seine Augen waren genau dieselben. Atemberaubend. Faszinierend. Ein tiefes, seelenvolles Grün.

„Ähm...", begann sie und gab dann auf. Sie umarmte ihn heftig und schloss die Augen, denn seine warme Berührung spendete ihr Trost. Er schlang seine Arme ebenso fest um sie. So als wäre sie nicht die Einzige hier, die nie wieder loslassen wollte.

Sie hatte keine Ahnung, wie lange sie dort ineinander verschlungen standen. Nur dass sich ihre Brust irgendwann mit einem zittrigen Seufzer hob. Sie drückte ihre Wange an seinen Oberkörper und blieb ganz nah bei ihm, während sie noch auf das Wasser hinaus starrte.

„Hast du gesehen, was es war?"

Connor schüttelte langsam den Kopf. „Ich habe gar nichts gesehen."

Sie runzelte die Stirn. „Ich habe es auch nicht gesehen, aber..."

„Aber du hast etwas gespürt", sagte Connor.

Sie nickte. „Ja. Ich habe es einfach gespürt. Etwas kam direkt auf mich zu."

Sie drehten sich beide um und blickten über die Wasseroberfläche. Aber so sehr sie auch suchte, konnte sie doch keine Spur von irgendetwas Ungewöhnlichem finden.

„Vielleicht ein Hai?" Ihre Stimme zitterte ein wenig.

„Ich habe keine Flosse gesehen." Seine Stimme war fest und das Glühen seiner Augen wechselte zwischen der Farbe eines beruhigenden Malachits und einem wütenden, kühlen Grün hin und her – je nachdem, ob er sie oder das Wasser ansah. Er runzelte besorgt die Stirn, als er sie abtastete. „Bist du dir sicher, dass es dir gut geht?"

Ihre Gliedmaßen zitterten. Ihr Herz schlug wie wild. Sie riss die Augen so weit auf, dass sie schmerzten. Aber abgesehen von ein paar Korallenkratzern ging es ihr gut.

„Es geht mir gut.“

Was eine Untertreibung war, denn wow. Connor war noch vor einer Minute ein Drache gewesen. Alles, was nun von seinem Geheimnis übrig blieb, war der lange, verwirbelte Drache, der auf seinen rechten Arm tätowiert war.

Ein Wassertropfen rann von ihrem nassen Haar hinab und lief langsam über seine Brust hinunter. Sie schluckte schwer und versuchte, sich ihn nicht von oben bis unten völlig nass vorzustellen, wie einen ... einen...

Das Wort wollte ihr einen Augenblick lang nicht einfallen, wurde dann aber plötzlich klar. *Wie ein Wassermann.*

Ohne nachzudenken, drückte sie ihre Hand auf seine Brust und spürte, dass sein Herz genauso heftig schlug wie ihr eigenes. Sie konnte es sich nicht verkneifen, ihren Blick an seinem Körper auf und ab wandern zu lassen und...

„Oh.“ Sie errötete und schaute schnell auf. Definitiv kein Wassermann. Nur hundertprozentig, steinharter, splitternackter Mann.

Er grinste. „Nebeneffekt der Verwandlung, tut mir leid.“

Der Hitze nach zu urteilen, die sie darin spürte, mussten ihre Wangen rot glühen. Nicht dass sie einen schüchternen Schritt zurückgetreten wäre oder sich abgewandt hätte. Sie blieb genau dort stehen, wo sie war, und ließ ihre Hand zu seiner Hüfte wandern.

„Nichts was dir leidtun müsste, außer vielleicht, dass du direkt über meinen Kopf hinweggezischt bist. Eine kleine Vorwarnung beim nächsten Mal, okay?“

Sein Lächeln war das Schönste, was sie an diesem Morgen gesehen hatte. Es stellte sogar das Meer, die zerklüfteten Berge und den perfekten Himmel von Maui in den Schatten.

„Ich werde mein Bestes versuchen.“ Seine Stimme wurde ganz heiser und nach einem Augenblick verwandelte sich sein Grinsen in einen intensiven Blick, der direkt auf ihre Lippen gerichtet war.

Ihre Brust hob sich mit ihren nächsten Atemzügen. Sie beugte sich näher zu ihm, neigte den Kopf und schloss halb die Augen, als ihr Atem stockte.

Küss' mich, wollte sie betteln. *Küss' mich.*

Connors Augen bettelten ebenfalls. Was ungewöhnlich war, denn er übernahm bei allem, was er tat, sonst stets entschlossen die Führung. Aber über ihrem Kopf schien ein unsichtbares Schild zu schweben, auf dem *Tabu* geschrieben stand.

„Wenn ich dich begehre und du mich begehrst..." Sie verstummte dann und zweifelte plötzlich an sich selbst.

„Ich begehre dich, das kannst du mir glauben."

„Was ist dann das Problem?"

Er schnaubte und warf einen kritischen Blick über seine Schulter. „Mit Gestaltwandlern gibt es immer ein Problem. Ungeschriebene Regeln."

Sie berührte sein Gesicht und drehte es wieder zu ihrem um. „Nun, weißt du was?"

Ein winziges Grinsen breitete sich auf seinem frustrierten Gesicht aus. „Was?"

„Ich schreibe sie um."

Sie küsste ihn, genauso tief und intensiv, wie er sie in der Nacht in ihrem Bungalow das erste Mal geküsst hatte. Innerhalb von Sekunden stand ihr Körper in Flammen. Das Verlangen war so intensiv, dass es weit über normale menschliche Erregung hinausging. Hatten alle Gestaltwandler diesen Effekt oder war das Schicksal? Sie hatte Schwierigkeiten, gleichzeitig zu küssen und zu denken. Vor wenigen Augenblicken hatte sie noch Angst gehabt. Jetzt flutete rohe, sinnliche Energie durch ihre Adern. Er nahm sie mit seinen Lippen in Besitz und sie schmeckte ihn in ihrem Mund, als würde er sie mit einem entschlossenen *Meins!* markieren.

Ihre Gedanken überschlugen sich. *Gefährten ... Gestaltwandler haben Gefährten.*

Connor zog sie näher zu sich heran und vertiefte den Kuss.

Drachen haben Gefährten...

Sie schob ihre Hände von seiner Hüfte zu seinem festen Hintern herum und konnte sich kaum beherrschen.

Ich wusste es einfach, sagte ihr Vater immer über ihre Mutter.

Connors Brustkorb hob sich, als er nach Luft schnappte. Er stürzte sich in den nächsten Kuss und verschlang sie. Sie wimmerte und drängte sich näher an ihn, drückte ihre Brüste gegen seinen Oberkörper und sehnte sich danach, dass er sie überall berührte.

Wir wussten es einfach, hatte Jody gesagt, als sie ganz verträumt über Cruz gesprochen hatte.

Jenna ließ ihre Hände wandern, eine über seinen Rücken und die andere zur Vorderseite herum. Sie wurde von einem verzweifelten Bedürfnis, ihn zu berühren, angetrieben. Ihn zu lieben. Ihn zu besitzen, so wie sie sich wünschte, dass er sie besaß.

Hatten Meerjungfrauen auch Gefährten?

Er schob seine Hände an ihren Seiten hinunter und neckte ihre Brüste. Als er mit einem seiner großen Daumen ihre Brustwarze berührte, krümmte sie sich. Sie keuchte fast, so erregt war sie. War es immer noch morgens? Mittagszeit? Nacht? Sie wusste es nicht mehr. Sie wusste nur, dass sie ihn begehrte.

Mit der Seite ihrer Handfläche berührte sie seine mächtige Länge und wäre fast auf die Knie gefallen, um ihn zu schmecken. Aber bevor sie dies tun konnte, knurrte Connor und griff nach ihrer Hand.

„Warte mal", raunte er und zog ihre Hände zurück zu seinem Gesicht.

Jenna öffnete den Mund, um zu protestieren, aber er bedeckte ihn mit einem weiteren leidenschaftlichen Kuss. Als er ihn unterbrach, hielt er ihre Hände an seiner Brust fest. „Das dürfen wir nicht tun. Nicht jetzt. Nicht hier."

Sie wollte am liebsten schreien. „Ich schreibe die Regeln um. Schon vergessen?"

Er lächelte und wich ein paar Zentimeter zurück. Dann neigte er den Kopf in die Richtung des Weges zum Plantagenhaus. „Joey wird jeden Moment angerannt kommen und…"

Sie stöhnte und lehnte sich an seine Brust.

„… aber später…"

Sie schaute auf und strahlte voller Hoffnung. „Später?"

Connor nickte. „Heute Abend."

Sie schüttelte den Kopf. „Bis heute Abend sind es noch viel zu viele Stunden."

Das gefiel ihm und er zeigte es mit einem erneuten breiten Grinsen. Ein kindliches Grinsen, voller Unschuld und Freude. „Du hast Arbeit und ich auch.“

„Ich schwebe in großer Gefahr“, versuchte sie. Vielleicht würde das funktionieren.

Er schnaubte. „Die Person, die in großer Gefahr schwebt, ist der Typ, der versucht, irgendeinen Scheiß mit dir abzuziehen.“ Dann holte er tief Luft – tief genug für sie beide – und lehnte seine Stirn gegen ihre. „Und ich vielleicht.“

„Du schwebst in großer Gefahr?“ Sie schüttelte den Kopf. „Was könnte denn eine Gefahr für einen großen, bösen Drachen darstellen?“

Connor schaute sie an, ohne etwas zu verraten. Aber dann griff er nach ihrer Hand und drückte sie an sein Herz.

„Du“, sagte er mit zittriger Stimme. „Du.“

Ihre Kinnlade klappte auf und sie beobachtete mit verschleiertem Blick, wie er die Fingerknöchel ihrer Hände küsste. Schließlich nickte er und ließ sie mit einem tiefen Atemzug los.

„Versprich mir, dass du heute nicht noch einmal ins Wasser gehst.“

Sie verzog das Gesicht. Das wäre leicht. „Und du versprich mir den heutigen Abend. Keine Ausreden. Keine Zweifel.“

„Heute Abend. Ich verspreche es.“

Sie schaute ihm in die Augen und wollte sich vergewissern, dass er es ernst meinte. „Also gut. Wir sehen uns dann heute Abend.“

Danach bewegten sie sich allerdings beide nicht. Also schlug sie einen leichteren Tonfall an und ließ ihren Blick über seinen Körper wandern. „Du solltest dir aber vielleicht etwas mehr anziehen.“

Er lachte laut und zog sie zum Abschied in eine Umarmung. „Das verspreche ich auch.“

Kapitel 16

Connor stand vollkommen regungslos am Strand und schaute Jenna hinterher. Es kostete ihn seine gesamte Willenskraft, denn sein Drache tobte innerlich.

Was zum Teufel machst du denn? Lass sie niemals gehen! Er wollte es nicht, aber es war das Richtige.

So falsch, beharrte sein Drache. *Wir gehören zusammen.*

Ja, das taten sie. Jedes Mal, wenn sie sich begegneten, sang seine Seele und jedes Mal, wenn sie sich trennten, trauerte er. Sie waren füreinander bestimmt, so viel war klar. Aber er musste es gut durchdenken.

Was gibt es da zu durchdenken? forderte sein Drache.

Er rollte mit den Augen. Erstens musste er herausfinden, was zum Teufel dort im Wasser gewesen war. Zweitens, hing es mit Jennas Angst vor Vampiren zusammen? Er konnte allerdings nicht erkennen, wie. Und drittens, wie sollte er seine Gefährtin für sich gewinnen, ohne dabei seinen Job zu verlieren?

„Heute Abend", rief Jenna und blieb kurz stehen, bevor sie aus dem Blickfeld verschwand. Er winkte und flüsterte: „Heute Abend."

Diese zwei kleinen Worte klangen wie feierlich läutende Glocken, zumindest in seinem Kopf. Kündigten sie eine neue Ära an – oder den totalen Untergang?

Er starrte aufs Meer hinaus, bevor er zu seinem Haus zurückkehrte. Das Wichtigste zuerst.

Jenna, bellte sein Drache.

Kleidung, befahl er sich. Was er getragen hatte, war bei seiner plötzlichen Verwandlung zerfetzt worden.

Jenna!

Connor schüttelte den Kopf. Kleidung, Frühstück und Arbeit. Und dann würde er versuchen, sich etwas einfallen zu lassen.

Er grübelte den ganzen Tag, aber wie sich herausstellte, ohne Erfolg. Egal, wie oft er die verschiedenen Möglichkeiten in seinem Kopf durchging, er konnte die Rätsel, die vor ihm lagen, nicht lösen.

„Was ist los mit dir, Mann?", fragte Tim.

Connor schüttelte sich und schaute sich um. „Was?"

Es war irgendwann im Laufe des schier unendlich langen Vormittages gewesen, während sie der Veranda des Haupthauses den letzten Schliff verpasst hatten.

„Noch ein Getränk, Sir?", fragte ein Kellner und schreckte ihn auf. „Mit Grüßen von Ihrem Freund?"

Connor musste drei oder viermal blinzeln, um zu begreifen, woher der Kerl gekommen war.

„Freund?", bluffte er, um Zeit zu gewinnen. Er befand sich nicht mehr auf Koakea, sondern irgendwo anders und es war später am Tag. In seinem Kopf verschwand alles außer Jenna.

„Von dem Herrn in Grün", erklärte der Kellner und zeigte mit der Hand, als Draig in einem Golfbuggy vorbeifuhr.

Dann fiel der Groschen. Es war Mittagszeit und er befand sich im Golfklub, um sicherzustellen, dass Draig tatsächlich nur die angekündigte Abschiedsrunde Golf spielte. Es war der letzte Tag des alten Mannes auf der Insel, was bedeutete, dass eine der schleppendsten Überwachungstätigkeiten, die Connor je ausüben musste, zu einem Ende kommen würde.

„Kein Getränk, danke", murmelte er und beobachtete, wie Draig vorbeifuhr.

Weitere Stunden vergingen und dann noch ein paar mehr.

„Erde an Hoving. Erde an Hoving, bitte kommen."

Das klang vage nach Dell, aber es interessierte Connor nicht mehr. Er konzentrierte sich gerade genug, um festzustellen, dass er wieder auf der Plantage war und beim Streichen des Hauses half. Er dachte viel nach, war jedoch nicht in der Lage, allzu viel zu schlussfolgern.

„Entweder ist er krank oder verliebt", lachte Dell.

„Er sollte besser krank sein", knurrte Tim und sah nicht sonderlich erfreut aus.

Seine Worte trafen Connor wie ein gut gezielter Stein und die Unmöglichkeit seiner Situation wurde ihm erneut bewusst. Er verbrachte den Rest des Nachmittags mit dem Versuch, sich selbst zur Vernunft zu bringen. Jedoch mit wenig Erfolg. Jetzt, da er Jenna ein Treffen versprochen hatte, konnte er sie nicht versetzen.

Am Ende kam die Hilfe von einer Stelle, von der er es am wenigsten erwartet hätte.

„Beachte ihn nicht." Dell neigte den Kopf in die Richtung, in die Tim gegangen war, als sie am Ende des Nachmittags ihre Werkzeuge eingepackt hatten. „Mr. Logik versteht nichts von Herzensangelegenheiten."

Connor starrte ihn an. Denn was wusste Dell – alias Casanova – schon von Herzensangelegenheiten? Und oha – trafen diese Worte wirklich auf einen verwirrten Drachen wie ihn zu?

„Vertrau' mir." Dell grinste. „Ich mach' das schon."

Connor runzelte die Stirn. Das waren genau die Worte gewesen, die seine Gang überhaupt erst in Schwierigkeiten gebracht hatten. Es war Dells geniale Idee gewesen, Granaten mit Klebeband an Fußbällen zu befestigen. Natürlich war es auch Connors geniale Idee gewesen, bei diesem verrückten Plan mitzumachen.

Trotzdem nickte er zustimmend.

„Nun, wir machen uns besser frisch", verkündete Dell, als Tim zurückkam. „Chase und ich haben heute Abend unsere erste Schicht bei unserem neuen Job."

Dieser Teil stimmte. Kai hatte jeden ermutigt, sich lokale Teilzeitjobs zu suchen, um die Ohren offenzuhalten. Und Dell hatte die perfekte Lösung gefunden.

„Darf ich kurz betonen, was für ein Genie ich bin?" Dell grinste. „Ich meine, wo könnte man dem lokalen Klatsch und Tratsch denn besser lauschen, als als Barkeeper in einer beliebten örtlichen Kneipe?"

Tim zeigte ihm einen Daumen hoch. Cynthia warf ihm einen missbilligenden Blick zu. Und Chase sah einfach nur resigniert aus, als Dell ihm auf die Schulter klopfte.

„Komm schon, Mann. Türsteher zu sein ist großartig. Und wenn du an der Tür arbeitest, hast du die ganze Zeit frische Luft."

Das musste Connor Dell zugestehen. Es war eine ziemlich perfekte Lösung für sie beide. Und von da an wurde es nur noch besser.

„Also, Connor. Du kommst doch, oder?"

Im ersten Augenblick hatte Connor keine Ahnung, wovon Dell sprach. Warum sollte er seinem Freund bei der Arbeit zusehen, wenn er stattdessen Zeit mit Jenna verbringen könnte.

„Komm schon, Mann." Dell verbarg ein Zwinkern vor Cynthia. „Du musst uns helfen, einen guten Start hinzulegen. Du weißt schon, ein Getränk bestellen und allen erzählen, wie lecker es ist. Ein hohes Trinkgeld geben. So etwas in der Art."

Connor runzelte die Stirn und konnte immer noch nicht folgen.

Spiel einfach mit, du dummer Drache, flüsterte Dell in seine Gedanken. *Willst du die perfekte Ausrede für einen freien Abend oder nicht?*

Connor wurde sofort wärmer. Ja, eine gute Ausrede käme ihm jetzt gerade recht. Und er hatte an diesem Abend keine Patrouille, da Tim dies heute übernehmen sollte.

„Kommst du auch, Cynth?", fragte Dell zuckersüß.

„Cynthia", korrigierte sie ihn in trockenem Ton.

Dell ignorierte es, genau wie er es immer tat. „Tim kann babysitten."

Connor schnaubte fast. Cynthia wirkte wirklich nicht wie eine Kneipengängerin und er bezweifelte, dass sie ihren Sohn allein lassen würde.

Sie zog ihre Mundwinkel sogar noch stärker nach unten, aber ihr Tonfall war – wow, wehmütig? – als sie antwortete: „Ich fürchte nicht."

Connor musterte sie einen langen Moment. Konnte es sein, dass Cynthia tatsächlich einmal eine wilde Seite gehabt hatte?

„Schade", sagte Dell noch fast bevor sie zu Ende gesprochen hatte. „Wen könnten wir sonst noch fragen? Oh, ich weiß." Er zeigte mit dem Daumen in Richtung Koa Point. „Jenna. Ich bin mir sicher, dass sie gern ausgehen würde."

Cynthias Stirnrunzeln vertiefte sich noch, aber Connor strahlte. „Gute Idee."

Tolle Idee, stimmte sein Drache zu.

„Perfekt." Dell grinste. „Nun, ich muss mich fertig machen. Ich muss an meinem ersten Abend einen guten Eindruck hinterlassen. Kannst du Jenna fragen gehen?"

Drachen wedelten nicht mit dem Schwanz, aber Connors inneres Biest machte ein paar ekstatische Rückwärtssaltos. „Ähm, ja sicher." Er tat sein Bestes, um gelangweilt zu klingen, während er Dell in Gedanken ein aufrichtiges *Ich schulde dir was, Mann* sandte.

Das tust du allerdings, brummte Dell verschmitzt und Connor wusste ganz genau, dass der Löwengestaltwandler eines Tages darauf zurückkommen würde.

„Darf ich mitgehen?", fragte Joey.

„Leider nicht, Kumpel. Nicht heute Abend." Dell zerzauste ihm das Haar. „Aber du darfst mit Tim hierbleiben und ich weiß, dass er richtig tolle Gute-Nacht-Geschichten auf Lager hat. Stimmt doch, Tim?"

Tim blickte erschrocken auf und nickte dann schnell, als er sah, wie die Hoffnung in Joey stieg. „Ähm, sicher. Das würde Spaß machen. Stimmt's, Joey?"

Cynthia schien diesbezüglich unentschlossen zu sein, aber Connor musste Dell eines zugestehen. Für jede dumme Idee, die der Löwengestaltwandler jemals gehabt hatte, schaffte er es doch auch, zwei oder drei gute Taten zu vollbringen.

Dell grinste Joey an. „Aber weil Tim völlig inkompetent ist, wenn es darum geht, auf ihm zu reiten – und wer will schon auf einem Bären reiten, wenn man auf einem Löwen reiten kann – kannst du noch einmal auf meinen Rücken klettern, bevor ich heute Abend gehe."

Noch bevor Cynthia protestieren konnte, brüllte Joey und sprang von der Couch direkt auf Dells Rücken. Dell gab ein brüllendes Geräusch von sich und stürmte mit voller Geschwindigkeit über die Veranda in Richtung Treppe. „Halt dich fest, Kumpel! Wir fliegen in die Luft!"

„Seien Sie vorsich…", platzte Cynthia heraus. Sie riss die Augen weit auf, als Dell die sechs Stufen in einem Sprung überwand. Aber er landete souverän und sprintete über den Rasen, während Joey vor Freude quietschte. In diesem Moment umklammerte Cynthia ihre Perlenkette und murmelte: „Oh je."

Verblüffend, murmelte Tim nur für Connors Ohren bestimmt. *Cynthia ist die einzige Frau, die ich kenne, die – nun ja, so umwerfend wie ein Cover Girl aussieht –, sich jedoch wie eine alte Tante benimmt.*

Über den *Cover Girl*-Teil war sich Connor nicht so sicher, weil dieser Titel ganz sicher Jenna gehörte. *Ich weiß nicht. Ich schätze, sie ist nicht mein Typ.*

Pass' du lieber auf, dass du heute Abend nicht zu viel Spaß mit deinem Typ hast. Tim warf ihm einen warnenden Blick zu.

Connor machte sich nicht die Mühe zu antworten. Er hatte die Gelegenheit vor Dell zu duschen, also wollte er sie nutzen, solange er noch konnte.

Und so kam es, dass er sich bereits eine Stunde später auf dem Highway nach Lahaina wiederfand. Er saß in einem roten Ferrari, der von Jenna gefahren wurde, die sofort auf den Plan eingegangen war, Dell und Chase zu einem guten Start in der Kneipe zu verhelfen.

„Cooler Wagen, nicht wahr?" Sie tätschelte das Armaturenbrett.

Der Fahrtwind im Cabrio zerzauste ihr blondes Haar. Deswegen und wegen der pfauenblauen Bluse, die die intensive Farbe ihrer Augen betonte, konnte Connor nicht aufhören, sie anzuschauen. Jenna war immer wunderschön. Aber Jenna, die sich für einen Abend in der Stadt zurechtgemacht hatte, war geradezu umwerfend. Ihr schwingender Rock hatte es ihm schwer gemacht, auf der kurzen Strecke zum Wagen nicht auf ihre Beine zu starren. Und ihre herabhängenden, goldenen Ohrringe hatten seinen Drachen in ihren Bann gezogen. Connor hatte noch nie das Bedürfnis verspürt, Schätze zu horten. Aber Jenna brachte ihn auf die Idee, sie mit zu sich nach Hause zu nehmen und sie dort für immer zu behalten.

Er beugte sich vor, um auf den Tacho zu schauen, und atmete dabei einen tiefen Hauch ihres himmlischen Duftes ein.

„Cooler Wagen und ... fünfundsechzig Kilometer pro Stunde passen aber nicht wirklich zusammen."

Jenna warf ihm einen strengen Blick zu. „Hey, das Tempolimit hier ist siebzig."

„Genau. Siebzig." Er legte die Betonung auf *siebzig*. Obwohl es ihm ehrlich gesagt egal war, wie schnell oder langsam sie fuhren. Jenna so nah zu sein, reichte ihm mehr als aus.

„Er gehört Boone und ich muss gut darauf aufpassen", beharrte sie.

Connor hätte fast laut gelacht. Sollte er Jenna erzählen, wie waghalsig und wild der Wolfsgestaltwandler gewesen war, bevor er sich auf Koa Point niedergelassen hatte und stolzer Vater von Zwillingen wurde? Aber egal. Schnell oder langsam – Connor hatte den Abend frei. Ein Abend mit Jenna und eine perfekte Ausrede, um Zeit mit ihr zu verbringen.

Es war schön, sie so glücklich zu sehen. Zur Abwechslung einmal entspannt. Aufgeregt über einen Abend mit ihm.

„Hier rechts abbiegen?" Sie zeigte in eine Richtung.

Connor war Draig inzwischen oft genug gefolgt, um ein ziemlich gutes Gefühl für die örtlichen Straßen entwickelt zu haben. Er nickte. „Noch etwa einen Kilometer ... jetzt links..."

Als er in die Richtung eines Supermarktparkplatzes zeigte, zog sie eine Augenbraue hoch. „Müssen wir Senf kaufen oder so?"

Er lachte. „Das nicht. Aber fünf Dollar fürs Parken sind kaum zu überbieten und außerdem werden sie ein gutes Auge auf den Wagen behalten."

Darüber hinaus konnten sie so einen schönen langen Spaziergang über die Front Street von Lahaina machen, obwohl er das nicht erwähnte. Sein Drache sehnte sich vielleicht danach, Flügelspitze an Flügelspitze mit Jenna zu fliegen, aber das wäre die nächstbeste Sache. Und als sie lässig nach seiner Hand griff und sie beim Gehen schwenkte – nun verdammt. Vielleicht war das gemeinsame Spazieren sogar besser als zusammen zu fliegen.

Die Sonne war bereits eine Stunde zuvor untergegangen und die kühle Nachtluft ließ alles frisch und energiegeladen wirken.

Die Stadt war lebendig mit Fußgängern, Partybeleuchtung und den Klängen von Straßenmusikanten, die gefühlvolle Insellieder auf Ukulelen und Slack-Key-Gitarren spielten.

Connor schlang seinen Arm um Jennas Schultern und sie schmiegte sich eng an ihn. Das ganze Nahkampftraining hatte dafür gesorgt, dass sie sich in der Nähe des anderen sehr wohl fühlten – zu wohl?

Er beschloss, diesen Gedanken und die ihn begleitenden Sorgen vorerst beiseitezuschieben. Nun, er versuchte es zumindest. Sein Magen überschlug sich, als ihm bewusst wurde, dass der heutige Abend vielleicht seine erste und einzige Chance wäre, Zeit mit Jenna in einer normalen Umgebung zu verbringen. In einer *sicheren*, normalen Umgebung, denn er hätte Dell und Chase zur Verstärkung in der Nähe, falls irgendein Idiot es wagen sollte, Jenna zu nahe zu kommen. Aber abgesehen davon, wer wusste es schon. Jenna würde nicht für immer auf Maui bleiben und er hatte zu viele gute Gründe, sie gehen zu lassen.

„Oh, das ist hinreißend", hauchte Jenna und blieb stehen, um ein Foto eines Wals zu bewundern, das im Fenster einer Kunstgalerie hing.

Es war dem Fotografen gelungen, die Szene sowohl über als auch unter der Wasserlinie einzufangen, wobei der Wal in einem anmutigen Bogen schwamm, während die smaragdgrünen Berge West Mauis die obere Hälfte des Bildes ausfüllten.

„Hinreißend", stimmte er zu und berührte ihr weiches, wogendes Haar. Mit dieser Geste schwor er sich stillschweigend, die Gedanken an den Morgen weit, weit von sich zu schieben. Der heutige Abend war zum Genießen da.

Und genau das tat er dann auch – bei jedem Schritt und jedem Halt, den Jenna auf dem Weg machte.

„Oh, schau dir die mal an", murmelte sie und beugte sich über die Auslage eines Juweliergeschäftes.

Connor warf einen Blick auf die Perlen, auf die sie zeigte, und ließ seine Augen dann wieder auf Jenna ruhen. Das war viel interessanter – ihren Gesichtsausdruck zu beobachten, die Kurve ihres Rückens, das verspielte Schwingen ihres Rockes im Wind. Er suchte auch regelmäßig die Umgebung ab und blieb wachsam. Nur für alle Fälle. Die Tatsache, dass er die ganze Zeit über eine Hand auf Jennas Rücken behielt, diente beiden Zwecken – zu genießen, mit ihr zusammen zu sein, und sie gleichzeitig zu beschützen.

„Die stammen von hier – Hawaii", sagte eine ältere Inselbewohnerin in einem rosa geblümten Kleid hinter dem Tresen.

Jenna blickte hinaus auf das Stückchen Ozean, das zwischen zwei Gebäuden funkelte. „Wirklich?"

„Früher wurden Perlen noch in freier Wildbahn gesammelt. Heutzutage stammen die meisten Perlen der Welt von gezüchteten Austern wie unseren."

„Oh. Sehr schön." Jenna blickte mit verträumten Augen zum Ozean hinaus.

Connor rieb ihr ganz leicht den Rücken. Jenna hatte so richtige Wasserrattengenetik.

Die Verkäuferin beugte sich vor und sprach mit verschwörerischer Stimme. „Es gibt immer noch ein paar Perlen aus den alten Zeiten, von vor sehr langer Zeit."

Jenna wurde sofort hellhörig und lauschte jedem ihrer gedämpften Worte.

„Einige von ihnen gehörten den Königen und manche gehörten... " Die Frau schaute sich um, bevor sie den Rest flüsterte. „... anderen."

„Welche anderen?", fragte Jenna.

„Hexen ... Hexenmeistern ... Haien."

Jennas Augen wurden riesengroß. „Haien?"

Connor starrte die Frau stirnrunzelnd an. Jenna brauchte wirklich keine Erinnerung an ihren morgendlichen Schreck im Wasser. Aber die Verkäuferin plapperte weiter. Sie schien sich über ein Publikum für ihre haarsträubenden Geschichten zu freuen.

„Wie Kamohoalii, der Haikönig, der seine Gestalt verwandeln und als Mensch auf der Erde spazieren konnte."

Connor wirbelte herum und tauschte unruhige Blicke mit Jenna aus. Gestaltwandler?

„Er hatte einen Sohn, Nanaue. Traurige Geschichte." Die Frau seufzte, als wäre dem Jungen von nebenan eine Tragödie widerfahren und nicht irgendeiner Legendengestalt. „Aber nicht viele Leute wissen, dass Kamohoalii auch eine Tochter hatte. Sie sammelte die wertvollsten Perlen von allen. Kostbare Perlen. Magische Perlen. Perlen, die… "

Eine zweite Verkäuferin kam näher, so dass die ältere Frau abrupt verstummte und sich räusperte. „Wie dem auch sei, das waren die alten Zeiten. Sie sollten die Geschichten lesen, Schätzchen." Sie zwinkerte.

Jenna warf noch einen Blick auf die Perlen, während Connor die Frau genau studierte. Gab es wirklich alte Legenden über Haigestaltwandler oder schmückte sie die Geschichte nur aus? Er würde Kai und die anderen später dazu befragen müssen.

Ein junges Pärchen in passenden hawaiianischen Oberteilen – zweifellos frisch verheiratet – trat an den Tresen. Jenna wich mit einem höflichen „Dankeschön" zurück. Dann seufzte sie und ging weiter die Straße hinunter. „Nicht dass ich jemals das Geld hätte, mir eine zu kaufen." Aber dann strahlte sie wieder und schlang ihren Arm um seinen. „Aber weißt du was?"

Ihr Lächeln war purer Sonnenschein und ihre Seite warm an seiner.

„Was?"

„Irgendwo dort draußen gibt es eine superreiche, superunglückliche Frau mit allen Perlen der Welt und sie kann keinen Abend wie diesen genießen."

Er grinste. „Einen Abend wie diesen?"

Jenna deutete nach oben und um sich herum. „Die Sterne. Die Musik." Sie warf ihm einen schüchternen Blick zu. „Die Gesellschaft."

Er zog sie in eine Umarmung und schaute ihr in die Augen. Ein großer Fehler, denn jedes Mal, wenn er das tat, drängte sich sein Drache an die Oberfläche und verlangte danach, sie zu der Seinen zu machen. Er konnte spüren, wie sich das Biest bereitmachte, über Schicksal, Bedürfnisse und die Ewigkeit zu grummeln. Er spürte, wie sein Körper mit dem intensiven Verlangen danach, sie erneut zu küssen, ganz heiß wurde. Für ihn waren diese Küsse pures Vergnügen. Für seinen Drachen waren sie ein Mittel, um Jenna als die Seine zu markieren.

Jennas Blick fiel auf seine Lippen und sie berührte seine Seiten mit den Händen. Ja, sie wollte es auch.

„Ich würde dich gern küssen", flüsterte er und strich mit den Händen über ihre Schultern.

Sie schaute auf, als sie die Warnung in seinem Tonfall bemerkte. „Aber...?"

Er holte tief Luft und drehte sich seitlich um, um sie wieder auf den Gehweg zu lenken. „Aber sobald wir damit anfangen..."

„... ist es unmöglich, aufzuhören", beendete Jenna seinen Satz.

Er fragte sich zum hundertsten Mal, ob Gestaltwandlerblut durch ihre Adern floss. Wie sonst konnte sie fühlen, was er fühlte, und das mit der gleichen Intensität?

„Genau. Also heben wir uns den Kuss für später auf. Ist das für dich in Ordnung?"

Sie schlang ihren Arm um seine Taille und schob ihre Hand in die Gesäßtasche seiner Hose. „Nein."

Er musste nachfragen, weil ihre Gesten und Worte überhaupt nicht zusammen passten. „Nein?"

„Ich will später mehr als einen Kuss. Ganz viele sogar. Nur das ist für mich in Ordnung."

Sie stieß mit der Hüfte gegen seine und deutete an, was sie sonst noch wollte. Was sie brauchte, vermutete er, wenn in ihr die gleiche angestaute Lust wütete wie in ihm.

„Verstanden, Boss." Er tat sein Bestes, um seine Stimme locker und nicht vor Verlangen heiser klingen zu lassen.

„Versprochen?"

Er nickte entschlossen. „Versprochen."

„Na dann. Wo ist diese Kneipe?"

Er lachte. „Alles geschäftlich heute Abend?"

Sie schüttelte den Kopf. „Nur Vergnügen."

Und verdammt. Sein Schwanz zuckte bei der Art und Weise, wie sie die Worte schnurrte.

Kapitel 17

Connor behielt Jenna nah an seiner Seite, während sie die Straße entlanggingen. „Dort ist es." Er zeigte auf das altmodische, schwingende Schild über dem Bürgersteig vor ihnen.

„Das *Lucky Devil*?" Jenna lachte.

„Ja. Das passt perfekt zu Dell."

Connor sah Chase und einen weiteren Typ an der Tür stehen und Ausweise kontrollieren. Lichter und Musik strömten aus der Bar im zweiten Stock und zogen eine Menschenmenge an.

„Das sieht toll aus", rief Jenna und machte sich auf den Weg zur Tür. „Hallo!" Sie schenkte Chase ein strahlendes Lächeln.

Connor hätte erwartet, dass sein Halbbruder wieder dieses roboterhafte, Nicken-und-die-Mundwinkel-nach-oben-ziehen-Ding machen würde, das er über die Jahre gelernt hatte. Aber Chase ließ tatsächlich ein echtes Lächeln aufblitzen. Wow. Das war neu. Connor beobachtete seinen Bruder genau, als er Jennas Ausweis prüfte. Vielleicht tat es Chase gut, das Militär verlassen zu haben. In der zivilen Welt fiel es allen leichter, zu lächeln. Und während die Arbeit in der überfüllten, lauten Bar im Obergeschoss ein Albtraum für Chase wäre, schien es ihm hier unten auf der Straße ganz recht zu sein. Die frische Luft unter offenem Himmel würde seine wilde Wolfsseite im Zaum halten.

„Du kontrollierst meinen Ausweis?", protestierte Connor als Chase eine Hand ausstreckte.

Sein Bruder schnippte mit den Fingern. „Ich kontrolliere jeden."

Was, wie Connor vermutete, der Sinn dieses Jobs war. Und Chase musste an seinem ersten Abend einen guten Eindruck machen. Also zeigte Connor seinen Ausweis vor, klopfte seinem Bruder auf die Schulter und folgte Jenna die klapprige Treppe hinauf. Das Lucky Devil befand sich im oberen Stockwerk eines der historischen Gebäude in der Front Street und der Blick aufs Meer von hier aus war großartig.

„Ich übernehme das." Connor zückte seine Brieftasche, um den Eintritt zu bezahlen, bevor Jenna protestieren konnte.

„Ich schulde dir etwas", beharrte sie und sprach über die klassische Rockmusik, die im Hintergrund lief, hinweg.

„Nein, tust du nicht."

„Doch allerdings."

Connor konnte sich ein Lächeln nicht verkneifen. Wer hätte gedacht, dass er auf eigensinnige, unabhängige Frauen stand? Oder dass ihm lustige, flatterhafte Mädchen gefielen. Jenna war beides. Natürlich hatte er nie einen festen Frauentyp gehabt, bis er sie getroffen hatte.

„Wie ich schon sagte, ich schulde dir etwas. Und dieser Ort ist übrigens total toll", zwitscherte Jenna und deutete um sich.

Die Dekoration der Kneipe kombinierte gekonnt Piraten und Teufel, ohne dabei zu kitschig zu sein, und das obwohl die Bedienungen Hawaiihemden trug und gelegentlich ein paar falsche Teufelshörner aufsetzte. In den Dachbalken hingen Fischernetze und zerschlissene Signalflaggen. Die Wände wurden von Schwarz-Weiß-Fotos in staubigen, schwarzen Rahmen geziert, die das alte Lahaina zeigten. Über dem Tresen hingen ein paar silberne Schwerter und ein paar antike, gläserne Fischerbojen.

„Nicht schlecht", murmelte Connor beeindruckt. Das Publikum war ein wenig besser, als er es sich vorgestellt hatte. Ein paar griesgrämige Einheimische drängten sich um den Tresen, während die Tische zumeist von Touristen mit Sonnenbrand besetzt waren. Dell hatte die Begabung, kleine Wunder zu vollbringen, wie zum Beispiel bei seinem ersten Versuch einen Job in einem anständigen Lokal anstelle einer Spelunke zu bekommen.

„Wow. Er ist gut." Jenna zeigte auf Dell hinter dem Tresen.

Connor hatte seinen Freund schon öfter in Aktion gesehen, aber verdammt. Dell zog heute Abend alle Register, ließ sein

Siegerlächeln aufblitzen und machte eine richtige Show daraus, Getränke zu mixen. Zwei Männer stützten ihr Kinn auf ihren Händen ab und studierten seine Technik. Eine Schar junger Frauen, die einen Junggesellinnenabschied feierte, quietschte, klatschte und flatterte mit den Augenlidern. Dell schleuderte eine Flasche hinter seinem Rücken herum, während er einen Mixbecher in einer Hand drehte. Dann goss er das Getränk in der Luft ein und schüttelte den letzten Tropfen mit einem schwungvollen Handgriff ab.

Die Damen des Junggesellinnenabschieds applaudierten und Dell zwinkerte.

„Ich glaube nicht, dass er unsere Hilfe braucht", erklärte Jenna.

„Kein schlechter Anfang", stimmte Connor zu.

Dell sorgte dafür, den Einheimischen extra große Gläser einzuschenken, um sicherzugehen, dass er seine besten Quellen von Ortskenntnis in zukünftige Stammkunden verwandelte. Die Touristen würden derweil von Dells Showeinlagen und seinem guten Aussehen angelockt werden.

Was bedeutete, dass Connor lediglich einen Tisch finden musste und dann seinen Abend genießen konnte. Eine Kellnerin führte sie zu einem Tisch auf der offenen Terrasse mit Blick aufs Meer und Jenna seufzte, als sie auf ihrem Stuhl Platz nahm.

„Wow. Das ist perfekt."

Connor versuchte, sich daran zu erinnern, wann er das letzte Mal für einen netten, normalen, zivilen Abend in der Stadt ausgegangen war, kam jedoch zu keinem Ergebnis. Er neigte seinen Kopf zu den Sternen und atmete tief ein. Das war ein ganz neues Leben. In gewisser Weise ein völlig neuer Planet. Ihm war nicht nur ein Abend mit Jenna vergönnt, sondern noch dazu ein Abend mit ihr an einem Ort wie diesem. Sonne. Surfen. Entspannte Atmosphäre. Keine Granatwerfer, die über sie hinwegschwirrten, keine Landminen, denen man ausweichen musste. Kein *Wir könnten morgen verlegt werden oder es könnte noch sechs Wochen dauern*. Kein Wunder, dass er in seiner früheren Karriere nur Unsinn angestellt und nie an die Zukunft gedacht hatte. Aber jetzt...

Er schaute Jenna an und es traf ihn erneut – wie unglaublich die Zukunft sein könnte. Sogar noch besser als die Gegenwart, denn in einer Version der Zukunft könnte er Abende wie diese oft verbringen und das mit dem Wissen, dass Jenna ihm gehörte. Für immer.

Er schluckte den Kloß in seiner Kehle hinunter und nahm Platz.

„Ich nehme ein Big Swell India Pale Ale." Jenna lächelte erst die Kellnerin an und dann ihn. „Was ist mit dir?"

Selbst die einfache Aufgabe, ein Getränk zu bestellen, war ihm in diesem Moment ein wenig zu viel, also deutete er mit einem Nicken auf die Getränkekarte. „Wähle du für mich."

„Southern Cross?"

Er nickte. Was auch immer das war, wenn Jenna es ausgesucht hatte, musste es gut sein.

Die Kellnerin wirbelte davon und ließ sie allein. Jenna starrte ihn mit ihren unglaublich blauen Augen an und er wollte sich von diesem Blick niemals wieder losreißen.

„Woran denkst du?", fragte sie.

Connor konnte ja nicht wirklich sagen, *Wie ich dich zu meiner Gefährtin machen kann, ohne dabei alles andere zu versauen,* also begnügte er sich mit: „An dich."

Ihre Wangen färbten sich rosa und ihre Augen strahlten. „An mich, hm?"

Er nickte.

„Im Ernst", sagte sie, als er nicht antwortete. „Warum ich?"

Schicksal, hätte er fast gesagt. Aber stattdessen drehte er die Frage um.

„Ich habe irgendwie das Gleiche gedacht." Er zeigte auf seine Brust. „Ich meine, warum ich?"

Sie grinste und beugte sich vor, um zu flüstern. „Vielleicht habe ich eine Vorliebe für mysteriöse Drachentypen."

Er studierte sie und dachte darüber nach, ob er es wagen sollte, ihr die Wahrheit zu sagen. Jenna war die Drachenwelt neu. Verstand sie, welch ein Außenseiter er wirklich war?

„Weißt du noch, wie ich dir gesagt habe, dass es verschiedene Arten von Drachen gibt? Ich habe von guten und von bösen Typen gesprochen. Aber es gibt auch noch andere."

Er erwartete, dass seine Worte ihr Angst machen würden, aber Jenna nickte und zeigte völliges Vertrauen darin, als welchen Typ er sich offenbaren würde. Was ihn zu Tode erschreckte. Denn was wäre, wenn er sie wirklich jemals enttäuschen würde?

Er holte tief Luft und fuhr fort. „Zum größten Teil gibt es die alten Clans, wie der aus dem Kai und Silas stammen."

„Llewellyn." Sie nickte und hörte aufmerksam zu.

„Genau. Baird ist ein anderer und Draig noch einer." Er nickte in die Richtung der Megajacht.

Jennas Blick wanderte hinaus und dann mit Unverständnis wieder zu ihm zurück. Sie war völlig ahnungslos, was er ihr gleich sagen würde.

Ich bin ein Nichts, Jenna. Ein Drache, aber keiner von der edlen Sorte.

„Das sind alles alte, reinrassige Geschlechter mit viel Klasse und unglaublichem Reichtum. Sie werden damit geboren." Connor versuchte, die Bitterkeit aus seiner Stimme fernzuhalten, aber es gelang ihm nicht wirklich. „Sie agieren in ihrer Welt mit tausend ungeschriebenen, archaischen Regeln, die keinen Sinn ergeben."

Er stockte und schließlich tippte Jenna auf seine Hand. „Und die andere Art?"

Er schnaubte. „Das wäre ich. Kein Familienname, kein Erbe. Noch nicht einmal echte Drachenabstammung. Mein Vater war ein Myriadengestaltwandler."

Sie neigte den Kopf.

„Er konnte sich in verschiedene Formen verwandeln. Deshalb ist Timber ein Bär und Chase ein Wolf", flüsterte er. Angesichts des Geräuschpegels in der Bar hatte er keine Angst, dass jemand mithören könnte.

„Cool", sagte sie. „So ähnlich wie ich. Ich bin zum Teil Meerjungfrau."

Er hackte noch einmal nach. „Zum Teil, was?"

Sie zuckte mit den Schultern. „Nicht dass mir dieser Teil viel nützen würde. Nun, ich kann meinen Atem wirklich lange anhalten. Juhu! Wahnsinn." Sie feuerte sich selbst mit gedämpftem Enthusiasmus an. „Ansonsten bin ich nur die kleine Schwester der Monroe-Gang." Sie hob ihre Finger zu Gänsefüßchen in der Luft, als sie *kleine* sagte.

Er musterte sie. Das erklärte also das Surfen und die wehmütige Art, wie sie auf den Ozean hinausblickte. Vielleicht erklärte es auch ihre unglaublich klaren Augen und die Entschlossenheit, sich zu beweisen.

„Wie dem auch sei", fuhr sie fort. Sie klang ganz locker, als ob seine große Enthüllung ihr überhaupt nichts ausmachte. „Wen kümmert es schon, ein Teil von diesem oder jenem zu sein. Wir sind, wer wir sind, nicht wahr?"

Er starrte sie eine Sekunde lang an, um nach Worten zu suchen. Aber verdammt. Was, wenn sie recht hatte?

Sie streifte seinen Fuß mit ihrem, was ihn an ihr Messer erinnerte, und plötzlich nahmen seine Gedanken eine scharfe Wendung. Plötzlich verstand er es. Ihre Fragen über Vampire und warum sie im Flugzeug solche Angst gehabt hatte. Er versteifte sich und suchte den Raum ein weiteres Mal mit den Augen ab.

„Nein, nichts von alledem." Jenna griff nach seiner Hand. „Ich verbringe einen sehr netten Abend mit einem sehr netten Mann an meiner Seite und niemand wird ihn ruinieren. Außerdem sind Dell und Chase auch hier, richtig?"

Er nickte, hielt seine Sinne jedoch in höchster Alarmbereitschaft.

„Jenna, es gibt eine Menge Leute, die mich nicht als etwas sehr Nettes ansehen würden. Ich bin so etwas wie ein Straßenköter. Ein Mischling. Der uneheliche Cousin, von dem niemand etwas wissen will."

Jenna zuckte mit den Schultern. „Ihr Problem."

Er starrte sie an. „Du verstehst es nicht. In der Drachenwelt geht es nur darum, wer wer ist."

Sie zuckte mit den Schultern. „Gut. Lass sie doch hochnäsig sein. Du weißt, wer du bist und was du kannst. Warum ist das wichtig?"

Das sollte es nicht sein, war es aber trotzdem. Seit er alt genug gewesen war, um zu verstehen, was es bedeutete, ein Außenseiter zu sein, hatte es an ihm gezehrt. Egal, wie sehr er es versuchte oder wie hart er kämpfte, er würde nie dazu gehören. Was ihn immer noch störte. Nicht bei Typen wie Kai, die in Ordnung waren, aber in der Gegenwart von Draig und in gewisser Weise auch mit Cynthia garantiert-nicht-Brown. Vielleicht war das der Grund, warum er sich nie bemüht hatte, sich als guter Mann zu beweisen.

Bis jetzt. Plötzlich wollte er es mehr als alles andere. Aber wie?

Jenna schloss ihre Hand um seine, was Bände sprach, ohne ein Wort zu sagen. Das sanfte Reiben ihres Daumens über seine Hand ließ seine Muskeln entspannen und ihr unerschütterlicher Blick sagte ihm, dass sie an ihn glaubte – an ihn, nicht an den Rest der Drachenwelt. Das Bein, das sie bequem gegen seins gelehnt hatte, ließ ihn wissen, dass sie ihm vertraute. Und ihre Augen...

Er hielt den Atem an. Diese Augen sprachen von *Liebe*.

Connor blinzelte ein paar Mal. Verdammt, wenn er nicht aufpasste, würden seine Augen verräterisch glühen, so wie es bei allen Gestaltwandlern der Fall war, wenn sie sich zu jemandem hingezogen fühlten.

„Ein India Pale Ale, ein Southern Cross." Die Kellnerin stellte zwei randvolle Gläser auf den Tisch, so dass sie sich voneinander losrissen. „Was kann ich Ihnen zu essen bringen?"

Connor blinzelte auf die Gläser. Wo war er noch mal?

Jenna brachte sich natürlich genug unter Kontrolle, um einen Burger zu bestellen. Connor zeigte blind auf die Speisekarte und wünschte sich, dass die Kellnerin verschwand. In dem Augenblick, in dem sie es tat, hob Jenna ihr Glas.

„Auf Drachenrebellen." Sie grinste. „Auf dass sie es den Arschlöchern zeigen."

Connor lächelte strahlend und stieß mit seinem Glas gegen ihres. „Auf die kleinen Schwestern, die erwachsen geworden sind. Nimm dich in Acht Welt."

Das Klirren ihrer Gläser war wie eine Glocke, die ein bedeutendes Ereignis verkündete. Was komisch war, denn Leute stießen die ganze Zeit miteinander an, also musste es nichts bedeuten, richtig?

Der Glanz in Jennas Augen sagte: *Vielleicht, vielleicht auch nicht.*

Sie tranken, ohne ihren Blickkontakt zu unterbrechen. Das kühle Bier glitt in seiner Kehle hinunter und der Schaum kitzelte seine Lippe.

Einen Augenblick später leckte sich Jenna den Schaum von den Lippen, was einen ganz neuen Teil seines Körpers erweckte. Und dann sprudelte sie los und sprach in ihrem Singsangton – ein weiteres Meerjungfrauenüberbleibsel, dachte er sich. Er redete auch. Viel mehr, als er es normalerweise tat. Er stellte Fragen. Beantwortete manche. Wich einigen aus und antwortete auf andere ausführlich. Sie sprachen über unschuldige Themen wie Haustiere, Blumen und Highschool-Teams. Über Schwerwiegendes wie Familienprobleme und wie man über die Runden kam. Alles Mögliche, was er noch nie zuvor in Worte gefasst hatte. Zum Beispiel, wie ein Verweis in der Schule im Büro des Direktors zu einem Verweis am Schreibtisch eines Kommandanten wurde. Wie er seinen Arsch mit ein paar gut getimten Erfolgen gerettet hatte und dann wieder zurückgeworfen worden war. Warum es sich so wichtig anfühlte, mit Tim, Chase und Dell zusammenzubleiben.

Seine ganze Lebensgeschichte, zum ersten Mal erzählt, weil sich jemand für ihn interessierte. Weil jemand an ihn glaubte.

Jenna bedeckte seine Hände mit ihren und hing an jedem seiner Worte.

„Aha", kicherte sie und schlug einen leichtherzigen Ton an. „Jetzt weiß ich, warum Kai und Cruz dich im Auge behalten."

Nur Jenna konnte das sagen und es gleichzeitig sehr ernst und sehr lustig klingen lassen.

Er seufzte. „Was ist mit dir?"

Sie hielt inne, als würde sie überlegen, wo sie anfangen sollte. Dann hielt sie ihre Handgelenke hoch und zeigte ihm ihre Armreifen. „Die haben meiner Mutter gehört... "

Bei einigen Teilen ihrer Geschichte war ihre Stimme leise, bei anderen frech und laut und manchmal lachte sie sogar. Sie sprach darüber, wie ihre Eltern sie zum Surfen mitgenommen hatten, bevor sie überhaupt alt genug war, um zu laufen oder zu sprechen. Dann erzählte sie, wie ihre Mutter ihren Kampf gegen den Krebs verloren hatte und wie sie alle zusammenhielten, um diese Zeit zu überstehen. Wie sie ihrem Vater geholfen hatte, als ihre beiden älteren Schwestern ausgezogen waren, obwohl sie sich immer noch nahe standen. Warum sie das Studium aufgeschoben und sich dagegen entschieden hatte, sich im Profisurfen zu versuchen.

„Du weißt schon." Sie zuckte mit den Schultern. „Alle diese Snobs. Wer braucht die schon?"

Er lachte unverhohlen und nickte dann langsam. „Das ist also der Grund, warum deine Schwester und Cruz dich im Auge behalten."

Sie hob ihr Glas mit dem Rest ihres Getränks. „Siehst du? Du und ich, wir sind vom gleichen Schlag."

Die Menge brüllte über Dells neuesten und größten Trick, aber Connor hörte es kaum. Er vergaß die belebte Kneipe und die atemberaubende Aussicht – er sah nichts als Jennas strahlend blaue Augen. Er nahm nur noch ihre Stimme wahr, trotz all des Trubels im Hintergrund. Er roch nichts als ihren blumigen Duft, der voll von Hoffnung und mit einem Hauch von Erregung geprägt war.

Und alles, was ich will, knurrte sein Drache in ihm, *ist sie.*

Kapitel 18

Jenna zwang sich, lange, gleichmäßige Atemzüge zu nehmen. Alles an Connor faszinierte und verlockte sie. Seine tiefe, heisere Stimme. Das Glühen in seinen Augen, das mit seinen Stimmungen zu- und abnahm. Die versteckten Wunden, die er offenbart hatte, während er über die Vergangenheit sprach.

„Benutzen Drachen Magie?", fragte sie aus heiterem Himmel.

Er riss die Augen weit auf. „Magie? Nein."

Was war das dann für eine geheimnisvolle Kraft, die auf sie wirkte? *Liebe* erschien zu einfach für etwas so Mächtiges. Fast hätte sie gefragt, aber gerade als sie den Mund öffnete, wirbelte die Kellnerin mit ihrem Essen herbei.

„Ein Hula-Burger und ein Falafel-Salat."

Connor starrte. „Falafel-was?"

„Das haben Sie bestellt." Die Kellnerin beugte sich vor, um ihm einen Blick in ihre tief ausgeschnittene Bluse zu gewähren. Connor schien es nicht zu bemerken. Er hatte den ganzen Abend lang kaum in die Richtung der Frau geschaut.

Nur für alle Fälle nahm sich Jenna ein Beispiel an Connor und räusperte sich mit einem Knurren. Keine andere Frau würde heute Abend in ihrem Revier wildern. Die Kellnerin warf ihr einen Blick zu und wich dann schnell zurück.

Ha. Vielleicht musste man kein Drache sein, um Drachenausstrahlung zu zeigen.

Als ein anderer Kunde winkte, um die Aufmerksamkeit der Kellnerin zu erregen, huschte sie davon. Jenna verbarg ein triumphierendes Lächeln und griff nach ihrem Burger. Aber Connor starrte immer noch auf seine Mahlzeit, also hielt sie inne.

„Stimmt etwas nicht?", fragte sie.

Er stocherte auf seinem Teller herum und sie lachte. „Willst du tauschen?“

Connor nahm das Angebot freudig an und verschlang den Burger mit etwa drei Bissen. Sie fragte ihn, wie er nach Maui gekommen und in seinem neuen Job gelandet war, und die Unterhaltung kam wieder in Gang. Aber verdammt. Jedes Mal, wenn sie kurz vor einer weiteren großen Frage oder Offenbarung stand, wurden sie von der Kellnerin unterbrochen.

„Alles in Ordnung hier? Brauchen Sie noch Ketchup?“

„Nein, vielen Dank.“ Jenna versuchte, nicht zu schreien.

Ein Teil der Aufmerksamkeit, so vermutete Jenna, war ihrer breitschultrigen Begleitung verschuldet. Die Kellnerin war definitiv scharf auf ihn – das arme Mädchen, denn Connor schien sie überhaupt nicht zu bemerken.

„Kann ich Ihnen noch an Getränk bringen?“, versuchte es die Kellnerin erneut.

„Nein, vielen Dank“, bellte Jenna schließlich.

Ein fataler Fehler, denn als sie beide fertig waren und Jenna unbedingt gehen wollte, war die Kellnerin nirgends zu finden. Erst als Connor ihr ein Zeichen gab, stürmte sie zu ihnen zurück.

„Die Rechnung bitte.“

Die Kellnerin zog ein langes Gesicht. „Sicher.“

Connor bestand darauf, zu bezahlen, aber Jenna beharrte, das Trinkgeld geben zu wollen, und rundete sogar großzügig auf.

„War sie so gut?“ Connor schaute sie zweifelnd an.

Nein und die Frau hatte Jennas Mann den ganzen Abend lang schöne Augen gemacht. Aber sie versuchte, trotzdem gnädig zu sein. „Hast du schon mal als Kellner gearbeitet?“

Connor schüttelte den Kopf.

„Nun, ich habe früher gekellnert. Und glaube mir, es ist eine Menge Arbeit.“

Sie winkte Dell zum Abschied zu, als sie und Connor die Kneipe verließen. Er bemerkte sie kaum, weil er mit einem komplizierten Aufbau eines Getränke-Dominos beschäftigt war, das sich über die gesamte Länge der Bar erstreckte. Als Dell sie gehen sah, zwinkerte er ihnen frech zu.

„Viel Spaß, Kinder.“

Oh ja, Jenna war allerdings bereit, ein wenig Spaß zu haben. Sie nahm sich jedoch die Zeit, um einen Kundenfragebogen auszufüllen. Sie schrieb: *Die Türsteher sind super. Besonders der schnucklige neue Typ.*

Connor schaute darauf und lachte.

„Nun, wir müssen Chase und Dell unterstützen, richtig? Außerdem ist er schnucklig.“

„Hey. Das ist mein kleiner Bruder.“

Sie stieß ihn gegen die Schulter. Gut, dass ihre Füße selbst fest auf dem Boden standen, denn Connor rührte sich überhaupt nicht und fast musste sie einen Schritt zurücktreten.

„Weißt du eigentlich, wie sehr es nervt, das Baby in der Familie zu sein?“

„Ähm … nein. Ich schätze nicht“, sagte er. Dann kratzte er sich am Kinn und griff nach einem eigenen Formular. Sie schaute dabei zu, wie er in schrägen Blockbuchstaben schrieb. *Das Sicherheitspersonal schien aufmerksam und überprüfte sorgfältig die Ausweise.*

Sie lachte. Das war ja klar, dass ein Sicherheitsmann so etwas kommentieren würde. Sie griff erneut nach dem Stift und fügte ihrer Karte eine weitere Notiz hinzu. *Der Barkeeper (Dale?) war fantastisch. Er mixt die besten Drinks auf Hawaii.*

„Und du musst das wissen, weil…?“, murmelte Connor.

Sie stieß ihm mit einem Ellbogen in die Rippen.

Connor nahm ihr den Stift ab und schrieb noch etwas auf seine Karte. *Ausgezeichnete Getränke, schnell serviert. Schlage vor, dass der Barkeeper sich einen besseren Haarschnitt zulegt.*

Jenna gluckste und zeigte auf die Dell anhimmelnde Schar von Frauen, die sich um das Ende der Bar drängte. „Oh, ich glaube, da wären die Damen anderer Meinung.“

Connor warf ihr einen scharfen Blick zu und streckte seinen Ellbogen aus. Sie schlang ihren Arm hindurch und schmiegte sich eng an seine Seite, während sie die knarrenden Stufen zur Straße hinuntergingen. Sie hatte sich in ihrem Leben noch nie größer, schöner oder freier gefühlt als in diesem Moment.

Bis sie auf die Straße hinaustraten, Chase zum Abschied zuwinkten, sich umdrehten und – Jody und Cruz direkt in die Arme liefen.

Jody war wie immer entspannt, aber Cruz sah wütend aus. Mit anderen Worten, er war sein gewöhnliches Brummig-außer-dass-er-Jody-liebte-Selbst.

„Hi", sagte Jody so fröhlich wie eh und je.

„Hi." Jenna versuchte, Cruz nicht nervös anzuschauen. Er war ein Tigergestaltwandler und Tiger konnten Angst spüren, nicht wahr?

Erst als Jody Cruz anstupste, knurrte er, „Hi."

Nach zehn wortlosen Sekunden, in denen er zwischen Jenna und Connor hin und her schaute, verschränkte Cruz die Arme und runzelte die Stirn. Der Luftdruck stieg um das Hundertfache, als würde eine Gewitterwolke kurz vor dem Ausbruch stehen.

„Wie hat euch die Kneipe gefallen?", fragte Jody, ohne es zu bemerken.

„Es war nett", murmelte Jenna und legte eine Hand auf Connors Arm. Er machte dieses Ding, bei dem er sich versteifte und seine Nackenhaare sich aufstellten, während er Cruz anstarrte.

Der Tigergestaltwandler gab nicht nach. Schließlich packte er Connor und zerrte ihn an die Straßenecke. „Ich muss mit dir reden, Mann."

Jenna wäre ihnen fast nachgelaufen, aber Jody hielt sie mit einem leisen „Oh-oh" zurück.

Oh-oh stimmte. „Was macht Cruz mit ihm?", fragte Jenna fordernd.

Jody wählte ihre Worte sorgfältig, bevor sie antwortete. „Schau mal, es ist offensichtlich, was zwischen euch beiden vor sich geht. Und Connor scheint ein wirklich netter Kerl zu sein... "

„Aber?", forderte Jenna und stemmte die Hände in die Hüfte.

„Aber er ist neu, okay?"

Er wird missverstanden, wollte Jenna schreien. *Er gibt sich so viel Mühe. Und alles, was er braucht, um sich über all den*

Mist in seinem Leben zu erheben, ist eine Person, die ihm eine Chance gibt.

Aber Jody fuhr fort, ohne Jenna die Gelegenheit zu geben, etwas zu sagen. „Nach allem, was ich gehört habe, war er früher etwas unberechenbar. Cruz will nur auf dich aufpassen, verstehst du?"

Jennas Wangen wurden heiß und sie fuchtelte mit den Händen in der Luft herum. „Hör dir selbst einmal zu! Als wir noch klein waren, haben die Leute über uns geredet, aber sie haben es einfach nicht verstanden, nicht wahr? Erinnerst du dich daran? Wie sie gesagt haben, wir bräuchten mehr Aufsicht, und dass Dad eine neue Partnerin finden müsste, um uns richtig aufzuziehen. Gott sei Dank, hat Dad nicht auf diesen Scheiß gehört. Welches Recht hatten sie, über uns zu urteilen?"

Für einen Augenblick hielten sie beide inne und dachten an all die Dinge zurück, die sie als Familie überwunden hatten. Und wieder einmal hatte Jenna das Gefühl, ihrem Vater für alles, was er für sie getan hatte, unendlich viel zu verdanken.

Ein Kloß stieg in ihrem Hals auf, als sie auf ihre Armreifen und das passende Paar an Jodys Handgelenken starrte. Sie hatten so vieles zusammen durchgemacht und waren so weit gekommen. Jody meinte es nur gut.

Als ihre ältere Schwester weitersprach, war es in ihrem sanftesten Ton. „Jenna, ich weiß, dass du es ernst meinst. Aber für dich ist das alles neu. Zum Teufel, sogar mir sind so viele Dinge noch neu. Jede Gestaltwandlerspezies hat einen anderen Kodex und zwischen Gestaltwandlern ist es sogar noch komplizierter. Also wirklich – wie viel davon kannst du beurteilen?"

Jenna starrte auf ihre Füße. Jody war nicht herablassend. Sie wies lediglich auf die schmerzhafte Wahrheit hin. War Jenna wirklich in der Lage, die Hierarchien einer völlig fremden Welt zu revolutionieren?

Wäre da nicht Cruz' Kommentar gewesen, der in einer kurzen Lücke zwischen den Fußgängern zu ihr hinübergetragen wurde, hätte Jenna vielleicht den Schwanz eingezogen und ihre Niederlage eingestanden. Stattdessen riss sie den Kopf herum und stapfte zu den beiden Männern hinüber.

„Was war das?", forderte sie, denn sie hatte genau gehört, wie Cruz Connor in die Mangel genommen hatte. *Ist sie nicht ein wenig zu jung für dich?*

Connor sah so aus, als würde er gleich in die Luft gehen, aber sie streckte einen Arm aus und hielt ihn zurück. Dies war nicht seine Schlacht. Es war ihre.

„Was hast du gesagt?", forderte sie ein zweites Mal.

Cruz schaute von Jenna zu Connor und wieder zurück. Dann verschränkte er die Arme. „Ich habe gesagt, dass du ein bisschen zu jung für einen Typ wie ihn bist."

Irgendetwas in Jenna schnappte über und ehe sie sich versah, hob sie einen drohenden Finger zu Cruz' Gesicht und hielt die Rede ihres Lebens.

„Zu jung? Weißt du, wann ich zu jung war? Als meine Mutter starb."

Cruz schaute Jody mit einem *Hilf mir, Baby*-Blick an, aber Jenna ließ nicht locker.

„Und weißt du, wann ich noch zu jung war? Als meine Schwestern erwachsen wurden und ausgezogen sind. Ich war zu jung, um diejenige zu sein, die sich um meinen Vater und um alles zu Hause kümmern musste. Aber jetzt?" Sie schubste Cruz so fest, dass er einen Schritt zurückwich. „Ich bin erwachsen und ich entscheide selbst, was ich tun werde und was nicht. Hast du das verstanden?"

Sie sah rot und das Blut rauschte durch ihre Adern und ließ ihre Hände zittern. Zorn tat weh, entschied sie. Zorn war beängstigend. Was wäre, wenn er sie verschluckte und den Sonnenschein in ihrem Leben raubte?

Dann teilten sich die Gewitterwolken in ihrem Kopf und ein Lichtstrahl brach durch. Sie blickte nach unten und sah, dass Connor ihren Arm berührte. Die leichteste, völlig unaufdringliche Berührung überhaupt und doch hatte sie eine ganz eigene Kraft.

Liebe. Sie konnte spüren, wie sie durch ihren Arm strömte. Wie das Gegenmittel für ein tödliches Gift fing sie ihren Zorn ein und spülte ihn vollkommen weg.

Sie starrte auf den Berührungspunkt – auf Connors massive Hand, die ihre eigene klein erscheinen ließ. War es das, was er fühlte, wenn sie in berührte, wann immer er sich aufgeregt hatte?

Als sie schließlich aufblickte, strahlten Connors Augen mit einem beruhigenden Glanz. Cruz war ganz still geworden und Jody betrachtete sie und Connor nun mit einer ganz anderen Art von Sorge.

„Wenn du auch nur…“, fing Cruz noch einmal an und warf Connor einen letzten unnachgiebigen Blick zu.

Jenna riss ihre Hand nach vorn und packte Cruz am Kinn. Sie schockierte sich selbst damit genauso wie ihn. Verdammt. Sie mochte nicht viel über Gestaltwandler wissen, aber man legte sich nicht mit einem wütenden Tigergestaltwandler an. Besonders nicht, wenn dieser Tiger Cruz war. Aber sie hatte ohne nachzudenken gehandelt und ebenso voreilig gesprochen.

„Ich bin diejenige, mit der du hier redest, nicht er. Hast du das verstanden?“ Dann fing sie sich wieder und ließ los. Stattdessen tätschelte sie ihn leicht. „Hör mal, ich weiß es zu schätzen, dass du dich um mich sorgst. Das tue ich wirklich.“ Sie ließ ihre Berührung und Stimme sanfter werden. „Du, zusammen mit Jody, meinem Vater, meiner Schwester, meinem Schwager und so ziemlich jedem anderen. Aber ich habe es satt, die kleine Schwester zu sein. Ich habe es satt, wie ein Kind behandelt zu werden. Ich bin schon vor langer Zeit erwachsen geworden und kann meine eigenen Entscheidungen treffen. In Ordnung?“

Cruz sah nicht überzeugt aus, aber Jody zog sie in ihre Arme. „Ich weiß, dass du das kannst“, murmelte sie. Dann schlang sie ihren Arm um Cruz und küsste ihn auf die Wange. „Also gut. Zurück zu dem, weswegen wir hergekommen sind. Ein netter Abend.“ Sie zwinkerte Jenna zu. „Was empfehlt ihr?“

Jennas Arme und Beine wurden vor Erleichterung ein wenig schwach. In gewisser Weise hatte Jody ihr gerade – wieder einmal – den Arsch gerettet, indem sie die Spannung entschärft hatte. Aber irgendwie fühlte es sich mehr wie ein Gefallen unter Gleichberechtigten an, als wie die übliche große Schwesternsache.

„Lasst die Finger vom Falafel-Salat", grunzte Connor und machte sein eigenes Friedensangebot. „Aber das Big Swell India Pale Ale sah für mich ziemlich gut aus."

„Perfekt", verkündete Jody und führte Cruz weiter. „Ich kann es kaum erwarten. Oh, hallo, Chase!" Dann drehte Jody sich noch einmal um, um über ihre Schulter zu schauen. „Habt viel Spaß, ihr beiden."

Cruz versteifte sich, drehte sich netterweise jedoch nicht noch einmal um.

„Danke. Das werden wir." Jenna zog Connor den Bürgersteig entlang. „Nicht wahr?"

Er stieß ein gezwungenes leises Lachen aus. „Sicher. Aber siehst du, was ich meine?"

„Ja, ich sehe, was du meinst", seufzte sie. Dann strich sie mit der Hand über die breiten Muskelstränge, die auf beiden Seiten neben seiner Wirbelsäule verliefen, und lieh sich einen Satz von ihrem Vater. „Aber sie können uns mal den Buckel runterrutschen…"

Connor lachte. Und er lachte sogar noch mehr, als sie noch eine Frage anhängte.

„Geht das mit Drachenbuckeln auch?"

„Du bist wirklich etwas Besonderes, weißt du das?", lachte er leise und hielt inne, um sie in die Arme zu schließen. Eine riesige Umarmung, bei der er seine Arme komplett um sie schlang – und dann noch ein Stück mehr – und sie von einer Seite zur anderen wiegte. Sie vergrub ihr Gesicht an seiner Schulter und atmete ein, was die letzten Überreste der Gewitterwolken für sie verjagte.

Ihre eigenen Worte hallten in ihren Gedanken wieder – *und alles, was er braucht, um sich über all den Mist in seinem Leben zu erheben, ist eine Person, die ihm eine Chance gibt* – und sie grübelte eine Weile darüber nach. Musste sie auf Cruz, Kai oder irgendjemand anderen warten, um Connor eine Chance zu geben, oder konnte sie diejenige sein?

Weit entfernt von der Welt und in der Sicherheit seiner Umarmung fühlte sie sich unbesiegbar. Aber so verzweifelt sie sich auch wünschte, diejenige zu sein, die ihm half, fragte sie sich, ob sie es wirklich war. Jody hatte recht – sie war ein

Neuling in der Welt der Gestaltwandler. Und schlimmer noch, sie hatte keine eigenen besonderen Kräfte. Was konnte sie schon tun, um Connor zu helfen?

Vertraue einfach, sagte eine kleine Stimme zu ihr. Eine Stimme, die tief aus Connors Seele oder aus dem Zentrum der Erde hätte kommen können. Sie wusste es nicht. *Vertrauen.*

Ihm vertrauen, fragte sie sich, oder sich selbst vertrauen?

Connor löste seine Umarmung langsam und schenkte ihr eines seiner seltenen Lächeln. „Ich werde ihn dir irgendwann zeigen müssen."

Sie neigte verwirrt den Kopf.

„Meinen Drachenbuckel. Dann kannst du ihn dir selbst anschauen, meine ich."

Sie lachte. „Wie wäre es, wenn ich mir zunächst einmal etwas anderes anschaue?"

Er riss die Augenbrauen hoch und seine Augen strahlten mit einem besitzergreifenden Glanz. „Wie was zum Beispiel?"

Deinen nackten Körper, wollte sie sagen, *deinen menschlichen, nackten Körper, aber mit der Gelegenheit, ihn dieses Mal zu genießen.*

Sie räusperte sich. „Wie gut du tanzen kannst." Sie nickte in die Richtung einer Band, die unter einem großen Baum spielte, wo mehrere Paare zur Musik tanzten.

Connor schenkte ihr ein verschmitztes Grinsen. „Nur ein Tanz, was?"

Sie warf ihm ihren besten sinnlichen Blick zu. „Und vielleicht noch ein paar andere Dinge."

Ein Hauch von Rosa zeigte sich in seinen Wangen. Hatte er ihre Gedanken gelesen?

„Nun, ich kann dir gleich garantieren, dass ich ein schrecklicher Tänzer bin."

„Oh? Und wie bist du in ... anderen Dingen?" Sie senkte die Stimme.

„Ah, du weißt schon." Er schenkte ihr ein freches Grinsen. „Das wirst du selbst beurteilen müssen."

Was sie dazu brachte, das Tanzen zu vergessen und stattdessen das nächste Bett, den nächsten einsamen Strandabschnitt oder den Rücksitz eines Wagens finden zu wollen.

„Von mir aus gerne", sagte sie so zurückhaltend wie möglich.

Jetzt neckte Connor sie. „Tanzen, meinst du? Oder … andere Dinge?"

Sie schätzte kurz die Entfernung zum Wagen und zurück zum Anwesen ein und gab dann auf. Sie würde es niemals so weit schaffen, ohne unterwegs vor Lust zu sterben. Vielleicht würde ein Tanz ihr Bedürfnis ein wenig lindern.

Andererseits könnte es alles vielleicht auch noch schlimmer machen.

Connors Augen funkelten und forderten sie heraus. Aber zur Hölle. Sie wäre bereit für ein wenig Folter, wenn er es war.

„Tanzen", sagte sie. „Für den Anfang."

Und so fand sie sich in einer der magischsten Umgebungen überhaupt wieder. Das Baumhaus ihrer Schwester an Koa Point gehörte in diese Kategorie, ebenso wie das mit Stroh bedeckte Gästehaus, in dem sie derzeit wohnen durfte. Aber an diesem Abend mit Connor unter einem Banyanbaum zu tanzen… Das war der größte Zauber von allen.

Sie brauchte nicht innezuhalten und die historische Plakette zu lesen, um zu wissen, dass der Banyan einer der ältesten Bäume des Staates sein musste. Ein massiver, zentraler Stamm mit Ästen, die sich in alle Himmelsrichtungen erstreckten. Und wenn sie nach außen hin zu schwer wurden, um sich selbst zu stützen, trieben sie einfach rebenähnliche Wurzeln aus, die sich nach und nach zu einem ganz neuen Stamm verankerten – und noch einem und noch einem, so dass dieser einzelne Baum einen ganzen Wald von miteinander verbundenen Stämmen geschaffen hatte. Ein Gitterwerk, auf dem Vögel zwitscherten, und ein Baldachin, der die Töne der Band auffing. Stimmen schwebten durch die Luft zusammen mit Gelächter und dem leichten Kratzen der Schuhe der Tänzer über dem Boden.

„Also, du musst deine Hand hier hinlegen." Sie berührte ihre Schulter und holte tief Luft.

„So viel weiß ich." Connor runzelte konzentriert die Stirn.

„Hey", sagte sie, als er an ihre Taille griff. „Du kannst mir auf die Füße treten, so oft du willst."

„Vergiss nur einfach nicht, dass ich in anderen Sachen besser bin", murmelte er.

Er schaute sich ein oder zwei Sekunden lang um und beobachtete die anderen Paare, während er im Takt nickte. Dann schwang er sich in seine erste Drehung ... und raubte ihr den Atem. Nicht mit seinen ausgefeilten Bewegungen oder seinem Können, sondern mit der in ihm schlummernden Kraft und dem natürlichen Selbstvertrauen seines Körpers. Er schaute ihr in die Augen und sie musste sich nur darauf konzentrieren, um in einen perfekten, harmonischen Rhythmus mit ihm zu fallen.

Sie beobachtete die Sterne – ähm, das Glitzern in seinen Augen. Er drehte sich, zunächst vorsichtig und dann immer geschmeidiger und sie lachte über die Freude an der Bewegung. Es war ein bisschen wie Surfen, nur viel langsamer. Langsam genug, um es so richtig zu genießen. Die Magie des Schwungs, das Gefühl, dahinzuschweben. Das totale Ausblenden aller Gedanken, außer denen, die sich auf das Hier und Jetzt bezogen.

Ihre Oberkörper waren dicht aneinandergedrückt und lösten sich langsam mit jedem gleichzeitigen Atemzug. Ihre Beine umklammerten seine. Sie waren nah genug, um ganz leicht zu stolpern, obwohl sie es nicht tat.

So schön nah, kicherte das unanständige Mädchen in ihr.

„Hm?", murmelte er.

Sie saugte ihre Unterlippe zwischen die Zähne. Hatte sie das etwa laut gesagt?

„Schön", sagte sie ganz unschuldig. „Es ist einfach so ... schön."

„Nicht nur schön", murmelte er und schnupperte an ihrem Haar. „Es ist Schicksal."

Seine Worte waren so leise, dass sie ganz sanft zwischen den Noten des Refrains erklangen.

Sie nickte langsam. Natürlich war es Schicksal, das sie zusammenbrachte. Was sollte es sonst sein?

Ein Lied endete und ein neues begann, aber Connor tanzte durch die kurze Pause hindurch.

„Blue Moon... " Der stimmgewaltige Sänger hielt jeden Ton perfekt und Connor zog Jenna bei den Zeilen, in denen es darum ging, sie allein dort stehen zu sehen, ein wenig näher zu sich heran.

Sie summte an seiner Brust und hörte dem Sänger weiter zu. Keine eigene Liebe? Seltsam, dass sie nie darüber nachgedacht hatte, wie schwer das wäre.

Ihr Herzschlag verlangsamte sich, aber jedes Klopfen hatte die doppelte Kraft. Ihr ganzer Körper wurde warm. Sie fürchtete den Moment, in dem das Lied enden würde. Aber nach einem letzten, lang gezogenen Ton machte Connor alles noch perfekter, indem er das Lied in einen Kuss verwandelte. Ein Kuss mit den gleichen langsamen, anhaltenden Bewegungen wie ihr Tanz. Mit den Händen strich er über ihre Schultern und sie krümmte sich ihm entgegen, als die Stimmung langsam von der *Ballade* zu einem unanständigen *Dirty Dance* kippte. Und als er endcte – der perfekteste Kuss der Welt – spielte sich der Rest des Abends vor Jennas geistigem Auge ab.

„Bring mich nach Hause, Drache", flüsterte sie.

Er küsste sie noch einmal, lehnte dann seine Stirn gegen ihre und nickte. „Das kann ich machen."

Seine Stimme war noch immer ein Flüstern und seine Hand lag fest in ihrer, aber sein Kehlkopf wippte – zweimal. Dann schlang er seinen Arm um ihre Schulter und führte sie zum Wagen zurück. Es war ein langer Weg, aber jeder Schritt fühlte sich richtig an.

Jenna zitterte vor Erwartung. Wenn Connor so gut tanzen konnte, wie gut wäre er dann im Bett? Jeder Nerv in ihrem Körper kribbelte und die Hitze, die sich in ihr aufstaute, wirbelte in süßer Vorfreude herum.

„Moment", flüsterte sie und zog ihn zu einem weiteren Kuss zu sich heran. Ein Dankeskuss, der ihn wissen ließ, wie perfekt der Abend war.

Er grinste und drehte sich wieder um, um weiterzugehen, als...

Connor verzog das Gesicht und sein ganzer Körper versteifte sich.

„Mr. Hoving", sagte der Mann, der vor ihnen stand. Es klang eher wie eine Anschuldigung als eine Begrüßung.

„Draig", murmelte Connor und zog Jenna zurück.

Es war eine winzige, unauffällige Bewegung und doch ertönten in ihrem Kopf tausend Alarmglocken.

Llewellyn. Baird. Draig. Connor hatte diese Namen zuvor erwähnt. Die ältesten und reichsten Drachenclans.

Jenna funkelte ihn an. Draig war ein älterer Mann, dessen Haar eher silbern als grau war. Aber seine Augen waren so scharf wie die eines Adlers auf der Suche nach Beute. Er streckte sein Kinn und seine Nase nach oben und strahlte Überlegenheit aus. Oder vielleicht war Arroganz ein besseres Wort.

Jenna versuchte, nicht die Stirn zu runzeln, aber sie hasste den Mann sofort.

„Sie genießen den Abend, wie ich sehe." Draig grinste und fand offensichtlich Gefallen daran, Connor mit seinen Worten zu provozieren.

Und der Art und Weise nach zu urteilen, wie Connor seinen Kiefer zusammenbiss, gelang ihm das auch. Denn zwischen den Zeilen der Worte des Mannes schwang eine unterschwellige Botschaft mit. Eine hochmütige Haltung, wie die eines Imperators, der sich gelegentlich amüsierte, indem er das Verhalten der unteren Klassen beobachtete.

Das Gesindel, sagte Draigs nach oben gerichtete Nase.

Diese Drachenclans agieren in ihrer Welt mit tausend ungeschriebenen, archaischen Regeln, die keinen Sinn ergeben, hatte Connor gesagt.

Zwei bullige, ausdruckslose Männer – zweifellos Leibwächter – flankierten Draig und seine viel zu junge, viel zu hübsche und viel zu stille Begleiterin, richtete ihren Blick fest auf den Boden. Eines dieser Vorzeigemädchen, das sich einem reichen, älteren Mann hingab. Würde ihr Elend wie ein Hilferuf in die Außenwelt dringen, wenn sie aufblickte?

„Genießen Sie Ihren letzten Abend auf Maui?", spie Connor förmlich zurück, wobei er die Betonung auf *letzten* legte. Offensichtlich würde Connor keine Tränen vergießen, wenn der Mann abreiste.

Jenna umklammerte Connors Hand fest. Sie hatten einen so schönen Abend verbracht und sie wollte nicht, dass irgendetwas ihn ruinierte. Sie stieß ihn nach vorn, aber er stand still wie eine Mauer und blockierte sie. Also trat sie zur Seite, um ihn herum und bereit, ihn wegzuziehen, wenn es sein musste.

Die Bewegung entzog sie Connors Schatten und sie erstarrte in der Sekunde, in der Draig seinen Blick auf sie fixierte. Seine Augen flammten rot auf, genau wie die des Stalkers in ihren Albträumen und ihr Instinkt sagte ihr, sie solle so weit wie möglich und schnell fliehen. Aber sie stand wie angewurzelt da. Ganz schrecklich, hilflos angewurzelt und unfähig sich bei all den panischen Botschaften, die ihr durch den Kopf schossen, zu bewegen.

Es gibt verschiedene Arten von Drachen. Sie hatte zuvor nur eine vage Vorstellung davon gehabt, was Connor damit meinen könnte, aber jetzt war es völlig klar.

„Meine Güte, ist sie nicht reizend." Draig ließ seine heißglühenden Augen über ihren Körper schweifen.

Ein Schauder lief ihr über den Rücken, als die volle Wucht seines Blickes in ihren persönlichen Freiraum drang. Draig war nicht nur ein reicher, eingebildeter Snob, den sie ignorieren konnte. Er war ein Drache. Eine Bestie, die sie in Stücke reißen könnte. Ein Biest, das sie bei lebendigem Leibe verbrennen könnte – langsam – und jede Minute davon genießen würde.

Draigs Augen funkelten und Jenna erahnte in den Tiefen seiner feurigen Augenhöhlen noch schlimmere Qualen. Wie von ihm verschleppt und eingesperrt zu werden. Von ihm berührt zu werden und zu wissen, dass niemand ihre Schreie hören würde, egal wie laut sie schrie.

Sie hatte noch nie in ihrem Leben solche Angst gespürt. Connor machte sich hinter ihr für einen Wutausbruch bereit und das machte ihr fast genauso viel Angst. Das Letzte, was sie erleben wollte, war ein ausgewachsener Drachenkampf. Aber Connor war am Limit, wie ein Vulkan, der kurz davor stand, auszubrechen.

Es war nur allzu leicht, sich vorzustellen, was als Nächstes passieren würde. Connor würde sich auf Draig stürzen. Draigs Leibwächter – welche Art von Gestaltwandlern sie auch immer waren – würden sich auf Connor stürzen. Und selbst wenn Connor sie abwehren und zu Draig gelangen könnte, würde man Connor die Schuld dafür geben, weil er der Angreifer gewesen war. Der Unberechenbare, wie Jody es formuliert hatte. Ein Rebell, der aufgehalten werden musste. Und wenn Connor so weit gehen würde, seinen Drachen in der Öffentlichkeit zu zeigen – selbst wenn es nur zu ihrer Verteidigung wäre – würde die gesamte Gestaltwandlerwelt mit all ihrer Härte über ihn hereinbrechen.

Innerhalb eines Herzschlags gelang es Jenna, den letzten Rest ihrer Willenskraft aus ihrem Versteck zu locken und Draig finster anzufunkeln.

„Und sind Sie nicht unhöflich", fauchte sie.

Der Rotschopf an Draigs Seite blickte schockiert auf. Draig kniff die Augen zusammen. Connor knurrte. Es war ein Vorbote des bevorstehenden Angriffs.

„Auf Wiedersehen", bellte Jenna und zerrte Connor davon. Sie betete, dass er nicht ausrasten würde. Sie hasste es, vor einer Herausforderung davonzulaufen, aber jemand musste diese schwelende Konfrontation entschärfen – sonst...

Wie durch ein Wunder folgte Connor ihr. Hauptsächlich um ihr den Rücken zu decken, das spürte sie, aber das war auch in Ordnung. Sie zwang sich, in normalem Tempo weiterzugehen, anstatt zu rennen, während sie noch immer Draigs Blick auf ihrem Rücken spürte. Sie spürte die Hitze seiner Augen – fast wie ein Brandmal – bei jedem Schritt, bei dem Connor sie nicht vor ihm deckte. Erst als sie drei Häuserblöcke zwischen sich und die Bestie mit dem sengenden Blick gebracht hatten, ließ das Gefühl nach.

„Jenna", murmelte Connor.

Sie eilte weiter und freute sich schon darauf, in den Ferrari zu steigen, die Tür zuzuschlagen und davonzurasen.

„Jenna", beharrte Connor und brachte sie dazu, langsamer zu werden.

Sie blieb stehen und drehte sich zu ihm um. Sie war wütend darüber, dass sich ihr Zorn auf Connor anstatt auf Draig richtete, aber trotz allem wütend. „Ja?"

Er griff nach ihren beiden Händen und drückte sie an ihre Wangen, wodurch die Welt schrumpfte, sodass es nur noch ihn und sie gab.

„Du bist unglaublich und dafür liebe ich dich.“ Er schüttelte den Kopf und ging sogar noch einen Schritt weiter, sie zu überwältigen. „Nein – ich liebe dich für eine Menge Dinge. Aber du musst in der Nähe von Drachen wie Draig vorsichtig sein.“

Ja, das hatte sie jetzt verstanden. „Du meinst Arschlöcher wie Draig“, murmelte sie. Seine Art war als einfacher Mensch schon schlimm genug. Aber ein Drache, der so arrogant war, bedeutete wirklich nichts Gutes.

Dann hielt sie inne. Wow. Moment mal. Was hatte Connor da gerade gesagt? „Du liebst mich, weil. . . ?“

Er streichelte ihre Lippen mit einer Berührung, die so sanft war, dass sie dahinschmolz. „Nur dieser Teil. Ich liebe dich. Ich habe wirklich versucht, es nicht zu tun, aber ich kann einfach nicht anders.“

Sie starrte ihn an. „Warum würdest du versuchen, es nicht zu tun?“ Ein Dutzend hässlicher Gedanken schossen ihr durch den Kopf. Gab es eine andere? Hatten ihn all ihre Eigenarten und Unzulänglichkeiten genervt? Oder schlimmer noch. . . „Bin ich nicht gut genug?“

Connor verdrehte die Augen und griff nach ihren Schultern. „Ich bin derjenige, der nicht gut genug ist. Kannst du das nicht sehen?“

Sie blinzelte eine Weile wortlos. „Nein, das sehe ich nicht. Bist du verrückt geworden?“

Eine Lostrommel der Emotionen, die alle in ihr brodelnden, drehte sich noch ein paarmal und als Nächstes kam Mitleid zum Vorschein. Gott, welche Schwierigkeiten hatte Connor als Kind durchgestanden?

Kummer folgte danach und sie streichelte seine Wangen, so wie er es mit ihr getan hatte. „Ich weiß, wer du bist. Und wenn überhaupt, dann bin ich diejenige, die nicht gut genug ist. Eine zum Teil-Meerjungfrau. Wozu soll das denn gut sein?“

„Rede dich nicht schlecht“, sagte er feurig.

Sie schaute ihm direkt in die Augen. „Dann rede du auch nicht schlecht über dich.“

Er starrte sie eine ganze Weile lang an. Lange genug, dass sich eine Gruppe von Partygängern auf dem Bürgersteig an ihnen vorbeidrängen musste und sie dabei ein paarmal anstieß.

„Was auch immer sie sagt, hör’ auf sie, *Brah*“, rief ein junger Mann lachend. „Die Frau hat immer recht.“

Und *schwups* – irgendwie rissen diese beiläufigen Worte Jenna aus der furchterregenden Welt der Gestaltwandler zurück ins Reich von Humor, Herz und Hoffnung. Zurück in die Welt, die sie kannte und liebte.

„Ja. Hör’ auf mich, Mister.“ Sie hob ihren Finger vor Connor, als wäre er ein Kind.

Ein klitzekleines Lächeln geisterte über sein Gesicht. „Ja, Ma’am.“

„Gut. Der Wagen ist nicht mehr weit und wenn wir dort ankommen, wird all das hier verschwinden. Ich meine, all die schlechten Teile. Die werfe ich weg und wir behalten den Rest. Wie das Tanzen.“ Sie setzte sich wieder in Bewegung und baute mit jedem Schritt ihr Selbstvertrauen wieder auf. „Und das Abendessen. Das war wirklich großartig. Und das Spazieren. Und, oh, die Küsse.“

Connor gab einen leisen Laut von sich. „Der Teil hat mir auch gut gefallen.“

Sie nickte, als wäre das eine Selbstverständlichkeit, auch wenn sich ihre Seele in ihr aufplusterte. „Perfekt, denn ich habe noch ein paar mehr davon geplant.“

Er hob ihre Hand und küsste ihre Fingerknöchel. „Zum Beispiel hier?“

Sie schnaubte. „Das ist in Ordnung, während ich fahre, aber nicht sobald wir nach Hause kommen.“

„Nicht?“

Sie schüttelte entschieden den Kopf. „Du hast es versprochen, Mister. Viele andere Dinge. Und ich habe die Absicht, dich dein Versprechen einhalten zu lassen.“

Er stoppte sie – für eine nette kleine Umarmung, nahm sie an. Aber verdammt, hatte sie sich getäuscht. Connor packte sie bei den Schultern und nahm ihren Mund mit einem brennenden Kuss in Besitz, der jeden Nerv in ihrem Körper zum Keuchen brachte. *Ja! Ja! Mehr!*

Dann ließ er sie langsam wieder los und vergewisserte sich, dass sie sicher auf den Beinen stand, bevor er sich von ihr löste.

„Wow. Was war das denn?", murmelte sie.

Seine Augen wechselten zwischen allen möglichen Grüntönen hin und her. So wie Blinker, die an- und ausgingen. Wütendes Jadegrün. Entschlossenes Waldgrün. Erregtes Smaragdgrün. All das steckte in diesem Mann und es lag an ihr, die besten Teile herauszubringen.

„Ein Versprechen", knurrte er, so dass sie es bis in die Zehenspitzen kribbeln spürte.

Kapitel 19

Während des ersten Teils der Fahrt saß Connor ruhig da und befahl seinem tobenden Drachen, sich verdammt noch mal zu beruhigen. Aber die Bestie spie Feuer und brüllte mit der Absicht, um sich zu schlagen. Sein Drache wusste nicht einmal genau, was er zerstören wollte – Draig? Seinen nichtsnutzigen Vater? Die gesamte Drachenwelt?

Wut war ihm nicht neu und Frustration auch nicht. Auch Sehnsucht war oft ein Teil dieses bissigen Cocktails gewesen. Aber diese Emotionen zusammen mit Hoffnung und Verlangen zu spüren – das war völlig neu. Neu und gefährlich, denn er konnte – würde – sich Jenna nicht nähern, bevor er sich nicht unter Kontrolle gebracht hatte.

Wenn es nur so einfach wäre, wie sie gesagt hatte. Die schlechten Teile einfach auszublenden und am Rest festzuhalten.

„Nicht mehr weit", murmelte Jenna und legte den vierten Gang ein.

Connor schob seine Hand auf dem Schaltknüppel über ihre und schloss die Augen. Er konzentrierte sich auf ihre glatte, warme Haut und versuchte, sich zu beruhigen.

„Warte mal." Jenna zog ihre Hand unter seiner hervor und legte sie stattdessen obendrauf.

„Wie ist es damit?" Sie massierte seine Finger mit ihrem Daumen.

„Das ist schön", flüsterte Connor.

Ihre Berührung schaffte es, die Wut seines Drachen zu entschärfen. Anstatt allem Bösen in der Welt Tod und Zerstörung zu schwören, verlagerte sein Drache seinen Fokus langsam auf positive Gedanken. *Jenna... Liebe... Küsse...*

„Dort vorn ist die Einfahrt", sagte sie leise, als wollte sie prüfen, ob er mehr Zeit brauchte.

Er nahm einen tiefen Atemzug. Wie war es möglich, innerhalb so kurzer Zeit so eingespielt mit jemandem zu sein?

Schicksal, grollte eine irdische Stimme in seinem Hinterkopf.

Was alles schön und gut war, aber hatte das Schicksal etwas Gutes für ihn auf Lager oder nur ein elendes, niederschmetterndes Ende?

Gut oder schlecht, das musst du selbst entscheiden, grollte die Stimme. *Es liegt an dir, es zu verdienen.*

Er runzelte die Stirn. Was war dann der Sinn des Schicksals?

Die Stimme knurrte unheilvoll. *Das Schicksal hat deine Gefährtin in dein Leben gelenkt. Soll ich sie wieder wegnehmen?*

Connor hätte am liebsten kapitulierend die Hände gehoben. Gott, nein. Das wollte er nicht. *Ich habe einfach keine Ahnung, wie das funktioniert,* wollte er beteuern. *Niemand hat es mir je erklärt.*

Die Stimme lachte erbarmungslos. *Umso besser. Dann kannst du es selbst lernen.*

Auf die harte Tour, dachte er bei sich. Aber gut. Darin war er ein Meister.

Lass nur nicht zu, dass ihr etwas passiert, flehte er. *Ich bitte dich.*

Die tiefe Stimme schnaubte. *Sie muss auch ihren Teil betragen. Vielleicht sogar noch mehr als du.*

Als er die Warnung in diesen Worten hörte, fuhr er sich mit den Fingern durch die Haare. Nein, nein, nein! Es war seine Aufgabe, Jenna von Gefahr fernzuhalten, nicht sie hineinzuziehen.

Er wartete auf eine Antwort. Selbst eine kryptische Andeutung würde ihm genügen. Aber das Schicksal war weitergezogen, um eine andere Seele zu quälen.

„Koa Point." Jenna tippte sanft auf seine Hand, während sie darauf wartete, dass das Tor sich öffnete. „Hey. Zeit, bei Null anzufangen."

Connor blinzelte ein paar Mal. „Null?"

„Ja." Sie deutete auf die Umgebung. „Eine herrliche, sternenklare Nacht. Frieden und Ruhe. Und riech erst mal an diesen Blumen."

Er schnupperte, zunächst zaghaft, dann intensiver. Die Blumen waren ihm egal, aber Jennas süßer Duft brachte das letzte bisschen Ruhe in seine Seele.

Sie legte den ersten Gang ein, bewegte seine Hand unter ihrer und rollte die Auffahrt hinunter. „Ja. Du und ich kommen von einem sehr schönen Abend zurück. Wir sitzen in einem sehr schönen Wagen." Sie tätschelte das elegante Armaturenbrett. „An einem sehr schönen Ort."

Die Frau war eine Meisterin darin, das Schlechte zu verdrängen und das Gute zu hamstern.

Und eine Meisterin der Ablenkung, gurrte sein Drache in seinen ersten verständlichen Worten des Abends, als sie ihre Hand zu seinem Oberschenkel führte. Nicht zu hoch und nicht zu tief. Genau richtig. Nachdem sie den Wagen in einer Bucht der langen Garage des Anwesens geparkt hatte, betätigte sie die Handbremse und beugte sich für einen Kuss vor. Alles in der gleichen fließenden Bewegung. So als gingen sie jede Woche zusammen aus und verbrachten Abende, die immer mit einem Kuss endeten.

Er endet noch nicht, grummelte sein Drache. *Und nicht mit nur einem Kuss.*

Ihre Zunge strich über seine und versicherte ihm, dass es nicht dabei bleiben würde. Dann zog sie sich zurück, lächelte und deutete auf die Tür. „Es ist ein schöner Wagen, aber in Anbetracht unserer Optionen... "

Er lächelte und stieg nach ihr aus, nur um sie dann an der Schwelle zur Garage wiederzutreffen. Er drückte sie sanft gegen die Wand. Sie schlang ihre Arme um seine Taille und hob ihr Kinn zu einem Kuss an. Er drückte sich enger an sie und presste jeden Zentimeter seines Körpers an ihren.

„Und was genau sind unsere Optionen?", knurrte er zwischen zwei Küssen. Dies war zur Abwechslung einmal ein gutes Knurren.

Sie hob ihren Kopf und gurrte, als er sich seinen Weg über ihren Hals küsste.

„Eine Menge Optionen…“ Ihre Stimme war leise und verträumt, so als hätte sie es nicht eilig, schnell irgendwo hinzugelangen. „Es gibt den Gästebungalow … den Strand … und dein Haus.“

Er küsste sich seinen Weg zurück zu ihrem Mund, drang tiefer ein und hielt sie noch fester. „Mein Haus.“

Sein Drache nickte entschlossen, als hätte er es nicht anders haben wollen.

Jenna lächelte unter seinem Kuss und schob ihn dann langsam weg. Sie griff nach seiner Hand. „Dann zeig mir den Weg, Mister, bevor ich dich gleich hier auf der Stelle nackt ausziehe.“ Sie kicherte und das Geräusch war genauso beruhigend wie das Rauschen des Meeres in der Ferne. „Ich weiß nicht, ob ich so lange warten kann.“

Connor glaubte auch nicht, dass er so lange warten konnte und hätte sich fast doch für den Gästebungalow entschieden. Aber der lange Spaziergang am Strand wirkte Wunder, um die letzten dunklen Wolken aus seinem Kopf zu vertreiben. Erst als sie an dem Fischteich vorbeikamen, an dem Jenna zuvor erschreckt worden war, spannten sich seine Muskeln wieder an.

„Dort oben, nicht wahr?“, flüsterte Jenna. Sie war eine Frau auf einer Mission.

Er nickte, ging voran und schnüffelte dabei. Sein Bruder Timber war vor Kurzem hier gewesen und hatte das Gelände patrouilliert. Auch Cynthia war offensichtlich eine kurze Runde geflogen, bevor sie sich zurückgezogen hatte, um die Gegend vom obersten Stockwerk des Plantagenhauses aus zu überwachen. Er konnte es am leichten Hauch von Lavendelduft erkennen, den sie in der Luft hinterließ. Aber Jennas Salzwasser-und-Sonnenscheinduft erfüllte seine Sinne und leerte seinen Geist. Je näher sie seinem Haus auf der Klippe kamen, desto heftiger schlug sein Herz. Würde ihr seine Bleibe gefallen?

„Ich arbeite immer noch daran“, warnte er sie vor. *Genau wie an mir*, hätte er fast geseufzt.

„Ich kann kaum erwarten, es zu sehen", sagte sie und schwang seine Hand, während sie gingen.

Die Meeresbrise nahm zu, je höher sie stiegen. Sie wirbelte ihr Haar bei jedem leichten Schritt durcheinander. Als sie den Hügel erklommen hatten, blieb Jenna plötzlich auf der Stelle stehen.

„Wow."

Connor schaute sich ebenfalls um. Die Aussicht war atemberaubend. Sie reichte von den dunklen Silhouetten der Nachbarinseln bis zu den Lichtern der Küste von West Maui. Der Ozean glitzerte im Mondlicht und die Wellen krachten über Felsen, die tief unter ihnen lagen.

„Der perfekte Ort für einen Drachen", flüsterte sie.

Connor nickte und schluckte. Dass Timber ihm diesen Ort vorgeschlagen hatte, ergab Sinn. Sein Bruder kannte ihn schließlich besser als jeder andere. Aber auch Jenna verstand es sofort. Sein Bedürfnis nach einem hohen Aussichtspunkt, nach einem Platz, an dem er sich nach einem langen Nachtflug niederlassen konnte.

Der Ort war perfekt, aber ihm war schmerzlich bewusst, wie unfertig die eigentlichen Wohnräume waren. Alles schön und gut für einen Junggesellen, aber für Jenna?

Aber sie winkte aufgeregt mit den Händen herum und hob ihre Stimme. „Oh mein Gott, das ist unglaublich. Und du darfst hier wohnen?"

Er grinste und stieß die unverschlossene Tür auf. „Es gibt noch eine Menge zu tun, aber..."

Sein Blick wanderte von den unfertigen Schränken und der verschlissenen Couch zu Jenna hinüber, die direkt auf den Holztisch zusteuerte, den er am Vortag aus der Scheune gerettet hatte. Sie strich mit der Hand über die Oberfläche und folgte der Maserung des Holzes. „Der ist wunderschön."

Er atmete leicht aus. Vielleicht würde sie sich ja doch nicht an den Ecken und Kanten seiner Bleibe stören.

„Dieser Teil des Hauses hat nur zwei Räume. Die Küche und ein Wohnzimmer."

Sie beide waren in einer geraden Linie hintereinander angeordnet und befanden sich unter einem Dach, das schräg nach oben zum Meer hin verlief. Er schob die Terrassentüren auf und hoffte, sie würde sich auf den Blick zum Meer konzentrieren und nicht auf das Fehlen von Vorhängen oder auf die Tatsache, dass eine der Türen einen kräftigen Schubs brauchte, um sich überhaupt zu bewegen. Das Haus öffnete sich zu einer Natursteinterrasse, die bis an den Rand der Klippe reichte.

„Oh mein Gott. Von hier aus könnte man ja direkt ins Wasser springen." Jenna trat direkt an den Rand.

Er schnaubte. „Ich weiß nicht, ob ich das empfehlen würde."

Jenna zeigte auf eine Stelle inmitten der schäumenden Brandung unter ihnen. „Ich glaube, wenn man diese Stelle genau trifft... "

Er starrte sie mit offenem Mund an, denn sie meinte es ernst. Vielleicht war die Meerjungfrau in ihr der Oberfläche viel näher, als es ihr bewusst war.

„Du meinst, wenn man verrückt wäre."

„Die alten hawaiianischen Könige sind auch von Klippen gesprungen, weißt du. Um sich zu beweisen." Ihre Augen funkelten.

„Das werde ich mir für das nächste Mal merken, wenn ich mich beweisen muss."

Es war ein Scherz, aber seine Seele schnappte sich die Idee und speicherte sie in seinem persönlichen Register der *Nur für alle Fälle*-Einträge. Dies war ein großer, unordentlicher Platz ganz hinten in seinem Kopf, denn ein Kerl wie er hatte mit der Zeit gelernt, dass *nur für alle Fälle* viel öfter eintraf, als ihm lieb war.

Jenna eilte ins Haus zurück und ließ sich auf die Couch fallen. „Wow. Es ist drinnen, als ob man draußen wäre." Eine Sekunde später sprang sie auf und erkundete die Küche. „Fantastisch."

„Nun, es wäre fantastisch, wenn alle Schränke drin wären."

„Es wird fantastisch werden." Sie nickte entschieden und schaute sich um.

Er konnte nicht sagen, was sie sich vorstellte, aber sie sah ganz offensichtlich das Potenzial dieses Ortes. Genauso wie sie das Potenzial in ihm sah – zumindest hoffte er das.

„Lässt sich die Couch ausziehen?", fragte sie und schaute sich um.

Er lachte, weil es ihm gefiel, dass sie damit überhaupt kein Problem zu haben schien. Vielleicht wusste das Schicksal ja doch, was es tat, als es sie zusammengeführt hatte.

„Ich glaube, wenn du daran ziehen würdest, würde sie auseinanderfallen." Er zeigte auf die andere Seite des Raumes. Das Dach erstreckte sich noch ein Stück weiter und schützte eine Außentreppe. „Geh weiter. Dort kommen wir zum besten Teil."

„Das ist noch nicht der beste Teil?", quietschte Jenna.

Er schaltete ein Licht ein und stieg die Wendeltreppe hinunter. „Diese Klippe wurde durch einen uralten Lavastrom geformt und wer auch immer diesen Ort errichtet hat, hat die alten Lavaröhren für eine Reihe von Kellern benutzt. Das hier ist der erste." Er zeigte auf einen kleinen Raum, in den die Treppe mündete, und dann auf einen Tunnel, der sich an einer Seite abzweigte. „Schau dir das mal an... "

Jenna folgte ihm direkt auf den Fersen und war nicht im Geringsten beunruhigt darüber, durch eine niedrige und enge Höhle zu wandern. Der Boden war glatt, da eine Zementschicht über den rohen Felsen gegossen worden war, während die Tunnelwände naturbelassen waren.

„Pass auf deinen Kopf auf", murmelte er und klopfte gegen einen Felsvorsprung.

„Du meinst, ich soll dir nicht auf den Hintern starren?"

Er lachte und es hallte durch den Raum, den sie als Nächstes betraten.

„Oh ... mein ... Gott... ", stammelte Jenna und schaute auf und um sich herum.

„Er wurde von einer Lavablase geformt, aber es ist ein ziemlich cooler Raum, findest du nicht? Mit Oberlicht und allem." Er zeigte nach oben.

Der Raum war perfekt rund geformt und ein Stück des felsigen Daches und einer Wand waren eingestürzt, um zwei Öffnungen zu schaffen – ein breites Oberlicht und ein Fenster zum Meer, das den Raum mit frischer Luft und Licht füllte.

„Im Moment gibt es nur Regale an den Seiten...", fuhr er fort.

„Aber man könnte eine Runde Couch bauen, die genau hier hineinpasst. Dort einen Tisch hinstellen... den Raum zur heißesten Zeit des Tages nutzen...", fügte Jenna hinzu und beschrieb damit genau das, was auch er sich vorgestellt hatte, eines Tages hier drin zu erschaffen.

Hoffnung stieg in ihm auf. Hoffnung, an die er sich nicht zu sehr zu klammern wagte, denn wer wusste schon, was die Zukunft bringen würde?

„Was ist dort drüben?", fragte sie und zeigte auf den nächsten Tunnel.

„Schau' nach." Er blieb zurück, um ihr dabei zuzusehen, wie sie es selbst entdeckte. Sein Herz klopfte jetzt sogar noch heftiger als damals, als er diesen Ort selbst zum ersten Mal erkundet und erkannt hatte, wie perfekt er sein könnte. Wenn es Jenna gefiel, dann könnten sie vielleicht...

„Wow." Sie trat hinaus ins Freie.

„Cool, nicht wahr?" Er grinste.

„Dieser Ort ist mehr als cool." Sie drehte sich langsam im Kreis.

Sie waren auf eine ausgehöhlte Felsenstufe in der Klippe hinausgetreten – sie bildete einen riesigen, offenen Bereich mit einer natürlichen Decke, die bis zur Hälfte des Felsvorsprungs reichte und sowohl Schutz vor den Naturgewalten als auch einen offenen Raum bot.

„Ach du meine Güte. Hier könnte man grillen. Man könnte eine Riesenparty feiern. Gott, man könnte hier ja fast Runden joggen", schwärmte Jenna.

Ich kann hier auch starten und landen, brummte sein Drache und wollte angeben.

So groß war der Bereich – groß genug, dass er seine Flügel darin ausstrecken konnte. Groß genug, dass sogar zwei Drachen ihre Flügel ausbreiten könnten und dieser Gedanke ließ sein Herz nur noch schneller schlagen.

Sie zeigte auf eine Nische an der Seite. „Lass mich raten. Das ist dein geheimer Drachenhort."

Er lachte. „Das ist das Badezimmer."

„Ha. Also gibt es keinen Schatz?" Ihre Stimme klang neckend.

Nur einen, murmelte sein Drache und starrte sie direkt an.

Er schüttelte den Kopf. „Kein Gold oder Silber, falls es das ist, was du meinst."

Jenna schaute sich um und zeigte nicht die geringste Enttäuschung. Im Gegenteil ihre Augen leuchteten vor Staunen. „Früh morgens kannst du also in der Küche sitzen und die Sonne genießen... "

Er konnte es sich genau vorstellen. Wie sie auf der Couch saß und mit vom Schlaf zerzaustem Haar einen Kaffee schlürfte. Sie würde nichts anderes tragen als eines seiner T-Shirts.

„... und mitten am Tag kannst du dich auf der Couch dort abkühlen... " Jenna zeigte auf das geplante Wohnzimmer in der Lavablase.

Sofort stellte er sich vor, wie Jenna nach ihm rief und auf den Platz neben sich klopfen würde. Sie würde ihm eine Limonade mit einem Spiralstrohhalm reichen und auf die Art lächeln, wie nur sie es konnte.

Auf dieser Couch, die er noch nicht einmal gebaut hatte, aber na ja. Es fühlte sich gut an, davon zu träumen.

„... und dann könntest du hier mit dem Sonnenuntergang abschließen", schloss Jenna und breitete ihre Arme wie Flügel aus.

Wir könnten ihr das Fliegen beibringen, weißt du, sagte sein Drache.

Er hielt ein Schnauben zurück. Das würde bedeuten, sich mit Jenna zu verpaaren und er hatte keine Ahnung, ob sie das wollte.

Aber wenn wir uns verpaaren würden...

Ganz egal, wie sehr er versuchte, diese Gedanken zu unterbinden, sie gingen einfach mit ihm durch. Wenn Jenna es zulassen würde, dass er sie mit einem Paarungsbiss für sich beanspruchte, würde auch sie ein Drachengestaltwandler werden. Sie könnten zusammen in den Sonnenuntergang fliegen, ein paar Runden drehen und wieder hier landen. Sie könnten jeden Tag gemeinsam beginnen und beenden und in dem einfachen Rhythmus leben, nach dem sich seine Seele sehnte.

Zu Hause, flüsterte sein Drache. *Wir könnten uns endlich zu Hause fühlen.*

Jenna griff nach seiner Hand und blickte hinaus auf das glitzernde Meer. Hatte sie die gleichen Gedanken? Sie holte tief Luft und verriet nichts. Aber als sie sich wieder zu ihm umdrehte, funkelten ihre Augen genau wie das Meer.

Sie bewegten sich beide gleichzeitig – sie schlang ihre Arme um seinen Hals und er seine um ihre Taille. Als sich ihre Lippen trafen, setzte sein Puls kurz aus und ihm wurde ganz warm.

„Bei dieser Tour fehlt nur noch eine Sache", flüsterte Jenna zwischen zwei Küssen.

„Und was wäre das?", flüsterte er und neigte ihren Kopf zur Seite, um sie inniger zu küssen.

Ihre Lippen tanzten über seine und wurden innerhalb weniger Sekunden von verspielt zu hungrig.

„Ein Bett. Oder brauchen Drachen so etwas nicht?"

Er strich mit den Händen über ihren Hintern und zog ihre Hüfte an seine. „Drachen nicht, nein", flüsterte er, schob eine verirrte Haarsträhne hinter ihr Ohr und bedeckte erneut ihren Mund mit seinen Lippen. Dann zwang er sich, den Satz zu beenden: „Menschen schon. Gleich dort drüben."

„Wo drüben?" Ihre Stimme klang heiser, obwohl sie ihn nicht aus den Augen ließ. Der Drache in ihm war bereit, sie hochzuheben und zu diesem Teil der Terrasse hinüberzutragen, aber er zwang sich, sie loszulassen und ihr den Weg zu zeigen.

„Dort – das Bett."

Er deutete auf eine Plattform, die über dem natürlichen Stein errichtet und an drei Seiten wie ein Raum abgetrennt worden war. Nun zumindest war sie das in seiner Vorstellung. Im Moment war es nur ein großes Himmelbett, das in der Mitte einer zu allen Seiten offenen Plattform stand und durch das natürliche Dach geschützt wurde. „Gib mir eine Sekunde. Ich bin gleich wieder da."

„Du brauchst eine Sekunde? Wofür?"

„Es wird sich lohnen. Ich verspreche es."

Sie verschränkte die Arme und tippte ungeduldig mit dem Fuß auf. „Lass mich raten. Stimmungsmusik? Lavalampen?"

Er lachte leise und begab sich in eine schummrige Ecke, wo die Felswand abfiel. „Besser als das."

Es hatte hier eine Menge Gerümpel gegeben, als er diesen Ort entdeckt hatte, und er hatte die alten Kisten und Paletten an einer Seite gestapelt. Nicht gerade das beste Holz für ein Feuer, aber irgendwie schien es wichtig zu sein, jetzt eins anzuzünden. Jenna würde ihn für verrückt halten, also tat er sein Bestes, um es zu erklären, während er es in einem Kreis aus Steinen aufbaute.

„Meine Großmutter – die Mutter meiner Mutter – wurde in der Schweiz geboren", beantwortete er Jennas unausgesprochene Frage. „Ja, dort gab es früher Bären und Bärengestaltwandler."

„Moment – Bären?", fragte Jenna, während sie sich die Schuhe auszog.

Er tat sein Bestes, um seinen Blick auf das Holz zu konzentrieren und nicht auf ihre unglaublichen Beine zu starren. „Ja, Bären. In meiner Familie mütterlicherseits sind alle Bärengestaltwandler. Aber mein Vater war ein Myriadengestaltwandler, der sich in verschiedene Formen verwandeln konnte..."

„Wahnsinn", murmelte Jenna und sah ihn mit verträumten Augen an.

Wenn sie nur wüsste, wie es war, nicht dazuzugehören. „Jedenfalls hat meine Großmutter uns immer alle möglichen Geschichten über die alten Zeiten dort erzählt."

„Welche Art von Geschichten?", fragte Jenna und lehnte sich auf dem Bett zurück.

Er stapelte das Holz in der Form eines Tipis und legte kleinere Holzstücke zwischen die größeren. „Sie hatten alle möglichen alten Bräuche und der, den sie stets aufrechterhielt, hatte etwas mit einem Ritual am Ende des Winters zu tun."

Er rechnete es Jenna hoch an, dass sie beim Wort Ritual nicht zusammenzuckte. Im Gegenteil, sie schien jedem seiner Worte gebannt zu lauschen. Natürlich trugen die Sterne im Hintergrund und die Graustufen der Nacht über dem Meer zur Stimmung bei.

„Sie zündeten große Lagerfeuer an und einige Leute verkleideten sich mit hässlichen Masken. Dann zogen sie umher und machten Krawall, um die bösen Geister zu verjagen."

„Böse Geister, hm?"

Er traute sich fast nicht, sie anzusehen. Aber er musste sichergehen, dass sie ihn verstand. Er wollte sich heute Abend nicht mit Draig, Vampiren oder irgendeiner anderen Form des Bösen befassen. Aber er hatte ganz sicher nicht vor, eine Nacht mit Jenna zu verbringen, ohne ein paar Vorsichtsmaßnahmen zu treffen, selbst wenn sie von der abergläubischen Sorte waren.

„Ja. Um sie alle zu vertreiben", murmelte er in den Wind. „Um dafür zu sorgen, dass sie alle in Ruhe ließen."

Jenna sagte eine Sekunde lang gar nichts, nickte dann jedoch. „Also dann zünde das Ding an und komm' endlich ins Bett."

Wie es ihr gelang, Süßes, Verführerisches und Unschuldiges miteinander zu kombinieren, wusste er nicht. Nur, dass er noch nie zuvor eine Frau wie sie getroffen hatte.

„Brauchst du ein Streichholz?", fragte sie, als er zögerte.

„Ein Streichholz wäre die langsame Art."

„Und was wäre die schnelle?"

Er deutete auf seine Brust und hüstelte ein wenig, als er sich fragte, wie sie reagieren würde. „Drache, weißt du noch?"

Sie riss ihre Augenbrauen hoch. „Heiliger Strohsack. Du musst die besten Partytricks draufhaben."

Sein Lachen hallte in der Nacht wider. „Ich kann ein Streichholz benutzen, wenn du willst."

Sie schüttelte den Kopf, beugte sich vor und stützte ihr Kinn auf ihren Ellbogen ab. „Das muss ich sehen."

Seine Nasenflügel bebten, als er darüber nachdachte. Vielleicht war es doch nicht die beste Idee. Aktionen wie diese brachten ihn jedes Mal in Schwierigkeiten.

„Worauf wartest du noch?"

„Ich versuche zu denken, bevor ich handle", gab er zu.

Jenna winkte den Gedanken ab. „Wo bleibt denn da der Spaß?"

Er grinste, lehnte sich dann zurück, schnaufte ein paarmal und ließ gerade genug von seiner Drachenseite durchkommen, um Feuer zu speien. Nur eine kleine, einen Meter lange Flamme. Genug, um das Lagerfeuer zum Knistern zu bringen. Aber für einen kurzen Moment fuhr er seine Zähne aus und sein Kiefer hing weit hinunter, so dass Jenna einen Blick auf die erste Phase seiner Verwandlung werfen konnte.

An diesen Teil hatte er gar nicht gedacht und er schaute auf, weil er besorgt darüber war, wie sie reagieren würde.

Sie hatte die Augen weit aufgerissen und umklammerte das Bettlaken mit den Händen. Ihr Mund klappte auf, aber sie sagte kein Wort – zunächst zumindest. Dann schob sie die Unterlippe vor, atmete aus und murmelte: „Cool.“

Er starrte sie an. War seine Drachenseite wirklich okay für sie?

Sie zeigte mit einem Finger auf ihn und winkte ihn dann näher zu sich heran. „Du weißt aber schon, dass das gefährlich ist.“

Er trat vom Feuer weg und verringerte schnell den Abstand zwischen ihnen. „Inwiefern?“

Sie stützte sich auf den Ellbogen ab und ließ gerade genug Platz zwischen ihren Knien, dass er sich dort niederlassen konnte. „Diese Nummer ist nur schwer zu toppen. Was ist, wenn du meine Erwartungen jetzt nicht erfüllst?“

Er beugte sich über sie und fühlte sich durch und durch wie ein mächtiger Drache, auch wenn er diesen Körper sicher weggeschlossen behielt. Hinter ihnen knisterte das Lagerfeuer. Es stieg höher auf und spornte ihn an.

Er stützte sich auf seine Ellbogen, so dass sie rückwärts auf die Matratze sank. „Ich verspreche dir, dich nicht zu enttäuschen.“

Er meinte es in mehr als einer Hinsicht und sein Drache legte ein stillschweigendes Gelübde ab. Sie zu verwöhnen. Sie zu beschützen. Sie stolz zu machen.

Sie grinste und lehnte sich zurück, während sie gleichzeitig nach seinem T-Shirt griff. Sobald sie es ihm über den Kopf gezogen hatte, beugte er sich zu einem intensiven, leidenschaftlichen Kuss hinunter, der sie wimmern ließ. Innerhalb weniger Sekunden krümmte sie sich unter ihm und bettelte nach mehr.

„Ja“, stöhnte sie, während er mit den Händen über ihren glorreichen Körper strich. „Ja... “

Kapitel 20

In Jennas Kopf blitzten tausende Lichter und ihr Körper bäumte sich vor Lust auf. Connor hatte nicht nur ein Lagerfeuer auf dem Felsvorsprung entzündet. Er hatte auch Flammen in ihr entfacht und sie konnte nicht genug von ihm bekommen. Ihre Hände waren überall gleichzeitig und berührten nun all die Muskeln, die bislang tabu gewesen waren. Seine breiten Schultern, die steinharte Brust. Die Drachentätowierung auf seinem Oberarm und das darunter versteckte Symbol der Spezialeinheit. Das Waschbrettmuster seines Bauches war wie ein Labyrinth, das sie mit den Fingern nachzeichnen konnte. Auch sein Hintern war geballte Kraft und sie sehnte sich danach, ihn in sich bewegen zu spüren.

„Connor ... niemals...“, murmelte sie verzweifelt keuchend.

Er hielt sofort inne und stützte sich ein paar Zentimeter über ihr ab. „Niemals?“

Sie schüttelte den Kopf, denn das klang völlig falsch, aber sie konnte ihre Zunge nicht dazu bringen, zu sprechen. „Ich habe noch niemals jemanden so sehr begehrt wie dich. Ich habe es noch niemals so sehr gebraucht“, keuchte sie.

Seine Augen brannten sich in ihre. „Ich auch nicht. Ich auch nicht.“

Was eine Menge aussagte, denn er hatte ganz sicher mehr Erfahrung als sie. Nicht dass dies ihr erstes Mal wäre, aber irgendwie fühlte es sich trotzdem wie ein erstes Mal an. Wie ihr Erster. Ihr Letzter. Ihr Einziger, so hoffte ihre Seele – sie wünschte sich, eine sehr lange Zeit mit diesem bemerkenswerten Mann zusammenbleiben zu dürfen. Zu leben. Zu lernen. Zu lieben.

„Oh", keuchte sie, als er mit der rechten Hand über ihre Rippen strich und sie dann um ihre Brust schloss. Er rutschte tiefer und küsste sie dann dort. Zuerst durch ihr T-Shirt und den BH und dann. . .

Mit einem schnellen Ruck waren diese Barrieren verschwunden und er beugte sich zu ihrer nackten Haut hinunter. Er umfasste ihr weiches Fleisch mit einer Hand und küsste sie gleichzeitig. Er knetete, zwickte und saugte, bis sie nicht mehr klar sehen konnte.

Sie wühlte mit den Händen durch sein dichtes Haar und krümmte ihren Rücken. Und als er sich der anderen Seite widmete, stöhnte sie erneut auf.

„So gut. . . "

Was offensichtlich sein musste, aber sie konnte nicht anders. Sie konnte es auch nicht lassen, ihre Beine um seine Schenkel zu schlingen und ihre Hüfte an seinem dicken, harten Schwanz zu reiben. Als Connor sich von ihr löste und aufsetzte, glühten seine Augen.

„Nicht zu schnell?", fragte er mit einem tiefen Grollen, das ihr Blut in Wallung brachte. Kaum hatte sie den Kopf geschüttelt, grunzte er: „Gut." Er schob sie in einer geschmeidigen Bewegung auf dem Bett nach oben.

Offensichtlich gefiel es Drachen schnell und hart. Was einmal mehr bewies, welch perfektes Paar sie waren. Sie zappelte leicht und hob ihre Hüfte, um ihm zu helfen, sie splitternackt auszuziehen.

„Und jetzt das hier", murmelte er und griff nach dem Messer, das sie noch immer an ihrer Wade trug.

Es machte Spaß, ihr Bein auszustrecken und es ihn abnehmen zu lassen. Aber es war sogar noch besser, sich zurückzulehnen und unter seinen Blicken zu rekeln, als sie völlig nackt war. Connor lehnte sich auf die Fersen zurück und verharrte kurz über ihr. Sein Mund war geöffnet, die Augen strahlten.

„So wunderschön. . . " Seine Brust hob und senkte sich.

Auch ihre Brust hob sich und sie konnte es nicht lassen, mit den Fingern um ihre eigenen Brüste zu kreisen, während er zusah. Sie öffnete ihre Knie nach außen und als Connors Blick nach unten fiel, spürte sie die Hitze seiner Augen. Genauso heiß und eindringlich wie eine Hand.

„Alles deins, mein Liebster", murmelte sie ohne Hemmungen. Die Worte kamen aus dem Nichts, fühlten sich auf ihrer Zunge jedoch ganz natürlich an. So als hätte sie ihre wahre Liebe nicht gerade erst gefunden, sondern ihn wiederentdeckt.

Connor hauchte eine Linie sengender Küsse über ihren Unterleib, schob dann beide Hände wie eine Schaufel unter ihren Hintern und hob sie vom Bett hoch. Als er abtauchte, um sie zu küssen, explodierte jeder Nerv in ihrem Körper auf einmal und sie bäumte sich unter ihm auf.

„Ja..."

Seine Zunge war heiß und beharrlich und was sie nicht erreichte, erreichten seine Finger. Sie klammerte sich am Bettlaken fest und bohrte ihre Fersen in die Matratze, als sie jeden Zentimeter ihres Körpers für ihn öffnete. Seine Bartstoppeln kratzten über ihre inneren Oberschenkel und er hielt sie mit seinen starken Händen in Position. Er stieß erfreute kleine Murmelgeräusche aus, während er sie erforschte, und sie stellte sich einen Drachen vor, der seinen Schatz bewunderte. Der über Goldmünzen strich und mit langen, silbernen Ketten spielte. Ein Drache, der kostbare Kelche in die Sonne hielt. Aber das hier war so viel besser, weil *sie* dieser Schatz war – sein kostbarster Besitz. Das Zuhause, zu dem er immer wieder zurückkehren würde.

Ihr Körper erschauderte, als sie zum ersten – und zweiten – mal zum Höhepunkt kam, aber Connor ließ nicht von ihr ab. Die wenigen Male, bei denen sie hinsah, reflektierte der Schein des Lagerfeuers von seinen glänzenden Schultern und ließ seine Haut orangefarben schimmern. Sie drehte den Kopf gerade weit genug, um ihren unscharfen Blick auf das Feuer zu richten, und beobachtete die knisternden Flammen, die in der Nacht tanzten.

Dann stöhnte sie auf und kam zum dritten Mal. Für eine lange Minute war das einzige Gefühl, das sie spürte, die intensive Hitze, die in jeden Winkel ihres Körpers drang. Sie seufzte. Als sie blinzelte und die Augen öffnete, lag ihre Hüfte wieder auf der Matratze. Connor wiegte ihren Körper, streichelte ihre Brüste und murmelte etwas in tiefen, süßen Tönen.

Sie warf den Kopf zurück und stieß ein verrücktes Lachen aus, das ihn aufblicken ließ.

„Du musst dir wirklich keine Sorgen machen, dass du die Erwartungen nicht erfüllst", erklärte sie und tätschelte ihn mit der geringen Koordination, die ihr blieb.

Er küsste ihren Bauch. „Das ist gut."

Sie keuchte noch eine lange Minute und fühlte sich wie Wackelpudding. Fast hätte sie wie eine Katze geschnurrt, die sich in den Schoß ihres Herrchens kuschelte.

Was ein wenig beängstigend war, denn so sehr sie Connor auch vertraute, wollte sie doch keinen Herrn. Sie wollte einen Partner. Den einzig Wahren. Also setzte sie sich nach ein paar kontrollierten Atemzügen unter ihm auf und stupste ihn zurück. Was eine kniffige Angelegenheit war, weil man einen Körper wie Connors nicht bewegte, es sei denn, er wollte es.

„Ich bin dran", flüsterte sie und signalisierte ihm, sich hinzulegen.

Er neigte den Kopf und seine Augen funkelten so sehr, dass sie den Atem anhielt. Das war sein Drache, der sie von dort drinnen anstarrte, und sie konnte das Biest praktisch knurren hören.

Was willst du von mir?

Vielleicht bevorzugten Drachen holde Jungfern, die sich zurücklehnten und sich vernaschen ließen. Und auf vielerlei Ebenen war sie damit auch einverstanden. Aber irgendwie wusste sie, dass es nicht genug wäre. Sie hatte das Gefühl, dass Connor jeglichen Grundregeln zustimmen würde. Aber der Drache, der dort aus seinen Augen spähte – ihn würde sie sicherlich etwas zähmen müssen.

„Leg dich hin." Sie tätschelte das Bett und gurrte praktisch. *Du kannst mir vertrauen.*

Seine Augen flackerten auf. *Ich traue niemandem*, brummte der Drache in ihrer Vorstellung.

Diese Botschaft klang nur allzu wahr. Vertraute sein Drache überhaupt sich selbst?

„Vertrau' mir", murmelte sie. „Ich werde es gut für dich machen. "

Langsam und ganz allmählich lehnte Connor sich zurück. Eine Zeit lang krampften sich seine Bauchmuskeln in der Mitte zusammen und er weigerte sich, sich zu entspannen. Aber schließlich senkte er seinen Rücken auf die Matratze hinunter. Die Schultern folgten. Seinen Kopf hielt er jedoch immer noch hoch und beobachtete sie.

„Es scheint nur fair zu sein, weißt du." Sie ließ eine Hand über seinen Bauch wandern. „Du schmeckst mich... "

Flammen loderten in seinen Augen.

„... ich schmecke dich. "

Sie öffnete den Knopf seiner Hose und zog langsam den Reißverschluss hinunter. Dann hielt sie inne und packte jeden langen, heißen Zentimeter von ihm durch den Stoff hindurch.

„Ich brauche allerdings ein wenig Hilfe", gab sie zu, als sie sich bemühte, ihn zu entkleiden.

Connor sah ernst aus – todernst – und sie fragte sich, ob er jemals zuvor einer Frau erlaubt hatte, die Führung zu übernehmen.

„Vertrau' mir", flüsterte sie ein weiteres Mal.

Er nickte langsam und half ihr, seine Hose und Boxershorts auszuziehen. Dann lehnte er sich zurück und beobachtete sie wie ein Tiger. Oder ein Drache, nahm sie an. Ein wachsamer Drache, der bereit war, einzugreifen und die Kontrolle zurückzuerobern.

Sie räusperte sich. Ja, nun. Selbst ein einfacher Mensch könnte einem Drachen noch etwas beibringen.

Sie spreizte die Beine über ihm und glitt mit ihrem Körper an seinem auf und ab, bis seine Augen ganz glasig wurden. Dann bedeckte sie seinen Mund mit gierigen Küssen, die andeuteten, was sie im Sinn hatte. Sie fing an, mit der Hüfte zu kreisen und er stupste sie mit den Händen an. Es wäre so einfach gewesen, ihren Plan zu verwerfen und auf der Stelle auf seinen Schwanz zu sinken. Sich zusammen umzudrehen und ihm die Zügel zu übergeben, damit sich ihre Körper endlich verbinden konnten. Aber sie kämpfte gegen den Drang an und folgte stattdessen der dünnen Haarlinie seine Körpermitte hinunter. Über seine Brust und dann seinen Bauch. Sie umkreiste seinen Bauchnabel ein paarmal, während sie ihre Beine in die richtige Position schob. Dann erhob sie sich auf ihre Knie und strich ihr Haar zurück.

Flammen loderten in Connors Augen. Er bewegte keinen Muskel, obwohl seine Wange zu zucken begann. Sein Drache war nah an seinen Grenzen, das konnte sie spüren. Also rieb sie die Lippen aneinander und beugte sich hinunter, bevor das Biest die Kontrolle ergreifen konnte. Sie wollte nicht, dass er ihren Kopf nach unten drückte oder sie führte. Sie wollte ihm selbst genau zeigen, was sie konnte.

Das tat sie dann und fing mit einem langsamen Lecken an der Wurzel seiner dicken Länge an. Langsam wanderte sie hinauf zu seiner prallen Kuppe. Sie hauchte ein paar Küsse über seine Eichel und blies leicht darauf, was ihn zum Zittern brachte. Dann leckte sie wieder nach oben, hinunter und drum herum. Wieder und wieder, bis sie nicht mehr wusste, ob das gierige Stöhnen in ihren Ohren seines oder ihr eigenes war.

Connor sank auf der Matratze zurück, strich mit den Fingern durch ihr Haar und ließ sie das Tempo bestimmen. Ein Tempo, das mit jeder Sekunde, die verging, immer schneller und hungriger wurde, weil er so gut schmeckte. Ihre Sinne füllten sich völlig mit ihm – sehen, riechen, schmecken, berühren – bis ihr Kopf auf und ab wippte und sie ihn jedes Mal tiefer in sich aufnahm.

Als sie kurz nach Luft schnappte, hörte sie das hektische Geräusch von Connors Atmung. Er stand kurz vorm Höhepunkt und ein Teil von ihr wollte ihn so weit treiben. Aber ein anderer Teil wünschte sich, dass er bei ihrem ersten Mal in ihr kam – tief in ihr.

Nachdem sie noch zweimal überwältigend an ihm gesaugt hatte, ließ sie ihn mit einem hörbaren Plopp-Geräusch los. Connor stöhnte. Jeder Muskel in ihm war angespannt. Blitzschnell krabbelte sie an seinem Körper hoch und schob ihre Zunge in seinen Mund, um den Geschmack mit ihm zu teilen. Ihre Zungen tanzten und er griff mit den Händen nach ihrem Hintern.

Sie zog sich zurück, um ihm in die Augen zu sehen. Für den Zeitraum von drei trommelnden Herzschlägen hielten sie inne.

„Jenna“, knurrte er und packte sie fest.

Sie rollten sich herum und er drang mit einem gleichmäßigen, harten Stoß in sie hinein.

Kein Kondom. Keine Barriere. Was leichtsinnig war, aber in diesem Moment konnte sie nicht klar denken. Sie stöhnte auf, als sich ihr Körper unter ihm aufbäumte. Connor zog sich zurück und stieß sofort wieder tiefer hinein. Er wiederholte die Bewegung wieder und immer wieder und schob ihren Körper in kräftigen, zielgerichteten Stößen die Matratze hinauf. Sein Gesicht zeigte eine Maske der Konzentration und er sagte kein Wort. Das brauchte er auch nicht, denn seine Hände ließen sie alles wissen. Er streichelte ihre sanft, während er sie über ihrem Kopf festhielt. Sie schlang ihre Beine um seine Taille und drängte ihn tiefer. Sie krümmte sich ihm immer mehr entgegen, während er ihr alles gab, was sie sich jemals gewünscht hatte. Alles und noch mehr.

„Ja...“

Ihr Körper zog sich qualvoll zusammen und er trieb sie mit seinem nächsten harten Stoß über den Abgrund. Sie schrie auf, explodierte vor Lust und alles um sie herum verschwamm.

Mit einem weiteren, kräftigen Hüftstoß drang Connor noch tiefer in sie ein und stöhnte auf. Er warf seinen Kopf zurück, fletschte seine Zähne und explodierte in ihr.

Fliegen. Sie flog. Ihre Augenlider flatterten. War es das, was ein Drachen spürte, wenn er sich von einer Klippe stürzte? Diesen süßen Rausch, den Nervenkitzel?

Connor hielt sie fest und sie stellte sich vor, wie sie durch Zeit und Raum schwebte. Schließlich lockerte er seinen Griff, als würde er sie langsam auf den Boden zurücksinken lassen. Er schützte ihren Kopf mit einer Hand und berührte ihre Hände mit der anderen. Das Glühen in seinen Augen wurde weicher, war aber immer noch genauso intensiv. Sie studierte ihn und beobachtete, wie sich seine Lippen bewegten, ohne jedoch Worte zu sprechen.

„So gut.“ Sie seufzte.

Sein Kiefer versteifte sich und dann bedeckte er ihren Mund mit einem tiefen, leidenschaftlichen Kuss. Sie zog die Beine um seine Taille zusammen, als ein Nachbeben der Lust durch sie strömte und Connor sich erneut in ihr bewegte. Ein Stoß, dann noch einer, der auf ihr Stöhnen reagierte. Sein Mund blieb dabei die ganze Zeit auf ihrem, so dass ihr ganz schwindelig wurde. Als sein Schwanz ein weiteres Mal in ihr pulsierte, stieß seine Zunge gegen ihre und ein Ausbruch von Hitze fegte durch ihren Körper. Sie bäumte sich heftig unter ihm auf und stöhnte mit unbeschreiblichem Vergnügen. Verrückte Bilder erfüllten ihren Geist. Wie sie ihre Arme wie bei einem Hechtsprung weit ausbreitete, aber niemals das Wasser erreichte. Stattdessen schwebte sie durch die Lüfte. Oder wie sie einen langen, ledrigen Hals um Connors schlang und mit einem Schwanz schnippte. Oder noch besser, sie stellte sich vor, eine riesige Schnauze in Richtung Mond zu strecken und mit ihrem Gefährten um die Wette zu summen.

Für einen kurzen Augenblick war sie ein Drache. Dann zog Connor sich mit einem scharfen Keuchen zurück und murmelte: „Gott. Das tut mir leid. Geht es dir gut?“

Er umfasste ihr Gesicht, schob ihr Haar zurück und rief verzweifelt: „Jenna. Jenna... “

Sie ließ sich noch ein wenig länger treiben, bevor sie blinzelte und ihn ansah. Warum sah er so besorgt aus? Sie hatte sich noch nie in ihrem Leben besser gefühlt.

„Mmm“, gurrte sie und sank auf das Bettlaken zurück. „Das war so gut.“

Connor sank an ihre Halsbeuge und murmelte vor sich hin.

„Hey“, flüsterte sie und strich mit den Händen über seinen Rücken. Was war los? Okay, sie hatten vergessen, ein Kondom zu benutzen, aber irgendetwas sagte ihr, dass das nicht das war, was ihn beunruhigte. „Das war großartig.“

Sein Gemurmel an ihrer Haut war kaum verständlich. „Sollte nicht ... ich hätte nicht... “

„Was hättest du nicht?“

Er stützte sich auf einen Ellbogen und streichelte über ihre Wange. „Diese Hitze. Das Feuersiegel. Das hast du doch gespürt, oder?“

Sie strahlte so breit wie eine Grinsekatze. Oh ja, sie hatte es allerdings gespürt. „Falls es nicht offensichtlich für dich war, das war fantastisch." Musste sie ihm jetzt von jedem einzelnen Orgasmus berichten?

„Es war ein Feuersiegel, Jenna."

Sie ließ ihre Zunge in ihrem Mund herumkreisen, um den Geschmack auszukosten. Es erinnerte sie an einen flambierten Bob Marley-Schnaps, den sie einmal getrunken hatte – nicht dass ein Cocktail ihr den Rausch geben könnte, den Connor ihr soeben beschert hatte.

Er sah so ernst aus. Bedeutete das, dass ein Feuersiegel etwas Schlimmes war?

„Was ist, wenn es mir gefallen hat?" Sie strich mit ihrem Bein an seinem hinauf. „Was ist, wenn ich will, dass du es wieder tust?"

„Es ist ein Feuersiegel, Jenna. Verstehst du, was das bedeutet? Mein Drache will dich in Besitz nehmen."

Sie holte tief Luft. „Was ist, wenn ich in Besitz genommen werden will?"

Es schnürte ihm die Kehle zu und er blickte auf das zerwühlte Laken hinab. Sanft ließ er seinen Daumen über ihr Schlüsselbein gleiten, während er die Stirn runzelte.

„Oder willst du mich nicht?", fragte sie. Eine Frage, keine Anklage.

Er riss den Kopf hoch und schaute sie mit leidenschaftlichem Blick an. „Ich will dich mehr als alles andere, Jenna. Ich will dich so sehr, dass es mir Angst macht."

Sie starrte ihn einen Moment lang an und brachte ihre bebenden Lippen dann zum Sprechen. „Mir macht es keine Angst."

Was ein wenig geflunkert war, denn er war ein Gestaltwandler und das war eine ganz andere Welt, die sie noch nicht wirklich erforscht hatte.

Er blickte ihr tief in die Augen und schließlich zuckte ein schwaches Lächeln um seinen Mund. „Irgendwie überrascht mich das nicht." Dann ließ er sich auf die Matratze sinken und zog sie an sich, bis sie bequem in seinen Armen lag. Er schmiegte sich eng an sie, kraulte ihren Nacken und brachte sie dazu, schnurren zu wollen.

„Das war nur ein kleiner Hauch", sagte er schließlich. „Hätte ich dich gebissen und ein tieferes Feuersiegel gesetzt, wären wir verpaart gewesen."

Sie griff nach seinen Armen und zog sie fest an ihre Brust.

„Aber du hast mich nicht gebissen", sagte sie. Oder doch? Sie hatte ein solches Hochgefühl erlebt, dass sie es nicht wusste.

„Nein." Er kreiste gedankenabwesend mit einem Finger über eine Stelle an ihrem Hals.

Sie drückte seine Hand an sich. Die Vorstellung, von einem Vampir gebissen zu werden, machte ihr Angst. Aber von Connor gebissen zu werden, damit er sie zu seiner Gefährtin machen konnte?

Ja, verdammt.

„Also zählt es nicht?", fragte sie und war zum ersten Mal in dieser Nacht enttäuscht.

Er küsste ihre Schulter. „Ja und Nein. Es ist wie eine Markierung. Wie ... wie zu sagen, dass du mir gehörst. Es hält andere Typen fern."

Sie lachte laut auf. „Ich will gar keinen anderen Typ."

Er zog sie noch enger an sich, als würde er sie selbst dann nicht loslassen, wenn sie es wollte.

Eine stille Minute verging und als sie sich bewegte, hörte sie einen kleinen Laut der Überraschung.

„Das ist hübsch", flüsterte er und berührte die Tätowierung auf ihrem Kreuz.

Sie grinste. „Gefällt es dir?"

Er zeichnete den blauen Delfin mit einem rauen Finger nach und lachte leise. „Eine Meerjungfrau mit einer Delfintätowierung."

Sie lachte zurück und zeigte auf das Muster, das sich um seinen Arm schlängelte. „Ein Drache mit einer Drachentätowierung."

Daraufhin lachte er laut und sie berührte erst seine Brust und dann seinen Arm. „Eine Meerjungfrau ... mit einem Drachen. Mit einem echten."

Er antwortete nicht sofort, aber als er es tat, klang seine Stimme traurig. „Ja. Eine Meerjungfrau und ein Drache."

Nun gut, in Ordnung. Sie waren vielleicht nicht das konventionellste Paar der Welt. Aber wen interessierte das?

„Hey", flüsterte sie und drehte sich in seinen Armen. Sie drückte ihm einen Kuss auf die Lippen und lächelte, bereit, die Stimmung aufzuhellen. „Es ist in Ordnung, nicht alle Fragen heute Nacht zu beantworten." Dann neigte sie den Kopf zu dem Lagerfeuer hinüber, das immer noch knisterte. Die Flammen loderten nicht mehr so hoch wie zuvor, aber die Glut in der Mitte strahlte so hell wie sie selbst innerlich.

Als er seine Hand hob, um ihre Schulter zu berühren, knisterte das Lagerfeuer. Sie entdeckte eine lange, gezackte Narbe an seinem Oberarm. Eine weitere Narbe befand sich an seinen Rippen und eine dünnere Linie näher an seiner Hüfte, aber dazwischen gab es nichts.

„Gestaltwandler heilen schnell", flüsterte er, als er ihren Blick bemerkte.

Sie berührte seine Schulter. „Sogar davon?"

Er zuckte mit der Schulter. „Es war gar nicht so schlimm."

Sie fragte sich, ob diese Narben aus Kämpfen mit Menschen oder mit Gestaltwandlern stammten, wagte es jedoch nicht, ihn dazu zu befragen.

„Keine große Sache." Er zog sie näher an sich.

„Keine große Sache?" Sie schüttelte den Kopf. „Es gibt doch sicherlich Dinge, die einen Drachen töten können."

Sein Blick schweifte zum Lagerfeuer hinüber und sie fragte sich, ob er sich an eine brenzlige Situation erinnerte. Als er weitersprach, waren seine Augen dunkel und seine Stimme heiser. „Wir sind ziemlich zäh. Vielleicht nicht so sehr hier in dieser Region... " Er lächelte schwach, als er ihre Hand auf sein Herz drückte. Dann deutete er auf die Mitte seiner Brust und wurde grimmig. „Und hier. Wenn du einen Drachen genau zwischen den Brustplatten hier triffst, dann, ja. Das wäre so ziemlich das Ende."

Sie schluckte, als er ihren Finger auf sein Brustbein drückte und ihr die Stelle zeigte. Sie tätschelte seine Brust und versuchte, die Stimmung aufzulockern. „Platten, was?" Sie benutzte es als Ausrede, um seine harten Brustmuskeln zu berühren und neckte ihn dann weiter: „Oder meinst du Schuppen?"

Er schnaufte. „Schlangen haben Schuppen. Drachen haben Panzerplatten, wie dickes Leder.“

Sie grinste. Trotz all seiner Verachtung für das elitäre Getue von Drachen hatte Connor einen ziemlich stark ausgeprägten Drachenstolz.

„Und hier bin ich, völlig wehrlos“, murmelte sie.

Er lachte – ein echtes Lachen, das sie von Ohr zu Ohr grinsen ließ. „Ich würde es hassen, der Typ zu sein, der das annimmt.“

Eine Minute lang grinsten sie sich an wie ein paar Kinder. Dann seufzte sie, schloss die Augen und schmiegte sich an seine große, nackte Brust. „Gott, ist das schön.“

„Besser als schön“, knurrte er und hielt sie ganz fest. „Gute Nacht.“

Sie kicherte und schaute zu ihm auf. „Oh nein, ich werde nicht schlafen, Mister.“

Er versteifte sich. „Du willst doch nicht gehen, oder?“

Sie schnaubte. „Gehen?“ *Niemals*, hätte sie fast gesagt. Aber sie hatte sich selbst versprochen, die Dinge locker anzugehen, also schenkte sie ihm stattdessen ihr strahlendstes Lächeln. „Verdammt, nein. Ich ruhe mich nur ein wenig aus, um noch ein bisschen mehr Spaß zu haben.“ Sie schlang ihr Bein um seines und spürte bereits das erste Kribbeln der Lust in ihrem Inneren aufflammen. „Es sei denn, du bist zu müde…“

Er schnaubte und drehte sie erneut in seinen Armen. Er schmiegte sich an sie, während er sanft ihre Brust streichelte. Die Geste deutete an, dass sehr, sehr bald noch viel mehr folgen würde.

„Zu müde … dir werde ich es zeigen“, flüsterte er und küsste ihr Ohr.

Kapitel 21

Jenna erwachte zum Anblick von Morgenlicht, das über den Pazifik tanzte. Im Vordergrund dieser herrlichen Aussicht hielt Connor ihre Hand noch immer in seiner. Ihre Wangen schmerzten, als hätte sie die ganze Nacht über im Schlaf gelächelt. Nun, vielleicht nicht die ganze Nacht, denn Connor und sie waren noch mehrfach aufgewacht, um etwas mehr Spaß zu haben. Und dabei hatte sie nicht gelächelt, sondern ekstatisch seinen Namen geschrien, während er wieder und wieder in ihr kam.

Sie lag ganz still da und beobachtete das Glitzern der Wellen, während sie sich fragte, ob sie sich je zuvor so gut gefühlt hatte. Ihr Körper schien von mehr als nur körperlicher Befriedigung zu strahlen. In ihrem Kopf tobte ein Wirrwarr von Gefühlen und eine kleine Stimme summte in ihr.

Sie strich mit dem Daumen über eine kleine Narbe an Connors Unterarm. Sie erinnerte sie an die großen auf seinem Oberkörper. Es machte ihr Angst, denn was wäre, wenn ihm damals etwas zugestoßen wäre? Was, wenn sie sich niemals getroffen hätten? Dann hätte sie niemals diese Freude gekannt, dieses Gefühl der Erfüllung. Dieses tief sitzende Gefühl, dass er der Eine war.

Wir wussten es einfach, hatte ihr Vater immer gesagt, wenn er über das Treffen mit ihrer Mutter sprach.

Jenna streichelte das feine Haar auf Connors Arm und schloss die Augen.

Schicksal, hatte Connor mit gedämpfter, abwesender Stimme gesagt.

Das musste es sein. Kein anderer Morgen danach hatte ihr jemals das Gefühl gegeben, als hätte sich die Erde um ihre eigene Achse gedreht, und kein anderer würde es jemals wieder tun. Sie könnte wetten, dass sie die nächsten dreißig Jahre mit ihm aufwachen und noch immer dieses unglaubliche Strahlen spüren würde. Tatsächlich *wettete* sie es nicht nur – sie wusste es. Tief in ihrem Inneren wusste sie es.

Sie lächelte und fragte sich, ob sie eines Tages ihren eigenen Kindern sagen würde: *Wir wussten es einfach.*

Dann holte sie tief Luft, denn dies schienen ziemlich schwerwiegende Gedanken für ein Mädchen zu sein, das sich so sicher gewesen war, ihre Freiheit eine Zeit lang genießen zu wollen. Sie wollte das Kind sein, das sie früher nicht immer hatte sein können. Natürlich hatte sie dies gedacht, bevor sie all die Dinge erlebt hatte, die Connor ihr eröffnete. Jetzt spürte sie eine andere Art von Freiheit und einen tief verankerten Frieden.

Sie rutschte langsam herum, um Connor beim Schlafen zuzusehen. Verantwortung und Sorgen waren von seinem Gesicht gewichen und ließen sie einen Blick auf den Mann als Jungen werfen. Ein Junge, den viele Geister plagten. Ein Mann, der entschlossen war, es in der Welt zu schaffen. Ein Drachengestaltwandler, der...

Ihr Atem stockte. Ein Drachengestaltwandler.

Einen Moment lang erschreckte sie dieser Gedanke, aber einen Augenblick später ertappte sie sich dabei, wie sie sanft über seine Wange streichelte. Nein, es war nicht verrückt, das erleben zu wollen, was ihre Eltern hatten. Ihre Schwester musste das Gleiche durchgemacht haben, aber sie war noch nie in ihrem Leben so glücklich gewesen wie mit Cruz. Und wenn Jody mit einem Tiger leben konnte, könnte Jenna doch auch mit einem Drachen leben, nicht wahr?

Hätte ich dich gebissen und ein tieferes Feuersiegel gesetzt, wären wir verpaart gewesen, hatte Connor gesagt.

Eigentlich sollte es ihr Angst machen, aber irgendwie hatte der Gedanke einen großen Reiz.

Dann runzelte sie die Stirn. Vampire bissen auch. Gab es sie dort draußen tatsächlich auch?

Sie drängte den Gedanken beiseite und ließ sich wieder in den warmen Kokon von Connors Armen sinken. Sie wünschte sich, sie könnte den ganzen Tag dort bleiben. Aber sie hatte das Bedürfnis, ins Bad zu gehen, also rutschte sie langsam aus dem Bett und bemühte sich, ihren schlafenden Drachen dabei nicht zu stören. Sie grinste, als sie sich an den letzten Abend erinnerte.

Ist das dein geheimer Drachenhort?

Das ist das Badezimmer.

Also wusste sie genau, wohin sie gehen musste. Genau wie der Rest seiner Bleibe war auch das Bad noch ein wenig provisorisch. Es gab einen Vorhang als Tür und einen Spiegel, der auf einem Vorsprung in der natürlichen Felswand balancierte. Aber der zottelige Teppich hielt ihre Füße warm und die Dusche, die in einer Nische Gestalt annahm, würde spektakulär werden, sobald sie einmal fertig war. Tatsächlich galt das für das ganze Haus. Connors neues Zuhause spiegelte seinen Charakter perfekt wieder – dunkel und kantig. Geheimnisvoll, mysteriös. Aber es war trotzdem noch schlicht, ganz nach dem Motto: *Was du siehst, bekommst du auch.* Die natürliche Schönheit sprach für sich selbst. Dieser Ort war außerdem total originell und so authentisch wie der Mann selbst. Gut, es brauchte vielleicht noch ein paar letzte Schliffe – in Ordnung, eine Menge Schliffe – und ein paar bequeme Kissen, ganz sicher. Aber im Großen und Ganzen? Es fiel ihr nur zu leicht, sich vorzustellen, hier zu leben.

Sie dachte darüber nach. Ihr Vater amüsierte sich prächtig. Er war Großvater und arbeitete nun an der Seite seines Bruders. Damit war das Gefühl der Verantwortung ihm gegenüber von ihren Schultern gehoben worden. Und was ihr Leben in Kalifornien anging – nun, sie konnte alle ihre Lieblingsbeschäftigungen im Handumdrehen nach Maui verlegen. Surfen, Strandspaziergänge...

Sie ging hinaus zum Rand des Felsvorsprungs und schaute auf den Ozean. Das Sonnenlicht glitzerte über die wogende Wasseroberfläche und versprach einen weiteren strahlend sonnigen Tag. Die Wellen wirbelten durch die kleine Bucht unter ihr und weiter rechts konnte sie gerade noch das winzige Strandstück und die alten Fischreusen erkennen, die es schützte.

„Wunderschön", flüsterte sie.

Sie konnte kilometerweit sehen – ein Blick auf die Küste wie aus Drachenperspektive – und der Ozean erstreckte sich in Bändern aus satten Farben. Je höher die Sonne stieg, desto mehr glitzerte das Wasser. Jedes glitzernde Funkeln rief sie zu sich wie die Diamanten in einer Krone und die ganze Welt schien zu summen. Auch Jenna summte.

Die gesamte Wasserwelt kräuselte und bewegte sich auf eine herrlich unberechenbare Art und Weise. Aber an einer Stelle… Sie blinzelte in Richtung Strand. Ein Punkt leuchtete heller und kräftiger als alles andere rundherum.

Jenna schirmte ihre Augen mit einer Hand ab. War das derselbe goldene Schimmer, den sie schon zuvor gesehen hatte?

Komm. Komm her und finde es heraus, sagte der Schein.

Sie riss ihren Blick davon los und suchte das umliegende Gewässer ab. Am Tag zuvor hatte sie dieses schimmernde Etwas fast zu fassen bekommen, aber sie war aus dem Wasser vertrieben worden, bevor sie danach greifen konnte. Zu dem Zeitpunkt war es Furcht einflößend gewesen, aber von hier oben und an einem perfekten Morgen wie diesem war es schwer, an etwas Böses zu denken, das dort draußen lauern könnte. Vielleicht könnten sie später an diesem Morgen – sobald Connor aufgewacht war – gemeinsam zum Strand hinunterschlendern und baden.

Warum nicht jetzt? Das Wasser glitzerte und lud sie ein, hineinzuspringen.

Sie wollte lachen und zurück ins Bett klettern, aber irgendwie konnte sie sich nicht davon losreißen. Sie neigte den Kopf und lauschte. War das Summen in ihren Ohren oder kam es vom Meer?

Wenn du ganz genau hinhörst, kannst du das Meer singen hören, sagte ihr Vater immer gerne.

Sie schloss die Augen und lauschte.

Hier drüben…

Der Ruf schien jetzt näher zu sein und noch deutlicher. Sie bemühte sich, ihn zu verstehen, und ihre Augen wurden immer wieder zu diesem einen Punkt zurückgezogen.

Nun, was auch immer das war, es könnte warten, oder? Sie hatte hier schließlich ein warmes Bett und einen stattlichen

Mann, mit dem sie Liebe machen wollte.

Aber in dem Augenblick, als sie sich Connor zuwenden wollte, wurde sie von dem Mysterium zurück zum Meer gezogen. Sie fing an, sich Sorgen zu machen. Was, wenn die Strömung das Objekt fortspülte? Was wäre, wenn sie niemals herausfände, was es gewesen war?

Ein weiterer Lichtstrahl reflektierte von diesem Teil des Wassers. *Komm. Komm her und finde mich.*

Verdammt noch mal. Was war denn dort unten so wichtig, dass jeder ihrer Sinne danach schrie?

Je länger sie schaute, desto mehr war sie versucht, hinunterzugehen und es herauszufinden. Es war schließlich nicht sonderlich weit vom Ufer entfernt und das Meer war völlig ruhig.

Sie schaute zurück auf ihren schlafenden Liebhaber, der sie auf die gleiche Weise anzog. Sie könnte sich wieder neben Connor legen und ihm beim Schlafen zusehen. Und wenn er aufwachte...

Sie kicherte leise. Oh ja. Sie hatte schon ein paar Ideen, wie das ablaufen könnte. Und doch konnte sie sich nicht von der Klippe losreißen und die nagenden Gedanken aus ihrem Kopf vertreiben. Alle anderen glitzernden Punkte kamen und gingen, aber dieser eine blitzte jedes Mal auf dieselbe Weise auf.

„Verdammt." Sie wollte nicht auf die Suche nach Unterwasserschätzen gehen. Sie wollte zurück ins Bett springen.

Schließlich schnaufte sie und schnappte sich das Messer, ihr Höschen und das T-Shirt, das Connor neben dem Bett liegengelassen hatte. Also gut. Sie würde kurz nachsehen und gleich zurückkommen. Connor schlief sowieso noch tief und fest. Sie könnte zum Strand hinuntergehen und im Handumdrehen wieder zurück sein.

„Connor?", flüsterte sie und spähte zum Bett hinüber.

Er rührte sich nicht und ein Anflug von Schuldgefühlen überkam sie. Die ganze Zeit über war Connor stets derjenige gewesen, der ihr geholfen hatte. Sie hatte ihm noch nicht einmal eine Tasse Kaffee gekocht. Wenigstens das könnte sie tun – und während der Kaffee brühte, konnte sie kurz zum

Strand hinuntergehen. Selbst wenn das dort draußen nur ein Stück Meerglas wäre, würde sie es dann wenigstens wissen.

Also küsste sie Connor auf die Stirn – der arme Kerl war immer noch völlig fertig – und wanderte den gleichen Weg, auf dem sie am Vorabend hierher gelangt waren, wieder zurück. Durch die Räume der Lavablasen, die Wendeltreppe hinauf und in das Gebäude mit den zwei Zimmern an der oberen Klippenkante. In der unfertigen Küche stand eine Kaffeemaschine und sie drückte auf ihrem Weg hinaus auf den Brühknopf. Na also. Auf ihrem Rückweg könnte sie zwei Tassen holen und Connor einen Kaffee ans Bett bringen. Das würde es zu einem perfekten Morgen machen, nicht wahr?

Sie marschierte den Hang hinunter und ihre Flipflops klatschten gegen ihre Fußsohlen. Die ganze Zeit über fragte sie sich, was es wohl war, das sie so derartig anzog. Vielleicht war es eins dieser *Wir wussten es einfach*-Dinge, die man nicht erklären konnte. Ein Gefühl, dem sie einfach folgen musste. Vielleicht sogar eine Meerjungfrauensache. Wer wusste es schon?

Die den Strand säumenden Palmen rauschten und wogten, als sie auf den Sandabschnitt trat. Und die Sonne glitzerte immer noch an der gleichen Stelle – nun eindringlicher denn je.

„Ganz ruhig. Gar nichts dabei. Los geht's", murmelte sie sich selbst zu, als sie am Rand des Wassers stand.

Aber ihre Gliedmaßen weigerten sich, sich zu rühren, als sie sich daran erinnerte, was am Vortag geschehen war.

„Mach' dich nicht lächerlich", murmelte sie und schüttelte ihre Flipflops ab.

Das im Schutz des Fischteichs liegende Wasser war vollkommen ruhig. Und auch außerhalb war alles ziemlich still. Sie hatte noch nie Angst vor dem offenen Meer gehabt. Warum also jetzt damit anfangen? Vor allem, wenn dieses Summen tief in ihr erklang und sie anspornte.

Sie blickte aufs Meer hinaus. War dort draußen gestern wirklich etwas gewesen oder hatte sie sich unbegründet gefürchtet? Connor hatte nichts sehen können und er war die ganze Gegend abgeflogen. Gleichzeitig war das glitzernde Objekt so nah, genau dort. Es flehte sie praktisch an, es zu holen.

Sie kniete sich hinunter und schnallte sich das Messer ans Bein, während sie die ganze Zeit vor sich hin murmelte. Dann watete sie hinein und machte einen ruhigen Schritt nach dem anderen, wobei sie das Wasser kaum aufwühlte. So langsam, dass es ihr albern vorkam, tauchte sie schließlich hinein. Sie wollte es einfach hinter sich bringen. Jeden Moment würde sie dieses verdammte Rätsel lösen und zu Connor zurückkehren können. Danach würden sie darüber lachen, wie albern ihre Ängste gewesen waren, und dort weitermachen, wo sie letzte Nacht aufgehört hatten.

Sie kam für einen kurzen Atemzug hoch und tauchte dann ein zweites Mal ab, bewegte sich kräftig und zielte auf den hellen Punkt. Das Wasser vergrößerte den Effekt und schimmerte heller, je näher sie kam. Aus der Nähe betrachtet war die Quelle des Leuchtens nur murmelgroß, aber goldenes Licht sickerte wie aus einer Lampe daraus hervor. Was war das?

Ein weiterer Schwimmstoß brachte sie nahe genug heran, um den glatten kugelartigen, kleinen Ball zu schnappen, und sie hielt ihn fest in einer geschlossenen Faust, während sie zur Oberfläche zurückstrampelte. Connors übergroßes T-Shirt bauschte sich beim Schwimmen um ihren Körper herum auf und verlangsamte sie. Als sie prustend an die Oberfläche kam, hatte sie nur noch Augen für den Gegenstand in ihrer Hand.

„Hab ich dich", murmelte sie, während sie im Wasser trat, um ihn zu betrachten.

Als sie die Hand öffnete, um nachzusehen, klappte ihre Kinnlade hinunter. Eine Perle?

Früher wurden Perlen noch in freier Wildbahn gesammelt, hatte die Frau am Schmuckstand in Lahaina gesagt.

Ihr Herz schlug ein wenig schneller und sie schwamm in Richtung Ufer, bis ihre Zehen schließlich den felsigen Untergrund berührten. Sie schaute um ihre Füße herum nach unten. Könnte es dort noch mehr Perlen geben?

Sie hob die Perle höher und ließ sie über ihre Handfläche rollen, während sie die ganze Zeit murmelte.

„Perfekt."

Und sie meinte wirklich perfekt. Die Perle war rund, glatt und schwarz mit einem Hauch von Gold. Die Sonne reflektierte sich auf ihrer makellosen Oberfläche und brachte sie zum Funkeln. Jenna grinste und stellte sich vor, was Connor sagen würde, wenn sie ihm sie zeigte. Als sie einen Blick auf den Felsvorsprung warf, der sein Haus schützte, musste sie lächeln, denn er stand dort an der Kante.

„Schau mal, was ich gefunden habe!", rief sie, obwohl er es wegen des Rauschens der Wellen unter ihm wahrscheinlich nicht hören würde. Der Strand selbst war abgesehen von einem klein wenig Wellengang, der um den eingestürzten Rand des Fischteichs herumschwappte, völlig ruhig, aber sein Felsvorsprung befand sich über einer nahen, von der Brandung unterspülten Klippe.

Connor winkte zurück und sie schwamm halb und watete halb ins flachere Wasser zurück, während sie noch immer die Perle bewunderte. Zu Hause hatte sie ab und zu einen weggeworfenen Reifen oder alten Einkaufswagen gefunden. Aber wow – eine Perle? Natürlich war das hier Maui und nicht die dicht besiedelte kalifornische Küste.

Sie bestaunte ihren Schatz und stimmte in das Summen ein. Eine beruhigende Melodie wie ein Wiegenlied, das von der Perle kam und nicht vom Meer. Sie schloss die Augen und lauschte angestrengt. Innerlich wurde ihr warm, denn es klang wie ein Schlaflied, das ihre Mutter immer gesungen hatte. Ein Schlaflied, das sie bis jetzt völlig vergessen hatte. Wahrscheinlich füllte ihre Fantasie zu viele Lücken auf, ihr stiegen dennoch bittersüße Tränen in die Augen. Sie hatte so wenige Erinnerungen an ihre Mutter und eine weitere aus dem Nebel ihres Gedächtnisses aufsteigen zu sehen, war ein Geschenk.

Sie hielt die Perle mit beiden Händen und ließ die Melodie in ihrem Kopf abspielen. Es war ein Lied von Liebe und Trost und dem Guten in der Welt, welches die Perle für sie spielte. So als wäre die Perle ein Freund – oder vielleicht ein Schutzengel oder sogar ein Zeichen des Himmels, das ihre Mutter ihr geschickt hatte. Als sie die Perle gegen das Licht hielt, sah sie vollkommen golden aus – die Farbe der Liebe, des Lebens und der Leidenschaft. Doch dann flackerte etwas und eine Wolke schob sich vor die Sonne.

Als sie wieder aufschaute, winkte Connor immer noch. Er

war genauso aufgeregt wie sie. Drachen mussten eine unglaubliche Sehkraft haben, wenn er die Perle aus dieser Entfernung sehen konnte. In Gedanken sah sie sich bereits zu seinem Haus eilen und sie ihm zeigen.

Der coolste Fund aller Zeiten, würde sie sagen.

Er würde sie bestaunen und sie würde ihn die Melodie hören lassen. Und das würde den unglaublichsten Morgen aller Zeiten abrunden. Denn wie oft wachte man denn von großartigem Sex auf und fand eine Perle im offenen Ozean?

Die Perle glänzte, als wäre sie ebenfalls glücklich, aber etwas nagte in ihrem Hinterkopf.

Du hast mich gefunden! Du hast mich gefunden! schien ihr heller Glanz zu jubeln.

Sie grinste von einem Ohr zum anderen und stellte sich vor, was ihr Vater sagen würde. Dann schaute sie wieder zur Klippe auf und wow. Connor musste wirklich aufgeregt sein, denn er winkte ihr immer noch zu. Sie streckte ihm die Perle entgegen und zeigte sie ihm.

„Moment mal... "

Langsam dämmerte ihr, dass Connor mit *beiden* Armen winkte. Er zeigte auf etwas. Zögerlich zog sie ihren ausgestreckten Arm wieder zurück. Connors Bewegungen waren nicht glücklich. Sie waren hektisch.

Das nagende Gefühl wurde zu einem Kribbeln und das Kribbeln explodierte zu einem ausgewachsenen Warnsignal, als ihr sechster Sinn, der durch ihre Aufregung gedämpft gewesen war, wiedererwachte. Irgendetwas war dort draußen im Wasser. Etwas kam direkt auf sie zu.

Die friedliche Melodie in ihrem Kopf verstummte und das Schlaflied wurde zu einem Schrei. Jenna wirbelte herum und erstarrte. Eine weiße Gischt rauschte durch das Wasser wie ein Torpedo, der direkt auf sie zusteuerte.

Connor hatte ihr gar nicht gewunken. Er hatte sie warnen wollen.

„Nein! "

Sie keuchte und stürzte sich in Richtung Strand. Aber das Wasser fesselte ihre Beine wie Ketten und ihre Füße versanken im Schlamm. Sie krallte mit den Händen durch das Wasser – eine offen und die, in der sie die Perle hielt, geballt.

„Jenna!" Connors Brüllen übertönte das Rauschen des Wassers und das Pulsieren des Blutes in ihren Ohren.

Sie sprintete voran, als ein überirdischer Schrei ihren Geist erfüllte. *Pass auf! Es kommt näher! Verschwinde von dort!*

Aber sich durch das Wasser zu bewegen war wie der Versuch in einem Albtraum zu rennen – sie schien kaum vorwärtszukommen. Ihr rechter Fuß stieß gegen einen scharfen Felsen, sie schwankte und stürzte fast.

Verschwinde!

Taumelnd fing sie sich wieder und eilte weiter. Aber das Geräusch von rauschendem Wasser erfüllte ihre Ohren und sie wirbelte herum. War das ein Hai, der dort auf sie zukam? Ein Killerwal?

Was auch immer es war, es war groß. So groß wie ein Wal und bei Weitem nicht so freundlich. Es raste wie ein Tsunami, der direkt auf sie zu steuerte, um die offene Seite des Fischteichs herum. Sie sah einen Kiefer – riesige, weiße Zähne. Weit aufgerissene, gierige Augen. Das Aufblitzen einer Flosse…

„Nein!" Sie schlug mit einer hilflosen Faust auf die Kreatur ein.

Dann schrie sie auf, als sich etwas Glitschiges um ihr Bein wickelte.

„Nein…"

Ihr Ausruf verstummte, als die Kreatur sie unter Wasser riss und begann, sie wegzuzerren.

Jenna stieß einen hilflosen Schrei aus, der unmöglich von jemandem gehört werden konnte. Überall spritzte Wasser herum und es drang in ihren Mund und ihre Nase ein. Blasen stiegen von ihren Lippen auf, aber kein Ton kam heraus. Sie schlug blindlings auf das mysteriöse Biest ein, aber ohne Erfolg.

Nein! Nein!

Dann vibrierte eine Stimme voll Bosheit und Gier durch das Wasser und drang in ihre Ohren. *Ja, mein Liebling. Endlich wirst du mir gehören.*

Es war die Stimme aus ihren Albträumen und ihr verwirrter Verstand schrie auf. *Nein! Gott, nein!*

Komm mit mir, mein Liebling. Komm zu mir.

Einen Teufel würde sie tun. Sie griff nach dem Messer, das an ihre Wade geschnallt war, aber es wurde von dem Ding überdeckt, das ihr Bein umklammerte. Zuerst dachte sie, es handle sich um ein Tentakel, aber dann entdeckte sie eine Klaue.

Die tiefe Stimme gluckste und zog sie tiefer unter Wasser. *Komm zu mir, mein Liebling. Es ist an der Zeit, dass ich dich zu der Meinen mache.*

Kapitel 22

Connor stürmte an der Kante des Felsvorsprungs entlang und brüllte aus tiefster Seele. In einem Augenblick war Jenna dort unten im Wasser gewesen, hatte gestrahlt und gewunken, als hätte sie Piratengold gefunden, und im nächsten ... war sie verschwunden.

„Jenna!", schrie er.

Er hatte die ganze Nacht lang friedlich geschlafen – in der Art von seelischem Frieden, die er schon seit Jahren nicht mehr gespürt hatte – bis er wie aus dem Nichts mit einem plötzlichen Gefühl des Untergangs aufgewacht war. Er spürte einen schrecklichen Feind, der nicht nur lauerte, sondern zum Angriff überging. Und als er nach unten blickte...

„Jenna!", schrie er beim Anblick eines riesigen *Etwas*, das aus der Tiefe auf sie zustürzte. Es war zu tief, um es klar sehen zu können, aber die weiße Linie der Gischt, die es hinter sich aufwirbelte, zeigte ihm, wie schnell es war.

„Verschwinde!", schrie er. „Raus aus dem Wasser!"

Gott, hatte Jenna denn nicht gespürt, dass diese Kreatur sich näherte? Hatte sie denn nicht gesehen, wie er ihr zugewinkt hatte?

Er starrte auf die lange Spur weißen Schaums, die unter der Oberfläche wirbelte und auf Jenna zusteuerte. Ein entsetzter Blick der Erkenntnis war zu spät über sie gekommen. Dann hatte es ein riesiges Spritzen und einen gedämpften Schrei gegeben, den er mehr fühlte, als hörte.

„Jenna!", brüllte er.

Es kam tief und kehlig heraus, denn sein Drache kämpfte bereits darum, an die Oberfläche zu brechen. Aber er war so gehetzt und hektisch, dass sich seine beiden Seiten in die Quere kamen und er sich nicht verwandeln konnte.

Verdammt noch mal, beeile dich! befahl er seinem Drachen. Das Monster schleppte Jenna fort.

Beeile du dich! schoss der Drache zurück.

Connors Wut steigerte sich immer mehr, bis er ihr fast nachgegeben hätte, wie er es schon so oft in seinem Leben getan hatte. Erst als er sich vorstellte, wie Jenna seinen Arm berührte, kühlte sich die Wut genügend ab, um ihn klar denken zu lassen.

Stopp, bellte er seinen Drachen an. *Denk nach!*

Jedes Mal wenn er in seinem Leben Mist gebaut hatte – und Gott wusste, das war oft geschehen –, war es zu einem Zeitpunkt wie diesem passiert. Ein Zeitpunkt, in dem Wut oder Frustration überhandgenommen hatten.

Keine Zeit dafür! brüllte der Drache zurück, denn Drachen handelten. Sie hingen nicht herum und dachten nach. Nicht in Momenten wie diesen.

Ein Dutzend wetteifernde Stimmen füllten seinen Geist. Seine Mutter. Kommandierende Offiziere, unter denen er gedient hatte. Sogar sein Vater, die wenigen Male, zu denen er ihm begegnet war.

Denk nach, Junge.

Überlege, bevor du springst.

Sie wären ein toller Offizier, wenn Sie nur Ihren Kopf einsetzen würden.

Was zum Teufel hast du dir dabei gedacht?

Er schloss die Augen. Kostbare Sekunden verstrichen.

Fliegen! Wir müssen fliegen! brüllte sein Drache.

Connor schüttelte den Kopf und starrte direkt nach unten. Die Wellen krachten unter seinen Füßen in den Rand der Klippe. Das Wasser war aufgewühlt und schwankte. *Von hier aus könnte man ja direkt ins Wasser springen,* hatte Jenna gesagt. *Wenn man diese Stelle genau trifft…*

Er starrte hinunter. Die Stelle zwischen den zwei Felsen?

Du meinst, wenn man verrückt wäre, hatte er geantwortet.

Nun, er war völlig außer sich vor Angst. Vielleicht zählte das.

Die alten hawaiianischen Könige sind auch von Klippen ge-sprungen, weißt du. Um sich zu beweisen.

Connor starrte aufs Wasser. Es wäre so unglaublich einfach, sich in die Luft zu schwingen und zu fliegen, aber das würde Jenna nicht helfen. Sie war unter Wasser und während die Sonne auf der Oberfläche glitzerte, konnte er von oben nichts sehen. Was bedeutete...

Er nahm einen tiefen Atemzug. Er musste dort hinunter, um ihr zu helfen. Und zwar sofort. Und von dieser Klippe zu springen war der schnellste Weg.

Nein, rief eine kleine Stimme in seinem Kopf. Seine eigene Stimme, aber aus der Zeit, als er noch ein kleiner Junge war. *Bitte nicht.*

Das Wasser wirbelte und spritzte und verhöhnte ihn. *Du hast wohl Angst?*

Ja, er hatte allerdings Angst. Wenn man als kleines Kind fast ertrunken war, passierte so etwas. Und er war damit nicht allein. Die meisten Drachen hassten Wasser. Sie hassten das Tauchen. Warum sollte man sich durch Wasser kämpfen, wenn man durch die Luft schweben konnte.

Weil Jenna dort unten ist, bellte er seinen Drachen an und stieß sich gleichzeitig von der Klippe ab.

Er hatte sich schon Dutzende Male von dieser Klippe gestürzt, aber *Starten* war nicht *Tauchen,* denn es endete darin zu fliegen, während das andere mit dem...

... sicheren Tod endet, schrie sein Drache.

Der Wind peitschte in seine Augen und ließ seine Sicht verschwimmen, als er auf die Felsen zustürzte.

Flieg, schrie sein Drache.

Seine Schultern streckten sich, als sich seine Flügel formten. Aber es war zu spät, um Auftrieb zu bekommen. Er stürzte zu schnell und er wusste es. Wenn er seine Flügel öffnete, wären sie weit gespannt – und am verletzlichsten – wenn er auf der Oberfläche aufschlug. Sie wären verdreht und gebrochen. Selbst die zügige Gestaltwandlerheilung wäre nicht schnell genug, um ihm zu helfen.

Also biss er die Zähne zusammen, faltete seine Flügel an seinen Seiten, um möglichst sauber in die Wasseroberfläche einzutauchen, und hielt an seinem selbstmörderischen Plan fest. Aber verdammt. Zielte er überhaupt auf die richtige Stelle?

Er blinzelte, während er fiel, und richtete die Nase auf sein Ziel aus. Er streckte seinen Schwanz nach hinten aus und hielt ihn kerzengerade, um stromlinienförmig einzutauchen.

Jenna, wollte er schreien. *Halte durch.*

Die Brandung wirbelte und schäumte unter ihm wie ein tollwürdiges Tier, das auf seine Beute wartete.

Jen...

Die Wasseroberfläche war wie eine Steinmauer, die jegliche Luft aus seinen Lungen schlug. Alles war ein weißes, schäumendes Durcheinander. Salzwasser füllte seinen Mund und seine Nase. Seine Augen brannten und schworen längst vergessene Erinnerungen wieder herauf. Erinnerungen an das Schlucken von Wasser und das Schreien um Hilfe. Daran wie er in die Tiefe gerissen wurde, ganz egal, was er versuchte.

Verdammt noch mal, reiß dich zusammen, befahl ihm sein Drache. *Jenna braucht uns.*

Er schnippte mit dem Schwanz und bemühte sich verzweifelt, im Gewirr der Blasen etwas Kontrolle zu erlangen. Sein Drachenschwanz hatte unter Wasser zwar nicht halb so viel Wirkung wie in der Luft, aber schließlich kehrte ein Gefühl des Gleichgewichts in sein Mittelohr zurück.

Schwimme, verdammt noch mal. Schwimme!

Die Strömung zerrte ihn in die Richtung der Felsen. Er musste hinaus ins Freie.

Also strampelte er und schlug mit den Flügeln, um gegen die Strömung anzukämpfen, die ihn in Richtung Felsen drückte. Zentimeter um Zentimeter kämpfte er sich vorwärts, bis er ins satte Blau anstelle von weißem Rauschen gelangte.

Jenna! brüllte er in einem gedämpften Unterwasserschrei. Wo war sie?

Der Ozean dehnte sich vor ihm aus. Ein endloses, blaues Universum durchdrungen von Sonnenstrahlen, die von oben hereinfielen und es unmöglich machten, Tiefe und Entfernung einzuschätzen. Abgesehen von einem schwachen, höhnischen Lachen war es unheimlich still. Er riss seinen Kopf nach links und rechts herum und wurde immer verzweifelter. Wie sollte er Jenna auf diese Weise jemals finden?

Plötzlich bewegte sich etwas in seinem Augenwinkel und er entdeckte, wie Jenna an einem Bein weggezerrt wurde. Sie war an der Taille gebeugt und schlug und stieß nach ihrem Angreifer.

Jenna!

Er strampelte wütend und schlug mit den Flügeln, um die Verfolgung aufzunehmen. Dabei stellte er fest, dass die Dämonen seiner Kindheit gar nicht so schwer zu überwinden waren, zumindest nicht, wenn die Frau, die er liebte, in Gefahr schwebte. Aber Scheiße. Drachen beherrschten die Lüfte nicht die Meere und es dauerte eine Ewigkeit, um die Entfernung zu Jenna zu überwinden. Es war ein Wunder, dass sie das Bewusstsein noch nicht verloren hatte, nachdem sie bereits so lange unter Wasser gewesen war. Wie lange konnte sie noch durchhalten? Seine eigene Lunge brannte bereits und es war schwer vorstellbar, dass Jenna noch viel länger aushalten würde, bevor sie ohnmächtig wurde.

Als Connor nahe genug kam, um Feuer zu speien – nicht dass ihm diese Waffe unter Wasser viel nützte –, wurde ihm aus Sauerstoffmangel bereits schwindelig. Seine Lunge schrie und egal, wie sehr er die Zähne zusammenbiss, er konnte nicht länger gegen den Instinkt ankämpfen. Also rauschte er an die Oberfläche, nahm ein paar tiefe Atemzüge und tauchte sofort wieder ab.

Die Kreatur, die sich mit Jenna davonmachen wollte, war viel schneller als er. Aber sie tat ihr Bestes, sie zu verlangsamen, und machte das verdammt gut. Was eigentlich gar nicht möglich sein sollte, wenn man bedachte, wie lange sie schon unter Wasser war. Aber verdammt. Ihr Haar fächerte sich um ihren Kopf und glänzte im gespenstischen Meereslicht genau wie das einer Meerjungfrau. Einer kriegerischen Meerjungfrau, die sich weigerte, aufzugeben.

Connor raste vorwärts. Er war fest entschlossen, sie dieses Mal zu befreien. Dieser Hai oder Tintenfisch, oder was auch immer es war, hatte es auf die falsche Frau abgesehen und würde es mit seinem Leben bezahlen.

Stück für Stück näherte er sich dem Tier und versuchte herauszufinden, was es war. Es war zu groß für einen Hai, aber zu klein für einen Wal. Die Bewegungen waren schnell und seltsam elegant. Ein langes, spitzes Anhängsel zuckte in seiner Sicht und verschwand erneut – ein Tentakel? Oder war das ein Schwanz?

Sein verzweifelter Verstand konnte sich keinen Reim darauf machen. Welche Art Meerestier hatte einen langen, dünnen Schwanz?

Jenna drehte sich in einem weiteren Versuch, sich zu befreien und ihre Augen wurden ganz groß, als sie ihn erblickte.

Connor! Er konnte sie in seinem Kopf schreien hören.

Halte durch. Er drängte den Gedanken in ihre Richtung und hoffte inständig, dass sie ihn hören konnte.

Die Kreatur, die sie im Griff hatte, drehte sich für einen Blick zu ihm um. Connor erstarrte, als er sie erkannte. Das war kein Hai, Tintenfisch oder eine Art Hightech U-Boot. Der mächtige Körper verjüngte sich zu einem Schwanz, aber was er für Flossen gehalten hatte, waren tatsächlich Flügel.

Flügel?

Es handelte sich um einen Drachen und doch um keinen wie ihn selbst. Die Flügel waren gedrungen. Der Schwanz länger. Die Körperpanzerung hässlich algenbraun.

Mr. Hoving, spie die Kreatur verächtlich. Die Worte donnerten durch das Wasser und in seinen Kopf.

Draig?

Der arrogante Ton und die hochmütigen Augen verrieten den Gestaltwandler, aber Connors Gedanken rasten immer noch. Was wollte Draig mit Jenna?

Was jeder Meeresdrache will, gluckste Draig und las seine Gedanken.

Meeresdrache? Connor verdrehte die Augen. Gott. Musste er alles auf die harte Tour lernen?

Er starrte den bärtigen Meeresdrachen an und spannte seine Krallen. *Was zum Teufel weiß ich denn schon, was Sie wollen?* Seine Worte waren teils Vibration, teils verzerrte Laute, aber genau wie die von Draig ergab jedes Wort für seinen Drachenverstand einen Sinn.

Ich bin ein alter Mann, seufzte der Meeresdrache. *Bereit, mich zur Ruhe zu setzen. Ich brauche nur ein bequemes Versteck auf dem Meeresgrund und ein nettes kleines Weibchen, mit dem ich mich amüsieren kann.*

Jenna zappelte und schlug um sich. Connor explodierte vor Wut und stürzte los. Aber Draig manövrierte sie mit einem schnellen Schlag seiner verkümmerten Flügel davon und zog Jenna außer Reichweite.

Oh nein. Dieser schöne Preis gehört mir, krächzte Draig. *Ich habe sie zuerst eingefordert, also ist sie die Meine.*

Connor schnappte nach ihm, aber Draig wich mit einem weiteren blitzschnellen Ruck aus. Der Bastard mochte Jahrhunderte alt sein, aber Wasser war sein Element und es zeigte sich.

Stellen Sie sich meine Überraschung vor, als die ersten Gerüchte über eine Meerjungfrau aufkamen, die bis in diese triste Zeit überlebt haben soll, sagte Draig.

Eine teilweise Meerjungfrau, wollte Connor sagen, aber verdammt. Sie schien wirklich lange unter Wasser überleben zu können und Gott sei Dank dafür.

Ich habe sie schon seit geraumer Zeit im Auge, gluckste Draig und schwankte von einer Seite zur anderen, um Connor zum Angriff aufzufordern. Und plötzlich triefte die Stimme des alternden Drachen vor Bosheit. *Aber sie hat meine Einladungen nicht angenommen und mir keine Wahl gelassen, als sie mir selbst zu holen.* Er schlang einen seiner Flügel um Jenna. *Sie ist reizend, nicht wahr? Nicht rothaarig, aber die nächstbeste Sache.*

Connor spürte die Übelkeit in sich aufsteigen. Dann hätte er fast gejubelt, denn Jenna holte zu einem Schlag aus und landete ihn direkt auf Draigs Schnauze. Der alte Drache schüttelte sich vor Überraschung und ließ sie los.

Connor hätte den Moment gern ausgekostet, aber er hatte keine Zeit. Er stürzte sich vorwärts und rammte Draig mit dem dicksten Teil seines Schädels gegen die Brust. Dann riss er den Kiefer für einen vernichtenden Biss weit auf und...

Connor taumelte von einem Schlag, der wie aus dem Nichts gekommen war, und Draig brüllte triumphierend.

Denken Sie etwa, Sie können es mit mir aufnehmen, Junge?

Connor sah Sterne und sein Kopf drehte sich. Er hatte Draigs Stachelschwanz nicht kommen sehen, der nach ihm gepeitscht hatte, und nun hatte er den Preis bezahlt.

Glauben Sie etwa, Sie können den mächtigsten Meeresdrachen des Draig-Clans besiegen? gackerte der Meeresdrache. *Sie sind ein Niemand, ein Nichts.*

Connors Nasenlöcher bebten und sein Drache knurrte.

Jenna strampelte unterdessen in Richtung Oberfläche und entkam.

Draig seufzte und fuhr fort. *Heutzutage sind natürlich viele der alten Blutlinien schon verdünnt. Sogar die Llewellyns haben sich gewöhnliche Bräute genommen. Aber ich werde den ultimativen Preis bekommen – eine Meerjungfrau. Wer wäre besser geeignet, um die nächste Generation von Meeresdrachenblut zu gebären?*

Connor schnappte nach Draigs Hals, verfehlte ihn aber um ein Haar. Dann schlug er nach seiner Brust, aber die Panzerplatten waren so dick, dass seine Krallen nur über die Oberfläche streiften und abprallten.

Versuchen Sie es nur, Junge. Versuchen Sie es, so oft Sie wollen. Niemand kann mich besiegen, den König der Meere. Und niemand soll mir meine Königin stehlen.

Plötzlich ergab alles einen Sinn – Draigs neptunähnliches Äußeres. Das Aquarium auf seiner Jacht. Die mysteriöse Meereskreatur, die in der Nacht um das Schiff herumgespritzt hatte.

Ich schwimme gern ab und zu, wenn das Wasser warm genug ist, hatte Draig einmal gesagt, *aber leider sind diese alten Knochen nicht mehr in der Lage zu fliegen...*

Sie elender Bastard, brüllte Connors Drache.

Aber Draig fuhr in seinem siegreichen Ton einfach weiter fort. *Ich bin ein reicher Mann und jetzt werde ich meinen letzten Schatz erbeuten. Eine Gefährtin – eine ganz besondere. Sie soll mir den Erben gewähren, den ich mir schon immer gewünscht habe. Nicht den Sohn eines Verwandten wie diesen faulen Anton. Nein. Meine Königin soll mir einen Sohn von meinem eigen Fleisch und Blut schenken. Und er wird ein mächtiger Drache sein – ein Meeresdrache, der meine Linie fortsetzt.*

Draig schaute sich nach Jenna um und Connor rammte ihn erneut. Dieses Mal landete er einen besseren Schlag. Feuerspeien funktionierte unter Wasser nicht, aber sein Drache versuchte es trotzdem. Das Wasser zischte und schäumte und sogar Draig sah einen kurzen Augenblick erschrocken aus. Also machte Connor es noch einmal. Die Augen des Meeresdrachen glühten vor Wut, aber er spie nicht zurück.

Er kann nicht zurückspeien, murmelte Connors Drache.

Er klammerte sich an diesen kleinen Trost. Wenn Meeresdrachen kein Feuer speien konnten und er Draig an die Oberfläche locken könnte...

Natürlich war der alte Drache zu gerissen, um ausgetrickst zu werden. Connors Gedanken überschlugen sich mit Ideen – vage, unzusammenhängende Ideen, denn sein Sauerstoffpegel sank schon wieder in den roten Bereich. Er musste an die Oberfläche und das schnell.

Draigs Gelächter folgte ihm. *Sie haben sich doch nicht tatsächlich für würdig gehalten, einen solchen Preis zu beanspruchen, oder?*

Connor knirschte mit den Zähnen, als er versuchte, die Situation einzuschätzen. Jenna hatte es bereits an die Oberfläche geschafft und schwamm in Richtung Ufer. Er folgte ihr und war sich der Gefahr, in der Jenna schwebte, durchaus bewusst. Draig konnte jederzeit auftauchen und sie wieder unter Wasser ziehen. Also rauschte Connor an die Oberfläche, schnappte nach Luft und tauchte gerade noch rechtzeitig wieder ab, um Draig von Jenna fortzuschleudern.

Sie werden sie nicht bekommen! brüllte er und rang mit dem Meeresdrachen.

Sie gehört mir bereits, donnerte Draig.

Connor hatte zu seiner Zeit gegen viele Gestaltwandler gekämpft, auch gegen Drachen. Aber ein Meeresdrache? Das war etwas völlig anderes. Draig sauste nicht umher, spie kein Feuer und wirbelte auch nicht herum, wie es Drachen im Luftkampf taten. Stattdessen näherte er sich ihm von hinten und versuchte, sich an Connors Rücken festzuhalten.

Was zum...

Connor drehte und wendete sich. Er brüllte, als Draig dies zum ersten Mal tat und ihn damit überraschte. Der Meeresdrache schlang seine Stummelflügel um Connor wie eine gottverdammte Würgeschlange und tauchte tiefer ab. Der Druck in Connors Ohren verdreifachte sich und seine Sicht verschwamm.

Sie gehört mir, brummte Draig, während sie in Kreisen herumwirbelten und immer tiefer tauchten.

Es war genau wie in diesem schrecklichen Traum, in dem er mit Jenna durch die Luft gerast war, nur das es dieses Mal keine Orkanwinde waren, die an ihm zerrten, sondern die Kraft des Wassers.

Sie gehört mir, spottete Draig.

Sie gehört mir, brüllte Connor zurück, aber seine Stimme klang brüchig und schwach.

Mit einem verzweifelten Hieb seines Drachenschwanzes riss er sich los und stieg erneut zur Oberfläche auf. Oben angekommen, schnappte er noch einmal viel zu kurz nach Luft, bevor er wieder abtauchte, um Draig sicher im Auge zu behalten.

Sie können wohl nicht genug bekommen? Draig grinste. *Ich genieße es auch. Eines Tages werde ich meinen Erben erzählen, wie ich um ihre Mutter gekämpft habe, und sie wird mich dafür noch mehr lieben.*

Es machte Connor krank, Draigs verrückten Plänen zuzuhören. Und es machte ihn wütend, dass Draig die Oberhand hatte und nicht er selbst. Er war jünger. Schneller. Stärker – aber nur in der Luft. Egal, was er versuchte, er würde Draig nicht bezwingen. Im Gegenteil, er war derjenige, der gegen die Erschöpfung ankämpfte – und das schon jetzt.

In diesem Moment dämmerte es ihm, dass dies der erste Kampf sein könnte, den er nicht gewinnen konnte. Sein erster und sein letzter.

Seine Seele schrie. Nicht aus Angst vor dem Tod, sondern um Jenna. Wenn er verlor, würde Jenna von Draig entführt werden.

Nicht entführt, tadelte Draig. *Nach Hause geholt.*

Das kommt nicht infrage, brüllte sein Drache.

Er zischte und kratzte nach seinem Gegner und suchte verzweifelt nach einem Funken neuer Hoffnung. Aber Draig spielte nach einem ganz anderen Regelwerk – so war das immer in Connors Leben – und der Ozean schien auf der Seite des Meeresdrachen zu sein. Egal, was er versuchte, der Meeresdrache konterte.

Dann wurde Connor plötzlich klar, dass er gar nicht gewinnen musste. Er musste Jenna lediglich genügend Zeit verschaffen, um zu entkommen. Früher oder später würde sie ans Ufer gelangen und die anderen alarmieren. Kai würde seine vereinten Gestaltwandlertruppen mobilisieren und Draig angreifen. Und Jenna wäre in Sicherheit.

Sein Herz schmerzte. Sich für Jenna zu opfern war in Ordnung. Aber verdammt. Sie hatten sich gerade erst gefunden. Sie hatten nur eine Nacht miteinander verbracht.

Seine Gedanken wanderten zu Tim, Chase und Dell. Sie würden auch ohne ihn weitermachen, aber verdammt. Es war schwer, sich vorzustellen, wie das ablaufen würde. Und Mist. Er würde sie vermissen und sie würden ihn vermissen. Was scheiße war, weil sie über die Jahre schon viel zu viele Verluste erlitten hatten. Er wollte ihren geschundenen Soldatenherzen nicht noch eine Narbe hinzufügen.

Aber ein Mann tat, was er tun musste, nicht wahr?

Connor nahm seine letzte Kraft zusammen und stieß sein lautestes Brüllen aus. Er legte seine ganze Frustration hinein. Er hatte von Anfang an schlechte Karten gehabt, aber okay. Das hatte er schon vor langer Zeit als seine Norm akzeptiert. Und der Tod, nun – er war dem Schicksal schon oft genug entflohen, um dieses Mal nicht zu widersprechen. Solange Jenna lebte, wäre es das wert.

Er grinste ein leicht irres Grinsen. Wenigstens würde er als Held sterben. Und kein Drache – egal wie elitär oder arrogant er auch sein mochte – konnte ihm das jemals nehmen.

Bereit? forderte er seinen Drachen auf.

Bereit, knurrte dieser.

Er drehte sich in Draigs Griff, knurrte in das erschrockene Gesicht des Meeresdrachen und schlang seine Flügel um Draigs.

Wie können Sie es wagen? brüllte Draig.

Connor lachte. Er war im Begriff, sein eigenes Regelwerk zu schreiben, und der Meeresdrache hätte keine andere Wahl, als sich ihm zu fügen.

Was werden Sie jetzt tun, Sie alter Bastard? knurrte er und unterband jede Bewegung, die Draig versuchte. Er klammerte sich fest, streckte seinen Drachenschwanz und stürzte sie beide tiefer in den Abgrund.

Dies ist mein Element, Sie Narr, knurrte Draig, der immer noch versuchte, sich zu wehren.

Nun, das war vielleicht so, aber Connor hatte schließlich die Oberhand. Zum einen waren seine Flügel größer und zum anderen war sein Körper schwerer. Er wollte dies gerade erwidern, als ihm ein noch besserer Plan einfiel. Er könnte mehr tun, als Draig nur aufzuhalten. Er könnte den Meeresdrachen töten. Natürlich würde er dabei selbst sterben, aber trotzdem. Ein Sieg war ein Sieg. Er könnte den alten Bastard erledigen, Kai den Ärger ersparen und sich vielleicht sogar den Respekt verdienen, nach dem er sich immer gesehnt hatte.

Das war die Theorie. In der Realität...

... flehte seine Lunge nach Luft. Wasser flutete seinen Mund, seine Nase und seine Ohren. Jeder Muskel in ihm schrie nach Brennstoff. Seine Sicht wurde wieder fleckig und plötzlich sah er zwei Draigs vor sich.

Qual. Es war die reinste Qual. Und dennoch biss Connor die Zähne zusammen und sammelte all seine Willenskraft, als seine Welt immer dunkler wurde.

Jenna, rief er und versuchte, ihre Gedanken zu erreichen. *Erinnere dich an mich. Bitte. Vergiss mich nicht.*

Connor!

Ich liebe dich, sagte er.

Nein, Connor! Tu es nicht! Ihr gequälter Schrei traf einen letzten verzweifelten Nerv.

Wage es ja nicht! schrie sie.

Was ihn in ein Dilemma brachte. Seinen selbstmörderischen Plan auszuführen oder Jenna zu gehorchen?

Die Frau hat immer recht, Brah, hatte dieser Lahaina-Typ gewitzelt.

Sicher, das war nur ein Scherz gewesen, aber irgendetwas sagte ihm, dass er Jenna in dieser Sache vertrauen sollte. Also stieß er Draig beiseite und schnappte mit seinen langen Drachenzähnen nach dem Hals seines Gegners. Er hoffte, dass dies seinen Feind besiegen würde. Dann übernahm der Instinkt die Oberhand und ließ ihn in Richtung Oberfläche rasen, obwohl es das Letzte war, was er tun wollte.

Für den ersten verrückten Moment seines Aufstiegs dachte Connor, es wäre ihm geglückt, Draig zu töten. Aber einen Moment später vibrierte das Wasser unter ihm und seine Hoffnung sank. Draig verfolgte ihn und schloss seine Distanz zu Jenna, während er schrie: *Komm zurück zu mir, mein Liebling.*

Neuer Plan, grunzte sein Drache. *Wir werden ihn in die Luft locken. Den Bastard zu Staub verbrennen.*

Tränen strömten aus seinen Augen, sowohl vom Brennen des Salzwassers als auch von den aufgewühlten Emotionen.

Konzentriere dich, bellte er sich selbst an und versuchte, einen Plan A und B zu schmieden. In einem davon würde er Draig unter freiem Himmel rösten, im anderen würde er ihn ertränken. Aber sein Verstand war trübe und benebelt und alles geriet immer wieder durcheinander.

So nah, brummte Draig, der sah, wie Jenna das Wasser über ihm aufwirbelte.

Connor stürzte sich verzweifelt in Richtung Oberfläche, aber der Meeresdrache schwamm in geschmeidigen Zügen und holte schnell auf. Die Sonne schien und wurde immer heller.

Connor biss die Zähne zusammen. Das war es. Seine letzte Chance. Möglicherweise seine einzige Chance, denn wenn er versagte, blieb nur noch die selbstmörderische Option, gemeinsam mit Draig zu ertrinken.

Held, erinnerte er sich.

Toter Held, brummte sein Drache.

Connor biss die Zähne zusammen und stürzte sich nach links. Er wollte, dass Draig ihm folgte. Das war es also. Seine letzte Prüfung.

Ich werde in Kürze zu dir kommen, mein Liebling, gackerte Draig fies und heftete sich an seine Fersen.

Nur über meine Leiche, brüllte Connor.

Aber Draig lachte nur. *Genau das hatte ich auch im Sinn, Junge. Genau das hatte ich im Sinn.*

Kapitel 23

Jenna durchbrach die Wasseroberfläche – sie durchbrach sie im wahrsten Sinne des Wortes, fast als wäre es eine Glasscheibe und das Wasser flog in alle Richtungen. Ohne innezuhalten, paddelte sie wie wild zum Ufer. Ihr Bein brannte, an der Stelle, an der sie berührt worden war, und ihr Herz hämmerte wie wild.

Heilige Scheiße. Ein Drache. Schlimmer noch – ein Meeresdrache.

Die ganze Zeit hatte sie sich vor Vampiren gefürchtet, aber verdammt, hatte sie sich geirrt. Ihr Stalker war ein Meeresbewohner, der sie als seine Konkubine haben wollte.

Ich brauche nur ein bequemes Versteck auf dem Meeresgrund und ein nettes kleines Weibchen, mit dem ich mich amüsieren kann.

Connor und Draig hatten in einer Art brüllendem Gebell miteinander kommuniziert und doch hatte sie jedes furchterregende Wort verstanden. Vielleicht durch ein Überbleibsel ihres Meerjungfrauenblutes? Gleichzeitig verstand sie jedoch gar nichts, denn es war genau so, wie Connor gesagt hatte. Drachen lebten in ihrer eigenen archaischen Welt und spielten nach ganz anderen Regeln.

Nun, nicht mit ihr. Sie würde von diesem Drachenkampf verschwinden, und zwar schnell.

Draig hatte sie weit über einen Kilometer hinausgezerrt, so dass die vertraute Landschaft wie eine fremde Küste wirkte. Die Berge sahen höher und neblig aus, die Küstenlinie felsig und weniger einladend. Die morgendliche Stille wich langsam den ersten kleinen Wellen und sie spritzten ihr ins Gesicht. Sie prustete und schwamm weiter. Aber einen Augenblick später hielt sie inne und trat im Wasser, während sie ihren eigenen keuchenden Atemzügen lauschte.

Atmen ... keuchen ... Wasser... Sie blickte an ihren Füßen vorbei nach unten.

Wow. Moment mal. Wie lange war sie denn unter Wasser gewesen?

Mindestens ein paar Minuten. Diese ganze Zeit über hatte sie ihren einzigen Fokus darauf gerichtet, Draig zu entkommen. Wie war das nur möglich gewesen? Sie war gut darin, die Luft anzuhalten, aber nicht so gut. Tatsächlich hätte sie ertrinken müssen.

Vielleicht hatte Connor recht damit gehabt, ihren Anteil Meerjungfrauenblutes nicht schlechtzureden. Vielleicht reichte es aus.

Oder war es die...?

Mit der linken Hand umklammerte sie noch immer die Perle und sie lockerte ihren Griff gerade genug, um einen Blick darauf zu werfen. Was hatte die Frau in Lahaina gesagt?

Kostbare Perlen. Magische Perlen. Perlen, die...

Die Perle strahlte heller und das Gold überstrahlte nun das Schwarz, als würde sie das Sonnenlicht aufsaugen und Kraft tanken.

... könnte sie...

Könnte sie was? wollte Jenna schreien.

Sie sollten die Geschichten lesen, Schätzchen, war alles, was die Verkäuferin gesagt hatte.

Jenna verzog das Gesicht. Ja sicher. Das würde sie machen, sobald sie dem Meeresdrachen entkommen war, der an ihren Fersen klebte.

Wie aufs Stichwort explodierte das Wasser hinter ihr und zwei gewaltige Drachen schossen in die Luft. Sie sandten eine riesige Welle in ihre Richtung. Sie wurde davon angehoben und vorwärtsgetrieben, während das Gebrüll in ihren Ohren widerhallte und Wasser von oben herabregnete.

Einer der Drachen brüllte wütend. *Los, Jenna! Verschwinde von hier!*

Ihr Herz zog sich zusammen. Das war Connor, der für sie kämpfte.

Nein! Warte auf mich, mein Liebling, rief Draig mit einer gespenstisch hypnotischen Stimme.

Wie ihr Verstand das kehlige Knurren in Worte übersetzte, wusste sie nicht. Es dauerte jedoch eine Weile, bis sie dies alles in ihrem Kopf verarbeiten konnte und für einen atemlosen Moment konnte sie nichts anderes tun, als den Drachenkampf zu beobachten. Die riesigen Bestien kämpften wild und erhoben sich zehn Meter über der Wasseroberfläche, bevor sie in ihrem unerbittlichen Kampf, der sich sowohl über als auch unter der Wasseroberfläche abspielte, zurück in die Tiefe stürzten.

Los! Verschwinde von hier! drängte Connor, während er einen langen Feuerstrahl ausstieß. Jenna tauchte eilig unter Wasser. Als sie die Oberfläche erneut durchbrach, schloss sie ihre Hand fest um die Perle und schwamm hektisch in Richtung Ufer. Es spielte keine Rolle, ob die Perle oder ihre Meerjungfrauenabstammung ihr dabei geholfen hatte, solange unter Wasser zu überleben. Weder das eine noch das andere hatte ihr geholfen, Draig zu entkommen. Also wäre es das Beste, sich zügig aus dem Staub zu machen. Aber als ein schmerzhaftes Stöhnen erklang, musste sie sich einfach umdrehen, um nachzusehen.

Der dunklere, kompaktere Drache – Draig – machte einen mächtigen Satz zur Seite und riss Connor mit sich in die Tiefe.

„Connor!"

Das Wasser schäumte, als sie verschwanden und die Oberfläche allmählich wieder ruhiger wurde und jede Spur ihres Geliebten verwischte.

„Connor!", schrie sie und blickte nach unten. Schiere Panik ergriff sie und sie hatte sich noch nie so allein gefühlt. Es gab niemanden, um dessen Hilfe sie schreien konnte, keinen Notruf zum Anrufen. Es gab nur sie.

„Connor", wimmerte sie vollkommen ratlos darüber, was sie tun sollte.

Sie wünschte sich ihren Vater. Ihre Schwester. Connors Brüder. Irgendjemanden! Wie sollte sie ihm denn ganz allein helfen?

In einer hektischen Bewegung streifte sie mit der Hand über ihre Brust und eine Erinnerung schoss ihr durch den Kopf.

Wenn du einen Drachen genau zwischen den Brustplatten hier triffst...

Sie zwang sich, innezuhalten, und tastete die Form ihres eigenen Brustbeins ab. Wenn Drachen dort verwundbar waren, wie Connor gesagt hatte...

Sie holte tief Luft, griff nach unten und prüfte, ob ihr Messer noch immer an ihrem Bein befestigt war. Das Messer mit dem Zauber gegen Vampire. Würde es auch gegen einen Drachen funktionieren?

Frustriert schlug sie aufs Wasser und schrie. Wer zum Teufel wusste das schon? Niemand hatte sich die Zeit genommen, ihr das alles zu erklären. Vielleicht wusste auch keiner wirklich, wie die ganze verrückte Gestaltwandlerwelt überhaupt funktionierte.

Das ist nicht fair, wollte sie schreien.

Aber so hatte ihr Vater sie nicht erzogen, also verdrängte sie diesen Gedanken aus ihrem Kopf. Viele Dinge im Leben waren nicht fair, aber eine Monroe jammerte nicht. Eine Monroe suchte nach Liebe und Sonnenschein und kämpfte immer weiter.

Jenna schloss die Augen und suchte nach einem Funken der Hoffnung. Sie hätte gedacht, dass ihr dies in einem solchen Moment schwerfallen würde. Aber die *Liebe* führte sie sofort zu *Connor* und der *Sonnenschein* beschwor ein Bild von ihm herauf, wie er sie festhielt.

Sie nahm einen tiefen Atemzug. In Ordnung. Liebe – dabei. Sonnenschein – dabei. Was hatte sie noch?

Die Muskeln ihres rechten Armes zuckten und sie wiederholte die Bewegung, die Connor ihr mit einem Messer beigebracht hatte. Zur gleichen Zeit erwärmte sich die runde Perle in ihrer Hand und fügte ihrer Liste einen weiteren Punkt hinzu.

Messer. Perle. Liebe. Darüber hinaus brauchte sie eigentlich nur noch Mut, nicht wahr?

Sie zögerte einen Augenblick. Mut war der schwierige Teil.

Der Duft von Kokosnüssen und Ingwer kitzelte ihre Nase und drängte sie, ans Ufer zu schwimmen. Aber wütende kleine Wellen schlugen ihr ins Gesicht und befahlen ihr, sich zusammenzureißen. Wollte sie Connor wirklich kämpfen und allein hier draußen zurücklassen, während sie sich in Sicherheit brachte?

„Verdammt noch mal", murmelte sie angewidert von sich selbst. Sie könnte doch wohl auch etwas verdammten Mut aufbringen.

Bevor sie es sich wieder ausreden konnte, holte sie schnell tief Luft und tauchte ab.

Ich bin kein Weichei. Ich bin kein Weichei, murmelte sie, während sie nach unten schwamm. Tiefer und tiefer, bis die Wassertemperatur sank und die Sonnenstrahlen immer dünner wurden. Warnglocken ertönten in ihrem Kopf und sagten ihr, dass sie sterben würde. Aber eine winzig kleine abgeschiedene Ecke ihres Verstandes trieb sie weiter.

Nur noch ein kleines Stückchen weiter. Sie sind gleich dort drüben.

Der Druck in ihren Ohren nahm zu und sie kniff die Augen zu dünnen Schlitzen zusammen, aber sie entdeckte die Drachen noch etwa zehn Meter tiefer. Die Tiefe absorbierte die meisten Farben, aber das Glühen der Drachenaugen stach hervor wie U-Bootlichter, die blinkten und blitzten, während sie sich drehten und wendeten. Draig musste der dunklere von ihnen sein. Der mit den stummeligen Flügeln und einem dickeren Schwanz. Connor war der große Grüne – aber scheiße. Die Spur der Blasen, die aus seinem Mund strömte, wurde immer dünner.

Sie schwamm den entschlossensten Delfinschlag ihres Lebens und presste ihre Hände dabei eng an ihre Seiten. In einem Schwimmbecken konnte sie diesen Schwimmstil nur ein oder zwei Bahnen durchhalten, aber hier draußen im offenen Ozean schien sie nur so dahinzusausen. Also ja. Entweder war sie halb tot und halluzinierte oder an dieser Meerjungfrauensache war tatsächlich etwas dran.

Nein … Jenna… rief Connor in einem grimmigen, schwachen Ton.

Mein Liebling, krächzte Draig. Er klang frisch und triumphierend. *Ich wusste, dass du zurückkommen würdest.*

Jenna verzog das Gesicht. Sie würde ihm zeigen, was für ein Liebling sie war.

Und du hast mir ein besonderes Geschenk mitgebracht. Ich kann die Kraft spüren. Wo hast du es versteckt, meine Liebe?

Jenna hielt ihre Hand fest geschlossen. Scheiße – Draig wusste von der Perle? Sie fragte sich, ob er genau wusste, welche Kraft sie besaß. Sie konnte es nicht sagen – nur, dass eine Art Macht leise aus ihr zu pulsieren schien und ihr half. Würde sie jedem helfen?

Connor schlug mit dem Drachenschwanz nach Draig, aber der Meeresdrache drehte sich geschickt zur Seite und kratzte mit zwei massiven Klauen über seinen Rücken.

Stopp, schrie sie mit sprudelnder Stimme und der geballten Kraft ihrer Gedanken, um die Botschaft zu übermitteln.

Sie taten nichts dergleichen und sie schnaubte. Männer!

Connor drückte Draig zur Seite und für einen Augenblick öffnete sich ein Spalt zwischen den kämpfenden Körpern. Jenna schluckte und zwang sich, sie zu beobachten. Irgendwie würde sie sich zwischen die beiden quetschen und Draig tief in die Brust stechen müssen. War das überhaupt möglich, ohne dabei zerquetscht zu werden?

Die Vernunft sagte ihr, sie solle es vergessen, aber die Perle in ihrer Hand blieb warm und machte ihr Hoffnung.

Connor, rief sie und versuchte, ihre Worte in seine Gedanken zu drängen. *Mach das noch mal.* Sie hatte keine Ahnung, wie diese Art von ringender Seitwärtsbewegung genannt wurde, aber sie stellte es sich vor und drängte das Bild gemeinsam mit ihren Worten in seinen Kopf.

Verschwinde, Jenna. Los!

Ich gehe nirgendwohin, schoss sie zurück.

Schon bald, meine Liebste, krächzte Draig.

Jenna blickte finster. Richtig, als würde sie sehnsüchtig darauf warten, endlich mit ihm durchzubrennen.

Komm schon, Connor. Mach das noch mal, bettelte sie und schwamm bis auf eine Armlänge an die schwingenden Flügel heran. Es war so beängstigend, als würde sie sich einer außer Kontrolle geratenen Kreissäge nähern, aber sie zwang sich, zuzusehen und abzuwarten.

Bitte, Connor. Bitte.

Ein Schwanz peitschte direkt vor ihrem Gesicht und sie duckte sich. Connor grunzte und beide Drachen taumelten seitwärts.

Jetzt! Jetzt! schrie eine Stimme in ihrem Kopf, als sich ein winziger Spalt zwischen ihren Oberkörpern öffnete. Connor gab ihr die Gelegenheit, die sie brauchte.

Jenna schoss nach vorn und wich sofort wieder zurück, als die Drachen erneut zusammenstießen. Ihr Herz hämmerte vor Angst und Niedergeschlagenheit. Es war nicht möglich. Es war einfach nicht möglich.

Sie klopfte sich selbst auf den Oberschenkel. Es musste möglich sein, verdammt. Sie musste einen Weg finden.

Noch einmal, Connor. Du kannst es.

Ich kann es, fügte sie zu sich selbst hinzu.

Sobald ich dieses lästige Halbblut los bin, grunzte Draig zwischen zwei Atemzügen, *sollst du den Gefährten bekommen, den du verdienst.*

Das wäre Connor, hätte sie fast geschrien. Aber sie behielt den Gedanken für sich, denn sie musste sich Draig nähern, um ihren Plan zu vollstrecken.

Sie grinste wie wild über ihre eigenen Gedanken. *Vollstreckung.* Das gefiel ihr.

Die Drachen waren in einen tödlichen Kampf verwickelt und als sie sich umdrehten, blitzten Connors Augen auf. Sie glühten immer noch, wurden aber schwächer. Er sah ungefähr genauso überzeugt von sich aus, wie sie es von ihrer eigenen Chance war, diese verrückte Aktion durchzuziehen.

Jenna, murmelte er und klang dabei schrecklich entschuldigend.

Sie schüttelte den Kopf und machte sich bereit, hart genug für sie beide zu sein. *Willst du damit sagen, dass du bereit bist, aufzugeben?*

Connors Augen funkelten, als sie seine eigenen Worte wiederholte. *Auf gar keinen Fall,* knirschte er durch zusammengebissene Zähne.

Gut, grunzte sie und zerrte das Messer aus der Scheide.

War das Stolz in seinen Augen? Liebe? Jenna schwor sich, dass sie es eines Tages herausfinden wollte. Aber in diesem Moment drehte sich Draig, zerrte Connor herum und unterbrach ihren Blickkontakt. Wut stieg in ihr auf und sie schob die Perle tief in die Scheide des Messers an ihrer Wade, damit sie beide Hände frei hatte. Dann tauchte sie entschlossener denn je unter die kämpfenden Drachen.

Dieser Narr denkt, dass er dich verdient, tönte Draig überheblich. *Aber ich werde dich beschützen. Ich werde dir die Zukunft geben, die du verdienst.*

Jenna drängte die Schrecken, die diese Vorstellung in ihr aufsteigen ließ beiseite. Sie konzentrierte sich auf den Kampf. Die Drachen bewegten sich in genau dem Winkel zusammen, den sie brauchte, um dazwischenschlüpfen zu können, also...

Jetzt, Connor! bellte sie. *Noch einmal.*

Seine grünen Augen waren glasig vor Schmerz. Ein blubberndes Grunzen ertönte, als er Draig mit letzter Kraft herumschleuderte, ihn anhob und gleichzeitig dabei drehte. Ihre Körper trennten sich und...

Jenna huschte mit dem Messer in der Hand zwischen ihren Flügeln hindurch. Dank all ihrer Übungsstunden mit Connor fühlte sich das Messer komfortabel in ihrer Hand an und der Griff erwärmte sich. Erwachte der Zauber zum Leben und war bereit zu wirken, auch wenn der Feind kein Vampir war?

Connors Worte hallten in ihrem Kopf wider.

Wenn du einen Drachen genau zwischen den Brustplatten hier triffst...

Er hatte ihr die Stelle gezeigt und sie zwang sich, an Draigs Brust hinaufzuschwimmen, um die gleiche Stelle an ihm zu finden. Sie hielt das Messer an ihrer Seite versteckt.

Draig lachte – die Art von tiefem Grollen, das durch den Ozean vibrierte und ganze Fischschwärme um ihr Leben schwimmen ließ. Jenna wollte sich ihnen am liebsten anschließen. Sich so nah an ihn heranzuwagen, machte es nur allzu leicht, sich die Schrecken vorzustellen, die Draig für sie auf Lager hätte, sollte er gewinnen.

Ist sie nicht reizend, gurrte er, als hätte sie plötzlich einen Sinneswandel gehabt und sich an ihn geschmiegt, um ihn zu streicheln. *Mein Liebling erkennt bereits ihren Herrn.*

Herrn? Sie schnaubte. Dann konzentrierte sie sich völlig darauf, das Messer versteckt zu halten und die verwundbare Stelle zu finden.

Draigs Brust wurde von breiten ineinandergreifenden Platten bedeckt. Die oberen Panzerplatten waren in zwei Abschnitte unterteilt, den Brustmuskeln entsprechend vermutete sie. Und dazwischen befand sich, genau wie Connor gesagt hatte, eine Kerbe. Aber Wasser wirbelte um sie herum und der Druck veränderte sich, was ihr sagte, dass sie gleich zerquetscht werden würde.

Jenna! schrie Connor angestrengt.

Tu dir nicht weh, mein hübscher Liebling, murmelte Draig und begann, sich zur Seite zu drehen.

Jenna schnippte das Messer genauso herum, wie Connor es ihr beigebracht hatte. *Zeigefinger, umdrehen, greifen.*

Ich bin nicht dein gottverdammter Liebling, bellte sie und rammte das Messer tief hinein.

Sie hatte sich vorgestellt, dass die Klinge sanft hineingleiten würde, aber sie drang ruckartig ein und es kostete sie all ihre Kraft, sie hineinzustoßen. Jedes Mal, wenn sie dachte, sie könnte keinen Zentimeter tiefer dringen, erwärmte sich die Perle an ihrer Wade und es gelang ihr, ihr noch einen weiteren Stoß zu geben, bis die Waffe bis zum Griff eingedrungen war.

Das hast du davon, dass du versuchst, eine Meerjungfrau von ihrem Gefährten zu trennen, spie sie in seinen Geist.

Draig riss die Augen weit auf und sein ganzer Körper bebte. Er schlug mit den Flügeln um sich, während das Blut in seltsam hypnotisierten Strudeln aus seiner Brust strömte. Jenna klammerte sich mit all ihrer Kraft fest, um die Klinge in Position zu halten.

Aber ... aber... Draig protestierte und verstand es immer noch nicht. Dann kniff er die Augen zusammen und knurrte. *Miststück!*

Jenna nickte sich innerlich selbst zu. Ja, wenn sie es sein musste.

Also gut. Dann stirb mit deinem nichtsnutzigen Liebhaber, spie Draig.

Er schlug mit dem Schwanz um sich und Schmerz schoss durch ihre Beine. Eine Klaue, die groß genug war, um sie aufzuspießen, streifte durch das Wasser neben ihrem Ohr. Jenna drehte sich zur Seite und konnte ihr gerade noch ausweichen. So sehr es sie auch anekelte, rettete die Tatsache, dass sie so eng an Draigs Brust gepresst war, im Moment ihr Leben. Der nächste Hieb würde sich allerdings schwieriger vermeiden lassen. Das und die erdrückende Kraft von zwei Drachenkörpern, die im Begriff waren, aufeinanderzuprallen. Der Wasserdruck stieg und es knackte in ihren Ohren, als sie schrie.

Connor!

Aber noch nicht einmal Connor konnte das Unvermeidliche verhindern, als die Schwungkraft die beiden Drachen einer massiven Kollision entgegendrängte, die sie kommen sehen konnte. Ihre Flügel verhedderten sich und das Kräftegleichgewicht war im Begriff, in die andere Richtung zu kippen. Tränen liefen Jenna über die Wangen, denn dies war das Ende. Um Draig zu töten, musste sie das Messer in Position halten. Das bedeutete, durchzuhalten, egal was passierte.

Lass mich los, brüllte Draig und schlug um sich. Aber nichts würde Jennas Griff um das Messer lockern. Nichts.

Connor, murmelte sie und wünschte, sie hätten ein glücklicheres Ende gehabt. Mehr Zeit. Mehr Worte. Mehr von allem.

Das Wasser wirbelte um sie herum und wurde von den lastwagengroßen Körpern, die im Begriff waren gegeneinanderzuprallen, zur Seite verdrängt.

Jenna sandte Connor Worte wie *Danke* und *Ich liebe dich* in den Kopf. Wenn sie schon sterben müsste, wollte sie ihm wenigstens vorher klarmachen, was er ihr bedeutete.

Und dann, *bumm*! Etwas, das sich wie eine Ziegelwand anfühlte, krachte gegen ihren Rücken und schleuderte sie zur linken Seite von Draigs Brust, direkt neben den hervorstehenden Messergriff. Der Aufprall trieb die Waffe noch tiefer hinein und Draig stöhnte auf. Was gut war, aber Jenna wurde zerquetscht. Die Wucht presste ihre Lunge zusammen, zerdrückte ihre Rippen und erstickte ihren Schrei.

Sie fragte sich für einen kurzen Augenblick, ob es einen Himmel gab. Würde sie ihre Mutter dort treffen? Würde sie ihre Liebsten jemals wiedersehen?

Ihren Vater. Ihre Schwestern. Ihre Nichte. Connor...

Und dann dachte sie gar nichts mehr. Ein Brüllen ertönte in ihren Ohren und ihr ganzer Körper glühte vor Schmerz. Ein Schalter legte sich in ihr um und alles wurde schwarz.

Kapitel 24

Connor brüllte mit mehr als nur seiner Stimme. Sein ganzer Körper schrie, *Nein, nein, nein!*

Jenna hätte nicht zurückkommen und ihm helfen sollen. Er war derjenige, der versuchen wollte, sie zu retten, nicht andersherum.

Aber sein Körper würde gegen Draigs prallen und Jenna befand sich dazwischen. Kein noch so heftiges Schlagen der Flügel, Drehen des Schwanzes oder Krallen gegen das Wasser konnte das Unvermeidliche verhindern. Er hatte Draig auf die Seite gerungen, so wie Jenna es befohlen hatte. Aber jetzt schwangen ihre ineinander verschlungenen Körper wieder in ihre Ausgangsposition zurück. Und wenn sich so viele Tonnen Masse einmal in Bewegung gesetzt hatten, konnte man sie nicht stoppen. Noch nicht einmal unter Wasser, wo sich alles langsamer bewegte, was ihm viel zu viel Zeit gab, das Resultat kommen zu sehen.

Auf dem Papier lief alles auf eine nette, kleine Formel hinaus, die sich Newton ausgedacht hatte. Die der Wechselwirkung von gleich großen und entgegengesetzt wirkenden Kräften. Im wirklichen Leben schrie jede Nervenzelle in seinem Körper auf, weil Jenna sterben würde.

Scheiß auf Newton, brüllte sein Drache. *Sie darf nicht sterben!*

Oh doch, das wird sie. Draig röchelte mit einem letzten, rachsüchtigen Atemzug, der sagte: *Wenn ich sterbe, stirbt sie auch.*

Nein, bellte Connor, verzweifelt auf der Suche nach einer Möglichkeit, den vernichtenden Schlag zu verhindern.

Wasser strömte über seine Flügel und verdrehte sie schmerzhaft. Instinktiv hatte er sie eng angezogen, um die dünnen Tragflächen zu schützen, als ihn eine neue Erkenntnis traf. Jeglicher Widerstand, den er erzeugte, würde helfen, den Aufschlag zu mildern. Also riss er seinen linken Flügel mit einem abrupten, knochenbrechenden Ruck auf. Das rauschende Wasser verdrehte den Flügel nach hinten und Schmerz zuckte wie ein Blitz durch seinen Körper, als Knochen brachen und Bänder rissen. Er jaulte vor Schmerz, zwang seinen langen Hals jedoch zur Seite, um die Bewegung ihrer Körper weiter umzulenken.

Und *knall!* Die restliche Luft entwich seiner Lunge, als er mit Draig zusammenstieß.

Jenna! schrie er und spannte jeden Muskel an, um sich so weit wie möglich zurückzuziehen. Er hatte es geschafft, sich weit genug zu drehen, um eine frontale Kollision ihrer Oberkörper zu vermeiden, die Jenna augenblicklich das Leben gekostet hätte. Aber war es genug?

Mit seinem guten Flügel ruderte er rückwärts, um mehr Platz zu schaffen. Sein linker Flügel baumelte verdreht und zertrümmert hinunter.

Nein... protestierte Draig ein letztes Mal. Das Glühen in seinen Augen wurde erst intensiver, dann schwächer und erlosch schließlich ganz. Seine Gliedmaßen und sein Schwanz wurden schlaff. Jenna schwebte regungslos zwischen ihnen. Ihr Haar wogte gefächert wie das einer Meerjungfrau im Wasser und verdeckte ihr Gesicht.

Jenna?

Connor schwamm los und zog sie mit seinem guten Flügel näher zu sich heran. Vorsichtig hielt er sie an seiner Brust und kämpfte sich an die Oberfläche. Mit jedem Meter, den er aufwärts schwamm, strahlte die Sonne heller. Aber ein schreckliches Gefühl des Unheils plagte sein Herz.

Nein... nein... Sein Drache zitterte bei jedem Zentimeter des Aufstiegs, weil er Angst hatte, dass Jenna tot sein könnte.

Seine Lunge brannte. Seine Augen stachen. Der Schmerz in seinem Flügel war pure Qual. Aber er schob all das beiseite und konzentrierte sich ganz auf Jenna.

Bitte... Bitte...

Er durchbrach die Wasseroberfläche und schoss in die Luft, die sofort in seiner Lunge brannte.

Etwas gurgelte in seiner Brust – zweifellos das ganze Wasser, das er geschluckt hatte. Er klatschte auf die Oberfläche und wurde von einem unkontrollierbaren Hustenanfall erschüttert, der seine Rippen schmerzen ließ. Die ganze Zeit über streckte er seinen rechten Flügel nach oben, um Jenna an der Oberfläche zu halten.

Jenna, rief er über sie gebeugt.

Ihre Augen waren geschlossen und ihr Gesichtsausdruck friedlich. Beängstigend friedlich.

Sie lag ausgestreckt auf seinem rechten Flügel, so wie ein Mensch auf einer schwimmenden Luftmatratze liegen würde. Langsam und vorsichtig strich er ihr mit der Spitze seiner Kralle eine Haarsträhne aus dem Gesicht. Sollte Jenna aufwachen, würde sie bei diesem Anblick wahrscheinlich schreien. Aber es würde ihm nichts ausmachen, sie zu Tode zu erschrecken, wenn das bedeutete, dass sie das Schlimmste überstanden hatte. Aber hatte sie das?

Er wirbelte mit dem Schwanz durchs Wasser und hielt sie über den Wellen.

Jenna... Jenna... Er versuchte, sie zu rufen. Nicht in seiner brummenden Drachensprache, sondern in sorgfältig erzwungenen Lauten, die menschlichen Ohren vertrauter erscheinen würden.

„Jenna?", flüsterte er und hielt den Atem an.

Sie rührte sich nicht und seine Gedanken wanderten zu Plan B – sie fest an seine Brust zu ziehen und sich auf den Grund des Meeres sinken zu lassen. Sich selbst zu ertränken sollte mit einem verletzten Flügel und einem gebrochenen Herzen nicht allzu schwierig sein. Aber gerade als er ausatmen und untergehen wollte, ballte sich Jennas Hand zu einer Faust.

Er starrte sie an.

Ihre Lippen zuckten und einen Augenblick später rollte sie sich auf die Seite und erbrach sich. Dann erlitt sie einen Hustenanfall und zuckte und stöhnte zugleich. Obwohl ihr Schmerz offensichtlich war, machte sein Herz einen Freudensprung. Sie war am Leben!

„Connor?", flüsterte sie und blinzelte gegen das Licht.

„Ich bin hier", schaffte er es zu erwidern und hielt sie noch immer hoch. „Ich bin hier bei dir."

∞∞∞∞

Für die nächsten vier Tage blieb er genau dort und weigerte sich, von Jennas Seite zu weichen. Nicht lange nach dem Jenna zu sich gekommen war, ertönte ein Brüllen über seinem Kopf, das ihn das Schlimmste befürchten ließ. Waren Draigs Lakaien herbeigeeilt, um die Sache zu beenden, oder hatte der Meeresdrache möglicherweise eine wütende Witwe, die auf Rache aus war.

Und wie sich herausstellte, war es tatsächlich eine wütende Witwe gewesen. Aber keine, die mit Draig verwandt war.

Cynthia? hatte er gerufen und zu dem goldglänzenden Drachen über ihren Köpfen aufgeblickt.

Cynthia war so ziemlich die letzte Person, von der er sich wünschte, dass sie seinen angeschlagenen Hintern aus dem Meer fischte. Er konnte es sich nicht leisten, Schwäche zu zeigen, und schon gar nicht ihr gegenüber.

Mr. Hoving, hatte sie getadelt und war um sie gekreist. *Darf ich Ihnen assistieren?*

Ihr Körper war golden, die seltenste Drachenfarbe, mit einer Krone aus tiefem Schwarz, die der Farbe ihres Haares glich. Definitiv eine Art Drachenkönigin, stellte ein benommener Teil seines Geistes fest.

Nach dem Kampf mit Draig war vieles in Connors Kopf verschwommen, aber nicht dieser Teil. Er ließ sich zurück ins Wasser sinken, atmete schwer aus und dachte kurz darüber nach. Ein echter Alpha würde niemals Hilfe von der Person annehmen, mit der er um die Vorherrschaft im Clan kämpfte, aber verdammt. Was spielte Stolz für eine Rolle, solange Jenna in Sicherheit war?

Also hatte er *Ja, bitte* gekrächzt und Cynthia hatte ihm geholfen, Jenna zurück ans Ufer zu bringen. Tim hatte sie beide ins Krankenhaus gebracht. Dell sorgte dafür, dass Connor keinen der Ärzte tötete, die versuchten, ihn von Jennas Seite zu ziehen, und Chase bewachte die Tür ihres Zimmers nur für den Fall, dass einer von Draigs Männern auftauchte. Dank Kai, der sich sofort nachdem er die Neuigkeiten gehört hatte, zu Draigs Jacht begab, taten sie dies jedoch nicht. Offensichtlich gab es keinen sonderlich großen Widerstand seitens der Belegschaft, nachdem ihr Boss gestorben war. Bereits innerhalb weniger Stunden hatte Kai die Jacht aus hawaiianischen Gewässern eskortiert und damit eine weitere potenzielle Bedrohung beseitigt.

Jody war unter Tränen ins Krankenhaus geeilt, aber Jenna war tapfer und beharrte darauf, dass es ihr gut ging.

„Nur ein paar blaue Flecken", sagte sie immer wieder, obwohl sie die Lippen zu einer dünnen Linie zusammenpresste.

Den Ärzten zufolge hatte Jenna innerlich sowie äußerlich schwere Prellungen erlitten, aber sie war vor ernsthafteren Verletzungen verschont geblieben.

„Jetzt wissen Sie aber, dass man während der Paarungszeit niemals versuchen sollte, in der Nähe von Walen zu schnorcheln." Eine Krankenschwester hatte Jenna mit erhobenem Finger gescholten.

Connor hätte fast losgeprustet, bevor er die Frau hinausgedrängt hatte. Wale. Paarungszeit. Ganz genau. Cynthia hatte sich diese Tarn-Geschichte ausgedacht, aber er musste zugeben, dass sie funktionierte. Abgesehen von ein paar kurzen Berichten auf den hinteren Seiten der Lokalzeitungen war das befürchtete Medieninteresse ausgeblieben.

„Ich habe meine Lektion auf jeden Fall gelernt." Jenna hatte gezwinkert. Dann hatte sie ihre Bettkante getätschelt und leicht gegrinst. „Jetzt brauche ich die einzige Art von Pflege, die zählt."

Connors Arm hatte zu diesem Zeitpunkt in einer Schlinge gesteckt, aber es war ihm gelungen, sich neben Jenna ins Bett zu quetschen und sich an sie zu kuscheln. Es dauerte nicht lange, bis seine Augen sich schlossen und seine Gedanken glückselig leer wurden. Er hatte eine Million Dinge, über die er sich Sorgen machen musste – angefangen mit Kais Reaktion auf all die Regeln, die er gebrochen hatte. Eine ganze Menge Regeln von *Lass die Finger von Jodys Schwester* über *Lenke keinerlei Aufmerksamkeit auf Koa Point* bis hin zu *Behalte Draig gut im Auge*. Aber Connor war das jetzt alles egal. Jennas Sicherheit war das Einzige, was zählte.

Wie ein Adler wachte er über sie, Tag und Nacht. Er sorgte sich jedes Mal, wenn sie einschlief, und jubelte, wenn sie wieder aufwachte. Er grinste, wenn sie gähnte, denn es erinnerte ihn an damals, als er sie im Flugzeug kennengelernt hatte. Ihre Nase wackelte ein wenig und sie blinzelte wie ein verschlafenes Kätzchen. Dann streckte sie sich und lächelte ihn direkt an.

Gefährtin, summte sein Drache immer wieder.

Jennas größte Sorge war, dass sie das Messer verloren hatte, aber verdammt. Wen kümmerte das schon. Ganz sicher nicht Jody, die es ihr gegeben hatte.

„Gott, Jenna. Du bist am Leben. Wen kümmert denn schon ein Messer?"

Connor nicht. Aber Jenna schien aus Gründen, die er nicht verstand, ganz schrecklich an der Messerscheide zu hängen. Sie zwang ihn, zu versprechen, dass er sie für sie aufbewahren und behüten würde.

„Ich erkläre es dir später", hatte sie geflüstert, bevor sie mit einem rätselhaften Lächeln im Gesicht eingeschlafen war.

Die Ärzte hatten sie drei Nächte lang im Krankenhaus behalten, aber in dem Moment, in dem sie entlassen wurde…

„Moment mal", hatte Jody protestiert, als Jenna bei der Heimfahrt darauf hinwies, bei Connor abgesetzt werden zu wollen.

„Die Ärzte haben gesagt, dass ich nach Hause gehen darf, also gehe ich dort jetzt auch hin", hatte Jenna erklärt.

In diesem Moment schwebte Connor geradezu auf Wolke sieben. Sobald er Jenna in sein Bett gelegt hatte, ließ er sich neben ihr fallen und hielt sie vorsichtig fest. Von diesem Moment an war es Jenna, die ihn beruhigte.

„Ich bin hier", flüsterte sie in den nächsten Tagen immer wieder. Manchmal waren ihre Worte schläfrig. Andere Male kamen sie als fröhliches Kichern heraus. Und als die Sonne am vierten Tag unterging und den gesamten offenen Bereich seines

Hauses in ein brillantes rotes Licht tränkte, nahm ihre Stimme einen verführerischen Ton an.

„Ich bin hier, Drache", murmelte sie und küsste sein Ohr. „Genau hier und ein bisschen hungrig, wenn du weißt, was ich meine."

Oh ja, er wusste allerdings, was sie meinte. Sein Drache hatte ihn bereits mit dem Bedürfnis, sie für immer als die Seine zu markieren, verrückt gemacht. Aber er hatte gegen den Instinkt angekämpft. Sein Arm befand sich nicht länger in der Schlinge und tat nur noch ein wenig weh. Aber Gestaltwandlerheilung funktionierte für Jenna nicht, also hatte er darauf geachtet, seine Berührungen auf die Art zu beschränken, die halfen sie wieder gesund zu machen. Aber als sie mit ihrer Hand an seiner Brust hinauf und dann über seine Bauchmuskeln hinunter fuhr und sie immer tiefer gleiten ließ, knurrte er lustvoll.

„Bist du sicher, dass du schon so weit bist?", schaffte er es, zu fragen und hielt ihre Berührung auf, bevor er vor Verlangen explodierte.

Sie grinste und schlang ihr Bein um seines. „Wie sicher erscheine ich dir denn?"

Oh ja, sie schien sich sicher zu sein. Aber sie sprach von Sex, während er an den Paarungsbiss dachte. Und darüber hatten sie noch nicht gesprochen.

„Ich meine, bist du dir sicher, was mich angeht." Seine Stimme brach unter der Anstrengung, dem Drang, sich mit ihr zu verpaaren, zu widerstehen. „Ich bin mir nicht sicher, ob ich es tun kann, ohne … ohne…"

Seine Wangen glühten, als er nach einer netten Weise suchte, um zu sagen, *ohne meine Drachenzähne in deinen Hals zu rammen und Feuer in deine Adern zu speien, um dich dauerhaft an mich zu binden.*

„Ohne mich zu beißen?", flüsterte sie und sah ihm direkt in die Augen.

Zum tausendsten Mal in der vergangenen Woche dankte er dem Schicksal, dass es ihm eine Frau geschickt hatte, die vor … nun ja, vor überhaupt nichts zurückschreckte.

Er nickte. „Sich zu verpaaren ist für immer, Jenna. Du musst dir sicher sein."

Sie nahm sein Gesicht zwischen ihre Hände und kreiste mit den Daumen über seine Wangen – eine Berührung, die seinen inneren Drachen zum Summen brachte. „Lass uns mal sehen. Ich liebe dich. Du liebst mich. Du hast mich vor dem schlimmstmöglichen Schicksal bewahrt…"

Er unterbrach sie und küsste ihre Fingerknöchel. „Du hast mich gerettet."

Sie hatte ihn tatsächlich auf mehr als eine Weise gerettet, aber er hatte noch keinen Weg gefunden, dies in Worte zu fassen. Eines Tages, so schwor er sich, würde er es tun.

Sie zuckte mit den Schultern – sie zuckte einfach nur mit den Schultern, als wäre es völlig normal, dass nette Mädchen, die im Surfladen ihres Vaters arbeiteten, in ihrer Freizeit Meeresdrachen besiegten – und schüttelte mit dem Kopf.

„Welchen Beweis soll ich denn noch brauchen? Ich würde alles für dich tun und ich weiß, dass du alles für mich tun würdest. Natürlich können wir noch ein paar Jahre warten, aber was würde das ändern?"

Er zog die Stirn in Falten, denn er war sich ziemlich sicher, dass er nicht einmal mehr eine Woche warten konnte, geschweige denn ein paar Jahre.

„Manche Leute brauchen Zeit, um sich sicher zu sein", fuhr sie fort. „Aber ich nicht. Glaub mir, ich brauche wirklich keine. Ich weiß es einfach." Insgeheim lächelte sie ein wenig und schaute hinaus zu den Sternen, als würde ihr von dort draußen jemand zuzwinkern. Dann schaute sie ihm erneut in die Augen und ihr Blick wurde warm. „Brauchst du noch mehr Zeit, um dir sicher zu sein?"

Er schüttelte vehement den Kopf. „Natürlich bin ich mir sicher."

Sie grinste und ließ sich als Einladung zurück auf die Matratze sinken. „Worauf wartest du dann noch, mein Gefährte?"

Kapitel 25

Jenna schlang ihre Arme um Connors Hals und zog ihn zu einem Kuss heran. Wenn er sie noch ein einziges Mal fragen würde, ob sie sich sicher sei, würde sie schreien. Sie war sich in ihrem ganzen Leben noch nie über etwas so sicher gewesen. Wusste er das denn nicht?

Sie warf einen seitlichen Blick auf die Perle, die in einer Muschel auf dem Nachttisch lag. Das Licht der untergehenden Sonne verlieh ihr einen goldenen Schimmer – ein wenig wie ihrer eigenen Haut. Es hatte gutgetan, sich in den letzten Tagen auszuruhen, aber nach ihrem letzten Nickerchen war sie in einem völlig anderen Zustand erwacht. Ihr Körper hatte in jeglicher Hinsicht den Schalter von *Erholung* zu *Ungeduld* umgelegt. Sie sehnte sich ungeduldig danach, ihren Gefährten in Besitz zu nehmen und eine neue Zukunft zu beginnen. Sie wollte dem unerbittlichen, sinnlichen Drang nachkommen, der ihr zuraunte, dass Connor der Richtige war.

„Worauf wartest du noch?“, flüsterte sie erneut.

„Ich warte nicht mehr“, knurrte er und glitt über ihren Körper.

Er ließ seinen Blick über ihr Gesicht wandern. Seine Augen strahlten wie eine Ampel, die gerade von Rot auf Grün umgeschaltet hatte. Als seine Lippen ihre trafen, stöhnte sie auf. Er strich mit der Zunge über ihren Mund und bat darum, hereingelassen zu werden. Gleichzeitig schob er ein Knie zwischen ihre Beine. Aber selbst eine Minute später waren seine Bewegungen immer noch langsam und vorsichtig.

„Nein“, murmelte sie.

Er zog sich zurück und starrte sie an. „Nein?“

„Zu langsam. Zu vorsichtig. Zu… “

Er zog eine Augenbraue hoch. „Zu was?"

Sie wedelte mit einer Hand durch die Luft und suchte nach dem richtigen Wort. „Langweilig. Wenn ich mich mit einem Drachen verpaaren soll, will ich Drachenliebe, Freundchen."

Sein Gesicht erstrahlte mit einem köstlich gefährlichen Lächeln und die Intensität des Glühens seiner Augen nahm zu.

Sie lockte ihn mit einem Finger näher heran und sprach direkt zu seiner Drachenseite. „Komm zu mir, mein Gefährte."

Connors Augen wurden glasig und er senkte den Kopf und schnupperte an ihrem Hals.

Sie drehte sich seitlich, um ihm Zugang zu gewähren, und flüsterte: „Nimm mich."

Es war wie bei einem Autorennen, das sie einmal im Fernsehen gesehen hatte – alle Fahrzeuge reihten sich an der Startlinie auf und ließen die Motoren aufheulen, ohne sich auch nur einen Millimeter zu bewegen. Sie alle warteten auf das Startsignal. Connor atmete scharf ein. Sein Körper war hart wie Stahl und die Beule in seiner Hose drückte an ihre Hüfte.

Ungeduldig verschränkte sie die Arme vor der Brust und zog sich ihr eigenes Oberteil über den Kopf, sodass sie bis auf ihr Höschen splitternackt war. Dann lehnte sie sich zurück, streckte die Arme über dem Kopf aus und schenkte ihm ein verruchtes Grinsen. Es gab Zeiten, in denen sie einem Kerl gern zeigte, dass sie kein Schwächling war. Aber in diesem Moment wollte sie sich einfach nur zurücklehnen und vernaschen lassen. Und wenn der rasende Puls an Connors Hals ein Zeichen war, war sie zweifellos auf dem Weg dorthin.

„Mach mich zu der Deinen, Connor", flüsterte sie. „Bitte."

Er zog sich zurück und sah sie an. Sein Blick war fest auf ihre Lippen gerichtet. Seine Brust hob sich, als hätten sie bereits ein paar Runden hinter sich, und er hatte die Stirn konzentriert in Falten gezogen.

„Bitte", flüsterte sie ein weiteres Mal.

In einem Moment ließ er seine glühenden Augen aufmerksam über sie schweifen – und im nächsten...

Sie stöhnte, als er seinen Mund auf ihren presste und sie mit seiner plündernden Zunge in Besitz nahm. Er wühlte mit den Händen durch ihr Haar und hielt sie wie der vorsichtigste Schraubstock der Welt sorgfältig fest. Sie konnte sich nicht bewegen, aber das wollte sie auch nicht. Es sei denn, sie würde sich unter seinem Gewicht aufbäumen.

Aber er drückte sie mit der Hüfte nach unten, sodass sie nur stöhnen konnte. Ein schwaches Grollen, das wie entfernter Donner klang, hallte in ihrem Kopf wider. Ein Knurren. Eine männliche Stimme, die etwas darüber flüsterte, wie wunderschön sie sei.

Sie riss die Augen auf. Drangen Connors Gedanken – und die seines Drachen – in ihren Kopf ein?

In den letzten Tagen hatte sie einige Zeit mit ihrer Schwester verbracht, die ihr das und noch viel mehr erklärt hatte. Dass eng miteinander verbundene Gestaltwandler die Emotionen des anderen hören und fühlen konnten und wie unbeschreiblich befriedigend es war, verpaart zu sein – nicht nur der Akt der Paarung selbst, sondern der Zustand des Seins.

„Ja…“, flüsterte Jenna – zu allen diesen Dingen. Ja dazu, seine Gefährtin zu sein. Ja, zum Stupsen zwischen ihren Beinen. Ja dazu, dass er sich ihr genauso vollständig öffnete, wie sie sich ihm offenbarte.

Das Grollen wurde stärker, als Connor mit seiner großen Hand über ihren Körper strich. Er streichelte sie an all den richtigen Stellen, so dass sie nach Luft schnappte und sich aufbäumte. Die Schmerzen ihrer Verletzungen waren noch nicht vollständig abgeklungen, aber irgendwie steigerten sie ihr Bewusstsein darüber, wie lebendig sie war.

„Wunderschön…“, raunte Connor und ließ sein Kinn über ihren Oberkörper wandern, bis sein Mund ihre Brust erreichte.

Jenna klammerte sich an den Sprossen des Kopfteils fest und krümmte sich ihm entgegen, als er an ihrem weichen Fleisch knabberte und saugte. Die Sonne neigte sich zum Horizont hinunter und sandte rote Lichtstreifen über Connors Rücken, die ihn Rotgold glühen ließen. Die Wellen krachten unterhalb ihres Felsvorsprungs an die Klippe und sie stellte sich vor, wie Connor sich auf die gleiche Weise in sie stürzte.

Die Bilder in ihrem Kopf wurden heißer und er ließ eine Hand zu ihrer Weiblichkeit wandern und streichelte sie dort.

Er murmelte etwas, das sie nicht mitbekam, weil das Blut in ihren Ohren so rauschte. Etwas von *perfekt*?

Nun, wenn es so war, dann war er der Perfekte. Er berührte sie, als hätte er das Jenna Monroe-Handbuch auswendig gelernt, und flüsterte wie ein Cyrano, dessen Drache jede poetische Zeile lieferte.

Er schob den Stoff ihres Höschens beiseite, um sie zu berühren, aber dann knurrte er und riss es stattdessen in einer schnellen Bewegung hinunter. Ihre Hüfte zuckte vom Bett.

„Tut mir leid", murmelte er.

„Es tut dir überhaupt nicht leid." Sie kicherte. Dann stöhnte sie und bäumte sich unter seiner Hand auf, weil er sie *dort* berührt hatte und eine Reihe ganz neuer Nerven entfachte.

Es ging nichts über den Anblick von Connor, der über ihr lag. Und obwohl sie ihren Kopf zu weit nach hinten geneigt hatte, um zuzusehen, füllte ihre Fantasie die Details aus. Seine breiten Drachengestaltwandler-Schultern, in denen sich die Muskeln anspannten. Der Schweiß, der seine Haut in der Sonne glitzern ließ. Seine Hüfte, die gegen ihre drückte.

Sie wünschte, sie könnte seine Shorts auch einfach so herunterreißen, aber sie kam nicht ran. Natürlich fügte der Stoff der ganzen Sache auch ein gewisses Maß an Reibung hinzu, was reizvoll war.

„So gut...", stöhnte sie, als Connor seine Finger kreisen ließ, ihre Nässe verteilte und in sie eindrang.

Er schlang seine Hand um ihren inneren Oberschenkel und rückte ihren Körper auf dem Bett zurecht, bevor er sich mit einem entschlossenen Gesichtsausdruck über ihr erhob. Seine Miene wirkte, als wäre dies das Wichtigste, was er je getan hatte.

Und in gewisser Weise war es das wohl auch, wenn er wirklich in ihren Hals beißen und einen Feuerstoß durch ihre Adern senden wollte.

Sie erschauderte – eher vor Erregung als vor Angst – und sah dabei zu, wie er sich den Rest seiner eigenen Kleidung vom Leib riss. Sein Schwanz sprang heraus und die festen Muskeln seines Hinterns spannten sich an. Eine Ader pochte an seinem Hals.

Oh ja. Das würde gut werden.

„Connor", flüsterte sie und legte ihre Hände auf seine Schultern. Es gab keinen Stoff, an dem sie ihn hätte zu sich ziehen können. Aber es gelang ihr trotzdem, ihn näher zu sich zu lenken, bis ihre Gesichter nur wenige Zentimeter voneinander entfernt waren. Hatte sie sich schon jemals etwas so sehr gewünscht wie ein Leben mit ihm?

Er hielt lange genug inne, um ihr Haar nach hinten zu streichen und ihr Gesicht mit einem Ausdruck puren Staunens zu betrachten. Dann flackerten seine Augen auf und er senkte den Mund für einen dieser der Schwerkraft trotzenden Küsse hinunter, die sie von der Matratze zu heben schienen, anstatt sie hineinzudrücken.

Sie schlang ihre Beine um ihn und sehnte sich verzweifelt nach mehr. Sein Schwanz stieß erst gegen ihren Bauch, ihre Hüfte und ihren Oberschenkel, bevor sie sich zueinander ausrichteten. Er stieß heftig in sie hinein.

„Oh", stöhnte sie auf und rutschte von seinem Stoß die Matratze hinauf.

Connor hielt sie für ein paar tiefe Atemzüge dort fest, bevor er sich ihr entzog. Einen Herzschlag später drang er erneut in sie ein. Er tat dies immer wieder mit langen, gemächlichen Stößen. Mit hoch konzentriertem Gesicht beobachtete er, wie sie unter ihm den Verstand verlor. Sie hätte gern gekichert, denn selbst wenn er in seinem Leben ein paar Fehler gemacht hatte, würde er das hier auf gar keinen Fall vermasseln. Aber an kichern war nicht zu denken, denn sie befand sich im völligen Rausch der Lust.

„So gut", stöhnte sie und stemmte ihm die Hüfte entgegen.

Sein Atem stockte und er hielt lange genug inne, um ihr linkes Bein an seiner Seite hochzuziehen. „Ist das in Ordnung?"

Sie stieß ein unkontrolliertes Gackern aus. „*In Ordnung* fängt noch nicht einmal an zu beschreiben…" Sie unterbrach ihre Worte und stöhnte, als er noch tiefer eindrang. Tiefer *und* schneller, bis sie sich krümmte und seinen Namen schrie.

Sie atmete wild keuchend und klammerte sich so fest an die Sprossen des Kopfteils, dass sie fürchtete, eine würde brechen. Ihre ganze Konzentration galt Connors langen, brennenden Stößen und dem Timing, ihre eigenen inneren Muskeln genau zum richtigen Zeitpunkt rhythmisch zusammenzuziehen. Connors Lust hallte in ihren eigenen Gedanken wider, als er die Augen schloss.

„Ja…", murmelte sie und trieb ihn an.

Connor berührte ihren Hals, was sie am ganzen Körper kribbeln ließ. Es war nicht nur eine Kontaktaufnahme. Er suchte die Stelle. Er bereitete sich darauf vor, sie zu beißen.

„Ja…" Sie neigte ihren Kopf noch weiter nach hinten, um ihm Zugang zu ihrem Hals zu gewähren.

Sein Atem wärmte ihre Haut. Er drückte seinen Körper auf ihren und seine Zähne kratzten über ihren Hals.

„Bitte", murmelte sie, spannte ihre Beine an und spürte, wie der Moment immer näher rückte.

Connor senkte den Kopf und konzentrierte sich auf ein paar letzte kräftige Stöße. Ihr Blut kochte, als er immer wieder in sie drang. Ihre Lust schraubte sich höher und höher wie die perfekteste Welle der Welt. Als sie sogar noch höher stieg, wurde Jenna von der Ekstase überwältigt.

„Connor!", schrie sie.

Strahlend weißes Licht durchflutete ihren Geist und ihr Körper zuckte. Connor kam ebenfalls und brachte sie mit einem wilden Ritt um den Verstand. Der Ansturm der Bilder in ihrem Kopf verklang und gab ihr gerade genügend Zeit, um tief einzuatmen, bevor Connor…

„Oh!", stöhnte sie, als er seine Zähne in ihrem Fleisch versenkte.

Sie bäumte sich auf, außer sich vor Lust. Ihre Stimme vibrierte, als sie einen langen flehenden Schrei ausstieß. Der Biss brannte, ohne jedoch zu schmerzen – es sei denn, sie würde den Beinahe-Schmerz intensiver Lust mitzählen. Seine Zähne waren rasiermesserscharf und doch war alles, was sie spürte, nur ihr fester Halt.

Ekstase. Jetzt wusste sie, was dieses Wort bedeutete.

Meine, grollte Connors Drachenstimme. Die Bilder in ihrem Kopf verwandelten sich in ein Inferno.

Sie klammerte sich fester an das Kopfteil des Bettes, weil sie wusste, was nun folgen würde. Das Feuersiegel. Der Feuerstoß, der den Paarungsbiss der Drachen vollendete.

Connor hielt sie fest umschlungen und sein Körper versteifte sich. Nach außen hin war seine einzige Bewegung ein winziger Stoß seiner Lippen. Aber im Inneren…

Jenna zuckte, als die Flammen, die um ihren Geist loderten, sich alle gleichzeitig drehten und durch einen langen, dunklen Tunnel strömten.

Kein Tunnel, wie sie dann erkannte. Es war das Feuersiegel, das durch ihre Adern schoss.

Meine, raunte Connors tiefe, rumpelnde Stimme. *Meine.*

Hitze durchströmte ihren Körper und sie stellte sich vor, wie winzige brennende Pfeile – Tausende von ihnen – durch ihre Adern schossen und jeden Winkel ihres Körpers als den Seinen markierten. Er verbrannte sie von innen heraus und dies auf die bestmögliche Weise.

Wow. Kein Wunder, dass die Verpaarung für immer war.

Ihr glückseliger Geist blieb an dem Wort hängen. *Für immer* hatte sich noch nie näher angefühlt als in diesem Moment.

„Connor", flüsterte sie zitternd.

Eine weitere schier endlose Minute lang lag sie still da und war völlig unfähig, irgendetwas anderes zu tun, als sich gut zu fühlen. Connor war gleichermaßen in Lust versunken und klammerte sich an sie, ohne einen Muskel zu bewegen.

Das Feuer knisterte und sang in ihr. Allmählich wandelte sich die lodernde Flamme zu einer Glut, von der sie wusste, dass sie für eine sehr lange Zeit glühen würde. Connors Reißzähne zogen sich zurück, so dass die kribbelnde Stelle an ihrem Hals nur noch von seinen Lippen bedeckt wurde. Als er sich schließlich von ihr löste, tat er es langsam und vergewisserte sich, dass es ihr gut ging. Erst dann entspannten sich seine Muskeln und er ließ sein Gewicht auf sie sinken.

„So gut", murmelte sie und berührte seine Schultern. Ihre Beine waren noch immer eng um seine Taille geschlungen und ihr Brustkorb hob und senkte sich mit schweren Atemzügen.

„So gut“, flüsterte Connor.

Er behielt seine Augen fest geschlossen, als könnte er sein Glück kaum fassen. Sie hob ihre Hand, legte sie um seine Wange und tippte mit einem sanften Finger dagegen. Als er die Augen öffnete, stockte ihr Atem. Sie konnte sich nicht verkneifen zu murmeln: „Wow.“

Sie hatte seine Augen schon öfter Glühen sehen, aber dieses tiefe und intensive Grün war anders. Kühner. Kraftvoller. Irgendwie ausgeglichener. Als wäre der letzte Rest des jungen Rebellen einem ruhigeren, gelassenerem Mann gewichen. Die Art von Mann, die durch die Hölle gegangen und auf der anderen Seite wiederauferstanden war.

Seine Lippen bebten, als er in ihre Augen starrte. Glühten ihre etwa auch?

„Selber wow“, flüsterte er.

Sie spähte über seine Schulter. Der Horizont war nun dunkel und die Sonne zu anderen Liebenden an fernen Ufern unterwegs.

„Also … sind wir jetzt Gefährten?“

In dem Augenblick, als sie die Worte aussprach, fühlten sie sich bereits unnötig an. Sie konnte es in ihren Knochen spüren. Sie und Connor waren eins. Verbunden auf Lebenszeit.

Connor rollte sich zur Seite und umarmte sie von hinten. „Allerdings. Ich hoffe, du hast jetzt keine Zweifel.“

Sie schnaubte. „Auf gar keinen Fall, Kumpel.“ Langsam drehte sie sich in seinen Armen um. „Ich frage mich nur, wie und wo es jetzt weitergeht.“

Er dachte eine Weile darüber nach. „Was würdest du dir wünschen?“

Sie küsste seine Brust. Sie wusste bereits, dass Connor ein guter Mann war. Aber der Kontrast zu Draig, der sich berechtigt gefühlt hatte, sie ungefragt zu verschleppen, ließ sie ihren Gefährten noch mehr schätzen.

„Ganz ehrlich?“, flüsterte sie.

Er nickte und strich mit einem Finger über ihren Arm. Ganz langsam. Geduldig. Er wartete darauf, zu hören, was sie zu sagen hatte.

Jenna schloss die Augen und dankte dem Schicksal stillschweigend, dass es ihr den wunderbarsten Mann der Welt geschenkt hatte. Und dann sah sie sich in Connors Haus um.

„Ehrlich gesagt, möchte ich nicht, dass es irgendwo hinführt." Dann stotterte sie und korrigierte sich schnell, denn das war völlig falsch herausgekommen. „Ich meine, ich möchte nirgendwo hingehen, im Sinne von Umzug. Ich möchte hierbleiben, wenn ich darf. Mit dir."

Seine Augen funkelten zufrieden und er schloss seine Hände um ihre. „Ich möchte, dass du hierbleibst. Mehr als alles andere." Aber dann verzog er das Gesicht. „Aber ich bin mir noch nicht sicher, ob ich bleiben darf."

Sie schmiegte ihre Hand um seine Wange. Im Krankenhaus hatte sie seine Ängste diesbezüglich bemerkt. Aber die Gestaltwandler von Koa Point würden ihn doch sicher nicht fortschicken, weil er einen Idioten wie Draig getötet hatte?

„Ich kann mir nicht vorstellen, dass Kai ein Problem damit hat, was passiert ist. Wer weiß, welchen anderen Ärger Draig noch verursacht hat und wie viele andere Personen ihm zum Opfer gefallen sind?"

Connor verspannte sich, als er sich daran erinnerte, wie knapp es gewesen war.

„Lass uns den Gedanken weiterspinnen. Angenommen, wir dürfen hierbleiben", fuhr sie fort und versuchte, seine Zweifel zu zerstreuen. „Du würdest weiter in deinem Job arbeiten..."

Er nickte langsam und hoffnungsvoll.

„Und ich arbeite weiter im Surfladen."

Das machte ihn hellhörig. „Du darfst bleiben?"

Sie grinste. „Große Neuigkeiten. Jody hat es mir im Krankenhaus erzählt. Kannst du ein Geheimnis bewahren?"

Er nickte eifrig.

„Als Jody damals den Job in Teddy Akoas Surfladen bekam, waren wir alle total begeistert. Teddy ist eine Legende. Und dort aushelfen zu dürfen war eine großartige Gelegenheit für mich. Aber das ist noch nicht alles."

Connor wartete atemlos, also fuhr sie eilig fort.

„Teddy ist fantastisch und er mag uns." Sie strahlte. „Er sagt, wir sind die Töchter, die er nie hatte."

Connor grinste. „Solange er dich als Tochter ansieht, ist das völlig in Ordnung für mich. Aber wenn er auf andere Ideen kommt..."

Sie lachte und gab ihm einen verspielten Klaps. „So ist Teddy nicht. Er ist wirklich großartig. Sehr entspannt. Aber die Sache ist die. Seine Bretter sind so gut, dass er mehr Aufträge bekommt, als er erfüllen kann. Also hat er angeboten, einige der neuen Kunden an Jody abzugeben."

Connors Augen strahlten. „Eine tolle Chance für sie."

Jenna grinste. „Und für mich auch. Wir haben schon immer davon gesprochen, zusammen ein Geschäft zu führen, sie und ich. Und jetzt..." Sie bekam eine Gänsehaut, wenn sie nur daran dachte. „Jetzt haben wir unsere Gelegenheit. Meinem Vater zu helfen war großartig, aber selbst er hat gesagt, es wäre an der Zeit, meine Flügel auszustrecken. Mein Onkel hilft ihm jetzt im Laden, also könnte ich tatsächlich wirklich hierbleiben."

„Wirklich?"

Sie hatte noch nie einen Mann so hoffnungsvoll und aufgeregt klingen gehört wie ihn.

„Ja. Und es wird sogar noch besser. Teddy hat ein Angebot bekommen, für das er keine Zeit hat, welches aber perfekt für uns ist. Irgendein Hollywoodproduzent will acht Surfbretter für einen neuen Film haben – auffällige Bretter für die weiblichen Stars, ‚um die weibliche Zielgruppe zwischen 18 und 25 Jahren anzusprechen', wie er sich ausdrückte. Wir können diesen Auftrag also übernehmen. Stell dir das einmal vor."

Connor sah genauso aufgeregt aus, wie sie es war. „Die Leute sehen den Film. Dann wollen sie eure Surfbretter..."

Sie nickte hundertmal in einer Minute. Jody und sie waren bereits zu demselben Schluss gekommen. „Es wäre eine tolle Gelegenheit, unser Geschäft zu starten. Und wir könnten unseren Vater zum alleinigen Vertreiber unserer Surfbretter machen, so dass alles in der Familie bleibt."

„Wild Side Surf Shop trifft Surf Chique", murmelte er.

Sie starrte ihn mit offenem Mund an. Connor erinnerte sich? Nicht nur an den Namen des Geschäftes ihres Vaters, sondern auch an den Namen des Unternehmens, von dem sie selbst träumte. Manche Kerle machten sich nicht die Mühe, sich zu merken, was ein Mädchen sagte oder mochte. Aber Connor hatte ihr zugehört und sich alles eingeprägt.

Sie küsste ihn. Einmal. Zweimal. Und dann versuchte sie, sich zu beruhigen. Ihr Herz raste noch immer von dem körperlichen Hochgefühl, das sie soeben erlebt hatte. Und das kombiniert mit so vielen Hoffnungen und Träumen bescherte ihr Schmetterlinge im Bauch.

„Wie dem auch sei, das ist jedenfalls die Idee. Es gibt immer noch eine Menge Details zu klären, aber ich denke, es könnte funktionieren. Und verdammt, selbst wenn wir scheitern sollten, wollen wir es trotzdem versuchen."

Er hielt ihre Hände fest. „Wenn es dein Traum ist, musst du es versuchen."

Sie sah ihm in die Augen. „Und wenn du mein Traum bist, Connor Hoving?"

Er zog sie in eine Umarmung. „Ich möchte, dass *alle* deine Träume wahr werden. Aber ja, besonders dieser."

Sie schmiegte sich an seine Brust und hielt sich eine lange Zeit an ihm fest. So vieles war noch unentschieden und doch hatte die Zukunft noch nie zuvor so vielversprechend ausgesehen.

Als sie sich erneut in seinen Armen drehte und er sich nun wieder von hinten an sie schmiegte, fiel ihr Blick auf die Perle neben dem Bett. Sie sah aus wie eine ganz gewöhnliche Perle – in Ordnung, eine wunderschöne, goldschwarze Perle – und doch hatte sie etwas an sich, das auf eine in ihr schlummernde, geheime Macht hindeutete.

Connor zog sie an seine Brust und schaute die Perle ebenfalls an. „Ich schätze, das Schicksal war die ganze Zeit auf unserer Seite."

Ihm war fast die Kinnlade heruntergeklappt, als sie ihm die Perle zum ersten Mal gezeigt hatte. Dann hatte er zum Himmel aufgeschaut und *Danke* geflüstert.

Wem dankst du? hatte sie gefragt.

Dem Schicksal. Dafür, dass es uns zusammengeführt und dich beschützt hat.

Jetzt strahlten seine Augen hell und vertrauensvoll, als er die Perle betrachtete und flüsterte: „Fragst du dich immer noch, was es damit auf sich hat?“

Sie nickte und streckte langsam die Hand danach aus. „Ich schätze, ich frage mich eine Menge Dinge.“

Sie betrachtete die Perle schweigend. Glühte sie leicht oder war das nur die glänzende Oberfläche?

„Sie ist warm“, flüsterte sie und zog sie näher heran.

Connor ergriff ihre Hand und sie starrten sie beide eine Weile an.

„Sie ist umwerfend“, flüsterte sie.

Connor schnaubte. „Du bist hier die Umwerfende.“

Sie grinste eine Weile und dachte dann wieder über die Perle nach. „Ich muss auf jeden Fall diese Verkäuferin ausfindig machen. Die, die alles über die alten Legenden wusste. Vielleicht kann sie mir mehr erzählen.“

„Vielleicht.“

Sie drehte sich in seinen Armen um und fragte sich, warum er nicht interessierter erschien. „Hey. Ich dachte, Drachen stehen auf Schätze.“

Ein kleines Lächeln spielte um seine Lippen, als er mit dem Daumen über ihre Wange strich. „Wie schon gesagt, ich habe meinen Schatz bereits gefunden. Mehr brauche ich nicht.“

Dann küsste er sie und setzte ihren Körper damit erneut in Flammen.

Kapitel 26

Connor wollte das Bett niemals verlassen, aber selbst ein frisch verpaarter Drache hatte Pflichten zu erfüllen. Angefangen mit dem Treffen, das Kai einberufen hatte.

Nach einer langen, ausschweifenden Nacht – und dem größten Teil des darauffolgenden Tages – in der Jenna und er zwischen völliger Erschöpfung und unstillbarer Lust hin und her getaumelt waren, hatten sie es schließlich geschafft, aufzustehen und sich frisch zu machen. Aber sie hatten den Fehler gemacht, gemeinsam zu duschen, und waren dabei erneut übereinander hergefallen.

„Okay. Dieses Mal dusche ich allein." Jenna hatte gelacht und ihn sanft zurückgedrängt, als sie ein zweites Mal unter den Wasserstrahl trat.

Sie hatte sich allein geduscht und er folgte danach. Als er fertig war, stand sie bereits angezogen am Klippenrand und blickte auf das Meer hinaus. Die Sonne ging gerade unter und zeichnete ihre Silhouette in Orange- und Rottönen nach. Träumte sie davon, sich in ihre Drachengestalt zu verwandeln und dem brennenden Lichtpunkt am Horizont entgegenzufliegen oder – scheiße – hatte sie Zweifel an der ganzen Sache?

Aber dann drehte sich Jenna, um dem Flug eines Vogels mit dem Blick zu folgen, und das Lächeln war deutlich auf ihrem Gesicht zu sehen.

Er lehnte sich gegen eine Wand und beobachtete sie. Die anderen Jungs und er hatten oft darüber gescherzt, dass sich der eine oder andere von ihnen irgendwann verpaaren könnte. Damals hatte sich die Aussicht darauf nicht besonders verlockend angehört. Warum sollte er sich wünschen, dass sich jemand anderes in seine Sachen einmischte oder Dinge in seiner Wohnung veränderte?

Aber plötzlich war das alles, was er wollte. Seine Fantasie überschlug sich mit Bildern von ihm und Jenna, wie sie das Haus gemeinsam fertigstellten, die Details entschieden und es zu ihrem gemeinsamen Zuhause machten. Vielleicht würde es eines Tages sogar ein paar kleine Drachen geben.

Dann runzelte er die Stirn. Er wünschte sich dies mehr als alles andere, aber er würde zunächst sicherstellen müssen, dass er überhaupt noch einen Job hatte. Würde es in der Drachenwelt ein Nachspiel für ihn geben, weil er dabei geholfen hatte, einen angesehenen, mächtigen Drachen wie Draig zu töten? Was wäre, wenn Kai entschied, dass Connor unüberlegt gehandelt hatte? Kai hatte das Thema gemieden, während Jenna sich noch erholte, aber er war sich sicher, dass er Connors Handhabung dieser Krise bei ihrem heutigen Treffen ansprechen würde. Dann gab es auch noch die Frage bezüglich Connors Verpaarung mit Jenna. Er hatte die Finger von ihr lassen sollen und sie stattdessen dauerhaft als die Seine markiert.

Aber all diese Gedanken verflogen aus seinem Kopf, als Jenna sich umdrehte und strahlte. „Es ist wunderbar." Sie breitete die Arme wie Flügel aus.

Er ging zu ihr hinüber, um sie zu umarmen, während sein Drache fröhlich kleine, wirbelnde Flammen ausstieß.

Können wir ihr jetzt das Fliegen beibringen?

Nun, vielleicht noch nicht sofort. Ihre Veränderung könnte mehrere Wochen dauern und sie würden ganz sicher nicht an der Kante einer so hohen Klippe anfangen. Aber eines Tages...

Er schmiegte sein Kinn an Jennas Schulter, schnupperte ihren Duft und beobachtete, wie die Sonne tiefer sank. Er brauchte nicht bis zu *eines Tages* vorzuspulen. Das Hier und Jetzt war genauso gut.

Er küsste sie in der Nähe der winzigen Narbe seines Paarungsbisses und erfreute sich an dem lustvollen Schauer, der ihr dabei über den Rücken lief.

„Mm", gurrte sie und drängte sich mit dem Rücken an ihn.

Er könnte sie stundenlang küssen – nur küssen – aber sie hatten keine Stunden Zeit. Nicht wenn alle auf sie warteten.

Er grinste vor sich hin. Tatsächlich hatten sie ein ganzes Leben. Aber sie mussten zu diesem Treffen gehen. Also unterbrach er seinen nächsten Kuss und griff nach ihrer Hand.

„Bereit zu gehen?"

„Ich bin bereit." Sie antwortete ihm in diesem *Bereit für die Ewigkeit*-Tonfall, der seinen Schritt den ganzen Weg über das Gelände zum großen Plantagenhaus leicht und schwungvoll werden ließ.

Je näher sie kamen, desto mehr fragte er sich, was sein Schicksal sein würde. Es war ganz ähnlich wie damals, als er auf Maui angekommen war und Tim am Flughafen getroffen hatte. So vieles war seitdem passiert. Das Schicksal hätte ihn doch sicherlich nicht zu seiner großen Liebe geführt, nur um ihn dann ohne Arbeit und ohne Glück wieder von der Insel zu werfen, oder?

Jenna drückte seine Hand und er ging ein wenig aufrechter. Sie half seinen Gedanken, auf Kurs zu bleiben. Seine unglaubliche, drachentötende Gefährtin. Er küsste ihre Fingerknöchel, bevor sie um die letzte Ecke zum Haus abgebogen – und blieb plötzlich abrupt stehen.

„Wow", hauchte Jenna. „Wofür ist das denn?"

Zwei lange Reihen von Tiki-Fackeln waren entlang des Weges, der zum Plantagenhaus führte, in den Boden gesteckt worden. Eine lebendige, tanzende Gasse aus Feuer. Oben auf der Veranda warteten schon alle. Seine Brüder, Dell, Cynthia und der kleine Joey. Kai war ebenfalls dort.

Connors Stimme versagte. Er versuchte, es zu erklären, aber die Worte wollten nicht herauskommen.

„Connor?", fragte Jenna und berührte seine Schulter. „Was hat das zu bedeuten?"

Er holte tief Luft. Diese Fackeln bedeuteten, dass alles in Ordnung war. Er steckte nicht in Schwierigkeiten – nun, jedenfalls nicht in großen.

„Gestaltwandler machen das … manchmal, um jemand Wichtiges zu begrüßen, wie einen großen Boss", schaffte er schließlich zu erklären. „Manchmal tun sie es auch für … für…" Seine Zunge verhaspelte sich mit einem Wort, das er noch nie für sich selbst benutzt hatte. „Helden."

Sie grinste, als hätte sie das die ganze Zeit gewusst. „Für dich."

Er sah sie an. „Für dich. Für uns beide, nehme ich an."

Sie lachte. „Nun, lass es uns herausfinden."

Nur Jenna konnte so lässig in einen Heldenempfang schreiten. Ihr stieg nichts je zu Kopf und ihr machte auch nichts Angst. Was eine verdammt gute Sache war, denn die Gefahr war Teil der Gestaltwandlerwelt. Er wünschte, er könnte so tun, als wäre dies nicht der Fall. Aber so war es nun mal. Trotzdem könnten sie zusammen alles bewältigen, nicht wahr?

Stimmt genau, knurrte sein Drache und lehnte sich näher zu ihr.

Er ging neben Jenna her und erwartete, die Verandastufen hinaufzusteigen und das Treffen zu beginnen. Aber dann geschah noch etwas anderes, das ihn umhaute. Kai verließ seinen Platz oben auf der Treppe und kam zu ihnen hinunter, um sie am Boden mit einem festen Händedruck zu begrüßen.

„Connor. Jenna. Schön, euch beide wieder auf den Beinen zu sehen."

Die Worte an sich waren nicht viel, aber die Geste bedeutete alles. Gestaltwandler legten einen großen Wert auf Hierarchie und Kai hatte jedes Recht, auf der obersten Stufe zu warten, während Connor zu ihm kam. Hinunterzukommen war das ultimative Zeichen von Respekt. Connor wusste nicht viel über die Regeln der Drachengesellschaft, aber das wusste er.

„Danke", murmelte er. Noch ein bedauernswert unzureichendes Wort.

Kai küsste Jenna auf beide Wangen und zwinkerte ihr zu. „Du bist dir also sicher über diesen Kerl?"

Jenna errötete nicht einmal. Sie schlang ihren Arm um Connors Taille und grinste. „Darauf kannst du wetten."

Connor hätte sie auf der Stelle küssen können – aber wenn er damit einmal anfing, würde er nicht mehr in der Lage sein, wieder aufzuhören. Also begnügte er sich damit, seinen Arm um Jennas Schulter zu schlingen und sie näher an sich zu ziehen.

„Also gut, lasst uns anfangen", sagte Kai. „Wir haben eine Menge zu besprechen."

„Das stimmt allerdings." Cynthia kam ihm auf halbem Weg auf der Treppe entgegen.

Connor verbarg ein Lächeln. Der halbe Weg war auch eine Botschaft. Cynthia war bereit, anzuerkennen, was er und Jenna erreicht hatten – aber sie war nicht bereit, zur Seite zu treten und ihm die Alpha-Position kampflos zu überlassen.

Was ihn eigentlich hätte ärgern müssen, aber Connor war es egal. Wenn er zum Alpha von Koakea ernannt werden würde, wäre das großartig. Er würde sich freuen, diese Rolle zu übernehmen. Aber wenn Cynthia den Job bekam – nun, dann wäre das auch in Ordnung. Seinem Clan zu dienen würde immer seine oberste Priorität sein, egal welche Rolle er darin spielte.

Innerlich gluckste er. *Perspektive.* Jetzt, da er eine Gefährtin hatte, wusste er, was das bedeutete.

Tessa, Kais Partnerin, begrüßte Connor mit einem warmen Lächeln und Küssen auf beide Wangen, die ihn lächerlich stolz machten. So als wäre er in die feine Gesellschaft aufgenommen worden oder so. Aber Tim, Chase und Dell sorgten dafür, dass er auf dem Boden der Tatsachen blieb. Sie alle gaben ihm einen extra kräftigen Klaps auf den Rücken. Sie hatten sich in den letzten paar Tagen gesehen, aber nicht mehr, seit Connor und Jenna sich verpaart hatten. Jody und Cruz waren ebenfalls anwesend – und Jody strahlte wie eine Mutter beim Anblick ihrer Erstgeborenen, die ganz erwachsen geworden war. Cruz zeigte diesen vorsichtigen Gesichtsausdruck, der irgendwie zwischen *Zwinge mich nicht, dich umzubringen* und *Das Leben ist toll, wenn man die Frau hat, die man liebt* schwankte.

„Hey", sagte Tim ganz schroff und hart. „Glückwunsch."

Connor versuchte, alles in einen Händedruck zu legen, aber es war schwer. Er hatte, sowohl für seine Brüder wie auch für sich selbst, viel aufs Spiel gesetzt und doch hatte Tim zu ihm gehalten. Tim, der mit Dell auf einer Stufe stand, wenn es darum ging, sich gegen den Gedanken an eine Gefährtin zu wehren. Und sei es nur, weil sein logischer Bärenverstand das Konzept der Liebe zu jemandem außerhalb der unmittelbaren Familie nicht ganz begreifen konnte. Connor hatte früher genauso gedacht, aber jetzt...

Jenna und Jody umarmten sich, während Connor Tim noch immer musterte. Moment – lag da ein Hauch von Traurigkeit in seinem Lächeln? Der Wunsch nach seiner eigenen Gefährtin?

Connor nahm sich vor, sich irgendwann bei seinem Bruder zu revanchieren. Es gab doch dort draußen sicherlich irgendwo eine nette Frau, die nur darauf wartete, einen guten Kerl wie ihn zu finden.

„Danke für die Fackeln. Deine Idee, Tim?"

Tim deutete mit einem Kopfnicken auf Cynthia. „Ihre. Sie sagte, du hättest es verdient."

Connors Kinnlade klappte auf. *Du machst Witze, oder?*

Sein Bruder wackelte mit den dichten Augenbrauen. *Kein Witz. Es war wirklich ihre Idee.*

Wie ich schon sagte, fügte Dell hinzu. *Nach außen hin mag sie ganz Feuer und Dornen sein, aber innen drin ist sie ein Kätzchen.*

Kätzchen war vielleicht eine Übertreibung, aber Connor musste dem Rest zustimmen.

„Nun, ja. Es ist Tradition, Sie wissen schon." Cynthia spielte die Geste lässig herunter.

Connor starrte sie noch einen Augenblick länger an. Wow. Cynthia verdiente tatsächlich eine Auszeichnung für guten Sportsgeist.

Dann klopfte Dell ihm auf die Schulter und grinste breit. „Wie dem auch sei, herzlichen Glückwunsch. Es hat ja lange genug gedauert, bis du die Liebe begriffen hast."

Connor schnaubte. „Als hättest du das alles durchschaut?"

„Allerdings. Ich weiß, dass ich mich davon fernhalten muss." Dell lachte und drehte sich dann zu Jenna um. „Du armes Ding. Jetzt sitzt du mit ihm fest. Und darüber hinaus hast du uns auch alle an der Backe. Clan ist Clan, weißt du."

Jenna konterte sofort. „Mit Connor festsitzen? Ja, bitte. Und euch an der Backe zu haben..." Ihre Augen funkelten in freundschaftlichem Scherz. „Wir werden ja sehen, wie schlimm das sein kann."

Chase schüttelte Connors Hand und schenkte ihm ein echtes Lächeln. Typisch Chase – nur Taten, keine Worte, außer ein leises, von Herzen kommendes „Glückwunsch".

Connor kam nicht dazu, etwas zu erwidern, denn Dell griff hinüber und hob Joey auf die Armlehne der Couch, damit er sich wie ein echter Erwachsener in die Empfangsreihe einreihen konnte.

„Joey, Schätzchen. Es schickt sich nicht, auf Möbeln zu stehen", protestierte Cynthia.

„Es ist ein besonderer Anlass." Dell ignorierte ihren harten Blick. „Ein Mann muss doch in der Lage sein, einem anderen Mann in die Augen zu sehen, oder?"

Joey streckte die Hand aus und schüttelte Connors feierlich. „Herzlichen Glückwunsch."

Im ersten Augenblick dachte Connor, er gratuliere ihm dafür, dass er die Liebe seines Lebens gefunden hatte. Aber natürlich dachte Joey an andere Dinge.

„Hast du wirklich diesen bösen Meeresdrachen getötet?", fragte der Junge mit weit aufgerissenen, heldenverehrenden Augen. „Wirst du mir davon erzählen? Machst du das? Bitte?"

Noch bevor Connor antworten konnte, schaltete sich Cynthia mit einem weiteren strengen Stirnrunzeln ein. „Zu töten ist eine schlimme Sache, mein Schatz."

Connor verkniff sich, seinen Senf dazuzugeben. Cynthia hatte recht. Aber verdammt. Auch er war einst einmal ein so neugieriges Kind gewesen. Er wusste, wie wichtig es war, Antworten zu bekommen – und wie frustrierend es sein konnte, sie nicht zu erhalten.

„Sie hat recht, weißt du", sagte er. Als Cynthia sich mit einem zufriedenen Nicken abwandte, beugte er sich näher zu Joey hinüber und flüsterte: „Wie wäre es, wenn ich dir ein anderes Mal davon erzähle?"

Joey strahlte und zwinkerte. Nun, er versuchte es, obwohl er eher mit beiden Augen blinzelte.

Connor zerzauste Joeys Haar mit der Hand und nahm sich noch etwas vor. *Hilf dem Jungen, kein so frustriertes Kind zu sein, wie ich es einmal war.*

Als Nächstes wandte er sich Cruz zu, dessen Händedruck dieses Mal nicht übertrieben war. In seinen Augen funkelte jedoch eine verschleierte Warnung. *Sei gut zu Jenna, oder...*

Oh ja, er würde gut zu ihr sein. Jeden Tag bis ans Ende seines Lebens.

„Ach du meine Güte, das sieht so lecker aus." Jenna riss beim Anblick der auf dem Tisch bereitgestellten Häppchen die Augen weit auf. „Darf ich mir eins nehmen?"

Kai winkte mit der Hand. „Bedien' dich. Die hat Tessa gezaubert."

„Ich habe für heute Abend sozusagen die Küche übernommen", erwiderte Tessa. „Ich hoffe, es macht euch nichts aus."

„Du kannst die Küche jeden Tag übernehmen", rief Dell. „Vor allem an den Abenden, an denen Tim mit dem Kochen dran ist."

Jenna nahm sich drei Sushi-Häppchen und verschlang sie mit einem entschuldigenden Blick. „Ich bin etwas hungrig. Entschuldigung."

Dell lachte leise. „Das liegt an der ganzen – ähm – anstrengenden *Erholung.*"

Connor knurrte leise, bis Dell seinen Blick als Zeichen des Respekts nach unten richtete. Aber Dell war Dell und nichts würde das wissende Grinsen von seinem Gesicht vertreiben.

Denke nur mal an die Rache, die du eines Tages nehmen könntest. Tim schoss den Gedanken in Connors Kopf.

Was meinst du damit?

Tim grinste. *Stell dir mal vor, Dell würde sich endlich mit jemandem niederlassen. Denk' doch nur daran, wie viel Munition wir hätten, um ihn zu ärgern.*

Connor musste lachen. Das würde Spaß machen. Aber dass Dell sich mit jemandem niederließ, war ungefähr genauso wahrscheinlich wie ein Eisberg an ihrem kleinen Strandabschnitt. Außerdem hatte Connor neuerdings wichtigere Dinge zu tun. Wie seine Gefährtin und seinen Clan zu beschützen.

„Lasst uns zum Geschäftlichen kommen", sagte Kai, als hätte er Connors Gedanken gelesen.

Alle nahmen Platz – auch Joey, der auf den Schoß seiner Mutter kletterte. Chase war der Einzige, der stehen blieb. Er schlich im Hintergrund herum, nahm alles in sich auf und sagte nichts.

Connor nahm sich noch etwas vor. Eine gute Frau für Chase zu finden. Jemanden, der seinem Bruder die gleiche Stabilität geben würde, wie Jenna es für ihn tat.

„Zu allererst, Draig“, begann Kai mit einem tiefen, finsteren Stirnrunzeln. „Einer der Letzten eines langen, respektierten Stammbaumes von Drachengestaltwandlern.“

Connor weigerte sich, nach unten zu schauen. Selbst wenn Kai ihm nun einen Vortrag über den Ärger halten würde, den er und Jenna heraufbeschworen hatten, als sie den alten Kauz getötet hatten, bereute er nichts.

Kai schaute sich mit getrübtem Gesichtsausdruck um und begegnete schließlich Tessas Blick. „Die Draigs sind einer der ältesten und reichsten Drachenclans. Alt und etabliert genug um mich zu täuschen.“

Connor hielt den Atem an und fragte sich, was Kai als Nächstes sagen würde.

Kai ließ eine lange, quälende Pause verstreichen, bis er die Stirn runzelte und fortfuhr: „Ich hatte keine Ahnung, dass er ein Meeresdrache war.“

„Niemand wusste das“, sagte Cynthia. „Es ist ein seltenes, rezessives Gen, das nur alle paar Generationen auftritt. Genau wie rotes Haar.“ Sie grinste und strich mit den Fingern über den Kopf ihres Sohnes. „Aber rotes Haar ist wunderschön, während dieser Meeresdrache...“ Ihr Lächeln wandelte sich zu einem finsteren Blick. „Nun, er hat sein Geheimnis sorgfältig behütet.“

„Sind alle Meeresdrachen böse, Mommy?“, fragte Joey.

„Nein, mein Schatz. Es gab einige berühmte Meeresdrachen, die auch gute Taten vollbracht haben. Berwyn Reese, Elfion Rhydderick...“

„Irgendwo in meinem Stammbaum gab es auch einmal eine großartige Meeresdrachendame“, fügte Kai hinzu.

Cynthia nickte. „Manon Llewellyn, die 1793 verstorben ist.“

Connor starrte sie an. Musste man als Mitglied eines Drachenclans alle Familienstammbäume kennen? Nun, er war nicht überrascht. Aber die Tatsache, dass Cynthia die Familienlinien noch besser kannte als Kai, bestätigte seine Vermutung, dass

Brown eine Art Deckname war. Wer war Cynthia wirklich? Wovor versteckte sie sich?

Tessa zwinkerte Jenna zu. „Ich finde, das klingt gut. Eine knallharte Drachenlady, die fliegen *und* schwimmen kann."

Cynthia rümpfte die Nase. „Ich bin mir nicht sicher, ob *knallhart* der Begriff ist, den die Geschichtsbücher verwenden, aber ja. Manon war eine nicht zu unterschätzende Kraft."

Connor schaute Jenna an. Auch ihre Kraft war nicht zu unterschätzen. Und wenn sie erst lernte, sich zu verwandeln... Sein Herz schlug ein wenig schneller, als er daran dachte, wie Jenna das Fliegen zu ihrer langen Liste von Fähigkeiten hinzufügen würde.

„Auf jeden Fall habe ich ihn unterschätzt", gab Kai zu, als Tessa ihre Hand auf seine legte. „Als ich die Mitglieder seiner Crew befragte, erzählten sie, dass Draig schon vor Wochen ein Interesse an Jenna entwickelt hatte. Seit er ihr Bild mit dieser *Meerjungfrau*-Titulierung in der Zeitung gesehen hatte."

„Dumme L.A. Times", murmelte Jenna.

Jody schenkte ihr ein kleines Lächeln. „Vielleicht gar nicht so dumm, denn der Teil mit der Meerjungfrau stimmte ja."

Kai nickte. „Irgendwie hat Draig es herausgefunden und beschlossen, dass Jenna eine perfekte Gefährtin für ihn wäre."

Jenna schnaubte und Connor knurrte laut. Der Gedanke, dass ein Mann eine Frau begehrte, die kein Interesse an ihm zeigte – besonders wenn es sich um *seine* Frau handelte – ließ ihm die Nackenhaare zu Berge stehen.

Kai nickte. „Ich weiß, wie du dich fühlst. Er war angeblich auch an Tessa interessiert."

Tessa verzog das Gesicht. „Er hatte definitiv eine Schwäche für Rothaarige."

Connor nickte und erinnerte sich an die weiblichen Besatzungsmitglieder an Bord der Jacht. Hoffentlich würden sie bei ihrem nächsten Job einen besseren Chef bekommen.

Kai drückte Tessas Hand. „Das auch. Aber die Tatsache, dass du eine Tochter des Feuers bist, muss den Bastard auch gereizt haben. Ich schätze jedoch, er dachte, dass Jenna die leichtere Beute wäre."

Jody schnaubte. „Ha. Leichte Beute. Ich schätze, Draig war derjenige, der sie unterschätzt hat."

Das hat er ganz sicher, zischte Connors Drache.

„Nun, Draig musste dafür bezahlen", sagte Jenna völlig sachlich, als kommentierte sie den zehnten oder zwanzigsten Drachentod in einer langen, illustren Karriere.

„Du hast also kein Problem damit?", fragte Connor und schaute Kai an. Er wartete auf die Hiobsbotschaft. Es gäbe doch sicherlich Konsequenzen.

Kai schüttelte entschlossen den Kopf. „Wir werden auf gar keinen Fall tolerieren, dass ein feindlicher Gestaltwandler es in unserem Revier auf einen der unseren abgesehen hat. Silas und ich sind uns hundertprozentig einig und ein paar der alten Hasen, die sich darüber aufgeregt haben, dass ihr Kumpel getötet wurde, sind bereits zurechtgewiesen worden. Ich habe mich mit einigen getroffen und Silas hat Treffen in London und New York einberufen, um das klarzustellen."

Connor atmete langsam aus. „Ihn zu eliminieren hat keinen Ärger hierher gelockt?"

Kai schnaubte. „In gewisser Hinsicht hat es genau das Gegenteil bewirkt. Je mehr Gestaltwandler wissen, dass man uns lieber nicht ans Bein pisst, desto besser."

Tessas stieß ihn mit dem Ellbogen an, während Cynthia Joey die Ohren zuhielt.

„Tut mir leid, Kumpel", sagte Kai schnell. „Aber ich meine es ernst. Wäre ich glücklicher, wenn Draig nie auf Maui aufgetaucht wäre? Ja, natürlich. Aber was geschehen ist, ist geschehen und Draig ist derjenige, der den Kampf angezettelt hat. Draig ist derjenige, der ohne Ehre gehandelt hat, und er hat dafür bekommen, was er verdiente. Was euch beide angeht... "

Connor hielt vollkommen still und drückte Jennas Hand unter dem Tisch. Was nun?

„Da wäre die Sache mit Draigs Vermögen. Dem Sieger gehört die Ausbeute, wisst ihr", sagte Kai.

Connor neigte den Kopf. Was genau wollte Kai denn damit sagen?

„Ausbeute?", fragte Jenna.

Kai lachte laut auf und sah Connor an. „Wusstest du das nicht? Es ist Tradition. "

„Tradition", seufzte Connor. Nein, er hatte keinen blassen Schimmer. Worauf genau wollte Kai hinaus? „Der Gewinner eines fairen Kampfes bekommt die Besitztümer des Verlierers. In Draigs Fall bedeutet das... "

Dells Augenbrauen schossen in die Höhe. „Heilige Scheiße. Die Jacht? Connor und Jenna bekommen eine Jacht?"

„Die Jacht, die Grundstücke und welche Beutestücke Draig auch immer in seinem Drachenhort versteckt", sagte Kai.

Connor wäre fast von seinem Stuhl gekippt, wenn Jenna seinen Arm nicht festgehalten hätte. Reich? Er? „Moment. Was ist mit seinem idiotischen Neffen – Anton? Oder allen anderen Verwandten?"

Kai lachte so laut, dass ein Vogelpaar vom Dach der Veranda aufflatterte. „Das ist der beste Teil. Draig war so ein egoistischer Mistkerl, dass er sie alle aus seinem Testament gestrichen hat. Aus seinem Drachentestament, meine ich. Das ist das, was wirklich zählt, weil es alles enthält, wovon die Menschen nichts wissen – die versteckten Schatzkammern, die jahrhundertealten Besitzurkunden. Anton bekommt vielleicht ein paar oberflächliche Krumen, aber der ganze Rest gehört euch. "

Jennas Kinnlade klappte auf. „Uns?"

Connor wusste, dass er sich eigentlich darüber freuen sollte, aber es fühlte sich irgendwie falsch an. „Aber das wäre schmutziges Geld, nicht wahr?"

Kai neigte den Kopf auf eine Art, die sagte, *vielleicht ja, vielleicht nein.* „Ein Großteil von Draigs Reichtümern datiert Hunderte von Jahren zurück. Es wäre also schwer zu sagen. "

Connor hatte in gewisser Weise schon immer jeglichen Reichtum als schmutzig betrachtet. Er selbst hatte nie viel Geld gehabt und auch nie das Bedürfnis verspürt, mehr zu brauchen, als um über die Runden zu kommen.

Er sah Jenna an und sie nickte zurück, da sie seine Gedanken bereits lesen konnte. „Ich bin mir nicht sicher, ob wir es überhaupt wollen. "

Dann warf Connor jedoch ein: „Nun ja, vielleicht abgesehen von etwas Startkapital, um Jennas und Jodys Geschäft zu gründen.“

Jenna grinste und Jody schlug mit ihr ein. „Das nenne ich eine faire Art, die – wie nennt ihr es gleich? – die Ausbeute zu verwenden.“

„Zum Teufel, wenn ihr den Rest nicht wollt, nehme ich ihn gern. Angefangen mit der Jacht.“ Dell grinste.

Connors Gedanken überschlugen sich. Mit so viel Geld könnte Tim auch die Baufirma gründen, von der er immer gesprochen hatte. Und es würde die Verschönerung ihres Hauses so viel einfacher machen. Verdammt, sie könnten ihre Häuser alle verschönern. Sich vielleicht sogar halbwegs anständige Wagen kaufen. . .

Aber diese Gedankengänge versiegten schnell und dann war er nur noch genervt. Er wollte nichts von diesen Dingen. Er wollte nur Jenna.

Als er in Jennas Augen schaute, strahlten sie vor Stolz und nicht mit Dollarzeichen. Also, puh. Er und sie waren wirklich aus dem gleichen Holz geschnitzt.

„Nun, ich werde es glauben, wenn ich es sehe“, entschied er.

Kai nickte. „Es wird ewig dauern, Draigs Nachlass zu regeln. Silas kann helfen, zu entscheiden, was ihr damit tun könnt. Aber lasst uns jetzt weitermachen. Es ist an der Zeit, hier einen Anführer zu etablieren.“

Alle wurden sehr still. Cynthia starrte Connor an und Connor starrte zurück.

„Der Tradition nach wird die Wahl des Alphas von einem Ältestenrat entschieden“, begann Kai.

Connor hätte fast mit den Augen gerollt, aber Kai war noch nicht fertig.

„Wir haben allerdings unsere eigene Art, diese Dinge zu tun. Ein bisschen mehr im Einklang mit der modernen Zeit könnte man sagen. Ein Clan soll seinen eigenen Anführer ernennen. Wir auf Koa Point haben uns vor langer Zeit auf Silas geeinigt und die Jungs haben mich zum Stellvertreter ernannt. Also, hier auf Koakea. . .“

Eine gewichtige Stille breitete sich über der Gruppe aus. Das Kerzenlicht flackerte über ernste Gesichter. Connor konzentrierte sich jedoch auf Jenna und versuchte, seine Brüder nicht zu bedrängen. Es war an der Zeit, sie selbst sprechen zu lassen und für ihn, zuzuhören. Zu respektieren, welche Entscheidung auch immer getroffen wurde, und dem Schicksal ein wenig zu vertrauen. So viel hatte er gelernt.

Jenna verschränkte ihre Finger mit seinen und stärkte ihm stillschweigend den Rücken.

Meine Gefährtin, seufzte sein Drache.

Diese Worte bedeuteten so viel mehr, als ihm bisher bewusst gewesen war. Jenna war nicht nur seine Geliebte. Sie war seine Partnerin. Sein Anker, sein größter Fan und sein Kompass zugleich.

Tim rutschte unbehaglich auf seinem Stuhl herum und eine Bodendiele knarrte unter Chase' unruhigen Schritten. Ein paar Minuten lang hörten sie nichts als die Wellen, die in ein paar hundert Metern Entfernung ans Ufer rollten.

Es war Joey, der schließlich die Stille brach. „Kann ich für Mommy und für Connor stimmen?"

Cynthia beeilte sich, ihn zum Schweigen zu bringen, aber Dell lachte laut genug, um die Spannung zu brechen, die sie alle spürten.

„Schätzchen, es kann nur einen Alpha geben", sagte Cynthia. *Und ich will, dass ich es bin,* fügte ihr unerschütterlicher Blick hinzu.

Connor konnte es verstehen. Sie hatte so hart gearbeitet, um ihre Fähigkeiten zu beweisen. Wen würde er wählen, wenn er an der Stelle der anderen wäre?

„Wisst ihr, ich glaube, Joeys Idee ist gar nicht so schlecht." Dell zeigte dem Jungen einen Daumen hoch. „Wenn er denkt, was ich denke."

„Und was denkst du ... genau?", fragte Tim.

Connor erwartete halb, dass Dell einen unpassenden Witz machen würde, aber der Löwengestaltwandler wurde ganz ernst.

„Nun, die Entscheidung liegt eindeutig zwischen Cynthia und Connor. Ich meine, da ich beschlossen habe, gnädigerweise zur Seite zu treten und diesen minderwertigen Drachen den Stress der Führung zu überlassen", scherzte Dell.

Tim schnaubte. „Ach richtig. Dell als Alpha. Jeder Tag wäre ein freier Tag."

Dell seufzte. „Und was das für ein Leben wäre. Aber leider glaube ich nicht, dass ihr mich verdient habt. Dann bleiben also nur Connor und Cynthia, nicht wahr? Ich meine natürlich, bis Joey alt genug ist, um Alpha zu sein."

Joey strahlte und setzte sich auf dem Schoß seiner Mutter aufrechter hin.

„Richtig", stimmte Tim zu.

„Dann wollen wir mal sehen." Dell winkte zwischen den beiden hin und her. „Cynthia gewinnt definitiv in der Grafikabteilung." Er zeigte auf das Whiteboard mit dem feinsäuberlich geschriebenen Dienstplan. „Und bei der Koordination von Manpower – und natürlich auch Frauenpower", fügte er schnell hinzu. „Seht euch doch nur einmal an, wie schnell wir diesen Ort transformiert haben."

Connor ließ seinen Blick über die Veranda und darüber hinaus schweifen. Als er hier angekommen war, war das Plantagenhaus praktisch von den Grundmauern auf am Verrotten und das Gelände ein einziges Durcheinander gewesen. Aber unter Cynthias Leitung hatte dieser Ort seinen früheren Glanz wiedererlangt. Nun, zumindest das Haus. Die Außenanlagen machten auch Fortschritte und sie alle hatten mit ihren eigenen Häusern angefangen. Das musste er Cynthia lassen. Sie wusste, wie man anpackte und etwas geschafft bekam.

Cynthia sagte kein Wort. Sie saß einfach nur da und wartete auf die Entscheidung der anderen, ohne auch nur die geringste Gefühlsregung zu zeigen.

Wir müssen einen Gefährten für sie finden, flüsterte Tim in Connors Gedanken.

Connor brach fast in Gelächter aus. Es würde einen mutigen Mann brauchen, um all das Eis zu durchbrechen. Aber zum Teufel, ja. Wenn sie den richtigen Kerl fanden, würde sich Cynthia vielleicht endlich ein wenig entspannen.

„Natürlich hat Connor auch ein paar Qualitäten", fuhr Dell fort.

Connor wurde ganz still und plötzlich verlegener als je zuvor.

„Er ist ziemlich gut im Dachdecken, nicht so schlecht im Kochen…“

Tim gluckste. „Alles was ein Alpha können muss.“

„… und er hat in letzter Zeit tatsächlich ein wenig Diplomatie gelernt. Oh und er hat einen Meeresdrachen besiegt. Oder war das Jenna?“

Connor zeigte auf Jenna. Sie zeigte auf ihn und sie beide sprachen genau zur gleichen Zeit.

„Sie.“

„Er.“

Connor stieß sie an. „Du bist diejenige, die den Bastard abgestochen hat.“

Cynthia verzog das Gesicht und neigte den Kopf zu Joey, aber Connor ignorierte sie. Es würde den Jungen nicht umbringen, die schlichte und einfache Wahrheit zu hören.

„Du bist derjenige, der Draig dazu gebracht hat, seine Brust zu entblößen“, beharrte Jenna.

Dell hob die Hände. „Wie dem auch sei. Der Punkt ist, Connor ist derjenige, der rechtzeitig reagiert hat, um entscheidende Maßnahmen zu ergreifen, um Draig aufzuhalten. Connor ist derjenige, der die Patrouillen organisiert, Draig beschattet und gleichzeitig auch noch hier gearbeitet hat. Connor ist der Kleber, der uns zusammenhält, und wir wissen es alle.“

Connor starrte Dell an. Wow. Wann hatte der Löwengestaltwandler das letzte Mal so von Herzen gesprochen?

„Was willst du also damit sagen?“, fragte Kai.

Dell zuckte mit den Schultern. „Ich will damit sagen, dass sie beide ihre Stärken haben. Cynthia ist verdammt klug und geradezu lächerlich organisiert.“

„Lächerlich?“, protestierte sie.

Dell nickte. „Entschuldige, Cynth. Aber ja – sie führt ein strenges Regiment. Und Connor – nun, die Erfahrung der Spezialeinheit zeigt sich. Er hat einen Riecher für Ärger.“ Dell grinste. „Hineinzugeraten und wieder herauszufinden. Warum also einen Kompromiss eingehen? Warum machen wir es nicht so, wie Joey sagt, und lassen sie die Verantwortung teilen?“

Kai kratzte sich den Kopf. „Wie soll das funktionieren?“

Ja, wollte Connor fragen. *Wie?*

„Genau wie wir es von Anfang an gemacht haben", sagte Dell. „Cynthia kümmert sich um das Anwesen. Connor kümmert sich um die Sicherheit. In den Teilen, die sich überschneiden, wie zum Beispiel bei der Zuweisung von Aufgaben, arbeiten sie zusammen."

„Das war eine Übergangslösung", sagte Kai.

Dell zuckte mit den Schultern. „Warum es reparieren, wenn es nicht kaputt ist?" Er schaute sich um. „Was denkt ihr Jungs?"

Connor blinzelte ein paar Mal. Er hatte immer gedacht, es ginge um alles oder nichts, aber Dell hatte nicht ganz unrecht. Cynthia war in manchen Belangen besser als er und er in anderen stärker als sie. Die Frage war nur, ob er damit umgehen könnte, in einer gleichberechtigten Alpha-Position partnerschaftlich mit ihr zu arbeiten.

Er blickte zu Cynthia hinüber, die ihn anstarrte und sich wahrscheinlich dasselbe fragte.

Tim nickte. „Ich würde dem zustimmen. Was ist mit dir, Chase?"

Chase nickte einfach. „Ja. Alles gut."

„Das ist ein wenig ... unkonventionell." Kai runzelte die Stirn.

Cynthia schaute ebenfalls finster. „Nicht traditionsgemäß."

Connor grinste. „Ich glaube, das ist es, was mir daran gefällt."

Er sah Jenna an, denn auch sie war Teil dieser Entscheidung. Ihre Augen funkelten vor Stolz und Zuversicht und sagten ihm alles, was er wissen musste. Er streckte Cynthia eine Hand entgegen. „Was sagst du dazu, Ms. Brown?"

Sie warf ihm diesen *Ich weiß, dass Sie wissen, dass das nicht mein Name ist, aber ich weigere mich trotzdem, es Ihnen zu verraten*-Blick zu. Ihre Augen wirkten streng und hart, aber für den Bruchteil einer Sekunde glaubte er, so etwas wie Erleichterung darin zu erkennen. Einen Gestaltwandlerclan zu führen – selbst einen kleinen wie diesen – war eine riesige Verantwortung. Und verdammt. Je mehr er darüber nachdachte, desto mehr gefiel ihm der Gedanke, diese Last zu teilen. Sah sie es genauso?

Joey blickte zu Cynthia auf und sie zu ihm hinab. Es erinnerte Connor daran, dass die Zukunft ihres Clans für sie genauso wichtig war wie für ihn. Sie lächelte und streichelte Joeys rotes Haar, was für einen kurzen Moment die sensible, fürsorgliche Mutter in ihr zum Vorschein brachte. Dann nickte sie und schüttelte entschlossen Connors Hand.

„Mr. Hoving, ich erkläre mich einverstanden."

Connor lachte. Cynthia konnte so förmlich sein, wie sie wollte. Er wäre es nicht mehr. Kaum hatten sie sich die Hände geschüttelt, drehte er sich zu Jenna um und zog sie in eine innige Umarmung. War es wirklich möglich, dass ihm so viele gute Dinge auf einmal passierten? Oder war dies die Wiedergutmachung für all die Male, in denen er das Gegenteil erlebt hatte?

Und ganz plötzlich wurde ihm das Gewicht der Sache klar. Er hatte es geschafft. Er hatte es überwunden. Nicht nur eine einzelne Hürde, sondern einen ganzen Hindernisparcours, den er in den letzten Jahren durchlaufen hatte.

Er kniff die Augen zu und hielt Jenna ganz fest. Es war ihm egal, dass die anderen zusahen. Ohne Jenna wäre er nie so weit gekommen und es gab keinen einzigen Teil seiner Zukunft, an dem sie nicht teilhaben würde. Also sollten sich die Jungs besser daran gewöhnen, seine Liebe zu ihr zu sehen, verdammt noch mal.

Aber als er Jenna schließlich losließ und sich wieder auf die anderen konzentrierte, grinsten alle und klopften sich gegenseitig auf die Schultern, so als hätten auch sie etwas erreicht.

Dell johlte. Tim klopfte ihm auf den Rücken. Chase sah aus, als wäre er versucht, sein Glück zum Mond zu heulen. Cynthia küsste Joey und die beiden anderen Männer umarmten ihre Gefährtinnen.

Sie hatten alle etwas erreicht, erkannte Connor. Jeder Einzelne von ihnen. Zu Beginn waren sie sich so ziemlich über alles unsicher gewesen – die Arbeit, diesen Ort, die Arbeitsteilung – und nun hatten sie einen Platz in der Welt für sich geschaffen. Dell, Tim, Chase – und auch Cynthia. Sie hatten sich gegenseitig und ihr neues Zuhause kennengelernt. Natürlich hatten sie alle noch einen langen Weg vor sich, aber der Anfang war getan, und zwar solide.

„Dell, Mann." Connor klopfte dem Löwengestaltwandler auf die Schulter. „Wer hätte gedacht, dass du das in dir hast?"

Dell seufzte theatralisch. „Eines Tages werdet ihr meine Genialität würdigen und aufhören, mich immer zu unterschätzen."

Vielleicht hört er eines Tages auch selbst auf, sich zu unterschätzen, murmelte Connors Drache.

Diesen Teil behielt er jedoch für sich. Dell hatte ein Händchen dafür, immer genau den richtigen Moment zu wählen, um zu brillieren. Er hatte es schon früher getan und würde es wieder tun. Und vielleicht würde er es sich eines Tages zur Gewohnheit machen, die ganze Zeit so zu bleiben.

Unten im Hof knisterten die Tiki-Fackeln und warfen verspielte Schatten umher. Aufgeregte Stimmen sprudelten und erhoben sich, als alle gleichzeitig sprachen. Eine Meeresbrise wehte über die Veranda und brachte den Duft tropischer Blumen mit sich.

„Es ist wunderschön", flüsterte Jenna und schloss Connor erneut in die Arme. Ihre Umarmung ließ ihn mit dem Gedanken spielen, den geschäftlichen Teil hier zu beenden und zurück ins Bett zu gehen.

„Es ist perfekt", grummelte er zurück und schnupperte den Duft seiner Gefährtin.

„Dann bleibt nur noch eine Sache", sagte Kai in einem grimmigen Ton, der alle verstummen ließ. „Die Perle."

Seine Stimme klang wie eine leise Warnung und sie alle warteten darauf, dass er es erklärte.

Kapitel 27

„Die Perle", sagte Kai mit ernster Miene und schaute Jenna an. „Hast du sie dabei?"

Connor sah zu, wie Jenna die Perle aus ihrer Tasche zog und auf die weiße Tischdecke legte. Alle beugten sich vor. Selbst im fahlen Mondlicht schimmerte die Perle auf ihre einzigartige Weise. Die Goldtöne traten in den Vordergrund und das Schwarz verblasste. Jedes Mal, wenn er sie anschaute, sah sie ein wenig anders aus. War das ein Teil ihrer Magie?

„Ich verstehe es immer noch nicht." Jenna gestikulierte. „Hat die Perle mir geholfen, solange unter Wasser zu bleiben, oder war es mein Meerjungfrauenblut?"

„Ein wenig von beidem, glaube ich", sagte Kai und studierte die Perle.

Dann machte er einen Platz auf dem Tisch frei und nickte Tessa zu, die ein großes in Leder gebundenes Buch darauf legte. Connor schnupperte. Es roch nach getrockneten Blättern. Nach Spinnenweben und Geheimnissen.

„Wir haben etwas recherchiert", sagte Kai mit schwermütiger Stimme, die von vielen Stunden der Suche nach diesem Band sprach.

Tessa schlug das Buch auf und blätterte sorgfältig ein paar Seiten um, bevor sie es zu allen anderen umdrehte. Connor blinzelte über die kunstvoll gestaltete Seite.

Der obere Teil war mit einer verwirbelten, kaligrafischen Schrift verziert. In der Mitte befand sich ein Text und im unteren Bereich eine handillustrierte Szene. Letztere zeigte die Art von zerklüfteten, grünen Bergen, wie man sie überall auf Hawaii vorfand. Dem Stil nach zu urteilen musste die Zeichnung mindestens ein oder zwei Jahrhunderte alt sein. Eine

Frau stand hüfttief im Ozean und hielt etwas in den Händen, während eine Haifischflosse um sie kreiste. Sie wirkte jedoch eher traurig als panisch. Im Hintergrund befanden sich Details wie üppige Hänge, Wasserfälle und eine strohgedeckte Hütte.

„Maui?", murmelte Tim.

Jenna beugte sich über die schnörkelige Kalligrafie am oberen Rand. Für Connor sah das noch nicht einmal nach Englisch aus, bis Jenna es für alle entzifferte. „Perlen des Verlangens?" Sie berührte den Einband. „Was ist das für ein Buch?"

Tessa ließ sie einen Blick auf den Buchumschlag werfen und blätterte dann zurück zu der Seite. „*Gefährten, Mythen und Legenden.* Es wurde von einem der ersten Gestaltwandler geschrieben, die Maui damals kurz vor Ende der missionarischen Zeit besuchten."

Jenna fuhr mit dem Finger über den Text. „*Nanalani, die Tochter von Kamohoalii, dem Haikönig. Sie konnte nur aus der Ferne lieben, weil sie Angst hatte, dass ihre Haiseite zum Vorschein kommen würde. Aus Angst, Tod und Zerstörung über ihre Freunde zu bringen, wie es ihr Bruder getan hatte, als er seine menschliche Gestalt annahm, schloss sich Nanalani jahrelang in einer Höhle ein. In ihrer Einsamkeit und ihrem Kummer rief sie schließlich den Geist des Meeres herbei…*" Jennas Stimme klang plötzlich ganz aufgeregt. „Das ist die Legende, über die die Dame im Schmuckladen gesprochen hat."

Tessa deutete auf die Frau in der Illustration – eine Inselschönheit mit langem, schwarzem Haar und dunklen Augen. „Das muss Nanalani sein. Und sieh mal da." Sie zeigte auf etwas.

„Perlen", hauchte Jenna.

Connor schaute genauer hin. Die Frau auf dem Bild hielt eine Muschel in der Hand, die mit Perlen gefüllt war. Weiße Perlen. Goldene Perlen. Schwarze, pinkfarbene und sogar blaue Perlen.

Jenna las weiter. „*Nanalani beschwor den Geist des Meeres herauf und verzauberte ihre Perlen – die Perlen des Verlangens. Ihre Schätze erlaubten ihr, gefahrlos als Frau zu wandeln und einen Mann zu lieben, den sie aus der Ferne bewundert hatte. Im Laufe der Jahre hatte Nanalani viele Liebhaber, ob-*

wohl sie nie ihren Gefährten fand. Die Zeit verging und als ihre Liebhaber gestorben waren, warf Nanalani ihre Perlen zurück ins Meer, eine nach der anderen. ‚Jetzt bin ich wieder allein', seufzte sie dem Gott des Meeres zu. ‚Ich gebe dir meine Perlen. Nicht um sie zu behalten, sondern um sie für einen anderen würdigen Liebenden aufzubewahren, der ihre Kraft eines Tages brauchen wird.' "

Jennas Finger zitterte, als sie ihn über die geschwungene Schrift gleiten ließ. Sie hielt kurz inne, um tief durchzuatmen, und schaute Connor in die Augen. Er schluckte leicht. Jenna mochte würdig sein. Aber war er es?

Sie las weiter. *„Und so gingen die Perlen des Verlangens – eine für jede Art von Verlangen, das der Menschheit bekannt ist – schließlich verloren. Die Legende behauptet, dass sie noch immer unter der Oberfläche des Meeres schlummern und nur darauf warten, wiedererweckt zu werden, um erneut große Taten der Liebe zu inspirieren."*

Jennas Wangen färbten sich rosa, als sie mit einem feierlichen „Wow" schloss.

Dell pfiff. „Perlen des Verlangens? Ja, ich würde eine nehmen."

Tim kam Connor zuvor, dem Löwengestaltwandler mit dem Ellbogen in die Rippen zu stoßen.

„Mommy, was ist Verlangen?", meldete sich Joey zu Wort.

Cynthia wurde rot. Es war irgendwie niedlich, sie zur Aufregung mal aus dem Konzept gebracht zu sehen. „Es ist wie Liebe. Wenn man jemanden wirklich sehr liebt und ihn die ganze Zeit küssen will."

Connor tauschte ein nicht ganz so heimliches Lächeln mit Jenna aus. Oh ja, sie wussten was Verlangen war.

„Oh", murmelte Joey völlig enttäuscht. „Igitt." Er widmete sich wieder der Aufgabe, seine Sushi-Rolle auseinanderzunehmen.

„Moment mal", sagte Tim. „Erinnert ihr euch an das Aquarium, das Draig auf seiner Jacht hatte? Da waren auch Perlen drin."

Connor runzelte die Stirn. Gott, er war in letzter Zeit so – ähm, abgelenkt –gewesen, dass er daran noch gar nicht gedacht hatte.

Offenbar war es Kai jedoch aufgefallen, denn er nickte sofort. „Die habe ich mir schon angesehen. Sie sehen wie ganz normale, alte Perlen aus und fühlen sich auch so an, aber ich habe sie zu einem Kontaktmann von Silas geschickt, um sicherzugehen. Allerdings konnte ich keinerlei Anzeichen von Energie oder Macht spüren. Nicht so, wie ich sie bei Jennas Perle spüre.“

„*Kostbare Perlen. Magische Perlen.* Das hat die Frau in dem Laden gesagt“, erinnerte sich Jenna. „Aber wow. Genügend Magie, dass ich so lange unter Wasser bleiben konnte?“

Kai nickte. „Auf jeden Fall, vor allem in Kombination mit deiner Meerjungfrauenabstammung.“

„Die Seelensteine sind genauso“, fügte Tessa hinzu und spielte an dem Smaragd um ihren Hals. „Meiner hat mich immun gegen Drachenfeuer gemacht, aber nur, weil er eine Fähigkeit verstärkt hat, die ich als Tochter des Feuers sowieso schon hatte. Man muss es von vornherein in sich tragen.“

„Wusste Draig von den Perlen?“, fragte Tim und strich sich über das Kinn.

„Er wusste etwas.“ Jenna runzelte die Stirn. „Er hat gesagt, dass er ihre Kraft spüren konnte. Aber das kann ich auch, ich weiß nur nicht, wie sie funktioniert.“

Cynthias Lächeln war wehmütig. „Vielleicht ist es wie die Liebe. Die Art von Kraft, die schwer zu definieren ist.“

Connor blinzelte bei ihrem seltenen Anflug von Emotionen und räusperte sich dann. „Anton sagte etwas davon, dass er damals in dieser Nacht dort draußen vor Molokai nach Perlen gesucht hat.“

Jenna seufzte und griff nach der Perle. Sie studierte sie und dann erneut das Buch. „Habt ihr noch mehr Bücher über Perlen – oder Meerjungfrauen? Ich habe das Gefühl, ich brauche diesbezüglich einen Crashkurs.“

Connor griff nach ihrer Hand. Er war vielleicht kein Kenner der Gestaltwandlerlehre, aber er würde bei jedem Schritt an ihrer Seite sein.

Kai zeigte nach Koa Point hinüber. „Wir haben Tausende von Büchern, also würde ich sagen, dass uns eine Menge Nachforschungen bevorstehen. Aber die Bibliothek steht dir jederzeit zur Verfügung."

„Ihre Perle muss eine Tahiti-Perle sein." Cynthia spielte an ihrer eigenen weißen Perlenkette. „Sehr selten, wenn sie natürlich ist, was ich ganz sicher glaube. Ein Symbol für Reichtum und Wohlstand."

Connor starrte sie an. Wo hatte Cynthia das wohl gelernt?

Aber Jenna zuckte nur mit den Schultern und drückte seine Hand. „Der einzige Reichtum, der wirklich zählt, ist Liebe. Und ich habe alles, was ich brauche."

Es war einer dieser *Ich möchte dich umarmen und nie wieder loslassen*-Momente und Connor hätte es fast auch getan. Aber Dell winkte verzweifelt und lenkte seine Aufmerksamkeit ab.

„Nein, nein. Nicht das schon wieder, Kinder." Dell lachte. „Könnt ihr versuchen, ein Abendessen zu schaffen, ohne euch ständig in die Arme zu fallen? Eure schmachtenden Blicke sind schon schlimm genug."

Connor legte einen Arm um Jennas Schultern und ging damit einen Kompromiss ein. Wenn er seiner Gefährtin zeigen wollte, wie glücklich er sich schätzte, dann würde er das verdammt noch mal tun. Aber in Dells Stimme klang ein winziger Hauch von Neid mit. Nur eine klitzekleine Andeutung, derer sich der Löwengestaltwandler wahrscheinlich noch nicht einmal selbst bewusst war. Es gab keinen Grund, ihnen unter die Nase zu reiben, was er hatte und die anderen nicht – besonders vor Cynthia, die ihren Gefährten verloren hatte. Allein der Gedanke daran veranlasste ihn dazu, Jenna noch ein wenig näher an seine Seite zu ziehen.

Tim blinzelte auf den Text. „Was ist mit diesem Teil über jede Art von Verlangen?"

Tessa tippte sich auf die Lippen. „Ich weiß auch nicht. Lust?"

Connor runzelte die Stirn und dachte an Draig. „Habgier."

„Wahre Liebe", sagte Cynthia mit entrückter Stimme. „Leidenschaft."

„Sehnsucht", flüsterte Chase und ließ seinen Blick über die schattige Landschaft schweifen.

„Fleischeslust", sagte Dell mit wollüstiger Stimme.

Cynthia verzog das Gesicht und drückte Joey die Hände auf die Ohren. Der Junge hatte aber offensichtlich sowieso bereits aufgehört zuzuhören.

Dell grinste. „In Ordnung, im Ernst. Ihr wollt etwas über Verlangen wissen? Die Buddhisten sagen, dass es drei Arten gibt: *Kama Tanha*, *Bhava Tanha* und *Vibhava Tanha*. Etwas zu wollen, dass sich gut anfühlt. Etwas werden zu wollen. Und etwas loswerden zu wollen." Alle starrten ihn an, aber er seufzte nur. „Ich sagte doch, dass meine Brillanz andauernd unterschätzt wird."

„Hast du Buddhismus studiert?", fragte Jenna mit weit aufgerissenen Augen.

Er zuckte entschuldigend mit den Schultern. „Nein, aber ich hatte früher einmal eine Freundin..."

Tim verdrehte die Augen. „Dell hatte eine Menge Freundinnen – früher einmal."

Dell lächelte nur selbstgefällig und Connor schüttelte den Kopf. Der arme Kerl hatte keine Ahnung, was er verpasste. Verdammt, bevor er Jenna kennengelernt hatte, hatte auch er keine Ahnung gehabt, was er verpasste.

Kai rieb sich das Kinn. „Es ist möglich, dass die Perle – oder die Perlen, denn es klingt so, als gäbe es mehrere – alle Arten von Verlangen verkörpern können. Wie bei den Seelensteinen auch – es könnte vom Träger abhängen. Eine Perle, die in einer Person Habgier schürt, könnte in einer anderen Leidenschaft verstärken."

Jenna nickte langsam. „Vielleicht genau wie diese Perle. Gold und Schwarz. Gegensätze, die vereint sind."

Connor lächelte leicht. Jenna und er waren in mancher Hinsicht ebenfalls gegensätzlich, aber ja. Sie gaben ein gutes Paar ab.

„Was war das Letzte noch mal?", fragte Jenna Dell.

„*Vibhava Tanha*. Das Verlangen, etwas loszuwerden. Wie zum Beispiel eine Krankheit."

„Nun, ich wollte Draig loswerden." Jenna rollte die Perle in ihren Händen. Dann wanderte ihr Blick zu Connor und ihre Augen funkelten. „Und ich wollte ... auch noch ein paar andere Dinge."

Er grinste. Ja, er wollte auch noch ein paar andere Dinge. Sie würden sich sehr bald an einen privaten Ort zurückziehen müssen.

„Aber ich schwöre, die Perle hat schon seit Tagen nach mir gerufen", fügte Jenna hinzu und wurde wieder nachdenklich. „So als wollte sie gefunden werden."

Kai nickte ernsthaft. „Das ist es, was mich beunruhigt. Und wenn es noch mehr dort draußen gibt... "

„Was ist falsch daran, die Liebe zu verbreiten?", scherzte Dell.

Connor folgte Kais Blick, als er über den Rasen der Plantage auf den Ozean hinausschaute. Das Mondlicht funkelte silbern und weiß über den Wellen und ein Fregattvogel schwebte über der Oberfläche und streckte seinen gegabelten Schwanz aus.

„Gegen manche Formen des Verlangens, wie Liebe zum Beispiel, ist ja nichts einzuwenden. Aber wenn die verbleibenden Perlen andere Gestaltwandler aus den falschen Gründen anlocken... " Kai verstummte.

Connor wartete auf mehr. Was meinte er damit?

Kai spielte mit einer Falte im Tischtuch. „Wo es Macht gibt, gibt es auch Habgier. Und wo es Habgier gibt, gibt es... "

Er verstummte, aber Tessa beendete seinen Satz. „Moira."

Connor holte tief Luft und umklammerte Jennas Hand fester. Er wusste nicht viel über Moira, aber ihm war bewusst, dass sie nichts als Ärger bedeutete. Anscheinend wusste Cynthia dies auch, denn ihre Miene verdunkelte sich bei der Erwähnung des Namens.

„Ihr meint die gleiche Moira, die... " sagte Jenna und hielt sich dann zurück, als sie Cynthias Gesichtsausdruck bemerkte.

Connor versuchte, Cynthia nicht anzustarren. Er hatte sie schon oft streng, ernst und humorlos gesehen. Aber *so* noch nie. Sie kratzte – nein, krallte – mit den Fingern über den Rand der Tischdecke und presste ihre Lippen fest zusammen.

Ihre Augen glänzten grimmig, als sie Kai mit einem knappen Kopfschütteln ansah, das mit einem Nicken in Richtung Joey endete.

Einen Moment lang sprach niemand und Jenna schaute sich verwirrt um. Ein Gefühl, das Connor nur zu gut kannte – das Gefühl, dass alle außer ihm in ein Geheimnis eingeweiht waren, was seinen Drachen dazu brachte, Flammen zu speien.

Er stand zügig auf. Offensichtlich war das Thema so heikel, dass Cynthia nicht wünschte, vor Joey darüber zu sprechen. Und das respektierte er. Aber Jenna war erwachsen und sie musste vor Moira gewarnt werden. Moira, die rachsüchtige Drachendame, die die Gestaltwandler von Koa Point schon mehr als einmal angegriffen hatte.

„Hey, Joey." Er ging um den Tisch herum. „Fast hätte ich es vergessen. Ich habe ein Geschenk für dich."

„Für mich?" Der Junge riss die Augen weit auf.

„Ja. Warte mal kurz." Connor begab sich zum anderen Ende der Veranda, wo er das Geschenk zu einem früheren Zeitpunkt verstaut hatte. Während der ganzen Zeit, in der Jenna im Krankenhaus lag, hatte sie ihn gezwungen, kurze Spaziergänge zu machen – um sich zu entspannen und den Kopf frei zu bekommen. Als würde ihm das gelingen, wenn Jenna in solch schlechter Verfassung war. Aber sie hatte darauf bestanden, also war er gegangen. Und eines Tages war er an einem Geschäft vorbeigekommen, hatte ins Schaufenster geschaut und…

„Ein Drachen? Wow, es ist ein richtiger Lenkdrachen!", rief Joey und nahm das Paket entgegen.

„Und nicht nur irgendein Drachen. Ein Drachendrachen. Schau mal." Connor zeigte auf die Abbildung.

Joey kniff die Augen zusammen und studierte die Illustration genau. „Wie ein lusitanischer Drache, richtig?" Er schaute zu Cynthia auf. „Wir haben in unserem Drachenbuch darüber gelesen."

Connor hatte keine Ahnung, was das war, aber Cynthia nickte. Nun ja, egal. Ein Drachen war nur ein Drachen.

„Na dann komm mal mit. Lass ihn uns ausprobieren."

„Jetzt?" Joey sprang auf. „In der Nacht?"

„Die beste Zeit zum Fliegen", zwinkerte Connor und winkte ihn die Treppe hinunter.

„Fliegen?" Cynthia kreischte auf.

„Den Drachen", sagte Connor schnell. „Wir lassen nur den Drachen fliegen." Als er und Joey unten an der Treppe ankamen, beugte er sich zu Joey vor und flüsterte: „Kannst du ein Geheimnis bewahren?"

Joey nickte feierlich.

„Beim Drachenfliegen lernt man alles über Windmuster. Über das Gleiten. Über Thermik. Wenn du dann alt genug bist, dich in deine Drachenform zu verwandeln... "

Joeys Augen strahlten. „Dann werde ich wirklich bereit sein."

„Ganz genau. Du wirst bereits ein Profi sein. Und jetzt lass uns das Ding aufbauen."

Er entfernte sich gerade weit genug von der Veranda, damit die anderen sich zusammenkauern und unterhalten konnten – blieb jedoch nah genug, so dass Cynthia Joey im Auge behalten konnte. Er nahm an, dass Kai die Führung übernehmen und Jenna von Moira erzählen würde. *Sie war vor langer Zeit mit meinem Cousin Silas verlobt,* würde er wahrscheinlich sagen und Connor konnte sich vorstellen, was dann folgen würde. Moira hatte Silas das Herz gebrochen, als sie ihn für den mächtigen Drachenlord Drax verlassen hatte. Das rücksichtslose Paar hatte in den letzten Jahren mehrfach Schaden in Silas' Gestaltwandlerclan angerichtet. Silas hatte Drax schließlich vor Kurzem bei einem spektakulären Kampf zwischen den Vulkanen der Großen Insel besiegt, aber Moira war entkommen.

Connor wusste jedoch nicht, in welcher Beziehung Cynthia zu Moira stand. Er hätte gern mitgehört, aber im Moment wollte er Jenna die Chance geben zu lernen.

Er schaute nach oben und verlor sich für einen Moment im Universum über ihnen. So viele Sterne, die ihm zuzwinkerten – sogar Draco, das Sternbild des Drachen, auf das er sich nie verlassen hatte, wenn er Führung brauchte. Es schwang sich um den kleinen Wagen und funkelte zu Herkules hinüber und schließlich zur lauernden Schlange.

Connor schaute sich um. Es gab so viel Schönheit in der Welt, aber auch so viel Gefahr. Er legte eine Hand auf Joeys Schulter und schwor sich, das Kind zu beschützen. Koste es, was es wolle. Aber die heutige Nacht war Gott sei Dank freundlicher und friedlicher als die meisten.

„In Ordnung", sagte er. „Sag mir, aus welcher Richtung der Wind kommt."

Joey schaute sich um und zeigte nach Norden. „Von dort?"

Connor zeigte ihm einen großen Daumen hoch. „Perfekt. Um den Drachen steigen zu lassen, müssen wir also... "

„Dort drüben hingehen!", rief Joey und hüpfte auf und ab.

Es war irgendwie niedlich, Joey dabei zuzusehen, wie er über den Rasen rannte und den Drachen zog. Diese Art von einfachem Spaß hatte Connor schon seit langer Zeit nicht mehr erlebt. Und schon stand der Drachen im Himmel und flog. Der lange Schwanz flatterte in der Brise. Joey hüpfte vergnügt von einem Fuß auf den anderen. Connor stand hinter ihm und half, die Schnüre zu kontrollieren.

„Der Wind wird in Richtung Hügel gebündelt und die rechte Seite ist ein wenig stärker. Spürst du das?"

Joey nickte ernst.

„Also brauchst du auf dieser Seite ein wenig mehr Spannung. Und zum Kurven fliegen... "

Connor hatte noch nie zuvor einen Drachen im Dunkeln steigen lassen. Er hatte es auch noch nie zusammen mit einem Kind getan. Aber es war schön. Wirklich schön. Und Joey war ganz aus dem Häuschen. Er lachte und strahlte genauso, wie er es mit Dell tat.

„Schau mal, Mommy! Mein Drache fliegt!"

„Das ist toll, mein Schatz."

Connor beobachtete, wie der Drachen kippte und schwankte. Der Schwanz flatterte im Wind und obwohl die Regenbogenfarben des Musters in der Dunkelheit schwer zu erkennen waren, leuchteten die gelben Drachenaugen sichtlich.

„Flieg, Drache. Flieg!", sang Joey.

Connor stellte sich vor, zwei Drachen würden dort oben schweben, und sein Herz sang ebenfalls. Eines Tages würde er mit Jenna in die Luft steigen können. Und sie beide, zusammen mit allen anderen, würden ihr Zuhause beschützen. Für sie selbst, für Joey. Vielleicht eines Tages sogar für ihre eigenen Kinder.

Er überblickte das Plantagengelände und schaute hinaus auf das glitzernde Meer. Was für eine Aussicht. Zur Abwechslung genoss er sie tatsächlich einmal. Er lächelte, blickte wieder zu dem Drachen hinauf und flüsterte in den Wind:

„Flieg, Drache. Flieg."

Für eine Weile verlor er jegliches Gefühl für Zeit und Ort und seine Gedanken schweiften ab. Zu seinem Vater, der ihm nie etwas Nützliches beigebracht hatte außer vielleicht, was man nicht tun sollte. Er dachte an all die Zeiten, in denen er sich nach Akzeptanz gesehnt hatte. Die Jahre, in denen er sich gewünscht hatte, seinen Platz auf dieser Erde zu finden.

Und wow. Jetzt hatte er all das. Ein Zuhause. Eine Gefährtin. Einen Clan.

Jenna trat hinter ihn und schlang ihre Arme um seine Taille. Offensichtlich war das Gespräch über Moira vorbei. Jenna neigte den Kopf nach hinten und betrachtete den Drachen vor dem Hintergrund der unglaublich sternenklaren Nacht.

Ihre Brust hob und senkte sich mit einem Seufzer. „So wunderschön."

Connor schloss die Augen und bedeckte ihre Arme mit seinen.

„Wunderschön", flüsterte er.

Epilog

Sechs Wochen später...

Jenna holte tief Luft und starrte vom Rand der Klippe auf die wirbelnde Brandung hinunter. Die Vorstellung von hier abzuspringen war ziemlich beängstigend und ganz Maui schien den Atem anzuhalten – entweder in Erwartung des Sonnenaufgangs oder aufgrund des Wagnisses, dass Jenna in Erwägung zog.

Ich schaffe das. Ich schaffe das... murmelte sie vor sich hin.

„Bist du bereit?", raunte Connor neben ihr.

Sie schluckte und nickte ruckartig. War sie wirklich bereit? Vielleicht war heute nicht der richtige Tag. Es war immer noch dunkel. So richtig dunkel. Außerdem stimmte die Windrichtung nicht und die Entfernung schien doppelt so hoch zu sein wie sonst. Und dann gab es da auch noch all die Felsen, auf die sie aufschlagen könnte, wenn es danebenging...

Natürlich bin ich bereit, grollte eine tiefe Stimme in ihr.

Connor zufolge hatte jeder Mensch eine animalische Seite, die einfach nur aus ihrem Schlummer erwachte, wenn man zum Gestaltwandler wurde. Aber wow. Ihr Drache war ein paar Tage nachdem er ihr den Paarungsbiss gegeben hatte, wie aus dem Nichts aufgetaucht. Ein Drache, der genauso abenteuerlustig und unbekümmert war, wie sie es mit Dingen wie Surfen stets gewesen war – aber verdammt. Das hier war Fliegen, nicht Wellenreiten.

„Kein Grund zur Eile, wenn du nicht willst", flüsterte Connor, nachdem ein paar weitere quälende Sekunden verstrichen waren.

„Ich will es", sagte sie schnell, obwohl sie sich immer noch nicht rührte.

Ich will auf jeden Fall, knurrte ihr Drache.

Sie drängte das Biest in ihrem Kopf ein wenig weiter zurück. Connor hatte sie gelehrt, wie wichtig es war, ihre zweite Seite in Schach zu halten, damit diese nicht anfing, sie zu kontrollieren. Aber es kostete sie trotzdem manchmal Mühe. So wie jetzt.

Vor langer Zeit hatte sie eine leichtsinnige Bemerkung darüber gemacht, von der Kante der Klippe ihres neuen Zuhauses zu springen – ein Wagnis, das Connor an dem Tag, an dem er sie vor Draig gerettet hatte, tatsächlich eingegangen war. Aber jetzt, da sie selbst an dieser Klippe stand...

Nicht tauchen. Nur in die Luft springen, sagte ihr Drache. *Ganz einfach.*

Genau. Springen. In der Nacht. Von dieser Klippe. Sie schluckte.

Ihr Drache schnaubte. *Die Sonne geht gleich auf und der Wind ist genau richtig.*

Eigentlich hatte sie keinen Grund, nervös zu sein, denn sie war schon ein paar Mal fliegen gewesen. Connor hatte ihr nach ihrer ersten Verwandlung geholfen, es zu lernen. Sie hatten mit kleinen Sprung- und Gleitübungen unten am Strand angefangen. Die waren zu Beginn ziemlich kurz gewesen, aber sie hatte sich genau wie die Gebrüder Wright in Kitty Hawk schnell zu immer längeren Flügen gesteigert. Dann hatte sie angefangen, aus mittleren Höhen zu starten, und auch das hatte gut geklappt. Aber irgendwie schien das Starten von dieser bedrohlichen Klippe schwieriger zu sein.

Pinkfarbenes Licht färbte den Pazifik, als eine weitere langsame Minute verstrich. *Von hier oben ist es einfacher,* sagte ihr Drache. *Mehr Platz und Zeit für unsere Flügel, Auftrieb zu bekommen. Es ist gar nichts dabei.*

Jenna zwirbelte das Ende ihrer Haarsträhnen mit einem Finger herum, um Zeit zu gewinnen. Nichts dabei?

Jetzt komm schon, beharrte ihr Drache. *Uns läuft die Zeit davon.*

„Hör mal, wir können auch...", begann Connor zu sagen und versuchte, ihr einen einfachen Ausweg zu bieten.

„Ich bin bereit", warf sie ein und versuchte zu handeln und nicht zu denken. „Vollkommen bereit."

Nun, das war eine Übertreibung, aber sie musste sich bewegen. Connor und sie konnten es nicht riskieren, am helllichten Tag zu fliegen, besonders weil sie sich noch nicht völlig unter Kontrolle hatte, also hieß es jetzt oder nie.

„Vollkommen bereit", murmelte sie, als sie sich wieder dem Schlafbereich zuwandte, wo sie ihre Kleidung auszog und die Armreifen von ihren Handgelenken streifte. Sie legte sie neben die Perle auf den Nachttisch und fragte sich, was ihre Mutter zu alledem sagen würde.

Dann lächelte sie. Ihre Mutter würde wahrscheinlich sagen: *Na los, mach schon!*

Also trat sie zurück an die Kante, hob die Arme und ließ ihren inneren Drachen frei.

Sich zu verwandeln, so hatte sie gelernt, war dem Anziehen eines Neoprenanzugs recht ähnlich. Die Verrenkungen und das gestreckte Gefühl, erinnerte sie an die Art und Weise, wie sich das Neopren um ihren Körper schmiegte, wenn sie daran zog. Ihre Haut dehnte sich, wurde trocken und ledrig und die Schulterblätter zogen sich zurück. Aber die Veränderung in ihren Sinnen lenkte ihre Aufmerksamkeit jedes Mal von der Anspannung in ihren Gliedern ab. Ihre Sicht verengte sich durch die hervorstehenden Brauen leicht, die ihre Drachenaugen schützten. Gleichzeitig wurde ihr Sehvermögen schärfer und die Farben intensiver, was bedeutete, dass die üppige Farbpalette von Maui noch reichhaltiger wurde, ganz so wie ein magisches Wunderland. Ihre Ohren konnten viel mehr Geräusche unterscheiden und ihre Nase analysierte eine Vielzahl von Düften. Die Rufe von einem halben Dutzend Vögel, die die Morgendämmerung alle mit ihrem eigenen unverwechselbaren Gesang begrüßten. Der erste Hauch von Ingwer und der schwindende Duft der nachtblühenden Blumen.

„Soll ich zuerst springen?", fragte Connor.

Sie nickte während des letzten Teils ihrer Verwandlung und öffnete und schloss ihre Flügel ein paarmal. Als sie sich das erste Mal verwandelt hatte, hätte sie fast einen Tisch umgestoßen, aber sie hatte seitdem gelernt, die Dinge besser einzuschätzen. Sie schnippte ihren Schwanz nach links und rechts und versuchte, sich eine anmutige Drehung in der Luft vorzustellen. Aber hauptsächlich dachte sie nur an das gewaltige Klatschen, das einen epischen Fehlschlag kennzeichnen würde.

Connor verwandelte sich geschmeidig und stand an ihrer rechten Seite. Selbst in ihrer größeren, mächtigeren Drachenform wirkte er immer noch massiv neben ihr. Nicht so sehr aufgrund seiner größeren Statur, sondern wegen der Alphastärke, die in Wellen von ihm ausströmte. In seiner menschlichen Gestalt hielt er diese Stärke halb versteckt, aber in Drachengestalt war sie nicht zu übersehen.

Sie grinste. Ihr Mann war ein knallharter Drache. Natürlich hatte sie das die ganze Zeit über gewusst, aber es war schön, daran erinnert zu werden, wie mächtig er war.

Und verdammt. Sie waren ein beeindruckendes Paar – Connor mit seinem herrlich grünlichbraunen Farbton und sie in ihrer hellen Cremefarbe, die ihrem Haar ganz ähnlich war. Er war groß und überragend und sie etwas zierlicher – ein perfektes Paar, zumindest in ihren Augen.

Außerdem haben wir identische Paarungsnarben, fügte ihr Drache mit einem lüsternen Unterton hinzu.

Das stimmte ebenfalls. Connor hatte ihr erklärt, dass sie ihm ihren eigenen Paarungsbiss geben konnte, wann immer sie bereit dazu war. Aber der Gedanke, ihn zu beißen, war so beängstigend gewesen, dass sie ihn in ihrem Kopf ganz weit nach hinten geschoben hatte. Eines Nachts jedoch hatte sie sich im Rausch der Leidenschaft über ihren Mann gebeugt und die Zähne gefletscht, während sie ihn mit gespreizten Beinen ritt.

Jenna, hatte Connor geknurrt und um ihren Biss gebettelt.

Ihre Instinkte hatten ihr gezeigt, wie sie es machen musste, und wow. Noch nie zuvor hatte sie einen so langen und intensiven sexuellen Rausch erlebt. Connor hatte seinen Kopf zurückgeworfen und ebenfalls laut aufgestöhnt, was ihr versichert hatte, dass es für ihn genauso gut war.

Siehst du? sagte ihr Drache. *Vertrau' mir einfach.*

Sie riss die Drachenaugen auf und wurde aus ihren heißen Erinnerungen zurück an den Rand der Klippe gerissen.

Connors tiefe, rauchige Drachenstimme erklang in ihrem Kopf und wiederholte die Tipps, die sie Dutzende Male durchgegangen waren. *Also los geht's. Öffne deine Flügel, spüre den Wind und dann hüpfe.*

Jenna schlurfte vorwärts und krümmte ihre Krallen über den nackten Fels. Ihre Flügel zu öffnen und ein Gefühl für den Wind zu bekommen, war der einfache Teil. Aber zu *hüpfen* war die Untertreibung des Jahres. Sie starrte über den Rand der Klippe in die tosende Brandung hinab.

Connor ließ es natürlich wie ein Kinderspiel aussehen. Ein kleiner Schritt und schon schwebte er anmutig davon.

Es ist ganz einfach, beharrte ihr Drache.

Jenna schloss die Augen und konzentrierte sich auf den Wind, der über ihre ausgestreckten Flügel strömte. Das Gefühl ergab für ihren neu verdrahteten Verstand einen Sinn, aber wenn sie zu viel darüber nachdachte...

Sie erstarrte, wie ein Turmspringer, der sich an den Rand eines zu hohen Sprungbrettes gewagt hatte.

Du schaffst das, Jenna, rief Connor.

Ich schaffe das. Ich schaffe das... versicherte sie sich auch selbst.

Jetzt mach schon, bellte ihr Drache. *Hüpf.*

Das Biest musste irgendeinen hinterhältigen Zug gemacht haben, indem sie ihr Gewicht gerade so weit verlagerte, dass sie das Gleichgewicht verlor, denn einen Moment später...

„Oh!", quietschte sie und kippte über die Klippe.

Hässliche Bilder schossen durch ihren Kopf, während sie spiralförmig auf die Felsen zustürzte. Von ihrem Vater, der so traurig wäre, von ihrem sinnlosen Tod zu erfahren. Von ihrer Nichte, die sie nun niemals aufwachsen sehen würde. Von Connor, der neben ihrem Grab kniete und in seine Hände weinte. Vor einem Grabstein, auf dem stand: *Sie hat versagt.*

Oh, um Himmels willen, murmelte ihr Drache. *Mach die Augen auf.*

Jenna riss die Augen auf. Sie war darauf gefasst, einen verschwommenen Schleier zu sehen, als sie in den Tod stürzte. Aber ihr Sichtfeld war durchgängig blau wie der Ozean, über dem sie schwebte.

Sie blinzelte ein paar Mal. Schwebte? Doch nicht etwa anmutig?

Anmutig, schnaufte ihr Drache. *Überlasse es einfach mir.*

Sie starrte hinunter. Sie flog gute zwanzig Meter über dem Meeresspiegel, glitt sanft auf die Oberfläche zu und richtete sich dann parallel dazu aus. Sie blieb sozusagen unter dem Radar, indem sie nur ein paar Meter über den winzigen morgendlichen Wellen flog. Die Passatwinde hatten die ganze Nacht lang geruht, so dass der Pazifik abgesehen von einem unmerklichen Wellengang kaum in Bewegung war.

Perfekt! jubelte Connor, senkte sich herab und flog neben ihrem rechten Flügel her.

Ich habe es geschafft! quietschte sie.

Der Wind rauschte unter ihren Flügeln hindurch und an ihrem Schwanz entlang. Er kühlte sie ab und trug sie gleichzeitig. Sie schmiegte die Füße eng an ihren Körper und streckte den Hals lang und gerade nach vorn aus, so dass sie stromlinienförmig blieb. Genauso wie wenn sie durch die Röhre einer langen, rollenden Welle surfte. Der Ozean funkelte und wies ihr den Weg.

Juhu, jubelte sie und drehte sich, um erst die eine und dann die andere Flügelspitze ins Wasser zu tauchen. *Sieh mich mal an!*

Connor lachte. *Was sonst sollte ich denn ansehen, meine Gefährtin?*

Ihr Drache plusterte sich daraufhin auf und fing an, mit subtilen kleinen Bewegungen anzugeben, die Jenna eher beobachtete als kontrollierte.

Sieh mal, murmelte ihr Drache und vollführte eine Drehung. Ihre Schnauze zeigte nach vorn, aber ihr ganzer Körper drehte sich um ihre eigene Achse und wirbelte einmal komplett herum. Und das war noch nicht alles. Sie drehte sich eine Vierteldrehung weiter, bis sie seitlich zu Connor flog.

Oh, das gefällt mir, brummte sein Drache und drehte sich gleichzeitig neben ihr.

Sie flogen in einer erotischen Bauch-an-Bauch-Bewegung durch die Luft, die ihre Drachendame vor Vergnügen summen ließ. Verschwommene Bilder davon, wie sie sich mit Connor im Bett wälzte, schossen ihr durch den Kopf. Jenna musste tief Luft holen, um sie zu unterbinden. Diesen Trieben konnte sie nachgehen, wenn sie ihren Mann wieder an Land hatte. Im Moment musste sie sich auf das Fliegen konzentrieren.

Als sie sich voneinander lösten, schwang Connor sich erst über sie und dann um und unter sie herum. *Meine Gefährtin,* verkündete diese Geste der Welt. *Keiner kommt ihr nahe. Niemand berührt sie außer mir.*

Mein Gefährte, trällerte Jenna und wünschte sich, sie könnte diese Botschaft in die ganze Welt hinausposaunen.

Als Connor sich erhob, folgte sie ihm und fühlte sich immer friedlicher. Die menschliche Welt und all ihre Probleme schienen kilometerweit entfernt zu sein und die Gefahren der Gestaltwandlerwelt sogar noch weiter – besonders jetzt, da Draigs Jacht nicht mehr am Ankerplatz in der Ferne lag. Eine Jacht, die sie nie wiedersehen wollte, selbst wenn sie und Connor jemals einen Teil von Draigs riesigen Besitztümern für sich beanspruchen würden.

Gut, dass wir den los sind, schnaubte ihr Drache und glitt näher an Connors Seite.

Sie flogen in einer geraden Linie auf die Silhouette von Lanai zu und bogen dann allmählich in die Richtung der Erhebungen von Molokai ab.

Irgendwann, wenn du so weit bist, werden wir gemeinsam über die Inseln fliegen, sagte Connor. *Die Klippen und Wasserfälle von Molokai sind atemberaubend in der Nacht.*

Sie konnte nicht einmal eine Antwort formulieren, außer zu denken, welch Privileg dies wäre. Touristen, die es sich leisten konnten, könnten mit dem Hubschrauber über die Nachbarinseln fliegen. Aber in der Stille der Nacht und mit ihren eigenen Flügeln über diese Landschaften zu gleiten...

Wow, flüsterte sie und stellte es sich vor. *Das wäre großartig.* Dann lachte sie und fügte hinzu: *Moment mal. Auch das hier ist schon großartig.*

Connor lachte leise. *Es ist ziemlich toll.*

Langsam flogen sie alle Himmelsrichtungen ab, bis sie zurück nach Maui steuerten. Die aufgehende Sonne war noch immer hinter den hohen Gipfeln der Insel versteckt, aber ihr

Licht strömte bereits in dicken goldenen Strahlen durch das Central Valley. Sie und Connor würden bald landen müssen, um sich vor neugierigen menschlichen Blicken zu verstecken. Das bedeutete natürlich, dass sie zurück ins Bett steigen und den Nervenkitzel des Fliegens auf andere Weise verarbeiten konnten. Dann könnten sie ein Nickerchen machen, etwas essen und für ihr nächstes Flugabenteuer bereit sein, sobald es dunkel wurde.

Connor las ihre Gedanken und lachte. *Gut, dass wir den ganzen Tag frei haben, nicht wahr?*

Verdammt gut. Als sie und Connor frisch verpaart gewesen waren, hatten die anderen Extraschichten eingelegt, um ihnen eine Woche Urlaub zu gönnen – eine Flitterwoche sozusagen. Danach hatten sie sich beide wieder in die Arbeit gestürzt – Connor als Co-Alpha des Koakea Clans und sie in ihrem neuen Surfbrettgeschäft mit ihrer Schwester, Surf Chique. Sie hatte Sechstagewochen gearbeitet, um die verlorene Zeit aufzuholen. Aber heute hatten sie frei. Und das bedeutete...

Wir haben den ganzen Tag Zeit, summte sie, während sie dahinglitten.

Das Leben könnte nicht besser sein. Connor hatte seinen Platz in seinem Clan gewonnen und auch sie hatte den frischen Neuanfang bekommen, den sie brauchte.

Je höher die Sonne stieg, desto tiefer flogen sie über den Kuppen der Wellen. Von Zeit zu Zeit sprühten kleine Wasserspritzer hoch und benetzten ihre Flügelspitzen.

Das fühlt sich gut an, seufzte ihr Drache.

Es fühlte sich gut an. Gut genug für ein Bad.

Die Idee huschte flink wie ein Wiesel durch ihren Kopf. Sie blickte hinunter auf den Ozean. Ein Bad würde sich wirklich gut anfühlen.

Ja, stimmte ihr Drache zu. *Nur eine kleine Runde schwimmen.*

Sie schaute auf den Horizont. Sie hatten noch ein paar Minuten Zeit. Warum es nicht einfach wagen? Draig war tot und verschwunden und ihre Veränderung zu einem Gestaltwandler hatte definitiv etwas in ihrem Meerjungfrauenblut aufgewühlt.

Sie war seitdem jeden Tag Schwimmen, Tauchen und Surfen gewesen.

Sie dachte darüber nach und versuchte, die Mechanik des Abtauchens aus dem Flug heraus zu berechnen.

Vertrau' mir, brummte ihr Drache mit gefährlich entschlossener Stimme. *Vertrau' mir.*

Nach einer weiteren Minute des Grübelns gab sie schließlich nach und rief ihrem Gefährten zu:

Hey Connor.

Er drehte seinen langen Drachenhals zu ihr herum und schenkte ihr ein zahniges Drachengrinsen. *Ja?*

Sieh mal.

Eine Sekunde später schrie Connor auf und fast hätte sie es auch getan. Aber ihr Schrei entsprang der Freude, denn ihr Drache wusste genau, was zu tun war. Sie faltete ihre Flügel fest an ihre Seiten, warf ihren Kopf nach vorn und tauchte ein.

Juhu! brüllte ihr Drache, als sie sich ins Meer stürzte.

Ein Strom von Luftblasen folgte ihr unter Wasser und ließ sie raketenschnell fühlen. Und selbst als der Schwung des Eintauchens endete, setzten sich die Blasen fort, denn sie wusste instinktiv, wie sie schwimmen, mit den Flügeln schlagen und mit dem Schwanz lenken musste, um den maximalen Effekt zu erzielen. Sie glitt so geschmeidig und stromlinienförmig wie ein Delfin durch das Wasser. So wendig wie ein Fisch. So Zuhause im Wasser wie... wie...

Ein Meeresdrache, krähte die innere Stimme.

Sie kam ruckartig zum Halt und brachte das Wasser zum Rollen und Schäumen. Dann hielt sie einen Flügel hoch. Er war nicht so gedrungen wie der von Draig, aber jetzt da sie ihn genauer betrachtete, war er dicker als die Flügel von Connor. Und ihr Schwanz war auch länger.

Cool. Ich bin ein Meeresdrache. Sie grinste.

Dann traf es sie wie der Schlag. Meeresdrachen waren böse, so wie Draig. Warum sollte sie wie er sein wollen?

Nicht wie Draig. Wie ich, beharrte ihr Drache, sauste weiter und schwamm eine unfassbar enge Kurve.

Dann erinnerte sie sich daran, was Cynthia gesagt hatte. *Es gab einige berühmte Meeresdrachen, die gute Taten vollbracht hatten. Sogar eine großartige Meeresdrachendame.*

Ich finde das klingt gut. Eine knallharte Drachenlady, die fliegen und schwimmen kann, hatte Tessa gesagt.

Jenna stieß ein erschrockenes Husten aus, das Blasen um sie aufsteigen ließ. Könnte es sein, dass *sie* eine knallharte Drachenlady war, die fliegen und schwimmen konnte?

Ha. Sieh doch nur.

Ihr Drache schoss vorwärts und drehte sich in einer Spirale, bis ihr schwindlig wurde. Mit einer scharfen Krümmung ihrer Bauchmuskulatur, drehte sie sich dann um und raste in die andere Richtung. Kurze Zeit später wendete sie erneut und stürzte sich in die Tiefe, bevor sie sich wieder umdrehte und auf die Oberfläche zuraste.

Pass mal auf, neckte ihr Drache sie.

Sie schoss aus dem Wasser, flog eine anmutige Kurve durch die Luft und tauchte ohne einen einzigen Spritzer wieder ein. Insgesamt war sie gerade lange genug in der Luft gewesen, um Connors verzweifelten Schrei zu hören.

Jenna?

Verdrossen kam sie an die Oberfläche. Armer Connor. Seinem Wissen nach könnte sie wieder angegriffen worden sein.

Entschuldigung! Es geht mir gut.

Was zum Teufel machst du da? donnerte er und schwebte über ihr.

Sie hielt inne und war sich nicht ganz sicher, was sie sagen sollte. Zum Glück sprach Connor zuerst.

„Moment mal. Mach das noch mal."

Bevor sie auch nur darüber nachdenken konnte, tauchte ihr Drache bereits wieder ab und war begierig darauf, ihm ihre Tricks zu zeigen. Sie schraubte sich spiralförmig nach unten, drehte sich um und schoss dann aus dem Wasser hervor. Sie stieg dabei hoch genug auf, um über Connor hinwegzufliegen, bevor sie wieder nach unten platschte.

Wie aus dem Nichts tauchte eine längst vergessene Erinnerung auf. Eine Erinnerung an ihren Vater – oder war es ihre

Mutter? – der sie über die hereinrollenden Wellen an Seal Beach gehoben hatte, als sie noch klein war. Sie hatte mit ihren winzigen Füßen gegen die Wellen getreten und vor Freude gequietscht. Die Art von ungezügelter, ungefilterter Freude, die immer seltener wurde, je mehr Jahre vergingen. Aber als Drache fühlte sie sie erneut.

Meeresdrache, hauchte Connor.

Ihre Freude schwand und wurde durch Angst ersetzt. Was wäre, wenn Connor das an ihr hasste? Was, wenn es ihn abstieß?

Aber bereits eine Sekunde später grinste er breit. *Ein Meeresdrache. Heilige Scheiße, Jenna. Ich wusste ja, dass du unglaublich bist, aber... Wow. Gibt es irgendetwas, was du nicht kannst?*

Ohne dich leben, sagte sie ohne nachzudenken. Dann schaute sie sich um. *Außerdem bin ich mir auch nicht sicher, ob ich von der Oberfläche abheben kann.*

Connor lachte so kräftig, dass er fast ins Wasser fiel.

Natürlich kann ich von hier abheben, schniefte ihr Drache.

Sie stellte sich vor, wie sie wie ein Albatros planschte und strampelte und beschloss, aufzuhören, solange sie noch konnte.

Warte kurz, sagte sie zu Connor. Dann tauchte sie noch einmal ab, nahm etwas Geschwindigkeit auf und raste mit Schwung zurück in die Luft, um oben zu bleiben.

Entschuldige. Sie schüttelte das Wasser von ihren Flügeln.

Connor flog neben ihrer linken Flügelspitze und murmelte immer wieder *Unglaublich.*

Jenna grinste und stupste ihn im Flug leicht an. *Weißt du, wer noch unglaublich ist?*

Er schaute sie an. *Wer?*

Du.

Den ganzen Weg nach Hause lachten sie so unbeschwert wie Kinder. Jenna lachte immer noch, als sie auf dem Felsvorsprung landeten und sich in ihre menschliche Form zurückverwandelten.

„Wie wäre es also, wenn wir...“ begann sie und hielt plötzlich inne.

„Wie wäre es, wenn wir was?", fragte Connor auf die Art und Weise, die deutlich machte, was er sich vorstellte. Er hatte seine menschliche Gestalt wieder angenommen, ganz Mann, und er war der Hitze nach zu urteilen, die von seinem Körper ausstrahlte, begierig auf seine Frau. Seine Berührung löste ein Kribbeln in ihr aus und ihr Körper sehnte sich nach ihm.

Aber ein Teil von ihr beschäftigte sich immer noch damit, was sie soeben getan hatte. Sie schmiegte ihr Gesicht an Connors Brust und spähte in Richtung Klippenkante hinüber.

„Heiliger Strohsack. Bin ich gerade hier gelandet?"

Er lachte leise. „Allerdings."

Bisher war sie nur an Stellen gelandet, die weit und offen waren, und wo sie viel Platz hatte. Auf einer so flachen, kleinen Fläche zu landen, erschien ihr unmöglich.

Vielleicht unmöglich für dich, schnaufte ihr Drache.

„Wow", flüsterte sie und starrte noch immer auf die Klippe.

„Ich habe dir doch gesagt, dass du unglaublich bist." Connor lachte und umarmte sie von hinten.

Sie legte ihre Arme über seine und lehnte sich an seine Brust. Als seine Berührungen sich von ihrem Bauch tiefer bewegten, fing sie an zu summen. Langsam und sinnlich erforschte er ihren menschlichen Körper.

Sie schloss die Augen, wiegte sich im Takt zu Connors Bewegungen und ging im Kopf verschiedene Möglichkeiten durch. Wollte sie ihn zum Bett hinüber führen und dort ihre Beine um ihn schlingen? Oder sollte sie sich umdrehen, niederknien und ihren Mann mit ein paar eigenen Tricks belohnen? Neulich hatte sie ihn zum Teppich gezogen, sich auf alle viere niedergelassen und ihm erlaubt, sie von hinten zu nehmen. Sie hätte sicher nichts dagegen, diese Stellung noch einmal zu wiederholen.

Wie wäre es mit allen dreien? knurrte ihr Drache.

Connor lachte und las ihre Gedanken. „Kein Grund zur Eile. Wir sind für immer miteinander verpaart, weißt du?"

Für immer klang in letzter Zeit völlig neu. Fast wie ein Synonym für *frei.* Was die Macht der Liebe sein musste, vermutete sie.

Die Macht des Schicksals, flüsterte ihr Drache.

Sie warf den Kopf zurück und ließ ihre Gedanken verschwimmen, während Connor Küsse über ihren Hals und ihr Schlüsselbein hauchte. Schließlich stieß sie ein träges Lachen aus. „Wow. Es ist immer noch morgens, aber es fühlt sich so an, als wäre schon ein ganzer Tag vergangen. Fliegen, Schwimmen…“

Connor lachte leise und sprach mit diesem tiefen, gefährlichen Grollen, das sie immer wieder erregte. „Das ist erst der Anfang, meine Liebe.“

Ihr Körper wurde heiß und sie lächelte strahlend. Das stimmte in mehr als einer Hinsicht.

Mühelos hob Connor sie hoch und trug sie zum Bett. „Das ist erst der Anfang“, murmelte er erneut.

Sneak Peek: *Bärenrebell*

**Bärengestaltwandler trifft auf durchgebrannte Braut –
ein heißer, spannender, übersinnlicher Liebesroman!**

Das aufstrebende Supermodel Hailey Crewe kann es kaum
erwarten, dem Rampenlicht zu entfliehen und zu dem anonymen Lebensstil zurückzukehren, den sie einst führte. Aber
buchstäblich zu fliehen? Das war nie Teil ihres Plans gewesen.

Doch als ein unerwünschter Verehrer – und ihre intrigante Mutter/Managerin – mit einer Überraschungshochzeit auf
Hawaii einen Schritt zu weit gehen, wird Hailey plötzlich zu
einer Braut auf der Flucht. Noch ehe sie sich versieht, wird sie
nicht nur von einem gierigen Ölmagnaten gejagt, sondern auch
von seinen unheimlichen Sicherheitskräften. Gut, dass sie genau zum richtigen Zeitpunkt auf ihren ganz persönlichen Lanzelot trifft.

Bärengestaltwandler Timber Hoving ist nur ein weiterer Veteran einer Spezialeinheit, der sich langsam an die Inselzeit
gewöhnt. Zumindest bis eine unwiderstehliche Fremde in seine akribisch organisierte Welt hineinplatzt. Aber ehe Tim sich
versieht, ringt seine menschliche Seite bereits mit der Versuchung und sein Bär ist Hals über Kopf verliebt.

Aber Haileys erste Begegnung mit Gestaltwandlern ist absolut furchterregend und Tim kann die Wahrheit über sich
selbst nicht preisgeben, ohne sie für immer zu verlieren. Und
schlimmer noch, eine unheilvolle Gestaltwandlertruppe, die ihre eigenen rücksichtslosen Pläne hat, nimmt die Verfolgung auf.
Sie schrecken vor nichts zurück, um Tims Schicksalsgefährtin
in ihre Gewalt zu bringen – tot oder lebendig.

Weitere Titel von Anna Lowe

Aloha Shifters - Perlen des Verlangens

Drachenrebell (Buch 1)

Bärenrebell (Buch 2)

Löwenrebell (Buch 3)

Wolfsrebell (Buch 4)

Herzensrebell (Buch 5)

Alpharebell (Buch 6)

Aloha Shifters - Juwelen des Herzens

Der Ruf des Drachen (Buch 1)

Der Ruf des Wolfes (Buch 2)

Der Ruf des Bären (Buch 3)

Der Ruf des Tigers (Buch 4)

Die Verlockung des Drachen (Buch 5)

Der Ruf des Fuchses (Buch 6)

Töchter des Feuers - Billionaires & Bodyguards

The Wolves of Twin Moon Ranch

Die deustche Ausgabe ist ab Juli 2021 bei Amazon erhältlich. Im englischen Original sind die folgenden Titel bereist verfügbar.

Desert Hunt (die Vorgeschichte)

Desert Moon (Buch 1)

Desert Blood (Buch 2)

Desert Fate (Buch 3)

Desert Heart (Buch 4)

Desert Rose (Buch 5)

Desert Roots (Buch 6)

Desert Yule (eine Kurzgeschichte)

Desert Wolf: Complete Collection (vier Kurzgeschichten)

Sasquatch Surprise (ein Ableger der Twin Moon Story)

Blue Moon Saloon

Im englischen Original bei Amazon erhältlich.

Perfection (die Vorgeschichte in Kurzform)

Damnation (Buch 1)

Temptation (Buch 2)

Redemption (Buch 3)

Salvation (Buch 4)

Deception (Buch 5)

Celebration (ein Festtagsschmaus)

Shifters in Vegas

Paranormal romance with a zany twist. Im englischen Original bei Amazon erhältlich.

Gambling on Trouble

Gambling on Her Dragon

Gambling on Her Bear

Serendipity Adventure Romance

Im englischen Original bei Amazon erhältlich.

Off the Charts

Uncharted

Entangled

Windswept

Adrift

Travel Romance

Im englischen Original bei Amazon erhältlich.

Veiled Fantasies

Island Fantasies

www.annalowe.de

Über Anna Lowe

USA Today und Amazon Bestseller Autorin Anna Lowe schreibt fesselnde Romane mit tatkräftigen Heldinnen und unwiderstehlichen Helden in exotischen Umgebung, mit jeder Menge Zündstoff für scharfe Romantik.

Sie liebt Hunde, Sport und Reisen, die auch die Inspiration für Ihre Bücher liefern. Wenn Anna nicht gerade in die Arbeit an ihrem nächsten Buch vertieft ist, kannst Du Sie am Wochenende beim Wandern in den Bergen antreffen. Egal wo und wie – sie wird den Tag mit einem leckeren Stück Zartbitterschokolade ausklingen lassen.

Einfach mal vorbeischauen, auf www.annalowe.de